06

北京师范大学中国古代散文研究中心专刊

梓而有序：明代书序文研究

王润英 著

本书为 2014 年度国家社会科学基金重大项目
"中国古代散文研究文献集成"
(项目批准号 14ZDB066)成果

本书为 2018 年国家社科基金青年项目
"书籍文化视野下的明代书序文研究"
(项目批准号 18CZW017)成果

正在售卖古今名人文集诗集的明代书坊

([明]仇英《清明上河图》局部)

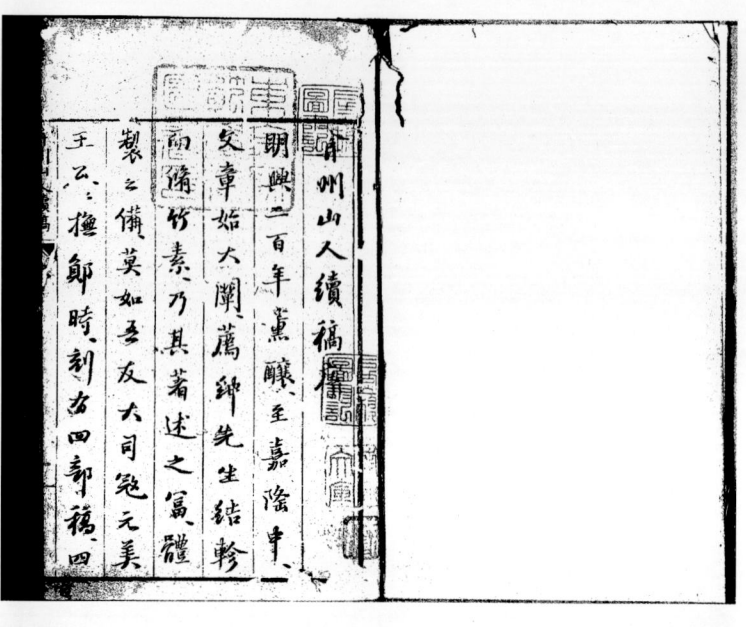

王锡爵《弇州山人续稿序》
（东京大学图书馆藏明万历中刊本）

总　序

　　中国古代散文从上古延续到晚清,是一座内涵丰富、数量庞大、亟待挖掘的学术宝库。在浩瀚的历史长河中,从经世济民、精思博学、传情言性,到描写社会、塑造历史、表现习俗,散文承担着其他文体难以取代的巨大的社会作用。从文献分类来看,经、史、子、集四部文献都以散文文体作为最核心的撰述方式,这就形成了一个以经部为源头,史部、子部分头并进,集部蔚为大观的古代散文世界。

　　中国古代的散文研究随着散文的产生而发生,历数千年而绵延不绝,表现出一些显著的文化特点:第一,与诗歌的"抒情性"不同,散文具有鲜明的"书写性"特征,在中国古代社会生活中发挥着广泛而巨大的实用功能,大量散文专书、别集、总集等盛行于世,上自贵族士夫,下至文人书生,通过对散文文本的编选笺释、教育讲授、阅读赏析,自觉并积极地参与散文研究,形成散文研究的普遍化特征;第二,从"知人论世"的研究方法出发,中国古代一直重视散文史料的搜集与编撰,从作家传记、作品评论到目录编制、资料汇编,形成了一座极其丰富的散文研究资料宝库,为散文研究打下了坚实基础;第三,同中国传统的包容性、随意性、领悟性的思维方式互为表里,古代的散文研究大多采用随笔式、杂感式的研究方法,研究成果多为随思、随感、随录而成的札记体、杂论体文章,散见于文人的交谈、书信、序跋、笔记、杂论等形式之中,甚至包含于文人的经学、史学、子学等著作之中,散文研究成果几乎无所不在;第四,古代的散文研究特别注重对散文文本内涵丰富性的深度发掘,注重勾连散文文本与社会生活、学术思想、文化习俗之间的密切联系,散文经典在不断阐释中被赋予生命,成为文学、文化、思想的重要载体和重要呈现,从而构建了开放而宏阔的散文研究格局;第五,由于散文具有实用性的"书写"功能,书写实践的需要促成历代文人乐此不疲地探究散文的写作体式(或表达方式),因此关于散文体式的研究成果数量庞大,内容丰富,论析细致,包括文体、篇体、语体、修辞、体貌等"散文写作学"的认知和辨析,足以构成中国古代"文章学"丰富而完整的话语体系。

由此可见,中国古代的散文研究观念和散文研究格局是相当宏通,也是相当开阔的。但是,20世纪以来,受到西方文学观念和现代文化思想的严重冲击,中国古代传统的"文学研究"发生了结构性变化。从总体上看,古代文学研究界更为热衷于记述和评论文学现象,探索和总结文学规律,而相对忽略对文学文献本身的整理与研究;而且在文学现象与文学规律的研究中,也更为偏重作家作品的评论与文学规律的总结,而相对忽略作家活动的记述与文学过程的梳理。具体落实到对论析中国古代的散文研究成果方面,学术界普遍倡导和实施散文批评史与散文理论史的建构,而相对忽略散文研究现象的描述与展现。所以大多数的研究成果,要么是断代的散文批评或散文理论研究,要么是某某作家或作家群(文学流派)的散文批评或散文理论研究。由于在根本上中国古代并没有出现过西方学术意义上的"纯文学"以及与之相伴而生的"纯文学观念"与"纯文学理论",因此散文批评史与散文理论史研究无论何等细致深入,都难免在不同程度上与中国文化传统及散文史风貌方枘圆凿。这种主动地将丰富多彩的古代散文研究成果狭隘化的学术视野,限制了散文研究的拓展和深入,一方面切断了与中国古代丰富而精彩的文学世界的联系,另一方面中断了与传统学术文化思想的对话。所以,20世纪以来的中国古代散文研究虽然努力开拓"审美空间""文学空间",但是由于无法与中国古代深刻博大的审美精神与文化精神互相对话、互相融汇,不免导致散文研究长期以来一直陷入难以形成自身独立的价值体系、学术概念和研究方法的尴尬局面,在古代各体文学的研究中成为一个相对薄弱的环节。

毋庸置疑,散文是最具中华传统文化特色的文体形式,散文的功能、散文的类型、散文的写法、散文的美感,在中国古代都呈现出极为独特的表现形式,的确难以同古往今来的外国文学构成畅通无阻的文化对话。因此,20世纪以来,散文概念乃至散文研究观念长期处于古今分裂、中外对立的文化语境之中,致使研究者在现有的学科体系中,无法对中国古代的散文概念、范围、研究观念等进行有效的界定和确立,在展开古代散文研究时常常感到无所适从。

我们认为,中国古代散文研究本质上属于历史研究,必须回归古代散文世界,并进一步回归古代散文所依存的学术世界和文化世界,在宏观、整体的视野下重新审视丰富多彩的古代散文现象,这样才能真正建立古代散文研究自足的话语体系和理论体系。正是有鉴于此,北京师范大学在2013年成立了中国古代散文研究中心,2014年申请了国家社科基金重大项目《中国古代散文研究文献集成》。从2016年开始,我们又陆续出版《北京师范大学中国古代散文研究中心专刊》,希望在广泛吸收前人的编纂经验和研究成果的基础上,全面而深入地整理与研究中国古代散文的文本文献与研究文献,在贯通古今、打通中外的文化语境中,提炼、总结、发挥、建构古代散文研究的理论与方法,进而为建构中华文化独特的理论框架、学术话语和叙述方式尽一份绵薄之力。

无论古今中外,不同思想、不同阶层、不同群体的人们都能够以散文作为表情达意的书写方式,在各类文体中,只有散文真正实现了最为充分的社会化、大众化,当今社会也仍以新媒体下的散文作为主要的表达工具，这一点是古今相通的。而且，散文又是一个多元并存的世界，不同的社会阶层、社会群体，不同思想的指导和表达，不同时代的创作，构成了一个多元的散文世界，这一点也是古今相通的。在这两个相通的基础上，散文的社会功能无疑是巨大的，理应引起研究界的高度重视。中华文化的核心载体是散文，散文具有丰富深厚的精神内涵和文化内涵，特色鲜明的表达方式和审美特征，是中华优秀文化精神价值的重要载体。作为一份极其宝贵的人类文化遗产，中国古代散文值得我们仔细地品读、深入地体验和充分地阐释，从中发掘中华优秀传统文化的宝藏，为世界文化的继承和发展贡献独具一格的中国智慧和中国价值。

北京师范大学的中国古代散文研究具有悠久的传统，并取得了丰硕的成果。已故的郭预衡教授集毕生心血，独立撰著出版了体大思精的三卷本《中国散文史》，享誉学界。郭预衡教授晚年还积极倡导并亲自主持北京师范大学重点学科建设项目"中国散文通史"。该项目于2003年立项，历经十年，最终于2013年出版了十二卷本《中国散文通史》。这是一部迄今为止最为深入、全面而系统地描述中国古今散文演变史的学术著作，以扎实的学术基础、丰厚的论述内容和全新的撰写体例，实现了对中国古今散文史的一次全新的建构。以这两部散文史著作为基础，在商务印书馆的鼎力支持下，《北京师范大学中国古代散文研究中心专刊》将提供一个坚实的学术平台，逐步推出本研究中心专职和兼职研究人员的学术著作，向学术界展现中国古代散文研究的新思想、新方法、新成果，为中华优秀传统文化的创新性发展和创造性转化做出贡献。我们热切期待学术界同仁踊跃加入中国古代散文研究的学术队伍，我们更热切期待学术界同仁对我们的研究成果提出宝贵的批评意见，帮助我们在中国古代散文研究领域"更上一层楼"。

郭英德
2016年8月10日

有难为之事,必有可为之人

——王润英《梓而有序:明代书序文研究》序

王润英以博士学位论文为基础撰写的著作即将出版面世,这对我来说,无疑是一桩欢欣鼓舞的事情。所以我早就应允写篇序文,因为我毕竟跟她一起亲历了书稿的构想和写作过程,也是本书的"第一读者"。但是,不巧赶上"多事之春",我的序文便一拖再拖。直到今天,脑海里突然冒出"有难为之事,必有可为之人"这两句话,这才豁然开朗:终于捕捉到序文的"主题",可以畅所欲言了。

研究书序文,尤其是研究明代书序文,这原本就是一个"自讨苦吃"的难题。更何况润英原先的研究兴趣和知识储备,更多的是在唐宋文史,特别是两宋文史领域,要她在博士学习的三年期间,"转战"明代文史这一新的研究领域,可真的是难为她了。别的不说,光是海量的文献阅读,就够她受的。即使我们经过再三商量,将研究对象缩小到"王世贞及其周边文人群体"这一范围,也还至少包括六七十位文人的生平著述(参见书稿附录"王世贞及其周边文人群体小传")。与这些文人相关的别集、总集、史志、子书,以及中外文研究论著,数以千百计,为了如期完成博士论文的撰写,润英不能不加班加点地阅读。而且,为了进入文人交往的"历史现场",找到与古人对话的亲身感受,阅读这数以千百计的文献资料,还不能只是"走马观花"式的浏览,而必须是"深入浅出"式的品位。面对无法穿越的历史,既要"入乎其中"地读懂文献的内容,还要"出乎其外"地领悟文献的含义,这对现代人来说,委实不是一桩容易的事情。但是润英却圆满地完成了,而且完成得相当出色。润英在读博期间伏案苦读的日日夜夜,这部二三十万字的著作并不能够完整地展示出来,也许只有每天夜晚伴随着她的那盏明亮的台灯最为知晓。

进入 21 世纪以来,短短二十年里,随着明代文史研究的渐次升温,王世贞研究也成为海内外学术界不大不小的热点之一,有关王世贞的生平、文献、史学、文学等方面的论著层出不穷。这种现象十分可喜,也不免令人担忧——在王世贞研究方面,究竟还有多少可以开拓创新的余地?幸亏 2012 年博士论文选题时,润英确定的是王世贞及其周边文人群体的书序文研究,选择前人少有涉足的"书序文"作为主要研究对象,这总算颇有策略地避开众声喧哗的研究热点,不至于同众多的研究者"正面撞车"。但是,即使如此,这一策略也并不意味着降低了研究的难度,其实反而增加了研究的难度。因为在人的社会实践活动中,"人弃我取"比之"人取我取",其实是更大的难题,也是更大的挑战。因为"人弃我取"需要活动者、实践者必须具备更为犀利的眼光和更为敏锐的思维,以便洞察活动和实践对象独具特色的价值所在。比起"人取我取"有现成的成果可资借鉴,有预期的目的可以实现,这不是难度更大吗?

在传统的文学研究领域中,书序文研究大抵关注两个方面:一是书序文写什么,二是书序文怎么写。与此相关,一般的书序文研究大抵采取两种路数:第一种是从"内容分类"着眼,条分缕析地揭示书序文中包含的政治、经济、思想、学术、文化、生活等内容,主要将书序文作为呈现特定时代的社会状况和作者生平思想的"历史资料"来加以论述。第二种是从"写作方法"着眼,或者将书序文作为"文章"的一种类型,看看它是如何立意、谋篇、合体、修辞,从而体现"文学性"特征,成为"美文"的;或者把书序文作为"议论文"的一种类型,分析书序文如何提出论点、列举论据、展开论述、得出结论。仔细观察,我们不难看出,这两种研究路数都犯了同样的毛病,即仅仅将书序文作为一般的"文章"来对待,忽略了书序文作为书序文自身的文体特征。研究者并没有回答最根本的问题:为什么这些类型的"内容"非得用书序文这一文体来表达不可?或者说,用书序文这一文体来表达这些类型的"内容",与用其他文体表达有什么不同?书序文的写作与其他文体的写作有哪些不同特征?又有哪些特定的时代动因和社会动因?如果说,提出研究对象的"特殊性"是学术研究最佳的切入点,那么,解决研究对象的"特殊性"则更是学术研究的难点所在。

有鉴于此,润英此书紧紧围绕"书序文文体"这一基点,进而将书序文文体的产生、运用和传播,置于16世纪中期书籍"大爆炸"的文化视域下观照,既兼顾文体自身的内在理路,又将书序文研究与书籍文化、文人心态史和思想史研究联系起来。同时,为了更为鲜明地揭示、更为准确地把握书序文自身的特性,在探讨书序文的书写时,润英引入了西方学者提出的"主体间性"(intersubjectivity)理论,在探讨书序文的传播和接受时,则引入了西方学者提出的"副文本"(paratext)理论。关于这两种理论及其在文学研究中的"适用性",润英书中已经做了清晰的说明,我就不再赘述了。

在这里我只想补充一点:理论一定是要和实践相结合的,这是常识。对此,润英有着清醒的认识,她在《绪论》中说:"理论的运用只是为了更加系统和合理地解释研究中遇到的具体问题和现象,解决问题始终是我们的根本目的,因此本书借助理论却并不自缚于理论,最终要完成的是舍筏登岸。"再进一步看,理论与实践的结合实际上表现在两个不同的层面:一个是"形而下"的层面,理论作为工具,可以帮助研究者"短、平、快"地直接解决实践问题,达到研究的目的;一个是"形而上"的层面,经由理论的阅读、思考和运用,训练研究者的思维方式,提高研究者的实践能力,使研究者得以融会贯通,乃至触类旁通。钱锺书主张无论治学或创作,都要做到"深造熟思,化书卷见闻作吾性灵,与古今中外为无町畦"。他形象地比喻说,接受"西学"就如"啖鱼肉","正当融为津液,使异物与我同体",以收"生肌补气"之效(《徐燕谋诗草序》,《钱锺书散文》,浙江文艺出版社 1997 年版)。所谓"啖鱼肉",大抵指的就是理论与实践相结合的"形而上"层面。相对而言,理论与实践相结合的"形而下"层面无疑是较为容易操作的,似乎也易于博得读者的"打赏",但是却有"往脸上贴金"或者"替别人打工"的嫌疑,并没有真正推进学术研究;而"形而上"层面"难度系数"却大得多,给研究者提出了极大的考验,甚至在根本上决定了研究成果的学术价值。我想,润英此书是经受住了这一考验,而且具有很高的学术价值的。为了"避嫌",这里我就不多赞一辞了,相信读者诸君可以从本书的阅读中得出这一结论。

一般的研究者都有这样的体会,在学术研究中,面对着司空见惯的历史现象,能有与众不同的想法和思路已经很不容易了,要把这些想法和思路落到实处,酣畅淋漓地说出自己想说的话,形成自己满意的文字,那就更是难上加难。学术研究原本就是一个"自讨苦吃"的过程,当然也是一个"苦尽甘来"的过程。因"吃力"而"讨好",使研究成果获得公众的好评,或至少获得学术界的认可,这对于学术研究者来说固然是相当重要的,否则他的工作就失去了社会意义,但是这只是"苦尽甘来"的表层意义。"苦尽甘来"还有更为深层的意义,这就是学术研究者主动地承受"吃力"的过程,自觉地接受"吃力"的磨难,并且还始终"兴高采烈"地享受这种主动和自觉。经过三年写作,五年修改,在漫长的学术历程中,我想,润英不仅体会到文字写作的艰辛,应该也享受到了文字写作的乐趣,也许正是这种乐趣一直支撑着她,激励着她,成为她"清如许"的文字写作的"源头活水"。子曰:"知之者不如好之者,好之者不如乐之者。"对于像润英这样一位学术研究的"乐之者"来说,论文写作艰难困苦的经历早已熔铸成人生的组成部分,凝结成生命的本体存在。在这一意义上我们可以说,"可为之人"必无"难为之事"。

其实,我"灵光一闪"想到的"有难为之事,必有可为之人"这两句话,并非凭空虚构,它是有本有源的。司马相如《难蜀父老》说:"盖世必有非常之人,然后有非常之事;有非常之事,然后有非常之功。非常者,固常[人]之所异也。故曰非常之原,黎民惧焉;及臻厥成,天下晏如也。"(《史记·司马相如列传》)这段话从"非常之人"引出"非常之事",说的是如果有"非常之人",必能成"非常之事",建"非常之功"。汉武帝《求茂材异等诏》说:"盖有非常之功,必待非常之人。故马或奔踶而致千里,士或有负俗之累而立功名。"(《汉书·武帝纪第六》)这段话则是从"非常之功"引出"非常之人",说的是"非常之功"必有待于"非常之人",方能得以成就。无论是"有其人必有其事",还是"有其事必有其人",都需要"事在人为","天下无难事,只怕有心人",这都是"老生常谈",是千百年来人们的共识。我这里不过是以润英为典型,对这一说法加上一段最新的注脚而已。

中央电视台综合频道有一档节目,叫作"挑战不可能",在节目里我们见识到各行各业的"能人"成功地完成了技能、体能、脑力等多个项目的极致挑战。自从开天辟地以来,人类正是在不断地挑战种种"不可能"的过程中,创造出光辉灿烂的社会文化。我相信,润英在将来的人生道路上,也将继续"挑战不可能",创造更多让人们刮目相看的学术佳绩。

郭英德

2020 年 2 月

目　录

绪论 …………………………………………………………… 1

第一章　16世纪的书籍文化活动与书序文 …………………… 22
　　第一节　"著作千秋事"：书籍编著与书序文 ……………… 28
　　　　一、文士与书商并进 ……………………………………… 28
　　　　二、编著意图和优点的说明 …………………………… 37
　　第二节　"刻书可以泽人"：书籍刊刻与书序文 …………… 39
　　　　一、私家和坊肆共兴 …………………………………… 39
　　　　二、刊刻原委和特色的介绍 …………………………… 45
　　第三节　"读书必藏书"：书籍典藏与书序文 ……………… 47
　　　　一、私人藏书家的崛起 ………………………………… 48
　　　　二、收藏心路的记录者 ………………………………… 53
　　第四节　"流传四海情"：书籍流通与书序文 ……………… 56
　　　　一、日常交往和商业流播 ……………………………… 57
　　　　二、交际与销售的推手 ………………………………… 66
　　小结 ……………………………………………………………… 69

第二章　明代书序文的书写实践（上）
——书序文与书籍编著者之关系发微 …… 72

第一节　自序：书序文作者与书籍编著者身份重合 …… 74
　一、主体期待的直接表达 …… 75
　二、私密信息的扩展书写 …… 85
　三、方式各异的自我代言 …… 94

第二节　他序一：书序文作者与书籍编著者身份相交 …… 104
　一、认同与想象的发酵 …… 105
　二、"熟识者"身份的刻意移置 …… 110
　三、多种相交关系下的策略变化 …… 113

第三节　他序二：书序文作者与书籍编著者身份的相离 …… 130
　一、针对性评判与借题发挥 …… 131
　二、所闻与所感的创造空间 …… 134
　三、多种相离关系下的策略调整 …… 140

小结 …… 145

第三章　明代书序文的书写实践（下）
——书序文与书籍类型之关系论略 …… 149

第一节　诗文集类书序文 …… 150
　一、侧重书籍内容时的诗文论取向 …… 152
　二、偏向书序文体时的观点淡化 …… 172

第二节　学术书籍类书序文 …… 187
　一、侧重书籍内容时的论学展现 …… 190
　二、偏向书序文体时的争论回避 …… 201

第三节　小说、戏曲类书序文 …… 214
　一、小说、戏曲类书籍的魅力与尴尬 …… 214
　二、认同焦虑下的地位之辩 …… 219
　三、自在语境下的独到叙写 …… 235

小结 …………………………………………… 244

第四章　明代书序文的传播实践
　　——书序文与读者之关系平议 ………………… 246
　第一节　书序文作为副文本的文体效能 ………… 249
　　一、导读与导读的限制 …………………………… 249
　　二、广告与广告的修订 …………………………… 268
　第二节　书序文作为独立文本的文化价值 ……… 297
　　一、文献资料的散点留录 ………………………… 298
　　二、理论观点的特殊场域 ………………………… 308
　　三、文学审美的示范展演 ………………………… 317
　　小结 …………………………………………… 326

结语　明代书序文的双向演进 ……………………… 329
　一、文体：从书写到传播的进阶 ………………… 330
　二、文化：从地位到角色的升级 ………………… 337

附录　王世贞及其周边文人群体小传 …………… 345
参考文献 ………………………………………… 361
后记 ……………………………………………… 376

绪　　论

一、研究对象

序，又称"叙""绪"，或"引""题词""题辞"等，可分为书籍序和篇章序。本书的重点考察对象——书序文，即为前者。它可以被置于书籍正文之前或之后。置于书籍正文之后的书序文，通常亦称为"后序""跋""跋后"等。由于所序对象是与文人密切相关的书籍，所以书序文同书籍文化、文人活动、文人的精神世界以及当时的文化生态等皆有着十分紧密的关联。并且，自产生以来，书序文不仅没有随特定时代的远去而消亡，反而在时间的淘洗中显出强大的生命力，直到今天依旧生机盎然，甚至成为了中国书写史乃至中国文化传统的一个特色①。

书序文基于某部书籍而产生的文体特征，决定了其与书籍生产息息相关。因此，虽然书序文滥觞于两汉，但由于政治、经济、文化、科技等各方面的因素，直到明代，随着正德（1506—1521）以后书籍尤其是印本书籍出现爆发式增长，这一文体才真

---

① 参见余英时《原"序"：中国书写史上的一个特色》，《清华大学学报》（哲学社会科学版）2009 年第 1 期。（注释中所引文献，只在每章首次出现时标注版本，不另注。——编者注）

正达到了空前的繁盛。唐顺之(1507—1560)①在《答王遵岩书》中记述了当时书籍刊印的盛况,"其达官贵人与中科第人,稍有名目在世间者,其死后则必有一部诗文刻集,如生而饮食、死而棺椁之不可缺"②,甚者生前每一阶段即刻一集,每年皆刻。而时人好序成风,书多有序,甚至一书多序。可以说,书籍文化在明代文化中逐渐成为了重要的构成要素,是明人生命生活的一部分。而在此基础上产生的书序文作为重要主体,同样直接参与了明代文化的建构。

当时的文人,尤其是颇具文名的文人,不仅为自己撰写或编纂的书籍作序,且往往需要面对接踵而来的请序者。当请序、作序俨然成为普泛的风尚,面对他人的请求,便越发难以拒绝,书序文的书写很难再像唐宋时期那般谨严和纯粹。而且,此时书籍的种类剧增,诗文集之外,科考范本、小说戏曲、日用杂录等无所不包,不同内容的书籍对序文书写的要求自有区别。此外,随着书籍的大量刊印,读者群体亦得以扩展,读者的构成更为复杂。可以说,在书籍出现爆发式增长的明代,书序文从书写到传播的文化生态都发生了巨大变化。书序文与所序书籍、书籍编著者、读者等主体之间的关系场域变得愈发复杂微妙,书序文的书写和传播实践也就更加耐人解索。

再从"借文存人"、"借文存史"③、目前搜罗最富的明代文章总集《明文海》的文体构成来看,书序文在其收录的28类文体中占有绝对的数量优势④,这是以往从未出现过的状况。一方面说明

---

① 本书所涉王世贞及其周边文人群体的生卒年见附录,其他古人生卒年在本书首次出现时随文括注。
② [明]唐顺之:《答王遵岩书》,《荆川先生文集》卷五,《四部丛刊》本。
③ 郭英德:《黄宗羲明文总集的编纂与流传——兼论清前期编选明代诗文总集的文化意义》,《郑州大学学报》(哲学社会科学版)2000年第4期。
④ 参见[清]黄宗羲编《明文海》,上海古籍出版社1994年版。

书序文较之其他文体,更能凸显明代的精神文化世界;另一方面也说明书序文相对其他文体,在明代达到了一个相当成熟的水平,呈现出明代独特的书写个性。因此,无论从文体史,还是文化史、文人心态史的角度来看,明代书序文都具有不可取代的重要意义。

值得注意的是,在明代书籍出现爆发式增长的时间轴上,文坛上叱咤风云的正是以"后七子"为代表的复古阵营。由于李攀龙于隆庆四年(1570)即去世,此后二十年(加上李攀龙在世时前后共四十余年),整个复古阵营的领袖实际上由另外一位重要成员王世贞来担任。和李攀龙相比,王世贞大量编书和著书,雇佣工匠刻书刊书,长期耗费心力和资费于书籍收藏等,有着丰富的书籍文化活动,而书序文的撰作始终在其书籍文化活动中扮演着重要角色。加之王世贞的文坛地位等因素,时人皆以得其只言片语为荣,所谓"片言褒赏,声价骤起"①,熟识与不熟识的人皆向其频频索序,所以王世贞除了为自己繁夥的编著作序外,还有着格外繁重的为他人作序的任务。可以说,书序文作者、书籍、书籍编著者以及读者等主体之间多重复杂微妙的关系,书序文从书写到传播的种种状貌等皆能在王世贞的书序文活动里得以淋漓尽致的呈现。王世贞自身在书序文创作上亦用力颇勤,所作达三百多篇,堪称当时最富②,所序书籍广及诗文、史籍、小说、日用等各种类别。

作为文坛领袖,王世贞周边还聚集了一个与其有着密切交往的庞大的文人群体。仅王世贞本人明确标榜的就有"五子"(李攀

---

① [清]张廷玉等:《明史·王世贞传》,中华书局 1974 年版,第 7381 页。
② 据笔者粗略统计,仅在《弇州山人四部稿》和《弇州山人续稿》中,王世贞的赠序共 105 篇,寿序 127 篇,而书序则多达 319 篇。

龙、徐中行、梁有誉、吴国伦、宗臣)①、"后五子"(余曰德、张佳胤、张九一、魏裳、汪道昆)(《后五子篇》,《四部稿》卷一四)、"广五子"(俞允文、卢柟、李先芳、吴维岳、欧大任)(《广五子篇》,《四部稿》卷一四)、"续五子"(王道行、石星、黎民表、朱多煃、赵用贤)(《续五子篇》,《四部稿》卷一四)、"末五子"(赵用贤、李维桢、屠隆、魏允中、胡应麟)②以及"四十子"(皇甫汸、莫如忠、许邦才、周天球、沈明臣、王祖嫡、刘凤、张凤翼、朱多煃、顾孟林、殷都、穆文熙、刘黄裳、张献翼、王穉登、王叔承、周弘禴、沈思孝、魏允贞、喻均、邹迪光、佘翔、张元凯、张鸣凤、邢侗、邹观光、曹昌先、徐益孙、瞿汝稷、顾绍芳、朱器封、黄廷绶、徐桂、王伯稠、王衡、汪道贯、华善继、张九二、梅鼎祚、吴稼竳)③,此外还有王世贞特别亲密的"二友",胞弟王世懋和同乡王锡爵④,以及虽然没有得到明确标榜但居于七子之列的谢榛等。他们撰作了大量的书序文。这个群体中有

---

① 据王世贞《艺苑卮言》卷七,嘉靖三十年(1551),王世贞与李攀龙、梁有誉、徐中行、宗臣、谢榛各赋《五子篇》,"用以记一时交游之谊"(凤凰出版社 2009 年版,第 117 页)。王世贞《五子篇》,见《弇州山人四部稿》卷一四,明万历间世经堂刊本(以下凡引此书,均简称《四部稿》,并随文括注卷数)。此《五子篇》实际于嘉靖三十二年(1553)所作,"五子"已有了改变,舍去谢榛,指李攀龙、徐中行、梁有誉、吴国伦和宗臣。万历十四年(1586),王世贞又作《重定五子篇》,其序言:"余昔为《五子篇》……已而其友稍益,则为《后五子篇》,盖三十年而同夔匡之观去已半矣。今其存者,位虽有显塞,而名业俱畅,志行无变。盖耸然欣然之感一时集焉,故为五章以追志之。则济南李攀龙、吴兴徐中行、南海梁有誉、武昌吴国伦、广陵宗臣其人也。"(见[明]王世贞《弇州山人续稿》卷三,明崇祯间刊本,以下凡引此书,均简称《续稿》,并随文括注卷数。)

② [明]王世贞:《末五子篇》,《续稿》卷三。其中赵用贤重复出现。其序曰:"余老矣,蜗处一穴,不能复出天下士。而乃有五子者,俨然以文事交于我,则余有深寄焉,自此余不复操觚管矣。夫汝师者,向固及之,然而未竟厥诣也,是以不妨重出云。"

③ [明]王世贞:《四十咏》,《续稿》卷三。其中朱多煃重复出现。其序云:"诸贤操觚而与余交,远者垂三纪,迩者将十年。不必一一同调,而臭味则略等矣。屈指得四十人,人各数语,以志区区。大约德均以年,才均以行,非有所轩轾也。"

④ [明]王世贞:《二友篇》,《四部稿》卷一四。其序曰:"吾取友于天下,李于鳞以文字实伯仲焉,杨仲芳之以节义相勖,亦庶几也,不幸中道弃我。今者赖天下之灵,元驭拔我于雕虫,而进之太上,刮濯而就之,我友也,实我兄也。敬美匡我保我,我弟也,实我友也。"

人自身即是藏书家、书籍刊刻者,如王道行、汪道昆、张佳胤、胡应麟、屠隆、梅鼎祚等,他们都直接地深度参与到了书籍与书序文勾连的文化网络之中,形成了一个以王世贞为中心的书序文创作群体。通过书序文,他们记录书籍编著历程,表达思想见解,塑造自己或书籍编著者的文化形象,甚至由此以争得文坛或某方面的话语权等。以此群体为考察中心,不仅能还原王世贞及其周边文人群体的具体交往活动,对于本书的研究来说,更重要的是,通过他们围绕书序文在多重复杂主体关系中鲜活生动的辗转腾挪,正可探求明代书序文文体的发展和新变;同时,亦将书序文置于更加广阔的文化视域中,思考和讨论此文体背后文人心态史和文化史的多维空间。

二、研究综述

(一)书序文的研究现状

本书所关注的研究对象书序文,在明代以前,常与赠序、寿序等被笼统地作为序的一种收录于各家文集当中,且往往以赠序的数量为多。以明代正德为拐点,随着书籍的爆发式增长,书序文在文集中才逐渐被单独区分出来,并在数量上开始超过赠序、寿序等。可能也正因如此,书序文较少受到学界的特别关注。黄韵静《欧阳修书序文研究》[①]、张静《北宋书序文研究》[②],以及近来出版的《中国散文通史·明代卷》第三章[③]是目前所见,明确以"书序文"为专门对象的为数不多的研究成果。其中,黄韵静从写作内容和方式两方面展开分析,归纳了欧阳修(1007—1072)书序文的

---

① 黄韵静:《欧阳修书序文研究》,《昆山科技大学人文暨社会科学报》创刊号,2009年,第135—158页。
② 张静:《北宋书序文研究》,中国社会科学出版社2014年版。
③ 郭英德、张德建:《中国散文通史·明代卷》,安徽教育出版社2013年版,第69—103页。

特点,然而全文以大量篇幅梳理欧阳修之前的书序文概况,到重点考察对象欧阳修的书序文时却稍显仓促,未能进一步深入。张静采取整体与个案相结合的方式对北宋书序文做了较有价值的探讨,尤其是在书序文的传播方面提出了一些新见。《中国散文通史·明代卷》辟专章按时段(元明之际、明前期、明中期、明后期)梳理明代书序文,大致呈现了明代书序文的发展脉络,但或限于史的写作体例,此章仍是具体作品的描述多于深度论析,且书序文在这几个时段的阶段性特征并未得以彰显,而是遮蔽于该时段散文的整体特点之下。另外,王玥琳《序文研究》设"秦汉书序"一章,细致分析了《吕氏春秋·序意》《淮南子·要略》《史记·太史公自序》三篇书序文的写作内容、写作结构,并探讨了它们各自在文体学上的意义,从具体的文献中勾勒出早期书序文的状貌[①]。李志广的论文《唐代序文文体概说》中亦有小节简略概述唐代书序文的写作模式[②]。

如上所述,由于书序文极少被作为专门的研究对象,因此,我们只能从与书序文关系最为密切、包蕴更为广泛的"序跋"和"序"的研究成果中进一步了解学界的研究现状。

根据所序书籍的内容,书序文可以分为诗集序、词集序、小说戏曲序等。唐宋时期,诗词兴盛,相应地,诗集、词集的序跋数量较多,比较容易引起研究者的注意,因此多有研究者选择诗集和词集的序跋作为研究对象。如廖梦云《唐人所撰诗集序跋研究》,在对唐人诗集序跋的形式、分类等外部状貌有了整体观照后,进而论及序跋中反映的风骨、声律声调和兴象等诗歌美学问题,勾勒出唐人的诗歌观念、诗学思想和诗歌审美的演变轨迹[③]。于瑞娟《宋代词集序跋研究》分析了宋代词集序跋的分布状况和涉及

---

① 王玥琳:《序文研究》,北京师范大学 2008 年博士学位论文。
② 李志广:《唐代序文文体概说》,辽宁师范大学 2004 年硕士学位论文。
③ 廖梦云:《唐人所撰诗集序跋研究》,河北师范大学 2005 年硕士学位论文。

的文献和文学批评内容,认为宋代词集序跋讨论的热点问题"诗词关系"和"雅俗之辩"展示了词从综合艺术形式到案头文学的转变[①]。明清时期,小说和戏曲繁盛,为它们撰作的书序文逐渐增多,研究者自然也容易首先考虑从小说、戏曲的序跋入手去研究。如李雪凤《明代戏曲序跋研究》,在概括明代戏曲序跋教化、宣泄、娱乐等功能外,主要论述了明代戏曲序跋中体现的创作论和剧本的批评论[②];颜湘君《清代骈文中兴与小说序跋》认为清代骈文中兴赋予小说序跋形式上骈文及骈散相兼的变化,此种序跋既具骈文的传统审美特质,又有鲜明的时代特点,反过来为研究清代骈文中兴提供了旁证[③]。

此外,还有对单个作家和单部书籍序文的考察,如台湾何寄澎《欧阳修"诗文集序"作品之特色及其典范意义》[④],崔晓新《曝书亭序跋研究》[⑤],朱欢欢《周必大序跋文研究》[⑥]及力之《关于〈文选序〉与〈文选〉之价值取向的差异问题——兼论〈文选〉非仓卒而成及其〈序〉非出自异手》[⑦]等。以上这些研究大都集中探讨序跋文体的"写作艺术""价值意义"和序跋体现的"内容与思想"。虽然偶有讨论深入者,如关于序文书写的徐雁平《"地域文学传统的建构"成为一种文学叙写方法——以明清集序为研究范围》,详细探讨了受起源甚早的古代文学地域风格论影响的"地域文学传统的建构",在明清的集序撰写过程中演变成了一种文学叙写方法,为撰序者在具有应酬性质的集序写作中提供

[①] 于瑞娟:《宋代词集序跋研究》,广西师范学院 2011 年硕士学位论文。
[②] 李雪凤:《明代戏曲序跋研究》,兰州大学 2012 年硕士学位论文。
[③] 颜湘君:《清代骈文中兴与小说序跋》,《明清小说研究》2005 年第 4 期。
[④] 何寄澎:《欧阳修"诗文集序"作品之特色及其典范意义》,《台大中文学报》2002 年第 17 期。
[⑤] 崔晓新:《曝书亭序跋研究》,山东大学 2009 年硕士学位论文。
[⑥] 朱欢欢:《周必大序跋文研究》,沈阳师范大学 2014 年硕士学位论文。
[⑦] 力之:《关于〈文选序〉与〈文选〉之价值取向的差异问题——兼论〈文选〉非仓卒而成及其〈序〉非出自异手》,《文学评论》2002 年第 2 期。

了一种程式化的便利①。但是，零散的成果并不能改变目前序跋研究整体上陷于传统文章学和表层梳理归纳的现实。这样的研究容易流于泛化，很难将文体研究引入更深层次的思考和追问。

相比之下，李志远《明清戏曲序跋研究》广泛搜集明清戏曲序跋并增补千余条，具备了坚实的文献基础。因此，书中对明清戏曲序跋的发展过程、阶段特征、文献载体、社会文化之间复杂关系的讨论，以及对明清戏曲序跋的功用和独具的戏曲理论特色与价值的判断就显得理据充足、水到渠成。在厘清文献的过程中，很多有趣的文学文化现象和问题也随之被挖掘出来，如明清序跋的版本问题、"同文异主"现象及原因等。在材料夥杂、真伪混淆的明清时段，翔实的文献考索是文体研究的基础，该书的研究立足文献且不陷于其中，以文献为基础又有深入的理论发掘，这是值得学习借鉴的地方②。刘奇玉《性别·话语·策略——从序跋视角解读明清女性的戏曲批评》将戏曲序跋书写置于明清文化的大背景中，提出戏曲序跋的书写是在当时男权社会下，女性争取表达才情思绪，甚至社会批评的机会，赢得社会更大程度关照的重要手段③。杜桂萍《序跋题词与蒋士铨的戏曲创作》认为蒋士铨认真经营，将序跋诗词视为作品的有机组成部分，努力通过这些"文外之旨"达成自我与戏曲文本、自我与接受者的互动。如此建构，有利于其戏曲作品的传播与接受，加强了与知音者的切磋交流，也为后人深入理解其戏曲创作的有关问题提供了审视的维度，且打开了一条通往蒋士铨戏曲创作内在世界的独特门径④。徐雁平《清代家集总序的构造及其文化意蕴》认为，家集总序撰者如何结

---

① 徐雁平：《"地域文学传统的建构"成为一种文学叙写方法——以明清集序为研究范围》，《中山大学学报》（社会科学版）2013 年第 1 期。
② 李志远：《明清戏曲序跋研究》，知识产权出版社 2011 年版。
③ 刘奇玉：《性别·话语·策略——从序跋视角解读明清女性的戏曲批评》，《中南大学学报》（社会科学版）2009 年第 5 期。
④ 杜桂萍：《序跋题词与蒋士铨的戏曲创作》，《文艺理论研究》2011 年第 6 期。

构序文、如何依循该结构拓展表述空间等实际上是负载着一定文化意蕴的叙写方式和写作程式,其研究颇具文化考察的意义①。显然,研究者透过序跋文本表面,打破以往文章学的研究方法而引入文化视角的尝试,是能够取得上述这些成果的重要原因。

事实上,无论序跋还是本书的考察对象书序文,其生成和发展演变都牵涉复杂的文化生态,因此只有从文化史的视角来探讨相关现象和问题,才能真正论及根本。可以说,文体研究若失却伴随其生长的文化视角,则无异于隔靴搔痒。基于这样的考虑,本书选择在与书序文密切相关的书籍文化视域下来考察书序文,在必要的书序文文本分析和相关知识准备之外,关注书序文背后广阔的文化空间。余英时《原"序":中国书写史上的一个特色》中注意到序文反映出来的细致的文学事件和文人心态,如龚自珍(1792—1841)由"汉学"改宗公羊学派,于是在为江藩(1761—1830)所著的《国朝汉学师承记》作序时用笔就极尽委婉,甚至竟在序中将书名改为《国朝经学师承记》,此序为当时"汉学"霸权的动摇提供了一条最早的证据;又如蔡元培为胡适《中国哲学史大纲》作序时舍文言用白话出于"护航"的苦心等②。这种立足于文化视域的文体研究,为本书起到了很好的示范作用。同时,在文化视域下,文体研究也就避免了仅仅针对文本的静态观照,它必然联系着具体的文学活动和鲜活的文人思想及精神世界。因此,本书在具体写作中,会着力于将书序文如何书写以及写就后又如何传播、如何接受等动态问题置于文化视域下细致探析和追索。

(二) 王世贞及其周边文人群体的研究现状

本书的考察中心王世贞及其周边文人群体,所涉人数较多,其中撰作书序文较多的如王世贞、汪道昆、屠隆、李维桢、张佳胤、

---

① 徐雁平:《清代家集总序的构造及其文化意蕴》,《文学遗产》2011年第3期。
② 参见余英时《原"序":中国书写史上的一个特色》。

胡应麟、梅鼎祚等是重点关注的对象。书序文本质上是一种实用文体,具有极强的交际功能,其书写和传播必然与书序文作者的交往、经历尤其是文学活动等密切相关;而书序文作者的知识、心态和思想世界又是了解其笔下序文何以呈现出最终书写样态的重要线索,同时这也是本书拟透过书序文需要深入探究的问题。因此,以下的研究综述将针对本书所要重点关注的几位文人,且围绕学界关于他们的交往活动及知识、思想世界方面的研究展开。对于这一群体中的其他个体,或因学界暂时缺乏相关研究,或因目前的研究与本书探讨的书序文关系不大,不一一赘述。

1. 王世贞

王世贞向来备受研究者关注。从宏观到微观,从零散到系统,已有不少成果趋于成熟,精辟见理。生平经历和交往活动方面,已有从年谱到作品系年等方面的研究成果可供参考。20 世纪 80 年代施乐《〈弇州山人年谱〉补注后记》①发表后,1993 年徐朔方《王世贞年谱》②和郑利华《王世贞年谱》③两部较有分量的专著几乎同时面世。其中,徐著着重从谱主著作中辑录资料,以"引论"和"正文"两种形式,对王世贞作综合性评论与生平事迹编年;郑著在对王世贞史事的排比中重视谱主所处的社会政治历史背景与谱主呈现的个性情感。此后,又陆续刊出多篇对徐谱和郑谱进行补正或评论的文章④。新近出版的周颖《王世贞年谱长编》⑤在以往丰富的研究基础上深挖,是近年来王世贞生平资料方面颇为

---

① 施乐:《〈弇州山人年谱〉补注后记》,《古籍整理研究学刊》1985 年第 3 期。
② 徐朔方:《王世贞年谱》,《徐朔方集》第二卷,浙江古籍出版社 1993 年版,第 483—698 页。
③ 郑利华:《王世贞年谱》,复旦大学出版社 1993 年版。
④ 如郑志良《徐朔方先生〈王世贞年谱〉补正一则》,《文学遗产》2000 年第 3 期;孙秋克《两部〈王世贞年谱〉之批评与订补》,《文学遗产》2002 年第 3 期;蒋鹏举《〈王世贞年谱〉补正》,《文献》2004 年第 4 期;郑利华《〈〈王世贞年谱〉补正〉商兑》,《中国学研究》第十辑,2007 年。
⑤ 周颖:《王世贞年谱长编》,上海三联书店 2016 年版。

完备的成果。此外,杨开飞《王世贞与俞允文交游研究》①、王明辉、刘俭《胡应麟与王世贞的关系考论》②、徐兆安《十六世纪文坛中的宗教修养——屠隆与王世贞的来往(1577—1590)》③等论文陆续发表,使得王世贞交往地图的绘制愈发明晰。王世贞著述宏富繁杂,郦波《王世贞作品年表初考》④以及魏宏远《王世贞〈凤洲笔记〉献疑》《王世贞〈弇州山人续稿〉成书、版本考》⑤等从不同角度对王世贞的作品进行了梳理。许建平等编《王世贞书目类纂》⑥是目前较为全面地将国内外收藏的王世贞书目、版本情况汇编并系统分类的目录性专著。

在知识、思想世界方面,关于文学思想,自台湾姜公韬《王弇州的生平与著述》⑦和黄志民《王世贞研究提要——以其生平及学术为中心》⑧两部论著开启了王世贞文学思想的探讨后,21世纪以来,海峡两岸的研究逐渐深化,代表性成果有郑利华《王世贞研究》⑨、郦波《王世贞文学研究》⑩、孙学堂《崇古理念的淡退——王世贞与十六世纪文学思想》⑪、魏宏远《王世贞晚年文学思想研

---

① 杨开飞:《王世贞与俞允文交游研究》,《乐山师范学院学报》2009年第6期。
② 王明辉、刘俭:《胡应麟与王世贞的关系考论》,《安庆师范学院学报》(社会科学版)2006年第1期。
③ 徐兆安:《十六世纪文坛中的宗教修养——屠隆与王世贞的来往(1577—1590)》,《汉学研究》2012年第1期。
④ 郦波:《王世贞作品年表初考》,《古籍整理研究学刊》2008年第4期。
⑤ 魏宏远:《王世贞〈凤洲笔记〉献疑》,《学术交流》2012年第5期;《王世贞〈弇州山人续稿〉成书、版本考》,《上海大学学报》(社会科学版)2014年第2期。
⑥ 许建平等编:《王世贞书目类纂》,凤凰出版社2012年版。
⑦ 姜公韬:《王弇州的生平与著述》,《文史丛刊》第39种,台湾大学出版中心1974年版。
⑧ 黄志民:《王世贞研究提要——以其生平及学术为中心》,台湾政治大学1976年博士学位论文。
⑨ 郑利华:《王世贞研究》,学林出版社2002年版。
⑩ 郦波:《王世贞文学研究》,中华书局2011年版。
⑪ 孙学堂:《崇古理念的淡退——王世贞与十六世纪文学思想》,天津古籍出版社2004年版。

究》①、李燕青《〈艺苑卮言〉研究》②等。这些研究针对王世贞的文论著作和文学作品,主要围绕"格调"论、"弇州晚年定论说"等问题展开。史学思想方面,成果丰硕,近年来尤以孙卫国最为突出,除数篇论文外,其专著《王世贞史学研究》③将王世贞在史学上的成就置于学术发展史中考察,相当全面系统。

2. 汪道昆

生平和交游方面,赵景深、张增元编《方志著录元明清曲家传略》④从二十余种方志中辑录出有关汪道昆的文献资料,方便学界进一步研究。胡世厚、邓绍基主编的《中国古代戏曲家评传》收录有金宁芬《汪道昆评传》⑤,徐朔方《汪道昆年谱》⑥系统梳理了汪道昆的文集与交游,是研究汪道昆不可或缺的基础资料。汪超宏《明清曲家考》⑦又在徐著的基础上做了若干有益的补正。金宁芬《〈大雅堂序〉的作者究竟是谁?》认为《大雅堂序》是汪道昆的自序⑧。廖可斌《复古派与明代文学思潮》⑨、郑利华《汪道昆与嘉、万时期文坛的复古活动——以其与七子派关系考察为中心》⑩、刘彭冰《汪道昆文学研究》⑪以及耿传友《汪道昆商人传记研究》⑫等探讨了汪道昆文学、经济等方面的思想和观念。

---

① 魏宏远:《王世贞晚年文学思想研究》,复旦大学 2008 年博士学位论文。
② 李燕青:《〈艺苑卮言〉研究》,中国文史出版社 2013 年版。
③ 孙卫国:《王世贞史学研究》,人民文学出版社 2006 年版。
④ 赵景深、张增元编:《方志著录元明清曲家传略》,中华书局 1987 年版。
⑤ 胡世厚、邓绍基主编:《中国古代戏曲家评传》,中州古籍出版社 1992 年版,第 319—326 页。
⑥ 载《徐朔方集》,第 4 卷,第 1—104 页。
⑦ 汪超宏:《明清曲家考》,中国社会科学出版社 2006 年版。
⑧ 金宁芬:《〈大雅堂序〉的作者究竟是谁?》,《文学遗产》2004 年第 6 期。
⑨ 廖可斌:《复古派与明代文学思潮》,文津出版社 1994 年版。
⑩ 郑利华:《汪道昆与嘉、万时期文坛的复古活动——以其与七子派关系考察为中心》,《中国文学研究》第 11 辑,2008 年。
⑪ 刘彭冰:《汪道昆文学研究》,复旦大学 2008 年博士学位论文。
⑫ 耿传友:《汪道昆商人传记研究》,安徽大学 2002 年硕士学位论文。

3. 屠隆

徐朔方《屠隆年谱》①以屠隆的戏曲生活为着力点,引用诗文集、书画作品、书目、笔记等材料,将屠隆生平烘托而出,除史料价值外,体现出敏锐的学术眼光。在其基础上,秦皖春《屠隆年谱》②注重将屠隆放到广阔的明代文学史背景下考察,附录《屠隆著述考》用力尤勤。徐美洁《屠隆年谱1543—1605》③是最新的一部成果,对屠隆生平梳理较为完整细致。吴新苗《屠隆研究》④中亦附《屠隆家世生平考略》和《屠隆交游考》,这些成果为本书提供了丰富的资料。吴新苗外,刘易《屠隆研究》⑤也属于全面的整体性研究,它们和论文如谈蓓芳《明代后期文学思想转变的一个侧面——从屠隆到竟陵派》⑥、冷月《屠隆诗歌研究》⑦、孟斌斌《屠隆诗文观研究》⑧、肖自强《屠隆佛教思想研究》⑨等从不同角度讨论了屠隆的心态和思想,为本书把握屠隆的内在世界提供了重要帮助。

4. 李维桢

李玉栓《李维桢〈大泌山房集〉中的诗社》⑩、金霞《李维桢与王世贞交游考述》⑪等文梳理和考证了李维桢的交游情况。关于李维桢文学思想的研究主要有查清华《李维桢对明代格调论的突破

---

① 载《徐朔方集》,第3卷,第309—394页。
② 秦皖春:《屠隆年谱》,复旦大学2003年硕士学位论文。
③ 徐美洁:《屠隆年谱1543—1605》,上海人民出版社2015年版。
④ 吴新苗:《屠隆研究》,文化艺术出版社2008年版。
⑤ 刘易:《屠隆研究》,华东师范大学2008年博士学位论文。
⑥ 谈蓓芳:《明代后期文学思想演变的一个侧面——从屠隆到竟陵派》,《复旦学报》(社会科学版)1989年第1期。
⑦ 冷月:《屠隆诗歌研究》,安庆师范学院2013年硕士学位论文。
⑧ 孟斌斌:《屠隆诗文观研究》,北京语言大学2009年博士学位论文。
⑨ 肖自强:《屠隆佛教思想研究》,南京大学2012年硕士学位论文。
⑩ 李玉栓:《李维桢〈大泌山房集〉中的诗社》,《中国文学研究》2010年第4期。
⑪ 金霞:《李维桢与王世贞交游考述》,《社会科学论坛》2018年第2期。

与创新》①、李圣华《钟惺与李维桢诗歌之比较研究》②、张银飞《李维桢诗学辨体理论探讨》③等为数不多的论文。台湾的研究者对李维桢关注较早，研究更为深入，比较突出的如谢旻琪《李维桢文学思想研究》④、黄湘云《晚明文人的应酬书写——以李维桢为例》⑤等，而鲁茜《李维桢研究》⑥从生平、著述、文学交游、诗文创作以及诗学思想等方面全面展开探讨，最为系统。

5. 胡应麟

吴晗《胡应麟年谱》⑦之后，多篇论文分别对胡应麟的生平和求书、读书、藏书等经历加以考证⑧。王嘉川《布衣与学术——胡应麟与中国学术史研究》⑨、曹之《胡应麟与图书编撰学》⑩、张晶晶《胡应麟的藏书思想、实践及价值研究》⑪等主要讨论胡应麟在学术和书业方面的思想和贡献。总体来看，学界关注最多的仍是胡应麟的文学思想，如陈卫星《胡应麟的小说思想研究》⑫、王明辉

---

① 查清华：《李维桢对明代格调论的突破与创新》，《中国韵文学刊》2000年第1期。
② 李圣华：《钟惺与李维桢诗歌之比较研究》，《郑州大学学报》（哲学社会科学版）2004年第1期。
③ 张银飞：《李维桢诗学辨体理论探讨》，《淮北师范大学学报》（哲学社会科学版）2014年第1期。
④ 谢旻琪：《李维桢文学思想研究》，淡江大学2010年博士学位论文。
⑤ 黄湘云：《晚明文人的应酬书写——以李维桢为例》，暨南国际大学2011年硕士学位论文。
⑥ 鲁茜：《李维桢研究》，花木兰出版社2016年版。
⑦ 吴晗：《胡应麟年谱》，《清华大学学报》1934年第1期。
⑧ 如陈少川"二酉山房"与胡应麟》，《图书馆刊》2000年第4期；王嘉川《胡应麟生平考略》，《图书与情报》2005年第3期。
⑨ 王嘉川：《布衣与学术——胡应麟与中国学术史研究》，商务印书馆2005年版。
⑩ 曹之：《胡应麟与图书编撰学》，《山东图书馆季刊》1999年第2期。
⑪ 张晶晶：《胡应麟的藏书思想、实践及价值研究》，郑州大学2012年硕士学位论文。
⑫ 陈卫星：《胡应麟的小说思想研究》，华中师范大学2007年博士学位论文。

《胡应麟诗学研究》①、陈丽媛《胡应麟文艺思想研究》②,尤其是李思涯《胡应麟文学思想研究》③更涉及文章、戏曲等多个层面,全方位展现了胡应麟丰富的思想世界。

6. 张佳胤

除黎春林《〈明史·张佳胤传〉补正》④、杨钊等关于张佳胤和杨慎、刘绘的交游考论外⑤,冯雁雯《张佳胤年谱》对张佳胤生平资料的梳理较为细致系统⑥。另有数篇论文,如乐万里《明代重庆诗人张佳胤及其区域文化意义》⑦,郑家治《性灵说首倡者张佳胤之诗歌本质论》⑧、贺川《张佳胤诗及诗论研究》⑨等,这些研究虽已涉及张佳胤诗歌理论等内容的探析,但总体上仍未深入,且带有明显的地方好尚倾向。

7. 梅鼎祚

徐朔方早年所著《梅鼎祚年谱》⑩外,李慈瑶《梅鼎祚研究四题》⑪附录中设有对徐朔方研究的补正。文学方面,刘和文《论梅鼎祚的戏曲观》⑫、李慧芬《梅鼎祚〈青泥莲花记〉研究》⑬等集中讨论了梅鼎祚的戏曲创作及戏曲观念,李慈瑶《梅鼎祚研究四题》和

---

① 王明辉:《胡应麟诗学研究》,学苑出版社 2006 年版。
② 陈丽媛:《胡应麟文艺思想研究》,福建师范大学 2007 年博士学位论文。
③ 李思涯:《胡应麟文学思想研究》,中国社会科学出版社 2012 年版。
④ 黎春林:《〈明史·张佳胤传〉补正》,《黑龙江史志》2009 年第 18 期。
⑤ 杨钊:《杨慎张佳胤交游考》,《北方论丛》2008 年第 2 期;杨钊、刘华钢:《张佳胤刘绘交游考》,《重庆文理学院学报》(社会科学版)2009 年第 2 期。
⑥ 冯雁雯:《张佳胤年谱》,兰州大学 2007 年硕士学位论文。
⑦ 乐万里:《明代重庆诗人张佳胤及其区域文化意义》,《长江师范学院学报》2012 年第 9 期。
⑧ 郑家治:《性灵说首倡者张佳胤之诗歌本质论》,《重庆文理学院学报》(社会科学版)2010 年第 5 期。
⑨ 贺川:《张佳胤诗及诗论研究》,重庆工商大学 2010 年硕士学位论文。
⑩ 徐朔方:《梅鼎祚年谱》,《徐朔方集》,第 4 卷,第 105—200 页。
⑪ 李慈瑶:《梅鼎祚研究四题》,浙江大学 2011 年硕士学位论文。
⑫ 刘和文:《论梅鼎祚的戏曲观》,《黄山学院学报》2003 年第 1 期。
⑬ 李慧芬:《梅鼎祚〈青泥莲花记〉研究》,台湾中山大学 2003 年硕士学位论文。

陈晨《梅鼎祚文学创作与文学批评研究》[①]在戏曲之外更关注到梅鼎祚的诗歌创作和文学批评、其唐诗选本《唐二家诗钞》和总集《书记洞诠》的编纂问题等。

近年来学界对王世贞及其周边文人群体中其他作家的研究也有深挖和拓展,如李叶萍《梁有誉诗学研究》[②]、严艳《吴国伦诗文研究》[③]等,相关研究的推进,使得王世贞及其周边文人群体在文学史中的面目更加清晰。总的来说,以上研究成果为本书讨论王世贞及其周边文人群体,提供了生活经历、交往活动,以及思想观念等多方面的信息和知识准备。

三、研究方法

文体研究经历了漫长的发展过程。在某些时期,人们只注重解读一种文体的文本,着力于对文本的主题类型、思想蕴涵、风格意境、表现手法、语言色彩等方面的探讨,认为除此之外的一切工作,都是非文学的研究。这种研究实际上是以"文学"为藩篱,自缚手脚,不可能全面、动态地把握一种文体的特征。在另一些时候,人们又过于关注文体的背景研究,忽视了文体自身的发展和特点,把各种文化状况仅仅作为外部因素生硬地附加在文体的作家和作品上,只能得出空泛的、似是而非的结论。这两种倾向,显然都走向了极端,并不利于文体研究的发展与进步。

文体是以语言为载体呈现的,但它并非仅为一种语言现象。文化是文体产生的土壤、背景,或者说外缘因素。文体的形式选择与审美特征,总是与特定的时代精神、社会风尚等各种文化因素紧密相关,体现了这一时代文人感知世界、阐释世界、表现世界的特殊方式,因而具有深广的文化内涵。孤立地研究文体本身,

---

① 陈晨:《梅鼎祚文学创作与文学批评研究》,复旦大学 2008 年博士学位论文。
② 李叶萍:《梁有誉诗学研究》,湘潭大学 2013 年硕士学位论文。
③ 严艳:《吴国伦诗文研究》,暨南大学 2014 年硕士学位论文。

许多错综复杂的文学现象均无法得到合理的解释,并且也偏离了文体的本质。但是,盲目地脱离文体自身去谈文化背景,又会忽略文体自身的内在理路(inner logic)①。这是本书以书序文文体为基点,同时又从书籍文化的视域进行探析的主要原因。

书序文作为一种文体,内涵相当丰富,并不仅仅代表抽象的"书序文"的意涵。从书写到传播,书序文牵涉着诸多文化因素,承载着当时的文化特征与文化品格。因此,对书序文的研究,理应放在更为宽广的社会和文化背景之下进行。循着这一思路,本书采用的文体研究方法,是将书序文置于16世纪明代书籍出现爆发式增长的文化视域下观照,同时兼顾文体自身的内在理路,将书序文研究与书籍文化、文人心态史和思想史研究联系起来。本书不拘泥于王世贞及其周边文人群体撰作的书序文文本,而是由此探寻相关的具体文化事件、文人精神世界等线索,深入发掘文体背后更加丰富的文化空间。通过这种文化视域下的观照,展现书序文在明代的发展变化,以及呈示由书序文影响或是作用的文学和文化世界。

此外,本书亦并非只作单纯的静态的文献与文化研究,而是注重考察书序文从书写到传播接受的动态过程,而这方面目前已有相对成熟的理论基础。

在讨论书序文的书写时,"主体间性"(intersubjectivity)理论给本书带来了极大的启发。"主体间性"是一个有着多重含义的复杂概念,20世纪初胡塞尔(Husserl Edmund)最早提及,继而海德格尔(Martin Heidegger)赋予其哲学本体论的意义,此后马丁·布伯(Martin Buber)、伽达默尔(Hans-Georg Gadamer)、哈贝马斯(Jürgen Habermas)等从不同层面对其有所阐发。"主体

---

① 参见余英时《论戴震与章学诚——清代中期学术思想史研究》,生活·读书·新知三联书店2000年版,第325页。

间性"消解了以往主客体对立的关系,而突显一种互为主体的关系,简单地说就是指主体与主体之间通过对话、交往、沟通、体验,寻求的不同主体之间的共在关系。它强调的是相对独立的主体之间互为主体的沟通与对话,从而在这种沟通与对话中促成新的生发。由于书序文具有基于某部书籍文本产生的文体特征和呈示、延展该书文本意义空间的文体功能,这就决定了书序文的产生关涉书序文与书籍编著者、书籍文本、读者等主体之间复杂的关系,所以"主体间性"理论特别适用于本书的研究。以往的书序文研究多因忽略了主体间性,对书序文的使用脱离了它当时的语境,于是种种解读皆偏离了书序文文体的本质意义。杨春时《文学理论:从主体性到主体间性》[1]等论文较早将"主体间性"理论介绍给国内学界,目前该理论在中国现当代文学研究领域得到愈来愈多的应用,为本书的研究积累了经验。

如果说"主体间性"理论是本书在探讨书序文书写阶段借用的一个理论,那么,在进入书序文的传播和接受阶段后,"副文本"则成为本书所要依据的另一个重要的理论舟筏。副文本理论是法国当代文学批评家热拉尔·热奈特(Gérard Genette)在讨论跨文本关系、研究普鲁斯特(Proust)和乔伊斯(Joyce)等作品过程中逐渐发展起来的,其观点主要散布在《广义文本之导论》《印迹文本》和《副文本:阐释的门槛》三篇论文中[2]。书序文属于热奈特归纳的副文本类型。热奈特认为书序文处于"门槛"的位置,直接指涉正文本,为读者进入正文本营造了广阔的阅读空间和审美氛围。副文本理论对于本书思考书序文和读者的关系、书序文作为副文本对读者产生的文体效能等问题具有很强的启发

---

[1] 杨春时:《文学理论:从主体性到主体间性》,《厦门大学学报》(哲学社会科学版)2002年第1期。

[2] 〔法〕热拉尔·热奈特:《热奈特论文集》,史忠义译,百花文艺出版社2000年版。

性。陈昕炜《序跋之文本定位、内容配置与功能类型分析——以〈葵园四种〉为例》①、陈水云《唐宋词集"副文本"及其传播指向——以明末清初编刻的唐宋词集为讨论中心》②两篇文章,已经从不同角度尝试运用"副文本"理论研究序跋,可为本书的研究提供示范。

由于本书拟采用"八面受敌"的方法,从各个视角展开书序文文体和文化的研究,所以,"主体间性"和"副文本"两个理论在操作上并不会相互抵牾。并且,在某种程度上,"主体间性"理论可为"副文本"理论提供一种阐释视角,"副文本"理论也能对"主体间性"理论有所支撑,它们共同为本书的研究目标服务。理论的运用只是为了更加系统和合理地解释研究中遇到的具体问题和现象,解决问题始终是我们的根本目的,因此本书借助理论却并不自缚于理论,最终要完成的是舍筏登岸。

总的来说,本书的目标是研究书序文文体及其背后的文人心态和相关文化问题,因此与以往的文体研究取径不同,除了立足于丰富的文献材料基础,还将深入到书序文与书籍编著者、书籍文本、读者等各种主体之间复杂关系的探讨,梳理出明代书序文从书写到传播的具体过程,挖掘书序文更深层次的文体和文化意涵。本书采取文体研究与文化研究相结合的方法,不孤立释读文献文本,而是将文献置于广阔的历史文化背景中加以考察,同时也不空泛地探讨文化现象,而是引入相应的理论作为支撑,对明代书序文牵涉的文化问题作出独立的解读,努力呈现一个围绕明代书序文文体展开的动态文化世界。为此,本书还将引入历史学、社会学、传播学等其他学科的研究方法。

---

① 陈昕炜:《序跋之文本定位、内容配置与功能类型分析——以〈葵园四种〉为例》,《毕节学院学报》2012年第10期。

② 陈水云:《唐宋词集"副文本"及其传播指向——以明末清初编刻的唐宋词集为讨论中心》,《江西师范大学学报》(哲学社会科学版)2010年第4期。

四、内容结构

本书除《绪论》与《结语》外，共分四章，第一章主要将王世贞及其周边文人群体置于16世纪宏阔的书籍文化活动中，呈现书序文产生与繁荣的文化背景。第二、三章讨论明代书序文的书写实践，第四章则讨论明代书序文的实际传播与接受。最后附录王世贞及其周边文人群体的小传。

第一章论述16世纪的书籍文化活动与书序文。明正德以后，书籍文化成为整个明代精神文化建构中的重要构成因素。在这种文化生态环境下，以王世贞及其周边文人群体为代表的明代文人在编书和著书、刻书、藏书以及书籍流通等书籍文化活动中，针对不同情况和出于不同需求撰作了大量的书序文，而书序文又作为文化因素参与到当时的书籍文化活动中去。

第二章论述书籍编著者与明代书序文的书写实践。书序文作者和书籍编著者之间的关系直接影响到书序文作者的书写实践，因此本章引入"主体间性"理论，将明代书序文分为三种情况：第一种是书序文作者与书籍编著者身份重合的情况；第二种是书序文作者和书籍编著者有过直接接触或交往，身份存在相交的情况；第三种是书序文作者和书籍编著者并未有过直接接触或交往，身份存在相离的情况。针对与书籍编著者间不同的关系，书序文作者会采用不同的书写策略，写就一篇篇具有不同文字风景的书序文。

第三章论述书籍类型与明代书序文的书写实践。以王世贞及其周边文人群体为代表的明代文人所序书籍门类繁富，同样在"主体间性"理论视角下，本章择取明代突出的三类书序文展开重点讨论：第一类是为诗文集类书籍撰作的书序文，第二类是为学术类书籍撰作的书序文，第三类是为小说、戏曲类书籍撰作的书序文。面对不同内容性质的书籍，书序文作者的书写各具特点。

第四章论述传播过程中明代书序文对读者的具体文体效能和文化价值。本章引入"副文本"的理论视角,进入明代书序文传播与接受的探讨中,注意到书序文既可以作为副文本依附于书籍,又可以作为完全独立的文本面向读者,讨论在这两种不同情况下,明代书序文分别对读者产生的实际文体效能和文化价值。

按照这样的结构安排,本书首先将书序文置于明代书籍文化活动中考察,接下来又深入至对书序文与书籍编著者之关系、书序文与书籍类型之关系、书序文在传播中与读者之关系的探讨,呈现出明代书序文从产生到传播的动态过程,从而使书序文的意义在文体、文化、文人心态等多个维度中得以呈现。虽然本书只选取了王世贞及其周边文人群体的书序文作为考察中心,但他们却是书籍爆发式增长到来之后,明代书序文从书写到传播的一个极具代表性的缩影。自王世贞及其周边文人群体生活的 16 世纪直至今天,书籍和书序文一直作为重要构成要素参与到整个社会文化的建构之中。因此,本书针对王世贞及其周边文人群体书序文所作的具体而细致的探析,不仅可以完整生动地揭示书序文在明代书籍爆发式增长下文体及文化的发展变化,有利于重新认识和定位文学史上的书序文,从文体出发还原和丰富文学史,还将为当今书序文牵涉的文化现象和问题提供历史线索和答案。

第一章 16 世纪的书籍文化活动与书序文

16世纪的明代社会,正由弘治走向正德,随后又历经了嘉靖、隆庆、万历诸朝的过渡。在这一百多年的历史中,明王朝逐渐衰弱的国势几乎无可逆转,跌跌撞撞地走向了最后的陨落。然而在文化领域,当时出现了一个反差极大的现象,书籍尤其是印本书籍在正德以后竟然出现爆发式的增长,迎来了真正的书籍文化时代。围绕书籍展开的各项文化活动,从编书、著书、刻书、藏书,到书籍的发行和流通等,非但没有受到国家政权态势的同步影响,反而在国势衰颓中展露出前所未有的繁盛景象①。

---

① 张秀民认为:"明代刻书最早始于吴王元年(1364),至洪、永而盛,成、弘以后,至正、嘉、隆、万而极盛,讫天、崇而不衰。"(张秀民著,韩琦增订:《中国印刷史》上,浙江古籍出版社2006年版,第241页。)缪咏禾在论及明代出版事业时,亦以正德为界,认为正德以后出版达到了极度的繁盛。(参见缪咏禾《中国出版通史》(明代卷),中国书籍出版社2008年版,第10页。)郭孟良从商业出版的角度出发描述16世纪的明代:"这是一个鼎盛的时代,出版事业持续发展,出版机构和出版物数量空前之多,出版物内容异彩纷呈,图书市场活跃,读者群体扩大;这是一个定型的时代,出版业的地域布局,出版系统的结构消长,出版工艺和流程的成型,书籍装帧与版式设计的形态走向,都逐步趋于成熟和稳定;这是一个创新的时代,印刷技术的创新,图书内容和形式的创新,选题策划的创新,经营管理的创新,成就了明代出版的辉煌;这也是一个商业化的时代,以市场销售作为生存和发展的书坊涌现,职业编辑出版队伍、大众阅读群体和图书流通网络形成……"(郭孟良:《晚明商业出版》,中国书籍出版社2010年版,第3页。)

不可否认的是，明初的统治者尤其是洪武帝朱元璋(1328—1398)和永乐帝朱棣(1360—1424)，对于与文治紧密相关的书籍皆抱持着热心和重视。在书籍的搜集与颁行方面，早在明朝建立前一年(1367)，朱元璋即令求四方遗书，并设立专门的官员秘书监以掌管国家典籍；洪武二年(1369)，始颁《四书》《五经》《纲目》及诸子于府州县学；十五年(1382)再颁刘向的《说苑》《新序》于学校，令生员讲读，且命有司将国子监残缺的书版一一考补；二十三年(1390)冬，又令礼部遣派专门的使者购买天下之遗书和善本，送书坊刊刻；二十四年(1391)命礼部颁国子监印本书籍于北方各学校。① 朱棣亦颇以书籍的编修、整理和典藏为重，即位之初就命解缙(1369—1415)等仿宋初《太平御览》修书。永乐二年(1404)，解缙等所修《文献大成》毕，朱棣嫌其未备，又命姚广孝(1335—1418)等重修，最后修成中国图书史上空前庞大的类书《永乐大典》。由于发现文渊阁藏书多所阙略，朱棣遂命礼部尚书郑赐(1408年前在世)遣访书使向民间求购，"惟其所欲与之，勿较值，庶所得者多。"② 对于书籍收藏，他尤为强调阅读利用的重要性，认为"置书不难，须常阅览乃有益。凡人积金玉皆欲遗子孙，朕积书亦欲遗子孙，金玉之利有限，书籍之利岂有穷也"③。十一年(1413)令天下普修图志，十六年(1418)又下诏编纂天下郡县志

---

① 参见张秀民著，韩琦增订《中国印刷史》上，第238页。
② 《明史·艺文志》总序："明太祖定元都，大将军收图籍致之南京，复诏求四方遗书，设秘书监丞，寻改翰林典籍以掌之。永乐四年，帝御便殿阅书史，问文渊阁藏书。解缙对以印多阙略。帝曰：'士庶家稍有余资，尚欲积书，况朝廷乎？'遂命礼部尚书郑赐遣使访购，惟其所欲与之，勿较值。北京既建，诏修撰陈循取文渊阁书一部至百部，各择其一，得百柜，运致北京。宣宗尝临视文渊阁，亲批阅经史……是时，秘阁贮书约二万余部，近百万卷，刻本十三，抄本十七……正德十年，大学士梁储等请检内阁并东阁藏书残阙者，令原管主事李继先等次第修补……"（[清]张廷玉等：《明史》，中华书局1974年版，第1392页。）
③ [明]余继登：《典故纪闻》卷六，《丛书初编》本，第106页。

书,派遣专门的官员遍诣郡县,博采相关事迹与旧时志书。① 正因如此,积累至宣德时,秘阁藏书竟达两万余部,近百万卷,并且多为精品,为明代国家藏书最盛之时期。直到正统六年(1441),这些书籍尚完善无缺,当时由杨士奇(1365—1444)等所编《文渊阁书目》里就收有书籍达四万三千二百余册。②

统治者对书籍的热心和重视投射到国家政令的相关环节,即表现在他们为书籍文化活动提供了较为宽松和有利的政策支持。明朝建立之初,朱元璋对书籍刊刻采取了开放的态度,撤销宋元时书籍刊印的审查程序和机构,虽然重视官刻,但并不主张官府垄断,允许甚至鼓励民间刻书。洪武元年(1368)八月,朱元璋下令不得对书籍与田器征税,把书籍和关系国计民生的农具置于同等重要的地位,同时还免去了笔、墨等与书籍生产密切相关的材料之税务③。即便至16世纪,国库虚空,再加上法纪松弛,各地普遍出现肆意增设税卡、税种等情况之下,书籍免税政策仍然得到了稳定施行,并且持续至明末④;对于包括刻书工、抄书工等在内的手工工匠,朱元璋实行"住坐"和"轮班"两种为政府服役的制度,这就使得刻工和抄工们并非全然受制于政府,拥有一定的可供自主安排和调节劳作的时间和空间。到了嘉靖八年(1529)国家更是连"轮班"制也一并废除,规定刻工、抄工等皆可"以钱代役",故其劳作便更加自由和灵活机动,可以集中精力和时间完成大量书籍的刊印⑤。统治者的提倡无疑有利于引导整个明代社会

---

① 参见仓修良《方志学通论》(增订本),华东师范大学出版社2013年版,第223页。

② 参见张秀民著,韩琦增订《中国印刷史》上,第238—239页。

③ 《明史·太祖本纪二》载:"洪武元年八月,除书籍田器税。"又《明史·食货志五》载:"(应交税货物)其名物件析榜于官署,按而征之,惟农具、书籍及其他不鬻于市者勿算。"([清]张廷玉等:《明史》,第21,1974页。)

④ 参见葛传彬《〈醒世姻缘传〉中明代书籍免税史料一则》,《文献》2010年第1期。

⑤ 宋原放、李白坚:《中国出版史》,中国书籍出版社1991年版,第110页。

上下形成重视书籍阅读、刊印和收藏等文化风气。而相关政策上的倾斜,则最实际地保障和推动了书籍文化活动的发展。

除此而外,实际上,在动乱多变的政局之下,16世纪的明代社会经济仍然得到了极大的增长。商品经济高度发展,而全国土地兼并异常严重,所谓"有田者十一,为人佃作者十九"①,于是失去土地的农民和原来就剩余的人力大批量流入城镇,他们中有许多人加入了书籍生产手工业者的队伍,为书籍刊印提供了廉价劳动力②。并且此时的劳作早已形成良好的分工与协作,书籍生产和贩售出现了《桃花扇·逮社》中描述的集编、印、发为一体的规模化、产业化经营③。全国范围内形成了数十个大型都市,尤其在社会相对稳定的东南地区,涌现出一批商业、手工业和其他行业都较为集中的新兴城镇和商埠。对书籍流通而言,等于提供了更多相对集中而稳定的集散地。在此环境之下,书籍贸易相当活跃,除专事贩运书籍的商贩外,还有专门针对书籍贸易的市集④。不少书籍坊肆除了在某地坐店行销外,还开始通过开分店、远途贩运等方式将书籍销往全国各地甚至海外。

而此时,由于明代自建立之初就制定了完备的教育制度,除了培养儒学精英和行政官吏的各级官学,民间教育也各具特色,

---

① [清]顾炎武:《苏松二府田赋之重》,黄汝成集释,秦克诚点校:《日知录集释》卷一〇,上海古籍出版社1994年版,第369页。

② 参见曹院生《明代书籍插图艺术的生产与消费状况分析》,《江西社会科学》2010年第2期。

③ 《桃花扇》第二十九出"逮社"中通过蔡益所的自白描述了晚明的小型书籍经营个体:一幢房子,门面是书店,后面做刊印作坊,楼上则是编辑部,编、印、发一体,看到什么书畅销,几天就可以赶出来,十分灵活。(参见[清]孔尚任《桃花扇》,人民文学出版社1959年版,第189—190页。)

④ "书坊街在崇化里,比屋皆鬻书籍,天下客商販客者如织,每月以一、六日集。"([明]冯继科:《封域志》,《建阳县志》卷三,嘉靖三十二年(1553)刊本。)"凡武林书肆多在镇海楼之外及涌金门之内,及弼教坊、及清河坊,皆四达衢也。省试则间徙于贡院前,花朝后数日则徙于天竺,大士诞辰也。上巳后月余则徙于岳坟,游人渐众也。梵书多鬻于昭庆寺,书贾皆僧也。"连僧人也加入了书贾的行列。([明]胡应麟:《经籍会通》,《少室山房笔丛》卷四,上海书店出版社2001年版,第41页。)

生机勃勃①。文化人的队伍逐渐扩大，社会整体阅读能力得到提升，对书籍的数量和品种都有了新的需求，人们的书籍消费观念也愈发成熟，可以说，书籍生产具有潜力巨大的市场空间。在此情况之下，随着书籍商业化带来的颇为可观的利润刺激，本来就热衷于书籍文化活动的文人们，更加积极主动地参与到书籍编著、刊印、买卖等文化活动中来。其中，科举失意的文人也由此寻到了新的可以赖以生存的事业，文化缙绅们也乐于从中经营获利。随着文人与书籍坊肆的结合日趋紧密，"兼儒之商"和"兼商之儒"作为一种新兴的社会身份非常自然地为整个社会所接受和认同，成为当时新的社会构成。正因为文人在各个环节的积极参与，有力地带动了书籍文化活动不息运转的轮轴。

不仅如此，当时的文房业尤其发达，笔、墨、纸等材料品类繁多且制作精良，从国外引进的蓝靛因成本低廉和更易获取的优势，已被印刷工人广泛用来代替传统的墨；南京、苏州、杭州等地盛产源源不断的绢缎，可用来制作书籍函套。印刷技术成熟，人们根据雕版和活字两种方法各自的特点，按照具体需求分别用在不同类型的书籍印刷中；刻工技法高妙，能够在书版上雕刻篇幅更大和风格更多变化的插图；彩色印刷也有了新的发展，单是着彩之法就有敷彩、套印等，且套印更趋精致化，出现了饾版和拱花，可以为书籍印出复杂精美的图画，具有极高的艺术价值②。随着书籍刊印的高度发展，此时还从书法体中独立出一种专门适合印刷的字体——"宋体字"（也称"匠体字"）③。这种字体平直方

---

① 清张廷玉等撰《明史·选举志一》："科举必由学校，而学校起家可不由科举。曰国学，曰府、州、县学。"（第1675页）
② 陶湘在《明吴兴闵板书目序》中说当时湖州闵、凌两家刊印的套印书"纸张洁白，采色斑斓，能使读者精神为之一振。"（陶湘编，窦水勇校点：《书目丛刊》（一），辽宁教育出版社2000年版。）
③ 清蒲松龄《宋体字》云："隆、万时，有书工专写肤廓字样，谓之宋体。刊本有宋体字，盖昉于此。"（《聊斋笔记》卷上，广益书局1936年版。）

正、横轻竖重,具有规范化的特质,使书籍刊刻不再必须用精于书法的工匠,普通工匠即可照着样子写好字样,刻工根据笔画也易于施刀刻字,写与刻皆更为便捷,在提高工作效率的同时极大地降低了生产成本①,而由此节省的费用又可投入到更多的书籍生产当中,在某种程度上加快了书籍刊印和流通的速度。就装订工艺而言,此时已定型为方册装订,不仅可使材料至少省去一半,且便于将来收藏时的整理和庋放。如此与印刷相关物资的进步与技术的成熟,足已为书籍生产、流通提供强大的物质保障和技术支持。

书籍的编纂刊印在全国范围尤其是江苏、浙江、福建等地如火如荼,同时京杭大运河在永乐年间便得到了全面疏浚而开始发挥巨大的经济效益,至 16 世纪,加上以北京为枢纽的八条主要干线的驿道商路,南北水陆要道可谓纵横交织,构成了一个商品和人力等流通交换异常便利的国内交通网络。书籍文化活动涉及的物资、人力、产品等均可依托于这个庞大的网络。所以我们看到,大批量、远距离的书籍从南方苏州的某个小镇不日便运至北京销售,而山西南部平阳府刊印的书籍轻易地就被江苏常熟的藏书家购得。书商可以在福建建阳制作雕版然后运去杭州印刷,刻工、抄工们能非常方便地四方游走、互相协作。有研究者发现,苏州刻工、南京刻工和相隔甚远的福建刻工在当时已经实现了通力合作,能够共同完成一部书籍的刻印②。海外贸易在此时也繁荣起来,部分书籍开始行销至朝鲜、日本等周边国家。书籍文化活动在全国甚至更大的范围内真正流转了起来。

在多重有利因素的合力之下,16 世纪的明代书籍从生产到流

---

① 有研究者推算,宋体字的采用,在书籍抄写和刊刻过程中甚至可以节约百分之五十的费用。(参见〔美〕周绍明《书籍的社会史——中华帝国晚期的书籍与士人文化》,何朝晖译,北京大学出版社 2009 年版,第 25 页。)
② 参见冀叔英《谈谈明刻本及刻工》,《文献》1981 年第 1 期。

通的各个环节,已经形成了活跃而稳定的运转和发展系统。编书、著书、刻书、藏书等书籍文化活动异常热烈而繁荣,书籍文化如同和风细雨般逐渐渗透至人们生活的各个角落,进而引领其时的社会风尚,已然成为建构 16 世纪明人文化生活不可或缺的基本要素。而在此时,文学史上一种基于书籍而产生的特殊文体——书序文,也正伴随着 16 世纪明代这场书籍的盛筵,在绚烂活跃的书籍文化活动中逐渐走向成熟,发出此前从未有过的光亮。

第一节 "著作千秋事":书籍编著与书序文

一、文士与书商并进

在书籍出现爆发式增长的 16 世纪,书籍生产仍然有两大主要来源:一为编,即编辑整理、评点、校释和辑录前人或今人的文献等。一为著,即撰写学术著作、文学作品或关于日用和各个领域的原创性著作。但是此时,不论编书还是著书,其主导者已不再是国家、官府这类公共机构,文士而外,书商作为新崛起的编著者积极参与到书籍生产中来。并且很多时候,文士与书商并没有严格的界分,他们常常通过合作的方式完成某部书籍的编著,甚或同一个人身兼文士和书商二重身份。总体看来,其时的书籍编著呈现出文士与书商并进的局面。

(一)编书活动

> 万历间,人多好改窜古书,人心之邪,风气之变,自此而始。
>
> ——[清]顾炎武《日知录》[①]

[①] [清]顾炎武:《改书》,黄汝成集释,秦克诚点校:《日知录集释》卷一八,第 1076 页。

正如顾炎武(1613—1682)所言,16世纪以来明人编书之乱和编书之滥向来多为人所诟病,然而当频繁看到此类批评言辞时,恰也从另外一个角度反映了时人在编书事业上的空前热情。不难想见,从书籍的生产到发行流通等各方面条件的成熟和便利,对于当时的人们而言是何等的良机。无论出于留名还是逐利,他们都很难拒绝时机和潮流的诱惑,从而更加积极地参与到编书活动当中。

编书的素材既可以采自古人的文献,也可以是时人的文献。对于文人而言,他们决定在古人的文献基础上编成一部书籍,有时候完全出于个人趣尚。譬如王世贞晚年特别喜爱苏轼的诗文,于是在万历九年(1581)将苏轼的年谱、传志、"小言",以及诸家对苏轼诗文的评骘和各种纪述琐屑等合编为《苏长公外纪》十卷(《苏长公外纪序》,《续稿》卷四二)。此外,由于对林泉园圃素来钟爱,王世贞还曾将历代关于园墅的诗文辑录编为《古今名园墅编》(《古今名园墅编序》,《续稿》卷四六)。赵用贤最为推崇管子和韩非子,便将《管子》《韩非子》二书合编成籍(《合刻管子韩非子序》,《续稿》卷四四)。在政治上经受了沉重打击后,汪道昆晚年的思想由入世转向出世,开始躬奉佛事,亦曾将《金刚经》和《心经》合编并注释。[①]

个人趣尚之外,文人编书还可能出于某种特殊的目的。他们清楚地意识到,书籍的编选有时具有超乎寻常的效果和力量,"它可以把占主流地位的文化观念或文学观念'传染'到全社会,成为一种社会的流行病。"[②]因此,他们非常懂得如何利用编选书籍的方式达到目的。譬如李攀龙,其编选《古今诗删》在很大程度上就是为了更广泛地宣传和树立复古同盟"诗必汉魏盛唐"的文学主

---

① 参见[明]汪道昆《二经注序》,胡益民、余国庆点校《太函集》,黄山书社2004年版,第522页。

② 郭英德:《元明的文学传播与文学接受》,《求是学刊》1999年第2期。

张。当《古今诗删》散布于世后,李攀龙的诗歌观点如"七言律体,诸家所难,王维、李颀,颇臻其妙"①等果然很快就吸引来众多拥趸。茅坤(1512—1601)提倡把载道和作文结合起来,回归孔子推崇的"旨远辞文"的标准,为了传播这种思想,为当时学习古文者树立一种典范,他编选了《唐宋八大家文钞》。此书万历七年(1579)一经出版便受到世人追捧,"盛行海内,乡里小儿无不知有茅鹿门者"②,茅坤的古文思想也因此广为传播,影响了相当多的人。

又如李梦阳(1473—1530),他虽然赞同汉魏盛唐是作诗者学习的最佳典范,但他并不认为除此而外一无可取,六朝诗就可以学,不过要有所拣择。于是他将阮籍(210—263)的诗作编集刻行,还从《宋书》以及相关类书中辑出谢灵运(385—433)的诗作,编为《谢康乐集》,后来又协助陶渊明(365—427)后人编成陶渊明的诗文合集,如此以试图纠正当时文坛"文必秦汉,诗必盛唐"之说导致的过于绝对化的偏激认识。万历四年(1576),王世贞编选《四书文选》,也是针对"今诸书生习经术者不复问词赋以为何物,而稍名能词赋者一切弁髦时义而麾弃之,以为无当也"(《四书文选序》,《四部稿》卷七〇)的情况,为"时义"之文复古取法,编选目的相当明确。随着这些编选书籍的流行,所选内容带来的影响也就日益扩大,甚至逐渐在社会上形成了一种强大的文化接受心理定势,以至于支配着时人的创作、欣赏、评论等文化活动。

当然,书籍的编选也存在跟风等现象。比如在前后"七子"的提倡下,社会上出现了一股崇奉唐诗,以唐诗作为创作圭臬的风尚,这就导致不少文人投入到编辑唐诗选本的行列中。如臧懋循(1550—1620)编有《唐诗所》等。元曲在当时也多受标榜,被作为戏剧创作的典则,在这种风潮之下,一些文人开始编刻元人杂剧

---

① [明]李攀龙:《选唐诗序》,包敬第标校:《沧溟先生集》卷一五,上海古籍出版社1992年版。(以下凡引此书皆随文括注卷数。)

② [清]张廷玉等:《明史·茅坤传》,第7375页。

选本,如李开先(1502—1568)编《改定元贤传奇》、陈与郊(1544—1611)编《古名家杂剧》,还有王骥德(？—1623)的《古杂剧》等,其中以臧懋循的《元曲选》一百种最为著名。

至于对今人文献的编选,由于文人们受"立言不朽"传统的熏染,普遍具有自觉留存个人作品的强烈意识,因此自然首先会将自己的作品拣择修订,精心编选成集。譬如邹迪光裁汰其诗文作品,编为《鶺鴒集》。欧大任将北上京师途中以及在京时与友人唱和的诗作编为《旅燕集》,又将乘船渡淮南下时与友人唱和的诗作编为《浮淮集》。屠隆将其37岁以前的作品编为《由拳集》,将杂著合编为《鸿苞集》等,这样的例子不胜枚举。编选自己的作品之余,文人们因为特殊的交谊等缘由,还极为热衷于评选、编校当代诗文等各类文献,最后辑成选集或总集。如徐中行去世以后,其诗文作品由其婿汪时元(1570年前后在世)、门人郭造卿(1532—1593)所整理,编为《天目先生集》。另外,汪时元还将徐中行自初仕至隆庆间(1567—1572)所作诗歌若干辑而编为《青萝馆诗》。作为好友,屠隆也曾将徐中行的尺牍辑出,编为《徐天目尺牍》。除此之外,由于当时文人间多有结社之风,常通过诗会、文会等结盟酬唱,会后往往将这些酬唱的诗文作品编刻成社稿,以助声势,标榜宣传。如万历十四年(1586)中秋之后,汪道昆、屠隆与卓明卿(1538—1597)等人聚于杭州西湖净慈寺,期间冶酒征歌,众人相与唱和,创作了一系列诗歌,后由屠隆编为《西泠社集》刊行。①

由于整个社会的藏书丰富,藏书家们非常注重对典藏的整理等,当时还出现了一种特别的编书情况,即藏书家点检某一地区或其个人收藏的书籍进而编成相应的目录,作为单行本刊刻发

---

① 参见[明]屠隆《西泠社集序》,汪超宏主编《屠隆集》,浙江古籍出版社2012年版,第五册,第184页。

行。前者如祁承爜(1563—1628),对浙江地区的藏书进行了调查,最后整理书目编成《两浙著作考》。姜准(1573—1619)在温州地区的藏书基础上编成《东嘉书目考》。曹学佺(1574—1646)编有关于四川藏书的《蜀中著作记》等。后者如胡应麟,将自己收藏的四万余卷图书,编为六卷《二酉山房书目》。赵用贤编有《赵定宇书目》,内录自家藏书三千余种。藏书目录虽然古已有之,但此前因为藏书数量有限,目录多作为一部书籍的附录出现。16世纪在大量藏书的基础上,书籍目录被编为一部书籍单独刊行,这是前代不曾出现的情况。

16世纪的编书活动在书商那里虽然目的更为直接和单纯——主要是为了赢利,但是他们围绕这个目的展开的编书活动却可以与文人们旗鼓相当。书坊主依靠自己或聘请社会上的文人参与编书。他们谙熟一整套的市场法则,能够揣摩市场动向后迅速地赶写赶编,并以最快的速度把书送到市场上销售。某部书如果畅销,就可以趁着销售势头立即雇人编二集、续集甚至三集,形成一个系列。譬如福建的书坊主余光斗(生卒年不详)和其麾下文人邓志谟(1554—1624)联合,他们设计并组织编成了多个系列的畅销书,如"粹言"系列、"白眉"系列、"争奇"系列、"四游记"系列、"历代演义"系列等。① 并且,针对社会上的普遍需求,当时的书坊还编了大量关于科举考试、日常生活、消闲解闷等带娱乐性质的书籍,激活了书籍市场,丰富了人们的精神文化生活。

但是,随着书籍市场竞争的日趋激烈,书商为了射利,其编书活动也就发生了变化。出现了粗制滥造,任意增删,化裁糅合,鱼目混珠,引文常不注明出处等混乱不堪的情况。比如万历年间,坊间书贾汪云鹏(生卒年不详)就将前人在《广列仙传》等书中记述的神仙传记用小说笔墨缀合成《有象列仙全传》,并且伪托此书

---

① 参见缪咏禾《中国出版通史》(明代卷),第121页。

为王世贞所编,卷首又有托名李攀龙的书序:"因念刘向、陶弘景《神仙传》,所载仅汉晋以上,而六朝逮今阙焉,读者少之。乃搜群书并二传旧所载者,共得四百九十人,合而梓之,名曰《列仙全传》……"①然而这篇序文的内容和张文介(生卒年不详)在《广列仙传》前的序文几乎完全相同,等于全盘照搬。此外,汪云鹏还在书后附上自撰的后序。费心做了如此多的"装饰",却难以掩盖该书拼凑而成的真相。

事实上,此时朝廷以及地方政府等公共机构的编书活动也仍在持续,其编书目的依然是以维护国家统治为中心。既不如文士编书那样自由,又不像书商编书那般受到经济利益的诱惑和刺激,整个公共机构的编书活动陷于一派死气沉沉之中,难以得到发展。如此带来的状况便是,无论从编书数量还是编书质量,以及编书人员的队伍、编书的创意等各方面看,它们都只能淹没于文士私家编书和商贾书坊编书的人声鼎沸中。

(二)著书活动

> 第有明一代以来,君臣崇尚文雅,列圣之著述,内府咸有开板。而一时作者,亦有彬彬。崇正学者,多以濂洛为宗;尚词藻者,亦以班扬为志。迨夫博雅淹通之士,著述尤夥。故其篇帙繁富,远过前人。
>
> ——[清]倪灿《明史·艺文志序》②

除了对"立言不朽"有着特殊情结,"崇尚文雅"更是其时文人的基本修养。16世纪开放便利的书籍刊印环境和条件,使得普通人的著作也有了刊行的可能,因此,编书以外,他们还将更大的热情投入到原创性的著书活动中去。那些原本文化修养很高的文

---

① 伪[明]王世贞辑:《有象列仙全传》,明万历间汪云鹏玩虎轩刻本。
② 载黄虞稷著,瞿凤起、潘景郑整理《千顷堂书目》,上海古籍出版社1990年版,第804页。

人,著书的积极性高涨,用力也更勤。可以说整个社会上下,尤其是读书人,都想通过著书立说留下自己生命的印迹。纪昀在《四库全书总目提要·史部杂史类叙》中说:"明人学无根柢,而最好著书"①,虽是批评,却透露出当时明人著书的盛况。《明史·艺文志》首开著录一代艺文之先河,即仅仅收录明人的著述,明以前历代典籍皆不在著录范围内,这与此前历代正史的《艺文志》或《经籍志》通常包罗古今图书的做法迥异,侧面反映出明人著书空前的宏富。

16世纪的明代,翰林院作为国家修书的主要机构,集中了全国的俊才英士,继续制定典章、修前朝实录和本朝史书等。各级地方政府在上级官员的监督下,积极地修撰地方志和乡邦文献等。佛寺、道观也著有一定的宗教研究书籍。然而,这些公共机构的著书,在当时整个社会著书中仅占有少量的份额,著书活动的主要力量和编书活动并无二致,仍然集中在文士与书商两大群体。

文士著者群体最为庞大,它几乎汇集了当时全明上下所有的操觚之士。这其中有部分属于官绅阶层,包括贵族勋臣、在职官员、离职缙绅等,即具有功名和政治地位的文士。突出的比如藩王②,他们大都受过很好的教育,有较高的文化素养。并且,藩府往往藏书丰富,经济实力雄厚,具备了优越的著书条件。由于特殊的政治身份,为了保全自身,藩王们也常以著书作为韬晦之计。所以,他们大都能潜心著书,甚至召集其他文士加入自己的创作团队,创作量相当大。多者如镇国中尉朱睦㮮(1518—1587),著有《五经稽疑》《授经图》《大明帝系世表》《周国世系表》《逊国记》

---

① [清]永瑢等:《四库全书总目提要》卷五八,中华书局2008年版,第460页。
② 曹之将此时的作者分为藩王、书坊和山人墨客三大著者群,实际上藩王也是自身具有政治地位的文士。(参见曹之:《明代三大著者群》,《图书情报论坛》1996年第4期。)

《褒忠录》《较定谥法》《韵谱》《陂上集》《河南通志》《中州人物志》等;郑藩王朱载堉(1536—1611),著有《乐律全书》《律吕正论》《嘉量算经》《瑟谱》《律学四物谱》《历学新说》等;沈藩王朱胤栘(1501—1549),著有《清秋唱和集》《保和斋诗》等。少者如赵藩王朱厚煜(1498—1560),著有《居敬堂集》等;蜀藩王朱让栩(1501—1547),著有《长春竞辰稿》等。

山人墨客是文士著者群体的中坚力量,指山人、布衣、诸生等无甚功名官位的在野的城乡知识人,以及有一定功名和政治身份而以山人墨客自居的文士。① 这个群体中有很多是在文坛上颇具地位和声名的作家、藏书家。比如文学复古阵营的领袖王世贞,在著述上用力甚勤,有《弇州山人四部稿》一百七十四卷、《弇州山人续稿》二百零七卷、《艺苑卮言》十二卷、《弇山堂别集》一百卷,以及《嘉靖以来首辅传》《觚不觚录》等。深为王世贞欣赏的胡应麟也是著作等身,所著计有《六经疑义》《史蕞》《诸子折衷》《酉阳续俎》《隆万杂闻》等数十种。收入《四库全书总目》者就有《少室山房类稿》一百二十卷、《少室山房续稿》十五卷、《少室山房笔丛》四十八卷和《诗薮》等。另外如屠隆,《明史·文苑传》说他罢归后,"益纵情诗酒,好宾客,卖文为活。诗文率不经意,一挥数纸。尝戏命两人对案拈二题,各赋百韵,咄嗟之间二章并就。又与人对弈,口诵诗文,命人书之,书不逮诵也"。② 其著作有《由拳集》《白榆集》《栖真馆集》《鸿苞集》《绛雪楼集》《考槃余事》《南游草》等。又如项元汴,家里藏书充栋,自己又工于绘事,精于鉴赏,其著作有《宣炉博论》《香录》《笔录》《墨录》《纸录》《砚录》《书录》《画录》《琴录》《帖录》等。

书商著者群体,包括书坊主本人和其聘请的专职著者等。这

---

① 参见郭孟良《晚明商业出版》,第22页。
② [清]张廷玉等:《明史·文苑传》,第7388页。

个时期全国尤其是东南地区的大都市书坊林立,书坊之间的竞争相当激烈。为了在竞争中立于不败之地,尽可能获取经济利益,书坊主们特别注意紧跟市场形势和潮流,善于捕捉市场热点,及时根据读者的阅读兴趣策划选题,创作了一大批利于市场销售的书籍。严格说来,书商著者群体与文士著者群体并无特别明确的界分。书商本人很有可能就是文士,参与其书籍撰作的著者也常常是作为官员缙绅或山人墨客的文士。① 较为著名的如吴兴(今属浙江)凌迪知(1529—1600),曾任大名府通判,罢官归家后经营书籍刻印,同时也亲自撰作了《皇明经世类苑》《古今万姓统谱》《氏族博考》《古今文姓统谱》等大量书籍。② 仁和(今属浙江)卓明卿,曾任光禄寺署正,与屠隆等人过从甚密,有崧斋专事书籍刊刻,并且作为书籍作者,著有《卓氏藻林》《三山游稿》《北游稿》等。③ 钱塘洪楩(生卒年不详),拥有著名的清平山堂,刊印了大量书籍,其中洪楩亲撰的就有包括《雨窗集》《长灯集》《随航集》《欹枕集》《解闲集》和《醒梦集》六集在内的《清平山堂话本》六十篇等。④

就所著书籍的种类来看,从服务于科考的时文、诗文集到医籍、兵书、日用类书籍等,可谓包罗万象。有些在 16 世纪才开始大量涌现,比如杂史类书籍比比皆是。清人龚自珍认为其中重要的原因在于嘉靖、万历时期,朝纲不振,天下太平,所以士大夫便有了余暇,他们中那些以科名归养者,往往出身于风雅名门,其故

---

① 美国学者高彦颐(Dorothy Ko)将同时兼具书籍作者、书籍贩售者等身份的书商形容为"越界文化的建筑师",称"他因此是栖居于先前相互脱节的诸多领域中的,处在金钱与文化、生意与学问、娱乐与道德、地区间文化与地方文化的十字路口上。他灵活地将这些全异的世界编织在一起,并一道帮助锻造了一个新的城市文化,即读者大众文化。"〔美〕高彦颐:《闺塾师:明末清初的江南才女文化》,李志生译,江苏人民出版社 2005 年版,第 45 页。
② 参见顾志兴编《浙江印刷出版史》,杭州出版社 2011 年版,第 325—326 页。
③ 参见冯志杰、范继忠、章宏伟主编《中国编辑出版史研究》,九州出版社 2011 年版,第 229 页。
④ 参见章宏伟《论明代杭州私人出版的地位》,"明太祖与凤阳"会议论文集 2009 年,第 460—461 页。

家旧族中有不少名人,只要随意刻一书、刻一帖,"其小小异同,小小源流,动成掌故,使佺偬拮据,朝野骚然之世,闻其逸事而慕之,览其片楮而芳香悱恻。"①据统计,明代杂史、掌故之作不下几百种,单是《明史·艺文志》杂史类就著录有217种,共计2244卷,其他类目里还有不少。②再比如小说和戏曲,在此期间产生了大量的新作品。

二、编著意图和优点的说明

一部书籍编完后,关于此书的编著主旨和意图,在正文中并非总有明确的说明。即便有所说明,对于普通读者来说,也并非总能顺利地捕捉到该信息。特别是一些选本或者内容比较含蓄的书籍,读者很难抓住编著者想要传达的意旨,甚至可能完全不明就里,容易在理解和接受上产生极大的偏差。因此,不论对书籍编著者还是对读者来说,书序文的出现都显得非常必要。书籍编著者通过书序文,可以向读者说明编著的主旨和意图、编著的过程等,以指导读者阅读。读者也能借此获取相应的信息,较为顺利地进入书籍的阅读,理解书籍的真正意涵。

《诗家直说》是谢榛所著的一部诗论作品,万历二年(1574)八月,谢榛为此书撰作了书序文。在这篇序文里,谢榛回顾了诗歌的发展历程,认为汉魏时期,诗歌整体上浑朴而大气,到李白(701—762)、杜甫(712—770)等诗人辈出的盛唐,诗歌创作以骨为主,以气为辅,能够达到自然天成的境界。但是自晚唐以来,论诗的人愈来愈多,却皆以雄辩相高,愈发不得诗之捷要。谢榛强调说,自己撰作这部书籍,正是为了提倡诗歌的审美和创作应该学习汉魏和盛唐,回归当时质文兼备的气象。谢榛这篇书序文,

---

① [清]龚自珍:《江左小辨序》,《龚自珍全集》,上海人民出版社1975年版,第200页。

② 参见曹之《中国古籍版本学》,武汉大学出版社2007年版,第292页。

便于读者把握《诗家直说》的撰作旨意。①

嘉靖十一年(1532),刘节(生卒年不详)将《昭明文选》所遗漏的诗赋杂文合辑编成《广文选》,此书所收篇目已经相当丰富,但是之后周应治(1556—1621)又在其基础上编成了《广广文选》,难免会令读者对周应治编书的必要性产生疑惑。对此,屠隆在为此书撰作的书序文中给出了解答。周应治在经年累月做蠹鱼,阅书万卷之后发现,唐虞至齐梁间诗文蔚为大观,昭明收采过于严格,刘节虽然有所补充但仍有未备之处,因此编辑这部《广广文选》是很有必要的。这和《反离骚》后有《反反离骚》,《非国语》后有《非非国语》是同样的道理。屠隆这篇书序文虽然篇幅短小,却能较为有效地向读者说明刘节编选此书的缘由。②

说明编著的意图之外,往往还需要指明这部书籍在编著上特出的优点。因为不论对希望书籍得以更广和更久流传的文士,还是谋取更多利益的书商来说,为书籍做广告和宣传都非常重要。如果附上书序文,就等于自带了一个广告。通过书序文,指出这部书籍在编著上的优点,可以吸引读者,使其在众多的书籍间脱颖而出,成为读者最终选择、购买和阅读的对象。

山人胡载道(生卒年不详)的诗稿编成,请吴国伦为其作序,希望借吴国伦之笔助其诗稿传之不朽。吴国伦后来果然在《胡山人诗序》中向读者介绍了胡载道这部诗稿在编著上的优点:"浓不至艳,豪不及粗,忧愤而不过激,奇谲而不伤巧,铿然唐音也,其在大历、贞元之间乎?即大历、贞元诸名家,又未必如载道之求精也。"③认为即便是大历、贞元时的名家,在作诗上也不见得能如胡

---

① 参见[明]谢榛《诗家直说自序》,李庆立校笺:《谢榛全集校笺》,江苏古籍出版社 2003 年版,第 1327 页。

② 参见[明]屠隆《广广文选序》,汪超宏主编:《屠隆集》,第十二册,第 58—59 页。

③ [明]吴国伦:《甔甀洞稿》卷四三,台湾伟文图书出版社有限公司 1976 年版。(以下凡引此书皆随文括注卷数。)

载道这般精深,广告宣传的意味溢于言表。王兆云(生卒年不详)撰作的小说《说圃识余》等在金陵书肆刊行时,颇受读者追捧,引得一时纸贵。待其小说《青箱余》五种出,立即受到了书商的青睐。正是在这种情况下,李维桢受书商之邀为《青箱余》撰作了书序文。在序文里,李维桢评价此书和其他庸俗的小说相比,广见洽闻,惊心夺目,其蕴涵之理不诡于正,可以明经术、佐史评、通世故和析物理,堪比王充(27—97?)所著之《论衡》和刘义庆(403—444)之《世说新语》,①从而起到广告宣传的作用。

这段时期,某些新类别书籍的大量涌现,也相应地增加了一大批书序文。比如藏书书目被编成单行本刊行,随之也就出现了为书目撰作的书序文。江苏常熟藏书家孙楼(1516—1584),在编成《博雅堂藏书目》后,亲自撰作了序文。此类情况不胜枚举。此外,编著者常将自己创作的多个诗文小集汇编成合集。每个小集单行时需要附上书序文,编成合集后又需要合集的书序文,无形中就形成了序文数量的叠加。如舒芬(1484—1527)著有《指南集》《叠山诗文集》各二册,《集杜句》《长啸集》各一册,这些小集原本各自皆有序文,后来舒芬经过修订补缀,将这些小集汇成合集《成仁遗稿》,又撰写了总序。② 总的来说,16世纪的书籍编著活动催生了大量的书序文。

第二节 "刻书可以泽人":书籍刊刻与书序文

一、私家和坊肆共兴

> 国初书板惟国子监有之,外郡县疑未有,观宋潜溪《送东

---

① 参见[明]李维桢《青箱余序》,《大泌山房集》卷一四,《四库存目丛书》本。(以下凡引此书皆随文括注卷数。)

② 参见[明]舒芬《成仁遗稿序》,[清]薛熙编:《明文在》,吉林人民出版社1998年版,第285页。

阳马生序》可知。宣德、正统间,书籍印板尚未广。今所在书板日增月益,天下右文之象,愈隆于前已。

——[明]陆容《菽园杂记》①

16世纪书籍生产的主要方式,一种为传统的手工抄写,另一种则是采用越来越发达的雕版或活字印刷术。部分书籍作为典藏,为保存其原本原样,需要手工抄写;有些书籍过于庞大,比如官方主持编辑的大型类书等,制版刊印和排活字印刷操作起来皆不现实且浪费财力,只能选择手抄。虽然手工抄写在上述特定情况下,仍然具有很重要的地位,但是这种方式在当时整个书籍生产中只占较小的份额,并且只有在稿本、誊清稿本、上版稿本上才具有书籍生产的意义。整体而言,雕版或活字印刷才是当时书籍生产的主流。

成化、弘治时期,书籍刊印日趋发达,到嘉靖、万历朝而达致极盛。从政府、书院、寺观,到私家和书坊、书肆,从中央到地方,从北方到江南,书籍刊印的普及和盛行前所未见。全国上下,不论士人儒生或是书商贾人,莫不以刊印书籍为荣。

当时官方刊印的书籍极为发达,正如清人袁栋(1697—1761)《书隐丛说》中所云:"官书之风,至明极盛,内而南北两京,外而道学两署,无不盛行雕造。"②这其中主要以内府刻本、监本和藩刻本为代表。比如嘉靖十七年(1538),国子监吕楠(1479—1542)主持刊刻了《诗乐图谱》《春季考录》等五种,万历十四年(1586)至二十一年(1593)间,国子监又刊刻了著名的《十三经注疏》等。③ 此外,礼部、兵部、都察院、司礼监、钦天监、太医院等各级中央政府机构,

---

① [明]陆容著,李健莉校点:《菽园杂记》卷一〇,上海古籍出版社2012年版,第85页。
② 转引自张秀民著,韩琦增订《中国印刷史》上,第239页。
③ 参同上书,第252页。

无不刻书。藩府、地方各府、州学、县学、寺庙等地方公共机构亦有刻书,甚至自行集资制活字印书。然而,不同于明初的情况,这时的官方书籍刊印再也无法占据整个社会书籍刊印的主要份额。

由于书籍刊印不再像宋元时需要逐级审批,而刻工所收费用相对低廉①,纸墨等制书材料也较易获得等便利的条件,16世纪包含家刻和坊刻在内的私刻尤其活跃和兴盛,可以说已然取代了官刻成为书籍刊印的主要力量。唐顺之在给王慎中写信时不无讽刺地说:"其达官贵人与中科第人,稍有名目在世间者,其死后则必有一部诗文刻集,如生而饮食、死而棺椁之不可缺","数十年读书人,能中一榜,必有一部刻稿"。又云:"近时之稿板,以祖龙手段使之,则南山柴炭必贱。"②李贽(1527—1602)亦有言:"戴纱帽而刻集,例也。"③嘉靖时期,凡榜上有名者必有至少一部书稿刊刻;万历时期,凡是做过官的文人无不照例刻集。甚者生前去一地做官便刻一部书籍,每年皆刻。所刻之书,不可胜计。与此同时,书坊、书肆在利益的刺激下更是夜以继日,刊刻了一批又一批适应市场需求的书籍。整个社会的书籍刊刻形成了私家和坊肆共同繁盛的发展态势。

就私家书籍刊刻而言,其主持者通常是致仕的官员、文人,也有少数医者、僧侣等。他们中有的搜罗秘本校定刊刻,或者翻刻经典,以示博雅;有的刊印个人的诗文、奏议、书牍等作品,以求留名青史;有的刊刻家集和地方志,以宣扬祖德和彰显地方历史文化;还有的则完全根据个人喜好,将某部书籍刊印出来供自己赏读或赠送他人等。刊刻的书籍类型多样,包罗经、史、子、集等各

---

① "前明书皆可私刻,刻工极廉,闻前辈何东海云:刻一部古注十三经,费仅百余金。故刻稿者纷纷矣。"([清]叶德辉:《明时刻书工价之廉》,《书林清话》卷七,上海古籍出版社2008年版,第154页。)

② [明]唐顺之:《答王遵岩书》,《荆川先生文集》卷五,《四部丛刊》本。

③ 朱一玄、刘毓忱编:《〈水浒传〉资料汇编》,南开大学出版社2012年版,第325页。

类,这其中又以集部为最多。和书坊、书肆不同,家刻的主持者们,通常以书籍的流布为主要动机,甚至有着隆兴文化事业的高尚追求。他们大多藏有善本、珍本等,自身具有较高的学问和修养,在刊印书籍上秉持着严谨的态度。比如尽量搜集各种版本后再择善而取或重新勘定,所刻书籍大都经过反复的校订,注重纸墨的品质和书籍的装帧,在刊刻上精益求精,常常有人不惜耗费十年甚至更长的时间专注于一部书籍的刊刻。① 因此,私家刊刻中最容易产生极有价值的精品书籍。

比如王世贞,刊刻了大量书籍,其中较为有名的有隆庆五年(1571)所刻《尺牍清裁》六十卷并《补遗》一卷;嘉靖二十七年(1548)所刻《南丰先生类稿》五十一卷;万历年间所刻《弇州山人四部稿》一百八十卷;隆庆六年(1572)所刻《沧溟先生集》三十卷并《附录》一卷。另外,由他刊刻的《皇明盛事》《华礼部集》《乔庄简公集》等,皆属制作精良的上品。又如汪道昆,有大雅堂专事刊刻,所刻书籍数量大且多为精品。主要有万历年间刊刻的《大雅堂杂剧》四卷附《四声猿》四卷、《弘明集》十四卷、《广弘明集》三十卷等。其中《大雅堂杂剧》为插图本,出自徽州名工黄伯符(生卒年不详)刀下,字与图俱精致可赏。汪道昆刊刻的精品书籍还有《周礼注疏》四十二卷、《太函副墨》二十二卷等。胡宗宪(1512—1565)的书籍刊刻在当时也有一定影响,嘉靖三十六年(1557)刊刻了《阳明先生文录》并其《外集》《别录》共二十四卷,嘉靖四十一年(1562)又刊刻了《历代史纂左编》一百四十二卷,嘉靖年间胡宗宪还刻有《荆川稗编》一百二十卷、《筹海图编》十三卷等,其刊刻之精为时人所赞叹。臧懋循自办刻印工场,以"雕虫馆"之名刻印了很多戏曲类书籍,较为著名的有《元曲选》一百卷,《玉茗堂四种

---

① 袁褧刊刻宋蜀本《文选》耗费十六年才完成。(参见张秀民著,韩琦增订《中国印刷史》上,第 260 页。)

曲》八十卷等。

此外,江苏长洲(今属苏州)人顾元庆(1487—1565)在其所贮数万卷藏书的基础上择其善本刊刻,行世者有《明朝四十家小说》《文房小说》四十二种等,其中《文房小说》四十二种被叶德辉评为明代所刻丛书中的"最精"者①。吴县(今属苏州)人袁褧(1495—1560?),素来广聚善本,家有石磬斋,以校雠勘订和摹刻刊布为事。其所刻书籍,如仿宋刻的《大戴礼记》十三卷、张之纲(生卒年不详)本《六臣文选注》六十卷三种、《世说新语》三卷等皆被叶德辉选入明人精品刻书之列。② 而徐中行为王世贞刊刻的《拟古诗》,为李攀龙所刻的《沧溟先生集》,汪时元为徐中行刊刻的《青萝馆诗》六卷和为李攀龙刊刻的《白雪楼诗集》十二卷,屠隆刊刻的《董西厢》和《汉魏丛书》等,在刊印质量上皆可圈可点。总之,此时规模大小不一的家刻仿佛雨后春笋,活泼迸发,不论数量还是质量都达到了一个全新的高度。

相对于私家刻书,坊肆刊刻的主持者大部分为书坊、书肆、书林和书铺的商人。李诩(1505—1593)《戒庵老人漫笔》云:"余少时(嘉靖)学举子业,并无刊本。……今(隆万)满目坊刻,亦世华之一验也。"③说明在利润的诱使下,商业资本越来越多地投注到书籍刊刻行业,使得当时的坊肆刊刻发展相当迅速。首先,几乎全国各地皆有书坊、书肆,尤其在建宁、南京、苏州、无锡、杭州、徽州、湖州等地,更是星罗棋布,并且这些地方的坊肆都已具备一定的规模。胡应麟在《少室山房笔丛》中回忆说:"凡刻之地有三:吴也,越也,闽也……余所见当今刻书,苏、常为上,金陵次之,杭又次之。今湖刻、歙刻骤精,遂与苏、常争价。蜀本行世最寡,闽本

---

① 参见范凤书《中国私家藏书史》,武汉大学出版社2013年版,第245页。
② 参同上书,第244页。
③ [明]李诩:《时艺坊刻》,《戒庵老人漫笔》卷八,中华书局1982年版,第334页。

最下。"①谢肇淛(1567—1624)在《五杂俎》中也指出"今杭刻不足称矣,金陵、吴兴、新安三地剞劂之精,不下宋版……闽建有书坊,出书最多",给他留下了极为深刻的印象。②

其次,各个城市的书坊、书肆依托不同的文化传统和文献资源,有着鲜明的地方特色。比如南京,在戏曲剧本类书籍的刊刻上可谓一枝独秀;杭州在丰富的藏书支持下,多刊刻聚零为整的大型丛书和乡邦文献;徽州在经、史、子、集各类传统书籍刊刻的基础上,还刊刻了如谱牒、商业广告、地图等创新类书籍;此时苏州的坊肆刊刻虽然仍以儒学正宗为总体价值导向,但该地的书商们具有敏锐的商业嗅觉,善于抓住新的消费潮流,因此也比较注重刊刻小说、民歌、传奇、唱本等新兴的书籍。另外,湖州的套印书籍、嘉兴的佛藏,也是该地区刊印的特色产品。③

再次,坊肆书籍刊印的商业属性很强。为追求利润,书坊、书肆尤其注意迎合市民的文化消费需求。比如16世纪文坛上文学复古运动的影响力逐渐增大,坊肆间便出现了争相翻刻、影刻宋版书的现象。小说、戏曲类书籍因为其独特的娱乐性,颇得市民喜爱,不少书坊、书肆遂主要刊刻此类书籍。然而,同样由于坊肆书籍刊刻的商业属性,它们最主要的目的是赢利,往往精计成本,久而久之便出现了粗制滥造、忽略校勘、讹误累累等问题,不免为人所诟病。

值得注意的是,由于坊肆书籍刊刻的成熟和发达,官府或私人也开始频繁地委托他们有偿地代为刻印书籍。有研究者统计,单是建阳书坊在此时接受官府委托刻书已知的就有17例,接受私人委托刻书有5例,其他坊肆也存在此类情况。④

---

① [明]胡应麟:《经籍会通》,《少室山房笔丛》卷四,第43—44页。
② [明]谢肇淛:《五杂俎》卷一三,上海书店出版社2001年版,第266页。
③ 参见缪咏禾《中国出版通史》(明代卷),第180—185页。
④ 参见方彦寿《建阳书坊接受官私方委托刊印之书》,《文献》2002年第3期。

16世纪,私家和坊肆成为了书籍刊刻支柱般的两股重要力量,它们促成了书籍尤其是印本书籍总量上的巨幅增长,使得书籍刊印的种类广涉医学、音乐、绘画、书法、戏曲、小说等多个领域。

二、刊刻原委和特色的介绍

当一部书籍通过雕版或活字的方式刊刻完成,在刊刻方面,它仍然给即将要面对的读者留下了很多问题。比如为什么要刊刻这部书籍?刊刻这部书籍出于什么机缘际会?甚至由谁发起、由谁出资刊刻?正如今天销售的商品总是会附上带有生产日期、生产地区等信息的标签一样,被刊刻的书籍同样需要一个说明刊刻原委信息的"标签"。对于书籍刊刻的发起者而言,自己刊刻的意图或目的,在刊刻过程中的某些故事、心迹,以及对所刊刻书籍的评价等,同样需要记录和说明。正因如此,伴随着书籍刊印文化活动的展开,书序文就显得必不可少。可以说,不论是通过自序还是他序,在书籍刊刻文化活动中,书序文总是记录和说明刊刻相关信息最有效、也是最普遍的一种方式。尤其是追求商业利益的书坊、书肆,书籍刊刻完成以后,可以通过书序文向读者介绍刊刻的特点,将书序文当作广告和宣传的重要手段以招徕读者,它们对书序文的需求就更是一种必然。正因如此,一批书序文便随着书籍刊刻文化活动的开展而产生了。

具体来看,就规模相对较小的私家刊刻而言,刊刻书籍往往并不以赢利为主要目的,它们或自序或请他人作序,以记录刊刻原委和刊刻特点等。比如袁褧曾刻《六臣文选注》六十卷并自作跋文曰:"余家藏书百年,见购鬻宋刻本《昭明文选》,有五臣本、六臣本、李善本、巾箱本、白宋小字、大字殆数十种。家有此本,甚称精善,而注释本以六臣为优。因命工雕梓,匡郭字体,未少改易。刻始于嘉靖甲午(1534)岁,成于己酉(1549),计十六载而完……"①万伯武(生卒年不详)等人从宋人曾丰(1142—1224)的《缘督集》中选文以成集,请梅鼎祚为该书撰序。梅鼎祚在序中指出,曾丰之文虽然在宋时并没有得到重视,但是这些文章包含着为国为民之心,能泽于道德仁义,所以万伯武等人才要选其文章刻集②。事实上,很多书序文在题目中就直接显示出是为配合书籍刊印所作,如李梦阳的《刻陆谢诗序》、王世贞的《刻汉书评林序》、刘凤《刻韩非子序》《刻管子序》等。

  对于商业性强的书坊和书肆来说,它们刊印某部书籍,往往也是在书籍题目处就开始了吸引读者的较量,如此还不够,事实上,书序文因其较长的篇幅等特点,是坊肆最为看重的广告形式。万历二十六年(1598),著名书商余象斗(1561—1637)的书坊双峰堂刊刻了《三台馆仰止子考古详订遵韵海篇正宗》二十卷,余象斗自为之序:"爰加宗核,严别真赝,稽其字形,校其字义,叶其字音,别类分门,品式具在,钦钦然一禀之乎《洪武正韵》。窥予史,鲁鱼亥豕,必有分矣。"③书名已特意强调此刊本"考古详订",在书序文中更是详细地说明此刊本已经严格校订,涉及字形、字义、字音等,提示读者此本与其他刊本相比,在刊刻方面尤为精善。隆庆三年(1569),余象斗的书坊敬贤书堂刊印《新刊翰林考正纲目批点音释少微节要通鉴大全》,书前附敬贤书堂自撰序文云:"本堂因得翰林考正古本,补其断之缺,而改其字之误,若夫释义补注,则取其简明捷径,其论断则一遵古本增入,可谓至精至备亦。"④向读者介绍了此本于刊刻上的权威性、精确性,以及方便阅读的特点,称其"至精至备",无异于直接为此刊本吆喝。除此以外,由于

---

  ① [梁]萧统辑,[唐]李善注:《六家文选注》卷首,明嘉靖间袁褧嘉趣堂刊本。
  ② 参见[明]梅鼎祚《选刻缘督集引》,《鹿裘石室集》卷一八,《续修四库》本。(以下凡引此书皆随文括注卷数。)
  ③ 转引自王海刚《明代书业广告之形式》,岳麓书社2011年版,第89页。
  ④ 转引同上书,第90—91页。

刊印技术的发达，很多书坊还专门为一些书籍配上了彩色插图，在刊刻出售时，同样会通过书序文的方式来宣传此刊本所配插图之精美，插图出自名家之手等刊刻特点，以招徕读者。

此外，值得注意的是，如果某部书籍畅销或具有比较大的社会影响力，书坊、书肆们往往会果断地重刻该书，并且为了广告和宣传，每刻一次都要增加一篇新的书序文，这样重刻多次，书序文也就越来越多。譬如嘉靖二十八年（1549），无锡安如石（生卒年不详）最早刻唐顺之《唐荆川先生文集》十二卷，有王慎中所作的书序文，后刻有《重刊校正唐荆川先生文集》十二卷，又增加了新的书序文。嘉靖三十二年（1553），叶氏宝山堂再刻该书，又附上了另一篇书序文；嘉靖三十四年（1555）该书又有了金陵书林薛氏刻本，故又添一序；万历元年（1573）纯白斋刻《重刊荆川先生文集》十七卷、外集三卷、附录一卷时，不出意料地又增了新的书序文①。可以说，每次书籍的刊印都伴随着新的书序文的产生。顾炎武在《日知录》中也谈到了这种现象："至于其传既久，刻本之存者或漫漶不可读，有缮写而重刻之，则人复序之，是宜叙所以刻之意可也。"②总而言之，私家和坊肆在书籍刊刻上的兴盛催生了更多的书序文。

第三节 "读书必藏书"：书籍典藏与书序文

书籍典藏在从生产到流通的书籍文化活动中具有比较特殊的地位，因为它实际上起着"一头一尾"的重要作用。所谓的"头"，是指书籍的编著撰述，通常需要以藏书作为基础，如注疏、

---

① 参见张慧琼《唐顺之〈荆川集〉版本研究》，《古籍整理研究学刊》2013年第4期。

② ［清］顾炎武：《作文润笔》，黄汝成集释，秦克诚点校：《日知录集释》卷一九，第1108页。

校勘、汇编、辑佚等类书籍便是如此。而丛书的汇辑、类书的编纂、字书和韵书的撰著,更少不了以丰富的藏书作为依托。即便是原创性写作,著者也不可能完全脱离藏书,不汲取藏书的养分,仍然会受益于平素对藏书的阅读,受藏书的熏染。所以说,书籍收藏是书籍生产的准备和基础;所谓"尾",即是说一个时代生产的书籍要依靠书籍收藏活动来搜集整理、编次归类和汇总保存,才能成为一代文献,最终得以与后世读者邂逅。

一、私人藏书家的崛起

> 藏书以资博洽,为丈夫子生平第一要事。
> ——[明]高濂《论藏书》①

早在弘治五年(1492),大学士丘濬(1421—1495)于所撰《大学衍义补》中就强调了书籍收藏的重要意义,提出"经籍图书,载万年百世之事,今世赖之以知古,后世赖之以知今也"②的看法,认为书籍收藏乃是获知历史、记录历史的基础。16世纪中后期,高濂在《遵生八笺》中更将书籍的收藏作为每个读书人的行事原则,是明代藏书认识理论新发展的重要证明。在具体的书籍收藏上,藏书家谢肇淛为官每至一处,均锐意搜罗古籍,自六经子史,以至象胥、稗虞、农圃、医卜等,无所不蓄,而且还将是否懂书和重视藏书为自己择友的一个重要标准。③ 朱大韶(1517—1577)为了收藏

---

① [明]高濂编撰,王大淳校点:《遵生八笺·燕闲清赏笺》,巴蜀书社1992年版,第537页。
② 转引自[明]余继登《弘治藏书》,《典故纪闻》卷一六,《丛书初编》本,第341页。
③ 参见许雅玲《〈五杂俎〉和谢肇淛的藏书、鉴书思想》,《福建省图书馆学会2011年学术年会论文集》,2011年。

宋版《后汉纪》竟然以钟爱的美婢和人交换；①丰坊(1492—1563?)为集聚法书名帖，不惜变卖家产，被人称为"书淫""墨癖"；②杨循吉(1458—1546)好藏书，长年羁病，仍抄书不辍，对于书籍收藏的痴迷就连至亲的妻儿也难以理解。③ 这些都说明当时文人们对于藏书的普遍热情。

16世纪，明朝的国家藏书已然是一派衰败的光景，管理相当不善，大量藏书或腐坏或遭虫鼠啃蚀。珍贵的藏书常常被宫廷太监、官员等人拿走不还，甚至数次被偷窃，不仅藏书管理人员，就连奉命去查检书籍的官员本身也是窃书大盗！所谓"腐败者十二，盗窃者十五"。④ 万历三十三年(1605)，张萱(1557?—1641?)和孙能传(生卒年不详)等人应诏检校秘阁藏书，据他们此次检校后编成的《内阁藏书目录》来看，秘阁藏书跟当年杨士奇编《文渊阁书目》时相较，已经十不存二三了。⑤ 嘉靖三十六年(1557)和万历二十五年(1597)，北京又发生了两次异常严重的宫廷火灾，使国家藏书遭遇了毁灭性的摧残。⑥ 此时全国的地方政府、书院、寺

---

① ［清］吴翌凤《逊志堂杂钞》庚集载："嘉靖中，华亭朱吉士大韶，性好藏书，尤好宋时镂版。访得吴门故家有宋版袁宏《后汉纪》，系陆放翁、刘须溪、谢叠山三先生手评，饰以古锦玉签，遂以一美婢易之，盖非此不能也。"(转引自范凤书《中国私家藏书史》，第215页。)

② ［清］叶昌炽：《藏书纪事诗》，燕山出版社2008年版，第297页。

③ 参见周少川《藏书与文化——古代私家藏书文化研究》，北京师范大学出版社1999年版，第70页。

④ 李玉安、李天翔：《明代的藏书管理与散佚——论明代废黜秘书监的后果》，《山东图书馆学刊》2009年第6期。

⑤ 沈德符在《先朝藏书》中称："祖宗以来，藏书在文渊阁，大抵宋版居大半。其地既居邃密，又制度卑隘，窗牖昏暗，虽白昼亦须列炬，故抽阅甚难。但掌管俱属之典籍，此辈皆赀郎幸进，虽不知书，而盗取以市利者实繁有徒。历朝所去已强半。至正德十年乙亥，亦有讼言当料理者，乃命中书胡熙、典籍刘祎、原管主事李继先查对校理。由是为继先窃取其精者，所亡益多。……至于今日，则十失其八。更数十年，文渊阁当化为结绳之世矣。"(［明］沈德符著，杨万里校点：《万历野获编》上，上海古籍出版社2012年版，第23—24页。)

⑥ 参见刘梦溪主编，李致忠、周少川等撰《中华文化通志·典籍志》，上海人民出版社1998年版，第466页。

观等地的集体典藏,数量也大不如前,藏书种类非常单一,并且其中的不少藏书残损不全。

相对于公共机构在书籍收藏上的消极和懈怠,此时的私家藏书则完全是另外一番景象。因为商品贸易的繁荣为书籍收藏提供了便利,藏书家①大量涌现,据范凤书《中国私家藏书史》统计,明代的藏书家多达987人,近于宋元两代的总和,而这其中,尤以明代中后期的藏书家为多。② 藏书大户们群雄并起,藏书规模日益扩大。藏书家的身份不再限于明代早期的贵戚大僚,而下移至普通的士庶布衣。无论从藏书数量还是质量上看,私家藏书与公共藏书相比,都具有压倒性的优势。当时的江苏、浙江、江西、福建等东南地区,由于社会相对安定富庶,文教昌明,书籍刊印兴盛等优越条件,其私家藏书呈现出蔚为壮观的发展盛况。

首先看江苏地区。据统计,当时此地区单是苏州就有藏书家268人,常熟有146人,南京有60人,约占明代藏书家总数的一半。③ 特别著名者如常熟人杨仪(1488—?),自辞官归家后,便耽嗜古书,早先建有书室"七桧山房",后来又购"万卷楼"藏书。其所聚之书多为宋元旧本、法书名画等,江左人士推其为博雅,为不少藏书人羡慕。苏州人刘凤,家多藏书,学勤博记。其专门的藏书之处就有厞载阁、清举楼、枞庀三处。他在《枞庀记》中说:"余嗜书,尝游四方,每所遇必录,散遗不可读者,亦补辑缀之。故所载虽无复往古之盛,其在于今,庶几哉为赡已乎?"④对自己的藏书之富表现出极大的自信。又如作为文学复古阵营领袖的太仓人

---

① 所谓的藏书家,以藏书多少为准,但是在具体数目上并没有公认的标准。乾隆为编《四库全书》,下谕臣民献书,称:"其一而收藏百种以上者,可称藏书之家。"意思是一类书藏有百种以上的,就可以称为藏书家。胡应麟认为藏书数量的极限大概是三四万种:"大率人间所藏卷轴,不过三万,若任昉四万极矣。"(缪咏禾:《中国出版通史》(明代卷),第343页。)
② 参见范凤书《中国私家藏书史》,第167页。
③ 参见缪咏禾《中国出版通史》(明代卷),第343页。
④ 转引自[清]叶昌炽《藏书纪事诗》,第177页。

王世贞,平生好收藏古籍,尤其喜爱宋刻旧版书,每次得遇总要设法购买,否则寝食难安。一次见书商贩卖宋版《汉书》《后汉书》,其刻印异常精美,虽然书商索价惊人,但王世贞唯恐为他人得去,最后竟以一座庄园易之。王世贞在弇山园凉风堂后置有"小酉馆",其中藏书凡三万卷。后来又购"藏经阁"以储释、道二典若干,又有"尔雅楼"专庋宋刻书,所藏逾三千卷。还有"九友斋",专藏宋刻中的精本和善本。① 其弟王世懋,在宅第之左治小圃,有一轩曰"鹤适",庋藏经史图籍之类,后又别筑"万卷楼",其藏书亦多宋本。② 此外,江苏地区还有杨循吉、都穆(1458—1525)、文徵明(1470—1559)、何良俊(1505—1573)、唐顺之、赵琦美(1563—1624)等,皆为一代藏书名家。

其次是浙江地区。浙江在当时虽然书籍刊印不如江苏和福建,但是凭借其优越的地理位置和富庶的经济条件,仍然成为书籍集聚的中心。③ 譬如吴兴练市镇人茅坤,其藏书在当时号称甲于海内,他在练市的藏书楼就有数十间之多,却依然装不下所有典藏。并且这些藏书种类异常丰富,他的藏书目录《白华楼藏书目》分为"九学十部",从经学到数学、天文学等,无所不包。④ 又如嘉兴人项元汴(1525—1590),家境富绰,他广搜各类珍本典籍,不吝高价,所购达数万卷,藏于"天籁阁"。姜绍书(生卒年不详)《韵石斋笔谈》称当时三吴珍本秘本,皆入项元汴藏书楼。⑤ 鄞县人范钦(1506—1585)嗜书,每到一处皆留心搜集,且特别重视当代人的著作,所以在他的藏书中,明代地方志、政书、登科录、诗文集尤

---

① 参见任继愈主编《中国藏书楼》(2),辽宁人民出版社 2001 年版,第 1055—1056 页。又,胡应麟云:"小酉馆藏书凡三万卷,二典不与,别构藏经阁贮焉,尔雅楼庋宋刻书皆精绝。"([明]胡应麟:《经籍会通》,《少室山房笔丛》卷四,第 48 页。)
② 参见范凤书《中国私家藏书史》,第 218 页。
③ "越中刻本亦稀,而其地适东南之会,文献之衷,三吴七闽,典籍萃焉。"([明]胡应麟《经籍会通》,《少室山房笔丛》卷四,第 42 页。)
④ 参见顾志兴《浙江藏书家藏书楼》,浙江人民出版社 1987 年版,第 111 页。
⑤ 参见周少川《藏书与文化——古代私家藏书文化研究》,第 133 页。

其多。一生积藏多达七万余卷,善本较多,有各种宋元刻本及铜活字本,弥足珍贵。其藏书室初名"东明草堂",去官归里后,约于嘉靖四十年至四十五年间(1561—1566)在宁波建成了著名的"天一阁"。① 金华人胡应麟,年少时便有藏书之好,书楼号"二酉山房"。为了购书,胡应麟常常将月俸尽数耗去不说,财资不够时竟用妻子的首饰和自己身上脱下的衣服换取。② 历经三十余年,胡应麟收藏的经、史、子、集各类书籍达42384卷。另外,浙江还有沈节甫(1532—1601)、丰坊、祁承爜、纽石溪(生卒年不详)等著名藏书家。

此外,福建的书籍刊刻十分发达,该地藏书家在16世纪明显增多,有如陈第(1541—1617)、王应钟(生卒年不详)、林懋和(生卒年不详)、徐𤊹(1570—1642)、谢肇淛等大家,声名远播。

东南地区而外,当时北方亦不乏藏书名家。如山东章丘李开先,罢官归家后治田产,得蓄典籍万余卷,藏书之富甲于齐东。其身后书籍散出,丰富了清代王士禛(1634—1711)、朱彝尊(1629—1709)等人的典藏。又如河南濮阳晁瑮(1507—1560)、晁东吴(1532—1554)父子,其藏书室号"宝文堂",搜罗典籍7829种,达数万卷之多。这些藏书中有很多是元明话本、小说、杂剧和传奇,具有鲜明的明代社会文化特色。所编藏书目录三卷,曰《晁氏宝文堂书目》。③ 更有河北涿县武人出身的藏书家高儒(生卒年不详),幼时就养成了好读书和藏书的习惯,成年后访求更勤,其书或从他人处抄录,或于书肆间购得,数年之内便连床插架,汗牛充

---

① 参见缪咏禾《中国出版通史》(明代卷),第345页。
② [明]王世贞《二酉山房记》关于胡应麟辛勤购书、访书描述说:"余友人胡元瑞性嗜古书籍,少从其父宪使君京师。君故宦薄,而元瑞以嗜书故,有所购访,时时乞月俸不给,则脱妇簪珥而酬之;又不给,则解衣以继之。元瑞之橐无所不罄,而独载其书,陆则惠子,水则米生,盖十余岁而尽毁其家,以为书录,其余资以治屋而藏焉。"《续稿》卷六上。胡应麟本人也有对藏书经历的自述:"余中间解衣缩食,衡虑困心,体肤筋骨靡所不惫。"《经籍会通》,《少室山房笔丛》卷四,第49页。)
③ 参见周少川《藏书与文化——古代私家藏书研究》,第79—80页。

栋。据他为这些藏书编写的书目二十卷《百川书志》,可知其所藏书籍有两千多种,一万余卷。清人叶德辉称高儒和陈第为明代少见的武人中的藏书家,并且高儒的藏书量远非陈第所及。① 山东济南的边贡(1476—1532)、河南濮阳的李廷相(1485—1544)等在书籍典藏上亦各具特色。

总的来说,16 世纪私人藏书家崛起并占据了舞台的中心。他们在书籍典藏中投入了大量的时间和心力,搜集、贮藏的书籍种类繁多、数量巨大。在长期的书籍典藏活动中,藏书家们积累了包括书籍购求、鉴别、保管、校勘、整理、编目等各方面的宝贵经验,还形成了比较成熟的藏书观。不少藏书家将藏书与读书、著书、刻书、书籍流通等其他书籍文化活动结合在一起,真正充分地发挥了书籍典藏在书籍文化活动中"一头一尾"的作用。可以说,此时的书籍典藏,与前代相比已经有了明显的进步和跨越式的发展,进入了书籍典藏的鼎盛期。

二、收藏心路的记录者

具体而言,书籍的典藏活动包括征书、访书、购书、贮书等。藏书家们往往为了增益藏书或完成特定的收藏目标而不懈访求,求得书籍归来后又面临着如何规整、保存和利用等问题。毫不夸张地说,书籍收藏是一项非常艰难的文化活动,它需要耗费大量的财力和精力,并且需要藏书家长期不懈坚持。苏州藏书家赵琦美曾购到一部由建宁人吴琬(生卒年不详)私刻的《洛阳伽蓝记》,但是此书错漏百出,刊刻很差,于是赵琦美先后从不同地方买来五个刻本,辛勤比勘,花了约八年时间才整理出内容完整、校勘精良的《洛阳伽蓝记》。他在万历年间更曾花二十余年的时间,

---

① 清叶德辉《校刻百川书志序》云:"愈励先志,锐意访求,或传之士大夫,或易诸市肆,数年之间,连床插架,经籍充藏。"([明]高儒:《百川书志》,上海古籍出版社 2005 年版,第 1 页。)

靠着购买和从秘阁里借抄的方式凑齐了宋代的建筑学著作《营造法式》。因为得之不易，赵琦美还专门以重金请人为此书配上插图，在一番精心装帧后才小心翼翼地收藏了起来。① 福建藏书家徐𤊹，在江南往返奔波达十年之久，就是为了寻找陶宗仪(1329—1410)在14世纪中叶撰作的《南村辍耕录》，后来终于找到一个朋友所藏的残本用以补足自己所藏的残本，也算功夫不负有心人。②

正是因为藏书家积聚书籍不易，书籍命途坎坷，书籍与藏书家之间缘分奇巧等，使得大多数藏书的背后都有一段值得记录的苦乐之事。以书序文的形式来记录无疑是很好的选择。为一部藏书写序，记录它历经周折的命运，就如同交代它的"生平经历"。此外，藏书本身的价值亦常是藏书家们津津乐道、引以为荣的地方，值得告知当时或后来的读者，藏书家也就难免会对此作一番精当的评定。并且，藏书家收藏既丰，在漫长的书籍收藏过程中得出不少可贵的经验和心得，如怎样给书籍编目，怎样鉴别版本和识破书商伪造的种种手法，收藏书籍应该如何防火、防潮、防蠹，藏书楼应该怎样修建和管理，如何才能防止藏书的分散流失等。多年辗转于书林，藏书家们对于书林、书坊、书肆的掌故轶闻等也多有掌握。可以说，当一部书籍将要被安置于自家书架上时，藏书家不吐不快，并期待能流传下去。甚至这些要说的话，往往本身就可以帮助书籍得以更为久远的流传。当然，为所藏之书撰作书序文就显得非常必要。所以，我们今天仍能读到藏书家在书籍典藏活动中留下的数量可观的书序文。

有谈论个人藏书观的书序文。如姚士粦(1559—1644)在为其所藏《尚白斋秘籍》作序时提出："秘惜则箱囊中有不可知之秦

---

① 参见任继愈主编《中国藏书楼》(2)，第1066—1067页。
② 参见王小平《论徐𤊹的藏书活动》，福建师范大学2009年硕士学位论文。

劫,传布则毫楮间有递相传之神理。"认为"秘惜"与"传布"完全是两回事,一部书籍如果"秘惜"很有可能遭到意想不到的毁坏,但若是选择"传布",这部书籍就可以在人与人的传递中得以保存。那么究竟什么才是藏书的真谛呢？他说:"以传布为藏,真能藏书者矣。"指出藏书只有在传布中才能真正发挥其价值,这正是藏书的妙诣。① 李如一(1556—1630)在为其所藏之书《草莽私乘》作跋时说:"天下好书,当与天下人共之。"如果有人来借他的藏书,他甚至承诺能够"朝发夕至",必"倒庋相付"。② 他同样坚持书籍收藏不应该秘而不宣,而要与天下人共读共享。

有记述藏书经历的书序文。嘉靖十九年(1540)高儒编成个人藏书书目《百川书志》,便撰作了书序文自述藏书始末及编撰之意:"圣朝积书高士,名贤一时,非富而好礼,贵而志道莫能也。予遭际文明之运,叨承祖荫,致身武弁,素餐无补,日恐流于污下。盖闻至乐莫逾读书,典籍流散,见遇人间者,不校乏力,故虽赢卖金之厚,聚非一日,虽有万轴之储,读可一时乎？此重积书之功,书目所由作也。"③何良俊在其《四友斋丛说序》中谈到了自己的藏书经历:"何子读书颛愚,日处四友斋中……何子少好读书、遇有奇书,必厚资购之,撤衣食为费,虽饿冻不顾也。家藏书四万卷,涉猎殆遍。"④嘉靖三十年(1551)范钦在《吹剑录外集跋》中记道:"是书,余借之扬州守芝山,乃抽闲录之,四日而就。"⑤不仅交待了其所藏《吹剑录外集》来自何处,还记录了抄录该书所花费的时间。此外,还有王世贞那篇著名的《前后汉书跋》:

---

① 转引自聂付生《晚明文人的文化传播研究》,中国戏剧出版社2007年版,第133—134页。
② 转引自范凤书《中国私家藏书史》,第168页。
③ [明]高儒:《百川书志》,第1页。
④ [明]何良俊:《四友斋丛说》,中华书局1959年版,第1页。
⑤ 转引自范凤书《中国私家藏书史》,第202页。

余平生所购《周易》《毛诗》《左传》《史记》《三国》《唐书》之类,过三千余卷,皆宋本精绝。前后班、范二书,尤为诸本之冠。桑皮纸匀洁如玉,四旁宽广。字大如钱,绝有欧柳笔法,细书丝发肤致,墨色精纯,奚潘流沈。盖自真宗朝刻之秘阁,特赐两府,而其人亦自宝惜,四百年而手若未触者。前有赵吴兴小像,当是吴兴家物,入吾郡陆太宰,又转入顾光禄,(吾)失一庄而得之。噫!余老矣,即以身作蠹鱼其间不惜,又恐兹书之饱我而损也,识其末以示后人。(《四部稿》卷一二九)

文中描述了自己所藏的宋本前、后《汉书》的品相和基本面貌,交待了两书曲折的来历,通过书序文为后世留存了"庄园换书"的故事。并且,在文末,王世贞说他年岁已高,担心"兹书之饱我而损也",所以撰作此文,又道出了书序文在帮助藏书得以留存方面的重要意义。

对于大多数藏书家来说,并非只为藏书而藏书,而是将书籍典藏与学术研究、书籍编著、书籍刊刻等相结合。于是,在藏书的基础上,通过阅读和研究促进学识的提高,通过编著和刊刻扩大典藏秘籍的流传。这些因书籍典藏活动的扩展活动产生的书序文更是不计其数,此不赘述。16世纪的藏书楼,除了浙江宁波范氏天一阁之外,如今皆已不复存在,很多当时藏书家们的珍贵藏书,或被毁或散落无踪。然而,正是靠着他们写下的书序文,一代文献的线索和当日藏书的历史状貌才得以保存下来。

第四节 "流传四海情":书籍流通与书序文

经历了从编著到刊刻的过程,一部书籍终于完成,但这绝不是它的终点,因为如果没有经过流通,书籍的价值是无法实现的。换句话说,书籍生产的目的或者说书籍的价值,需要在流通活动中才能得以有效地实现。

一、日常交往和商业流播

  著作千秋事,流传四海情。

——[明]胡应麟《经籍会通》①

  自洪武以后的很长时间内,官方颁赐一直是明代书籍流通的一个很重要的途径。例如国子监刊印的经史典籍会发放到各级儒学,经厂刊印的佛藏、道藏要发放给寺观,内府刊印的政令、法典要发放给各级政府,钦天监刊印的历书则需发放到地方政府和奉行明历的周边国家等。有时是皇帝御撰或敕修的书籍要颁赐天下以进行教化,加强思想控制,有时则是根据宗藩的请求,将内府所刻、所藏的书籍颁给有关方面。譬如正德二年(1507)七月,武宗赐予怀庆郑藩繁昌王《圣学心法》《易经集注》各一部,赐予郑藩东垣王《四书集注》《圣学心法》各一部;十月,又赐给郑藩庐江王《大学衍义》;正德三年(1508)四月,以御制文集、《孝顺实录》《四书大全》《资治通鉴纲目》《历代名臣奏议》诸书赐予宁王宸濠。② 这样的颁赐,直到嘉靖、万历时期仍然存在。

  除自上而下的赐书外,还有自下而上的献书。这其中有的是响应朝廷诏令的献书,如万历时期修国史,在主修陈于陛(1545—1597)的倡议下,朝廷向天下征求书籍,得到了不少人的积极响应。③ 万历二十四年(1596),李时珍(1518—1593)所著《本草纲目》正好得以刊行,同年十一月,其子李建元(生卒年不详)将此书进呈朝廷,朝廷批"书留览,礼部知道"。④《渔洋读书记》中也曾记

---

① [明]胡应麟:《少室山房笔丛》卷四,第49页。
② 参见曹之《明代皇帝赐书藩王考》,《山东图书馆学刊》2010年第4期。
③ 参见李小林《万历官修本朝正史研究》,南开大学出版社1999年版,第3页。
④ [明]李建元:《进本草纲目疏》,[明]李时珍著,刘衡如、刘山永校注:《本草纲目》,华夏出版社2011年版,第7页。

翰林周公应诏令尽出所藏典籍,上呈朝廷之事。① 有的则是书籍编著者或收藏者等主动将书籍进呈朝廷或国家机构。譬如嘉靖七年(1528)六月,南吏部侍郎湛若水(1466—1560)进所撰《圣学格物通》一百卷,获得了嘉赏。同年,学士许诰(1471—1534)上其所撰《通鉴纲目前编》《图书管见》《太极图论》等书,获诏留览。② 嘉靖三十四年(1555)八月,朱载堉上《进律书疏》,并差长史携《乐律全书》至京进呈。此书共五部,包括一部正本,四部副本,分送礼部、国子监、翰林院、文渊阁。礼部"奉圣旨览奏,具见留心乐律,深可嘉尚",神宗令将其藏于史馆,以备稽考。③

此外,还时有官员或学者将自己典藏的书籍捐赠给官府或学校,既能造福社会,于文教发展有利,同时也使书籍得到了更加广泛的流传。④ 但总体而言,朝廷颁书在 15 世纪中叶就已经萎缩,进呈和捐献一直以来也并非书籍流通的主要方式。实际上,到了 16 世纪,人际流通和商业流通才是书籍流通的主要渠道,并且呈现出交往化和商业化的流通特点。

(一)人际流通

人际流通指的是人与人之间通过各种互借、传抄、交换、赠送、散发等非正式交流形式开展的书籍交换与共享活动,带有很强的交往性质。⑤ 其中,借阅和传抄古老而持久,是最为普遍的流通方式。文人们出于学习、研究或者收藏的目的,相互之间借阅

---

① 参见王绍曾、杜泽逊编《渔洋读书记》,青岛出版社 1991 年版,第 132 页。
② 参见缪咏禾《明代出版史稿》,江苏人民出版社 2000 年版,第 456—457 页。
③ 转引自戴念祖《朱载堉——明代的科学和艺术巨星》,人民出版社 1986 年版,第 30 页。
④ 如河北邢台人傅梅(1565—1642),于万历三十五年(1607)任河南登封知县,万历四十年(1612)离任前便将平日收藏之图书三千余册,列其目录,印识其首尾,留之于县学,置两大柜皮藏。(参见王国强主编《中原文化大典·著述典·中原出版》,中州古籍出版社 2008 年版,第 280 页。)
⑤ 参见郭英德《元明的文学传播与文学接受》。

和抄录各自的典藏,这是文人日常生活中极为寻常的一种交往,可以增进彼此的友谊。虽然当时仍有部分藏书家为了保存某些珍贵的典籍,将其藏之秘阁,秘不示人,对借阅和抄录有诸多限制,除至亲之外,其他人很难得窥其书。但是不少有见识的藏书家已经认识到书籍的共享和流通的必要性。比如藏书家李如一就将自己的藏书楼命曰"共读楼",公开对外开放,欢迎他人借阅。徐𤊹提出了"传布为藏"的观点,极力主张借书:"贤哲著述,以俟知者。其人以借书来,是与书相知也。与书相知者,则亦与吾相知也,何可不借?"①藏书家之间常常通过订立口头或书面的协约,向对方借阅自己所需所缺的书籍,抄录保存,使某些书籍得以集成全本或全套,同时还可改变其孤本单传的险境。16世纪的印刷技术已经相当发达了,印本书籍随处可见,但是借阅和抄录的流通方式在社会上非但没有销声匿迹,反而相当普遍。究其所以,大致有以下几点原因。

第一,印本书籍虽多,但书籍流通的地区却相对集中,并且某些书籍只在当地销售,由于交通等因素,购买书籍仍不容易。如万历间谢肇淛在其拥有唐代王禹偁(954—1001)《小畜集》抄本后作跋说:"余少时得元之诗文数篇,读而善之,锐欲见其全集,遍觅不可得。既知有板梓于黄州,托其州人觅之,又不得。去岁入长安,从相国叶进卿先生借得内府宋本,疾读数过,甚快,因钞而藏之。"②可见,在因地域区隔而购买不易的情况下,抄写仍是非常必要和经常发生的流通形式。第二,印本书籍售价相对较贵,往往限于资财,难以购买。李诩在《戒庵老人漫笔》中详细地记载说,他在准备科考时买不起应试所需的印本,而从抄手们那里买来了手抄本,二三十纸只需二到三文铜钱——即每纸(通常四五百字)

---

① 转引自徐凌志主编《中国历代藏书史》,江西人民出版社2004年版,第264页。
② 转引自方品光《明代福建著名钞书家——谢肇淛》,《福建省图书馆学会通讯》1981年第3期。

0.1文钱,价格非常低廉。①

另外,不少书籍因为政治、经济、文化等种种社会因素之制约,长期以来无法得到刊印,只能靠传抄散布。典型的如万历中期《金瓶梅》,其问世之初就是以抄本的形式在南方文人圈里流传,董其昌(1555—1636)、王穉登等曾拥有过散抄本。② 另外,一些珍贵罕见的书籍,本就没有刊本,只为个别人所收藏,只好借来誊抄。祁承爜在河南做官时一次抄到百余种图书,他在给二子祁凤佳(生卒年不详)和四子祁彪佳(1602—1645)的家书中不无得意地说:"此番在中州所录书,皆京内藏书家所少,不但坊间所无者也。而内中有极珍贵重大之书,今俱收备。即海内之藏书者不可知,若以两浙论,恐定无逾于我者。"③

再有,抄书自古乃读书之一法,蕴含着读书人对书的痴情,因此他们钟情于这样一种与书籍交流的传统方式。重要的是,借他人的书籍来抄录,比如"影抄",可以在字体点画和行格款识上皆一如原式,能很好地保存善本原来的面目。这对藏书家来说尤其重要。事实上,精抄本本身就别具艺术审美价值与鉴赏情趣,这也是选择借抄的动因之一。

从以上所述这些因素中,不难看出借阅和传抄这种流通方式大范围存在的必然性。尤其是在书籍典藏方面,长期以来借阅和传抄成为了藏书家十分重要的蓄书手段。16世纪中期,印本书的总量在急速增长,但是手抄本在藏书家手里仍能占到一半的比例。甚至到16世纪晚期,胡应麟拥有的藏书中仍有30%是手抄本。④ 同样,在书籍的借阅传抄这种流通方式上,藏书家们往往也

---

① 参见[明]李诩《戒庵老人漫笔》卷八,中华书局2012年版,第334页。
② 参见王汝梅《金瓶梅探索》,吉林大学出版社1990年版,第20页。
③ 转引自黄裳《〈天一阁被劫书目〉前记》,《文献》1979年第1期。
④ 参见〔美〕周绍明《书籍的社会史——中华帝国晚期的书籍与士人文化》,何朝晖译,第50页。

最具影响力。比如江苏吴县的藏书家钱谷(1508—1572),一旦听闻有异书,即使正在病中亦必强起,向人借来后便匍匐着专心阅读并亲自抄录。平时借来书籍抄录也常焚膏继晷,抄录之后又赶忙校勘,这种习惯钱谷一直保持到去世,最后由他借来抄录的书籍几于充栋。钱谷之子钱允治(1541—?)酷肖其父,年八十余时,值隆冬时节疾病缠身,仍然映日抄书,直至薄暮而不止。钱曾《读书敏求记》卷四记载说:"功甫名允治,老屋三间,藏书充栋。其嗜好之勤,虽白昼检书,必秉烛缘梯上下。所藏多人间罕见之本。功甫老书生,徒手积书,奇书满家。"①正是因为将精神和心力投注于抄书,克勤且执着,藏书才越积越多。钱氏父子所抄书籍,今可查知者,便有《吴都文粹》及《续编》三百卷、《会稽掇英集》二十卷、补抄成化本《宋史》三十五卷、影宋抄《猗觉寮杂记》二卷、《海录碎事》二十二卷、《华阳国志》十卷、马令《南唐书》三十卷、《道德真经指归》十三卷、《麈史》三卷、《西昆酬唱集》二卷等,卷帙浩繁,令人叹服。

福建藏书家谢肇淛亦以好向人借书抄录而著名。叶向高(1559—1627)在为谢肇淛作《小草斋集序》时说:"余在纶扉,公方郎工部,日从予借秘书抄录,录竟即读,读竟复借,不浃岁而几尽吾木天之储,昔人所谓'书淫',公殆似之。"②记录了谢肇淛在工部任职时,每天从叶向高处借书抄录,竟然不到一年就抄完了叶向高所有的珍藏,令叶向高叹服且称其为"书淫"。谢肇淛在《竹友集》的跋文中也描述了自己在寒冬里的短短二十天内抄写《竹友集》十卷之勤苦。凡谢肇淛所抄的书籍,大多钤有"晋江谢氏珍藏图书"的印章,版心有"小草斋钞本"五字。今传世者尚有近二十种,如《诗经总闻》二十卷、《小畜集》三十卷、《后村大全集》五十

---

① 转引自范凤书《中国私家藏书史》,第239页。
② 同上书,第240—241页。

卷、《武夷新集》二十卷、《寓简》十卷等。另外,还有浙江绍兴的祁承㸁等藏书家,抄书亦多。祁氏"澹生堂"抄书时间长,抄书量大,其中不少皆为世人未见之秘本。祁氏在家书中说:"若我近所抄录之书,约一百三四十种,共两大卷箱……十余年来所抄录之书,约以两千余本。"①

藏书家之间通常还会相约互借传抄。范钦与万卷楼主人丰坊比邻,二人素有抄书之约,他们约定根据彼此书目上的藏书,互补缺失。②王世贞亦曾主动向范钦提议每年都交换抄录彼此的藏书。③此后,又有沈守正(1572—1623)与吴符远(生卒年不详)相约"有秘本急录而传"。④梅鼎祚与焦竑(1540—1620)、冯梦祯(1548—1605)、赵琦美之间也有约定,"期三年一会于金陵,各出异书逸典,互相儱写。"⑤这类相约互借传抄的协议到后来变得愈来愈普遍。

以上藏书家之间的借书抄录流通方式尚有君子之约,然而在此之外,还有另一种"特别的"抄书。如王世贞家里的"馆客某",趁其不备偷抄了王世贞从李攀龙处带回的《古今诗删》书稿,由于偷抄,匆忙慌乱之下所抄不全,后来题为《唐诗选》流布于世。⑥正因这位"馆客某"的行径,引得后世在《古今诗删》和《唐

---

① 转引自黄裳《澹生堂二三事》,《社会科学战线》1980年第4期。
② 参见茅振芳《天一阁藏书文化初探》,虞浩旭主编:《天一阁论丛》,宁波出版社1996年版,第118页。
③ 参见范凤书《中国私家藏书史》,第168—169页。
④ [明]沈守正:《吴德聚爽斋书目序》,[明]黄宗羲编:《明文海》卷二二八,上海古籍出版社1994年版。
⑤ [清]钱谦益:《梅太学鼎祚》,《列朝诗集小传》丁集下,上海古籍出版社2009年版,第627页。
⑥ 凌濛初《唐诗广选序》:"粤自历下《删》成,元美携其本归吴中,馆客某者潜录之,颇有轶落,他日客复馆先君子所,出其本相示,家仲叔欣然授诸梓,而《选》始传。后元美观察吾郡,见而语先君子曰:'此当有漏,其完者子与行其校之。'先君子更从子与所请得原抄本,则子与时已有手铅评骘之草犁然秘之书籯,已而《古今诗删》出,《删》止载子与名,不存其笔,此《选》与《删》各行之始末也。"([明]李攀龙:《唐诗广选》卷首,《存目补编》本。)

诗选》内容、版本等问题上展开了长期的争论。① 事实上,这种"特别的"抄书行为在当时并非孤例,在稍后的清代,狡猾的朱彝尊又再度以这种偷抄的方式获得了心仪的藏书。②

藏书家们大多学养丰厚,有很高的艺术品位,对于抄书孜孜不倦而乐在其中。出现了许多著名的抄本,如叶德辉《书林清话》中就列举了当时所谓的文抄(文徵明玉兰堂抄本)、沈抄(沈与文野竹斋抄本)、杨抄(杨梦羽七桧山房抄本)、姚抄(姚咨茶梦斋抄本)、祁抄(祁承爜澹生堂抄本)、谢抄(谢肇淛小草斋抄本)等。③ 这些名抄在用纸、版式等各个方面往往都有其独特的风格和标记,不仅成为后人识别和鉴定版本的重要依据,而且以其抄写的艺术性、纸墨的精良等,成为传世精品。

借阅和传抄外,赠送是更为直接的一种书籍人际流通。文人之间互相赠送书籍,进行学术或文学艺术等领域的交流,书籍从一个人到达更多人的手里,在反复的阅读中,传布的范围也就更加广泛了。很多藏书家的珍贵典藏,除了"子承父业"这种纵向流通方式外,还有赠送、托付给亲友等横向流通方式。比如丰坊,在其万卷楼毁于火灾后,将幸存的大部分藏书赠予了好友范钦,成为天一阁藏书的一部分。④ 此外,书籍在明代官员之间常常作为礼品,成为社会交往的润滑剂,帮助他们建立有利的社会关系。特别是巡按御史之类的外派官员,常用政府的薪金款项和地方政府的资金来刊印书籍,所刊书籍再附以手帕,赠送给朝廷的官员,

---

① 如殷祝胜《旧题李攀龙〈唐诗选〉真伪问题再考辨》,《河南师范大学学报》(哲学社会科学版)2013年第1期。
② 朱彝尊为了抄得钱曾(1629—1701)《读书敏求记》,置酒席筵请钱曾,在钱赴宴之时买通钱家看护藏书的侍史,招藩署廊吏数十人花了半夜时间便抄得钱家的珍贵典藏。(参见天台野叟著,许朝元点校《大清见闻录》下卷《艺苑志异》,第26页。)
③ 参见[清]叶德辉《明以来之钞本》,《书林清话》卷一〇,第205页。
④ 参见茅振芳《天一阁藏书文化初探》,虞浩旭主编:《天一阁论丛》,第118页。

这类礼品书籍被称为"书帕本"。[①] "书帕"这种书籍流通方式最终止步于 16 世纪末期，17 世纪便不再流行，官员们更露骨地送银子而不是书籍。[②]

(二)商业流通

人际流通外，16 世纪，书籍成本大大降低，普通民众也有能力购买和收藏某些书籍，书籍的流通范围便扩大到社会的各个阶层。可以说，从总体来看，商业流通是当时社会上最为主要的书籍流通形式。而且越到明代末期，书籍的商业流通就越普遍。

当时全国尤其是江南地区，已经形成了一个由众多大小规模不同的私人书铺、书坊、书肆、书摊等组成的书籍流通网络。比如福建建阳的麻沙、崇化，长汀的四堡乡，直隶武强地区等就有书店一百多家。它们中有的书店还集编、印、发为一体，可以迅速生产出需要售卖的书籍。不仅坊肆林立，在某些刻印和销售兼营的集中地，甚至形成了买卖书籍的定期集市。比如福建建阳，"书市在崇化里，比屋皆鬻书籍。天下客商贩者如织，每月以一六日集。"[③] 此外，某些城市由于书籍贸易格外兴盛，逐渐变成了著名的书籍集散地。胡应麟在《少室山房笔丛》中就指出北京、南京、苏州、杭州四地正是当时全国最负盛名的聚书地。[④] 书商书贩们在长期的书籍贸易中积累了丰富的贩售经验，会视读者的需要、根据时令

[①] 关于"书帕"，清袁栋《书隐丛说》："官书之风，至明极盛。内而南北两京，外而道学两署，无不盛行雕造。官司至任，数卷新书，与士仪并充馈品……明时翰林官初上，或奉使回，例以书籍送署中书库。"(转引自张秀民著，韩琦增订《中国印刷史》上，第 239 页。)顾炎武《日知录》："历官任满，必刻一书以充馈遗。""今学既无田，不复刻书，而有司间或刻之，然只以供馈贶之用。"([清]顾炎武著，黄汝成集释，秦克诚点校:《日知录集释》卷一八，第 1034 页。)

[②] 参见[美]周绍明《书籍的社会史——中华帝国晚期的书籍与士人文化》，何朝晖译，第 92 页。

[③] [明]冯继科:《封域志》，《建阳县志》卷三，明嘉靖三十二年(1553)刊本。

[④] "今海内书，凡聚之地有四，燕市也、金陵也、阊阖也、临安也。"([明]胡应麟《经籍会通》，《少室山房笔丛》卷四，第 41 页。)

节日等具体情况流动设摊,聚集在某地。比如"凡燕中书肆,多在大明门之右,及礼部门之外,及拱宸门之西。每会试举子,则书肆列于场前;每花朝后三日,则移于灯市;每朔望并下瀚五日,则徙于城隍庙中。灯市极东,城隍庙极西,皆日中贸易所也。"①他们这种机动灵活的经营,无疑加速了书籍的流通。

另外,由于书籍的成本问题,各地的书籍销售存在差价。并且,每个地区主要刊印的书籍品种也不一样,地区之间需要调剂,所以出现了书坊书肆长途贩运和异地设店的情况。据福建《长汀县志》记载,长汀县四堡乡的人几乎全都靠印售书籍谋生,该地以刊印通俗启蒙书籍为主,书籍销售"足迹几遍天下",几乎包揽了福建、广东、广西、江西几省的书籍销售。书商在经年累月的远途贩卖中,不断摸索贩运书籍的最佳水陆线路。② 值得一提的是,江浙一带的书业向来发达,又属水网地区,故而出现了一种特殊又便捷的书籍贩运方式——书船。这些书船通常满载各种类型的书籍,沿着水路到各地去兑售。贩书的贾客和藏书家们往来甚密,他们熟知其中的门道和行情,包括某部善本书籍的来龙去脉、流传情况,甚至对某人家藏了什么书,新近又买了什么书,还需要什么书等,可谓了如指掌。藏书家们也常托这些书船上的贾客帮忙访书、购书。书船作为媒介,使得天南地北的书籍在江南水乡得到了极为广泛的流通。而那些大型的刻印单位,则一般会在外地设销售处,这其中又以徽州书商为甚。比如当时徽人在南京开设的书坊就有汪云鹏(生卒年不详)的玩虎轩、郑思鸣(生卒年不详)的奎璧斋、汪廷讷(1573—1619)的环翠堂、胡正言(1584—1674)的十竹斋等,为书籍的流通提供了极大的便利。

---

① [明]胡应麟:《经籍会通》,《少室山房笔丛》卷四,第42页。
② 参见缪咏禾《中国出版通史》(明代卷),第328页。

二、交际与销售的推手

通常,在人际流通中,文人们向他人借阅、抄录一本珍贵的书籍,最后要将这个抄本作为自己的藏书时,会在抄本之前或之后以书序文的方式将此书从何处抄得,借阅和抄录的时间、过程等情况记录下来,作为这部书籍的流通标记,有时还会在书序文中记下自己的阅读感受以及对这部书籍的评价等。这几乎成为伴随文人借阅、抄录书籍的一个例行的行为。

杨循吉一生从他人处抄录书籍无数,每抄一书皆会附上书序文,记其底本来源和抄书过程等。一次借得宋本《元氏长庆集》,杨循吉立即命人影抄之,并为此书撰序曰:"弘治元年,从荨门陆进士士修借至,命笔生徐宗器模录原本,未毕,士修赴都来别,索之甚促,所余十卷几于不成,幸竟留之,遂此深愿。九月二十五日,始克装就,藏于雁荡村舍之卧读斋中,永为珍玩……"①不仅杨循吉,归有光(1506—1571)曾向他人借得《金石录》一书抄录,为此撰作了《题金石录后序》:"余少见此书吴纯甫家,至是,始从友人周思仁借抄,复借叶文庄公家藏本校之。观李易安所称其一生辛勤之力,顷刻云散,可以为后世之戒。然余生平无他嗜好,独好书,以为适吾性焉耳,不能为后日计也。"②亦是以书序文的方式,记录了自己的抄书经过和嗜书之癖等。除了自序,有时抄书人还会向收藏原本的藏书家请序,这时候的书序文就带上了交际的性质,可以进一步拉近抄书人和藏书人之间的情感距离。

相对而言,在书籍的赠送中,书序文充当交际推手的性质表现得更加明显。朋友之间经常会向对方赠送自己编著的书籍,并请对方为之撰序,这种行为甚至可以被看成是对彼此友谊的一种

---

① 转引自任继愈主编《中国藏书楼》(2),第972页。
② [明]归有光著,周本淳校点:《震川先生集》卷五,上海古籍出版社1981年版,第113页。

认证和巩固。王叔承和王世懋交情深厚,王叔承的诗集《后吴越游编》编定后便专门命人送予王世懋并附信请其撰序,王世懋后来在序中也述及二人的友谊:"予与王承父氏握手称'石交',愿为之序"①。屠隆和沈明臣惺惺相惜,屠隆著有《由拳集》,而此书之前的一篇序文正是沈明臣所撰。此外,当某人将自己编著的书籍赠送给他人时,如果同时以求教或希望借由对方的只言片语为书籍增彩的姿态向对方请序,实际上等于向对方传达了认同和崇拜之情,将对方引为可贵的知音,或认可对方作为大家名流的地位。比如本来毫无诗名的华善继向文坛领袖王世贞请序,田子寿(生卒年不详)不惜派使者行路三千多里,携其诗稿向吴国伦请序等。很多时候这些大家名流也乐得从命,他们的书序文常会带有奖掖后进、凝结同好、扩大同盟的意味。比如李维桢对新安(今属安徽)汪家的汪敬仲(生卒年不详)、汪永叔(生卒年不详)这对兄弟非常关心并有意帮扶,很愉快地为他们的诗集撰作了《汪敬仲诗序》和《汪永叔诗序》,并在序中,称汪敬仲"成一家之言",又说连自己见到汪永叔的诗都会感到惭愧,奖掖之意溢于言表。(《大泌山房集》卷二四)

普通文人之间尚且如此,事实上将书序文用于交际,在官员之间更是稀松平常。外派官员将自己刊印的书籍以"书帕"的形式赠予朝廷官员,这时候他们往往还会向对方请序,借此向对方表达认同或推崇,通常都能达到很好的交际效果。除这类"上对下"的作序方式外,还有"下对上"的情况。不少官员从职位更高的官员处获赠某部书籍,还会主动献序,以此向对方示好,不吝言辞地吹捧对方,皆是以书序文来增进彼此的交情,甚至获取利益。赠书固然可以作为人际交往中的润滑剂,但是书序文却是促进人

---

① [明]王世懋:《王承父后吴越游诗集序》,《王奉常集》卷七,《四库存目丛书》本。(以下凡引用此书皆随文括注卷数。)

情往来的推手,可以使交际行为发挥出更加理想的效果。

其实,在交际过程中,对于请序者而言,可以说是借此机会获得了一篇书序文,如果他还将这部书分赠多人,就可以由此获得多篇序文。最后将这些序文集合置于书籍的前后刊出,借用书序文的宣传力量,使书籍得到更广范围和更长时间的流传。

书序文在商业流通中同样扮演着重要的角色,能够促进书籍的销售。我们在本章第二节讨论书籍编著和刊刻活动时就已论及,书商们以序文的方式来宣传书籍在编著和刊刻上的优点,以吸引读者购买。另外,他们还看到如果延请大家名流来撰作书序文,更会增加书序文在销售上的说服力。因此,书商们会以重金请大家名流为准备销售的书籍撰作序文。不少有名望的文人、高官等开始参与其中。如万历中后期开始,文人对小说、戏曲的态度和认识逐渐产生了变化,担任过吏部尚书、中积殿大学士的李春芳(1510—1584)就曾受书商之邀为小说《岳鄂武穆王精忠传》撰作书序文。在文坛上声名煊赫,且担任过兵部左侍郎的汪道昆亦曾署名"天都外臣",为小说《水浒传》撰作了书序文,在序中不仅试图为小说正名,还对《水浒传》的价值和作用都给予了充分肯定。① 书序文尤其是名人撰作的书序文作为销售推手,确实能够帮助所序书籍在市场竞争中总是占据优势。

再比如《纪效新书》,本是戚继光(1528—1588)撰作的一部关于练兵和治军经验的书籍,写于嘉靖三十九年(1560),原本十八卷,前有戚继光的自序,初刻于嘉靖四十一年(1562)。万历十二年(1584),戚继光被调往广州镇粤,在此期间又集合了十八卷本《纪效新书》和另一部书籍《练兵实纪》之精要,重新亲手雠校,这部戚继光晚年的手校本,共十四卷,篇目、内容和之前的十八卷本

---

① 参见[明]汪道昆《水浒传序》,朱一玄、刘毓忱编:《〈水浒传〉资料汇编》,第167—169页。

皆有差异,戚继光请王世贞为其作序。对于戚继光的信任,王世贞深受感动,很快便撰成了《戚将军纪效新书序》。戚继光后来将这个手校本附上王世贞的序文梓于军中,赢得了很好的声名。虽然这并非戚继光的初衷,但是当进入流通领域时,它的意义就完全不同了。此书因王世贞撰作的序文在市场上备受欢迎,甚至后来朝鲜国王李昖(1552—1608)派人到中国采购兵书时,就特别点名要购买带有王世贞序文的《纪效新书》。①

看到名人撰作书序文带来的巨大经济利益,大小书坊便开始自造书序文,伪托名人撰作,利用这些伪托名人所作的书序文鼓吹书籍内容的新奇、刊刻之精美等。"而读者又矮人观场,见某老先生名讳,不问好歹,即捧诵之。"②譬如当时书坊刊刻的十八卷本《三苏文范》,题为杨慎所编已是伪托,更伪造出杨廷和(1459—1529)、袁宗道(1560—1600)和王世贞三位名家所作的书序文。③ 这样看来,书序文作为推手,既可以在书籍的人际流通中增进人与人之间的交谊,又能在商业流通中促进书籍的销售,带来丰厚的利润回报。所以,在16世纪书籍流通的大潮中,实名撰作加上大量的伪托造作,书序文在数量上迅速增长也就水到渠成了。

小　　结

书序文在书籍文本的基础上写就,此一文体属性决定了书序文必然与各种书籍文化活动息息相关。明代进入16世纪后,由于特殊的政治、经济、技术等各方面的合力,以正德为拐点,书

---

① 参见吴晗辑《宣祖昭敬大王实录·二十七年二月》,《朝鲜李朝实录中的中国史料》上编卷三二,中华书局1980年版,第1984页。
② [明]盛于斯:《休庵影语·西游记误》,朱一玄、刘毓忱编:《〈西游记〉资料汇编》,南开大学出版社2002年版,第316页。
③ 参见[清]永瑢等《四库全书总目提要》,第1047页。

籍出现爆发式的增长，并迅速成为建构明代社会文化的重要因素。几乎与此同时，基于书籍产生的书序文，亦开始频繁地参与到明人的社会文化生活当中，这样的变化不能不引起我们的关注。

在书籍文化活动的每一个环节，都有书序文的身影。16世纪书籍编著活动的主要参与者，一是希望借由书籍留名于世的文人学士，一是希望通过贩售书籍赢得利润的书商。他们都非常需要为各自编著的书籍附上一篇或多篇书序文，或向读者说明编著意图、书籍的主旨，或向读者介绍书籍的优点等，以此引导读者阅读，吸引读者选择和购买。与书籍编著活动对应，当时书籍刊刻活动最为兴盛的私家和坊肆，书序文对于介绍刊刻原委、宣传刊刻特点等，同样非常必要。在所有的书籍活动中，书籍典藏因为担负着保存典籍且在所藏典籍基础产生新的书籍的重任，具有特殊的地位。16世纪的明代，各类公共机构的书籍典藏衰败零落，民间私人藏书家却以强劲的势头蓬勃兴起，无论藏书数量还是质量，都达到了藏书史上的顶峰。然而藏书不易，藏书家搜罗书籍的坎坷经历、曲折心路，在书籍收藏过程中积累的经验、听闻的掌故，以及书籍自身的价值和特点，都需要借助书序文来记录。当书籍进入流通阶段，书序文又在书籍的人际和商业流通中，充当了人与人之间交际润滑剂和书籍销售的强大推手。

可以说，从生产到流通的一系列书籍文化活动中，每项活动都与书序文密切相关。它不仅产生了对书序文的大量需求，更带来书序文从书写到传播文化生态的巨变。随着16世纪编书、著书、刻书、藏书等书籍文化活动的繁荣，书序文的各种文体属性和文化功能得以最大限度的激发和开拓，迎来了书序文的进击时代。在书籍出现爆发式增长、书籍活动成为明代社会文化生活重要构成元素的生态环境下，书序文如何书写？这种书写和前代有何不同？书序文写就后进入传播会与读者产生怎样的碰撞？在此过程中，书序文文体自身发生了什么变化？反过来，它又给明代文人带来了哪些文化层面的影响？这是本书在接下来几章中需要深入考察和讨论的主要问题。

第二章　明代书序文的书写实践(上)
——书序文与书籍编著者之关系发微

　　以正德为拐点，书籍，尤其是印本书籍在明代出现了爆发式的增长，书籍文化活动异常繁荣和兴盛。随之而来的是，和书籍一样，基于书籍产生的书序文也频繁地参与到明代的社会文化生活当中，成为建构明代社会不容忽视的文化要素。

　　此时，文坛上最为活跃且叱咤风云的正是王世贞及其周边文人群体构成的复古阵营。因为显赫的声名地位等，他们不仅要为自己编著的书籍作序，而且往往需要面对接踵而来的他人的请序。如果说在唐宋时期，书序文作者还可以相当谨严，对于他人的请序并非有求必应、率尔操觚[①]，但是，到王世贞等人生活的明代，请序、作序俨然成为社会普遍的风尚，书序文作者越来越难以拒绝他人的请求。事实上，随着书籍出现爆发式增长，书序文的

[①] 譬如《古今事文类聚·别集》卷五载，唐代贤相韦处厚之子韦正蕃编撰文集，向文学家李翱请序，十年而不得，后来通过刘宾客的关系才达成愿望。《全唐文纪事·体例三》载，杜牧不轻易替人作序，当庄克向他请序时，他回信说："自古序其文者，皆后世宗师其人而为之，今吾与足下，并生今世，欲序足下未已之文，固不可也。"太和五年(831)，集贤殿学士沈子明编竣李贺的诗集，向杜牧求序，考虑到李贺才绝出前，杜牧一再推辞，沈子明因此动怒，杜牧才勉强序之，但是仍然战战兢兢，连称惭愧。(参见曹之《古书序跋之研究》，《图书与情报》1996年第2期。)

书写环境在明代已经发生了很大的变化。在这样的书写环境下，以王世贞及其周边文人群体为考察中心，明代文人如何撰作书序文？面对大量的书序文需求，面对各类请序的人，他们如何展开书序文的书写？或者说在书写实践中究竟怎样辗转腾挪呢？

要回答这样的问题，引入"主体间性"的视角来重新审视书序文，就显得非常必要。"主体间性"是一个有着多重意涵的复杂概念，20世纪初由胡塞尔最早提及，继而海德格尔赋予其哲学本体论的意义，此后马丁·布伯、伽达默尔、哈贝马斯等从不同层面对其有所阐发。"主体间性"区别于我们熟知的主体性，它否定了原子式的孤立个体的概念，认为主体处于与各种其他主体的关系之中。并且它消解了以往主客体对立的关系，成为一种互为主体的关系，简单地说，即指主体与主体之间通过对话、交往、沟通、体验而达致的一种谐融与共在的关系。它强调相对独立的主体之间互为主体的对话和沟通，从而生发新的意义。

对于书序文而言，如何书写，并非由书序文作者这个单一主体来决定。书序文所序书籍的背后是书籍编著者，又因为书序文本身即是面向读者的写作，所以，还存在一个隐含的读者。可见，书序文的书写实际上需要考虑的是序文作者、书籍编著者、读者等多个主体之间的主体间性。书序文是序文作者在与其他多个主体间通过对话、交往、沟通、体验而达到谐融后的产物。由于读者只是作为隐含的存在，并且这个隐含的存在对于序文作者来说具有相对的稳定性，所以实际上，书序文作者和书籍编著者之间的主体关系，对序文的书写起着最直接的制约作用。这就是为什么在阅读书序文时，我们会感到，序文作者在面对自己的书籍、熟人的书籍、陌生人的书籍时，会呈现出完全不同的书写状貌。在书籍出现爆发式增长的明代，书序文作者和书籍编著者两个主体间的关系尤其复杂微妙，书序文作者在与书籍编著者的主体关系间觅得谐融便颇费思量，但这同时也就激发了书序文作者不断调整书写策略，在书写实践中努力探索，书序文的书写也就变得更具趣味。

这样看来，以往对书序文的研究通常划分为"自序"和"他序"，虽然看到了为自己作序和为他人作序的不同，但其处理仍然趋于简单化。具体实践中，书序文写作是一种主体间性下的书写，情况更为复杂。鉴于此，在"主体间性"的理论启发下，本章根据书序文作者和书籍编著者之间的主体关系，将书序文大致分为三类：第一类是书序文作者和书籍编著者主体身份重合的情况。这种情况出现在书序文作者为自己编著的书籍所作的序文中，即通常所谓"自序"。此时，书序文作者一身二任。第二类是书序文作者和书籍编著者有过直接接触或交往，主体间存在相交关系的情况。这种情况出现在书序文作者为友人、同乡、同年、同僚等熟识的人编著的书籍所作的序文中。在这类书序文里，书序文作者和书籍编著者既相互勾连又相对独立，主体间的关系极具张力。第三类是书序文作者和书籍编著者并无直接接触或交往，主体间存在相离关系的情况。这种情况出现在原本不熟识的人通过书序文作者的朋友等间接关系向他请序或书序文作者为重刻古书等撰作的序文中。此时，书序文作者和书籍编著者之间的关系就又隔了一层。

第一节 自序：书序文作者与书籍编著者身份重合

为自己编撰的书籍作序，书序文作者同时也是书籍编著者，一身而二任，两者的主体身份出现了重合的情况。当书序文作者展开序文的书写时，其实也是书籍编著者直接面向读者的言说，甚至可以说，是书序文作者自觉的自我代言。

自序中书序文作者和书籍编著者这种重合的主体身份关系，对于书籍编著者来说，最明显的便利就是，他可以以书序文作者的身份,直接表达自己的观点和情感,展现自己的主体期待和意图。并且书序文作者还掌握了比任何人都更为丰富、只有书籍编著者本人才拥有的书籍内外的第一手资料和信息,很多时候,这种资料和信息若非主体身份重合,书序文作者是绝对无从把握和难以充分书写的。因此,在自序的书写过程中,书序文作者最知悉应该自由调用书里书外的哪些材料,如何最大限度地支持和补充书籍文本,自然也就更加容易引导读者进入最为接近书籍编著者主体期待和意图的意义空间。

事实上,正是因为两者主体身份的重合,书序文作者在自由调用材料时,极容易调用一些书籍编著者极具私密性的材料,如具体的写作过程、个人经历、心理情感等,在这种情况下,书序文作者的书写虽然仍然围绕着所序书籍,但需要注意的是,相较于书序文作者的身份,此时书籍编著者的主体身份在序文中常常更为突出,有时甚至占据了主导的位置。书序文作者的书写,其实已经有意或无意地超越了书序文呈示和延展书籍文本意义空间的文体功能,将自序的书写扩大到了历史记录和传记的范畴。还应该看到的是,伴随自序中两者主体身份重合关系而来的,是不可避免的旁观视角的缺席。于是在书序文作者面前便产生了一个亟待解决的问题:如何消释其"自卖自夸"的嫌疑?针对此问题,书序文作者采用了各种书写策略,在消释读者疑虑的同时,构筑了不同方式的自我代言。

一、主体期待的直接表达

一部书稿的完结,对于书籍编著者而言,常常并非终点。囿于书籍形式轨范等方面的书写局限,单独依靠书籍正文的内容,并不能表达,或者说不能完全、准确地表达其主体期待和意图。并且,完成书稿的编著者经历了漫长而独属于自己的编纂和书写过程,在书稿完结之后未能表达或来不及表达的"心里话",甚至回顾和检视自己一路走来的脚印,此间的收获与遗憾等,都可能成为书籍编著者胸中涌动的某种亟须表达的观点和情感。可以说,此时最需要书序文的可能并不是读者,而恰恰是书籍编著者本人。自序为书籍编著者提供了以书序文作者的身份,在序文中将所有希望表达的想法与情感一吐为快的泄洪口。于是,它成了留给书籍编著者的一方舞台,自序的书写就成了书籍编著者在追光笼罩下的安静独白。借此,书籍编著者可以直接回忆其写作心路,抒发心中的情感等,面向读者直接表达自己的主体期待和意图。

(一)书籍编选者的自序

书籍编著者这种需要直接表达的诉求,在编选的书籍中表现得尤其明显。当读者面对一部编选的书籍,难免会问:为什么要这样编选?或者说这样编选的主旨或意图是什么?这个问题的回答非常必要。一方面,若编选者自己没有明示,仅从编选书籍正文的字里行间,读者并不容易获得正确的答案。另一方面,更重要的是,编选的主旨或意图是该书得以立足的根本,没有它,这部书籍的编选几乎失去了存在的意义。所以,书籍编选的主旨或意图,是书籍编著者希望并且必须在读者进入正文阅读之前就要明确表达的内容。而自序中书序文作者与书籍编著者主体身份的重合,恰恰为此提供了极为便利的条件。

嘉靖三十七年(1558),王世贞曾修订并增葺了杨慎所撰的《尺牍清裁》一书,对于此次修订的缘由和情况,王世贞以自序的书写方式作了简要的说明:"客有斋示余甚旨之第,惜其时代、名氏往往纰误,所漏典籍亦不为少。乃稍为订定,仍加增葺,及自唐氏迄今,词近雅驯亦附于后,更为二十四卷,藏之椟中。"(《尺牍清裁序》,《四部稿》卷六四)这样看来,此次的修订和增葺,是王世贞发现杨慎《尺牍清裁》原书的纰误太多,并且遗憾于书中所收的内容不够广泛,而试图使之完善的一种尝试。

隆庆五年（1571），王世贞在这次修订的基础上又再次重修，对《尺牍清裁》的挂漏之处有了更大程度的增补，"较之余刻，十益其六；比于用修，十益其九"，将《尺牍清裁》补至六十卷之多，自称"亦云瀚博矣"，俨然赋予了杨慎原书以新的面貌。不同的是，用简净的笔墨交待完这些后，王世贞在这次《重刻尺牍清裁》的自序中，旋即进入了对历代尺牍的评述：

> 向所谓春秋之世寄文行人者，惜其婉微娴雅，亦略载之。夫其取指太巧，措法若规，得非盲史为之润色邪？先秦两汉质不累藻，华不掩情，盖最称笃古矣。东京宛尔具体，三邦亦其滥觞，稍涉繁文，微伤诣语。晋氏长于吻而短于笔，间获一二佳者，余多茂先不解之恨。齐、梁而下，大好缠绵，或涉俳偶，苟从管斑，可窥豹彩，必取全锦，更伤斐然。隋唐以还，滔滔信腕，不知所以裁之。迩岁诸贤，稍有名能复古者，亦未卓然正始。夫文至尺牍，斯称小道，有物有则，才者难之，况其他哉！（《重刻尺牍清裁小序》，《四部稿》卷六四）

就篇幅安排和整体行文来讲，都可以看出以上这段评述正是这篇自序的核心。换句话说，这段评述中蕴涵的内容便是王世贞此次修订的意图所在了。细嚼其字句，可知王世贞对先秦两汉的尺牍最为推崇，认为先秦两汉而后各朝的尺牍逐渐各现瑕疵。尤其到隋唐以后，更称其"不知所以"。即便是明代的尺牍，他也认为只有那些"名能复古者"可取。显然，这种观点正是典型的复古阵营向来秉持的"文必秦汉"之论，王世贞此序只是就尺牍这种文体所发且更为细致罢了。从先前的《尺牍清裁序》到这篇《重刻尺牍清裁小序》，王世贞的主体意图由单纯地试图完善杨慎的《尺牍清裁》转向了明确地表达复古文学态度。然而，为什么会有这样的变化呢？

带着这个问题再次梳理这篇自序,我们发现,王世贞在大略交待完自己先前所订的《尺牍清裁》亦有挂漏,回到太原终于有时间重新修订该书等事后,笔锋陡转,写了一段非常"突兀"的文字:

> 于鳞一旦奄成异代,邮筒永废,风流若扫。青灯吊影,不无山阳之慨;散帙曝晴,更成蜀州之叹。俯仰今昔,责在后死,高文大篇,勒之琬琰矣。兹欲使间阔寒暄之谈,竿尺往复之致,附托群骥,以成不朽。(《重刻尺牍清裁小序》)

王世贞提到的李攀龙,于此序写作的前一年即隆庆四年(1570)八月即去世,这段文字完全是在深情怀念昔日共倡复古的战友。将它与前文所提评述历代文章,并极力推崇秦汉文章的书写结合观之,此处的"突兀"便可以得到消解,而王世贞主体意图的变化也能从中找到根由。

李攀龙的离世,使得"后七子"复古阵营失去了身为盟主的核心成员,对王世贞来说,更是失去了一位并肩共进多年的挚友。虽然这并未从根本上削弱"后七子"业已形成的发展与影响,然而,李攀龙的离世也就意味着王世贞接棒担负起携领"后七子"复古阵营的重任,一跃而成为了当时的"文章盟主"。如何应对自"后七子"成立之初就持续存在的社会攻讦和非议,"后七子"未来将走向何方,甚至怎样引导当时的文坛风气等,这一系列问题都促使王世贞急于发出更加强烈的代表文派旗帜性观念的呼声。可以直接表达书籍编选者观点和情感的自序,无疑是当时情况下非常合适的文体选择。而事实上,此后独主文坛的王世贞也正是很好地利用了自序这种序文书写形式,借重刻《尺牍清裁》,高悬复古派的文章基准,再次重申了"文必秦汉"的文章学习轨范。五年后的万历四年(1576),针对"今诸生习经术者,不复问词赋以为何物;而稍名能词赋者,一切弁髦时义而麇弃之,以为无当也"的情况以及郧阳举子业的失范,王世贞亲自编选《四书文选》,以自序的形式说明了其编选的意图是"非欲诸书生剽其语也,将欲因法而悟其指之所在也"(《四书文选序》,《四部稿》卷七〇),为"时义"之文指出复古的取法,亦出于同样的意图和目的。

万历九年(1581),时年 56 岁的王世贞将苏轼的年谱、传志、小言以及诸家之评骘等汇编为十卷本的《苏长公外纪》。王世贞在《徐梦孺》中说:"苏子瞻《外纪》殊草草,意似好其人与其事,聊为纂集。"(《续稿》卷一八二)表达了自己编《苏长公外纪》乃出于对苏轼其人其事的喜爱。然而,这毕竟与他早年极力标榜秦汉文章、汉魏盛唐诗歌,而于韩、柳、欧、苏颇不能相入的主张迥异。同一个人,早晚持论为何相差如此之大呢?《苏长公外纪》的读者怕是会在心头生出大大的疑惑。王世贞自然也能预料到读者的疑惑。这个时候,任何人来解答可能都不如王世贞本人的解答更具说服力。而通过自序,书籍编选者王世贞以书序文作者的身份直接面向读者,恰好可以更为有效地解答问题。

在这篇自序里,王世贞开篇即在和韩愈、柳宗元、欧阳修等人的对比中,激赏苏轼其人及其诗文:"今天下以四姓目文章大家,独苏公之作最为便爽……苏公才甚高,蓄甚博……"且不无夸张地谈苏轼诗文在海内外的广泛影响,说明苏轼确有值得推赏之处。不只他王世贞,公卿士夫乃至荒州下邑的儿童妇女"莫不欲一识其面",从而为自己喜爱苏轼其人其文、编选此书找到了涵盖各个阶层的支持基础。接下来,王世贞才开始正面解释自己先后持论不同的因由:"当吾之少壮时,与于鳞习为古文辞,其于四家殊不能相入,晚而稍安之。"早年的持论确实是他无法回避的经历,他继续说到:"毋论苏公文,即其诗最号为雅变杂揉者,虽不能为吾式,而亦足为吾用。其感赴节义,聪明之所溢,散而为风调才技,于余心时有当焉。"(《苏长公外纪序》,《续稿》卷四二)解释说他编此书并不是不再主张格调等复古之论,而是因为到了晚年,在脱尽年少虚浮之气后,开始逐渐爱好苏轼的诗文了①。认识到苏轼的诗文虽然"不能为吾式",但其中的个性才情等仍"足为吾用"。较之于早年,王世贞通过这篇自序表达了更加圆融的复古思想。

在王世贞及其周边文人群体中,汪道昆可以说是极为重要的一位成员,他甚至被视为与李攀龙、王世贞并驾齐驱而主持坛坫的文界主将。毕懋康《太函副墨序》云:"国朝文章家斌斌代起,若搴大将旗,居然主坛坫者,则历下、弇山、太函其雄也。"②嘉靖三十八年(1559),自京城回到家乡襄阳的汪道昆拣择了《离骚》和《文选》,合编为一部选刊③。二十六年后的万历十三年(1585),其门人郑生用汪道昆当年的旧版重刊此书,汪道昆为该书作《骚选序》。同一部选刊,首次刊行时汪道昆并没有为其作序,称"道古者殆难为言",索性一字不附。那为什么重刊之时却又专门附上一篇自序呢?

汪道昆在自序中解释道:"乃今学士置古昔若天池,浸淫洞酌以为爽"。他发现,重刊时文坛风气已有了较大的变化,当时的文人学士开始试图从唐宋以前的古代典籍中去探求学习的资源,所以此书的重刊可谓恰合时宜。同时,汪道昆也看到,其中不少人对于《离骚》和《文选》的认识并不深入。这促使他更加迫切地希望这些文人学士能够抓住其精要。汪道昆认为《离骚》后无骚,

---

① 钱锺书曾对王世贞晚年喜好苏文给出了类似的解释:"且又一集之内,一生之中,少年才气发扬,遂为唐体,晚节思虑深沉,乃染宋调。若木之明,崦嵫之景,心光既异,心声亦以先后不侔。明之王弇州,即可作证。"(钱锺书:《谈艺录》,生活·读书·新知三联书店2010年版,第5页。)

② [明]汪道昆著,胡益民、余国庆点校:《太函集》,黄山书社2004年版,第2814页。

③ 汪道昆《卢希稷》:"顷从计吏还郡,……顷合骚选为一部,将为学者先驱。虽梓人无良,愿因绍介,以为楚产。"([明]汪道昆著,胡益民、余国庆点校:《太函集》,第3212页。)

"非无骚也,善哭者无情而不哀,《骚》之优孟也";《文选》后无选,也是"非无选也,雕几工而太朴丧,《选》之梧槚也",最后进一步直白地指出,真情实感才是《离骚》和《文选》的精神内核。正因为表达得迫切,汪道昆在重刊时才会按捺不住地通过自序的方式来倡导文章宗法的典范。如此看来,在此书初次刊行时,汪道昆不为序的原因恐怕就不只是"道古者殆难为言",还存在时机是否促迫急需的问题。这就再次说明,当书籍编著者要表达的观点和情感如骨鲠在喉时,自序正好为他们提供了一方畅快表达的书写场域。

(二)书籍作者的自序

编选的书籍如此,撰著的书籍又是怎样的呢?一部书籍的完成,如结集的诗文作品等,时常并非撰于一时或一地,其中撰著过程以及撰著期间书籍作者的"心路历程"等,都需要记录下来告知读者;而许多包括学术性著述在内的专业书籍,为了保证与内容的契合以及符合相应的格式规范,在撰作的过程中又难免束手束脚,不便摇曳笔墨。作者自然就有许多著书背后的"心里话"想要表达,尤其是那些关系到读者对书籍文本认读体解方面的信息,就更是需要书籍作者额外说明。

"后七子"中,年纪最长的谢榛曾撰写过诗论著作《诗家直说》(又名《四溟诗话》)。在去世前一年,即万历二年(1574)八月,谢榛为该书作《诗家直说自序》:

> 诗本无说,古人独妙在心,所蕴深矣。汉魏有诗而无法,托之比兴不诡。魏晋诸家同一源流,各见体裁,铿然声律之渐。至鲍、谢辈对偶已工,绮丽相炫,骎骎乎唐初调矣。暨李、杜二老并出,以骨为主,以气为辅,其机浑涵不露。晚唐以来,谈诗者纷纭,互为雄辩相高,使人愈趋愈远,不得捷要。故尔予梓诗说若干篇,譬诸筑基起楼,势必高大,所思不无益

也。夫天地如笼，万形罗于内，身与世浮，神与物游，飘然四极无不可，生也何劳，死也何寂，圣哲安在哉？吾以一技束心，终不失为善人也欤！①

在这篇自序中，谢榛谈到了《诗家直说》的撰作动机，即因为不满晚唐以来尚雄辩却又离诗歌本来面目越来越远的谈诗局面，故发其直说。同时，实际上也将诗歌的发展作了从古而今的梳理评述。虽不甚详尽，却道出了谢榛的核心诗论观点，比如作诗的典范当推盛唐，而这其中他对既有骨格又有气韵的李杜之诗又最为欣赏等，正是对《诗家直说》一书持论的概括和总结。

然而，与王世贞、汪道昆等人不同，谢榛精工于诗而寡淡于文，目前存世的资料中，谢榛文只有两篇尺牍和上引这篇自序，两篇尺牍《与友》和《报郑生》皆是复信，如此看来，对于不长于文且在作文上异常谨慎的谢榛来说，这篇自序自然也就有不得不写的缘由了。

回到《诗家直说》：此书四卷，共四百余条，这种条目式的写作体例本身就容易缺乏系统性，读来不免零碎而难以提契书籍作者的主要观点；再从此书的内容来看，虽然以理论和批评为主，但后两卷又多夹杂谢榛本人的一些涉诗行事，比如早年与李攀龙等人交游的经历等，这些枝蔓同样会分散读者的注意力，不利于理解谢榛的真实写作意图。更重要的是，《诗家直说》作为谢榛晚年的著作，具有熔铸毕生诗论心血的特殊意义。基于以上因素，以自序来表达自己的撰作意图和文学观念，应是谢榛最理想的选择，这也就是《诗家直说自序》存在的必要性。

王世贞有一部重要的诗文评札记著作《艺苑卮言》。此书从嘉靖三十六年（1557）着手写作，仅仅一两个月即撰成六卷初稿，

---

① 李庆立校笺：《谢榛全集校笺》，江苏古籍出版社 2003 年版，第 1327 页。

当时王世贞方 33 岁。嘉靖三十七年(1558)六月,王世贞写了自序。序中,他首先说明撰作缘起,指出前代影响甚大的徐祯卿、杨慎、严羽三人在论诗上各有不足:徐祯卿《谈艺录》论诗范围太窄;杨慎谈诗广而不精、理论不足;而严羽《沧浪诗话》虽有理论却论述不够准确,无法令人满意。他撰作《艺苑卮言》正是为弥补三家之不足。接着又顺势记录了此次难忘的写作经历:最初和李攀龙商议写作计划,具体施行时又耽于兵乱等,中间颇费周折。由于时间仓促等原因,待到成书时,王世贞已经觉察到无法实现"成一家言"的愿望了,这时,自序无疑提供了一个解释心曲的空间:"其辞旨固不甚谬戾于本,特其滉漫散杂,亡足采者……吾甚愧其言。"(《艺苑卮言序》,《四部稿》卷一四四)这样一来,容易获得读者的体谅,也可以暂且安放王世贞写完《艺苑卮言》后某种遗憾忐忑的心情。

《艺苑卮言》于嘉靖四十四年(1565)初次刊行。正如王世贞自己隐约察觉到的那样,刊行以后,立即就招致社会上的各种非议。对此,王世贞虽然已有一定的心理准备,但是最让他料想不到的是,这最初的非议竟然来自他的亲密战友李攀龙:

> 姑苏梁生出《卮言》以示,大较俊语辨博,未敢大尽。英雄欺人,所评当代诸家,语如鼓吹,堪以捧腹。①

李攀龙此言可谓饱含讥讽,认为《艺苑卮言》诸多不当,尤其是对当代作家的批评流于浮泛,有替人吹捧之嫌。王世贞此时心中的滋味可想而知。顶住来自各方的压力,王世贞继续对《艺苑卮言》进行斟酌损益,时隔十五年后的隆庆六年(1572)夏日,改补后的

---

① [明]李攀龙:《与许殿卿书》,包敬第标校:《沧溟先生集》卷二九,上海古籍出版社 1992 年版,第 527 页。

《艺苑卮言》已日臻完善，王世贞再次借助自序这种可以直接表达自己观点和情感的书写形式，对此前的各种非议作出了回应。首先，他承认初刊本《艺苑卮言》确实有很多缺陷，但是当时他并未准备将其示人，而是"里中子不善秘"，在他完全不知情的情况下，乡人自作主张地刊印传布。对于李攀龙此前的批评，王世贞极有针对性地说：

> 彼岂以董狐之笔过责余，而谓有何所阿隐耶？余所名者"卮言"耳，不必白简也。①

认为李攀龙以事必求实的标准来要求自己，全然不顾书名中已取《庄子·寓言》的"卮言"以示自然随意，确实是太过苛责了。同时，借助自序，王世贞也表明自己并不会因为友人的劝阻以及二三君子的指责就改变评骘的态度，所以新版《艺苑卮言》只是增益了两卷，黜其论词曲者而已。

由此可见，相较于他序，由于自序中书序文作者与书籍编著者主体相重合的关系，书籍编著者可以以书序文作者的身份，更为直接强烈地自抒胸臆。自序的这种文体特点，使得书籍编著者一方面可以借其高悬某种理想，在特殊的历史环境中为某种思潮树立鲜明的旗帜。另一方面，也可以展现书籍编著者的观念并解释其观念的发展变化。它甚至能给予书籍编著者一个宣泄和释放情感的空间，一个面向世人自我剖白或解释的机会。这些观点表达的背后又通常有书籍编著者非写不可的动机，这些感情也常是书籍编著者不吐不快的情愫。因此，在自序里，往往有书籍编著者内心最直接、响亮的声音。

---

① ［明］王世贞著，陆洁栋、周明初批注：《艺苑卮言》，凤凰出版社2009年版，第2页。

二、私密信息的扩展书写

对于书序文作者而言，自序这种自我代言方式的特殊性或者优越性，还突出地表现在，因为主体身份的重合，书序文作者完全了解书籍编著者的主体期待和意图，并且掌握了比任何人都更为丰富、只有书籍编著者本人才拥有的书籍内外的第一手资料和信息。因此，在自序的书写过程中，书序文作者最知悉应该自由调用书里书外的哪些材料，如何最大限度地支持和补充书籍正文，自然也就更加容易引导读者进入最接近书籍编著者主体期待和意图的意义空间。在书写材料的自由调用中，最能体现主体身份重合、也最为有效和常见的，即是调用一些极具私密性的材料，包括书籍的具体编撰过程，书籍编著者的生平经历、心理情感等。当书序文作者的书写扩展到调用这些私密信息时，实际上也就带领读者进入了书籍编著者的私人空间。

例如，《王氏金虎集》是王世贞在山东青州任上编定的诗文集，收录了他在京师为官九载间的重要作品。在自序中，王世贞坦言自己初入仕途时颇感彷徨，后经李先芳引介结识了李攀龙，二人初见面即神遇而心许。在序里王世贞用较大的篇幅援引当时李攀龙来相约提倡复古的话："……《诗》变而屈氏之《骚》出，靡丽乎长卿，圣矣。乐府，三《诗》之余也。五言古，苏、李其风乎，而法极黄初矣。七言畅于燕歌乎，而法极杜、李矣。律畅于唐乎，而法极大历矣。《书》变而《左氏》《战国》乎，而法极司马《史》矣。"借李攀龙之口明确详细地告诉读者其诗文宗法的对象。当李攀龙问道"生亦有意乎哉"时，立即得到王世贞的积极回应，为此，虽"众大谨咦訾之"亦不悔。王世贞毫不掩饰地指出，在倡导文学复古的初期，文学趣尚的异同甚至成了他交友的重要准则。最早结识的好友李先芳后因文学观点不同而疏远，原本陌生的徐中行、梁有誉、宗臣、吴国伦等人，却因志同道合而结为挚友，从而强调了自己在文学主张上的独立和严格。这些在京师时的私人经历和想法，正可将读者引向《王氏金虎集》总体的复古创作风格以及王世贞本人的复古文学主张。

行文至此，王世贞又宕开一笔，叙说自己调离京师后，至青州任上，他虽然知道严嵩（1480—1567）等人"将困余以所不习"，但仍坚持"与田父猎徒角寸阴于南山之下，又不可而使之御魑魅，咏山鬼，亦有以自乐也"的生活状态。然而，不为环境所困，就真的不为心中的理想所困吗？其实不然。王世贞说困于青州的自己仍然"独念天下事未可知，岳中揭河陆浮，寇盗猬发，感子卿任安之答，陈王敬礼之对"，取旧作辑成《王氏金虎集》正是对文学复古理想的致敬。无异于再次说明《王氏金虎集》中的作品是对文学复古主张的践行。序文末尾，王世贞道："亦以怫郁揪敛之业居多乎哉！则春华而灼然者，左矣。"（《王氏金虎集序》，《四部稿》卷七一）其实是直接告诉读者，青州任上的"自乐"不过是一种故作的旷达罢了，旷达背后是沉重的怫郁与愤懑，而自己也将这种情绪寄托到了《王氏金虎集》诗文的编辑中。可以说，王世贞在自序中通过充分调用各种私人材料，顺利有效地将读者带入他撰作书籍时的期待世界之中。

在《幽忧集序》里，王世贞又以《幽忧集》中所收作品的创作背景为线索，串联起他"幽忧"的心路历程。序文开篇，王世贞即直言自己因杨继盛（1516—1555）事忤严嵩之意，困于青州，颠沛中撰作了《续九辩》和《挽歌三章》。就在自身官场受挫的情况下，父亲王忬（1507—1560）又蒙冤遇难，王世贞真切地记录了这样的场景：王忬下狱后，世贞、世懋兄弟衣着囚服，跪于道旁，拦截达官车舆，祈求援助，然而达官贵人皆因畏惧严嵩而纷纷避去。王世贞在写给友人的信中不无感慨道："不幸遘祸来，即生平号故人相知者，往往削迹自引去。"（《袁抑之》，《四部稿》卷一二五）当时的自己"又竟夕展转毋寐，数往愆，危来祸，忧愤之极，若寝呓病谵，不知其为何语,起辄书之",于是有了《沈骚》《少歌》《自责》《终风》以及答和李攀龙、吴国伦等友人的诸篇作品,《幽忧集》便是这些作品的合集。

在这段时间里,写作实际上成了王世贞心灵疗愈的有效手段。后来王忬未能幸免于难,王世贞回忆当时的心情说:"夫王子之当死者再,而卒不死;最后可死矣,乃又不能死,嗫嗒先人之遗,以苟存一线。今死而卒,无可处死者矣","王子之生趣尽而犹有生咎,所谓欲哭则不敢,欲泣则近于妇人"。亲人罹难让王世贞乱了方寸,在悲痛欲绝却又不能选择死亡的压抑心绪下,"不得不托之辞"。通过自序,王世贞有意将创作《幽忧集》时自身的遭际以及不为人知的痛苦和盘托出,这些私密资料的充分调用无疑为读者提供了更为丰富的导读空间,有助于读者经由此序直达王世贞内心,在进入书籍阅读时产生强烈的带入感,更容易把握和理解《幽忧集》的内在意涵。王世贞在序末说道:"欲令后世子孙知吾负大罪天地耳,非以为辞工拙计也。"(《四部稿》卷七一)如此看来,传达出《幽忧集》背后的心绪与情感,正是这篇自序给《幽忧集》文本本身最重要的注解。

诚然,在自序中,书序文作者可以自由调用有关书籍编著者的材料,有利于将读者引向最为接近书籍编著者主体期待和意图的文本意义空间。同时,不容忽视的是当书序文作者的笔触进入到书籍编著者的私人空间时,自序这种序文文体的书写权力往往会得到意外的扩展,而绝不仅限于对读者的引导。

在以上讨论的《王氏金虎集序》里,王世贞不吝笔墨,详细叙述了自己和李攀龙的相识过程,甚至记录了近乎是李攀龙关于提倡复古的一段较长的原话:

> 而是时有濮阳李先芳者,雅善余,然又善济南李攀龙也,因见攀龙于余。余二人者相得甚欢,间来约曰:"夫文章者,

> 天地之精丽,不朽之盛举也……生亦有意乎哉?"于是吾二人者,益日切劘为古文辞。众大喧啖詈之,虽濮阳亦稍稍自疑引辟去。而徐中行、梁有誉来,已宗臣来,已吴国伦来,其人咸慷慨自信,于海内亡所许可,独称吾二人者千古耳。(《四部稿》卷七一)

这段记录透露了相当多的重要信息,为后人研究"后七子"复古阵营的形成过程以及他们的具体主张等提供了重要证据。比如关于"后七子"文学复古思潮究竟谁是首倡者的问题。此问题涉及两个重要的当事人,即王世贞和李攀龙。现存较早的一条材料在李攀龙作于嘉靖三十一年(1552)的《送王元美序》中:"先是濮阳李先芳亟为元美道余。及元美见余时,则稠人广座之中而已心知其为余。稍益近之,即曰:'文章经国大业,不朽盛事……'生岂有意哉?"①显然,送序中所引这段话的说话人是谁,复古的首倡者就应该是谁,然而李攀龙的文章常常夹缠着说②,只给出了"即曰"二字,却并未道明语出何人之口。读其前文"及元美见余时",根据行文逻辑,还以为是王世贞说了这段话。幸而王世贞在《王氏金虎集》的自序里,还原了真相,明确地指出这段话的说话人是李攀龙,于是李攀龙被后世确定为"后七子"复古思潮的首倡人也才有了切实的依据。在这个意义上看,正是因为相关材料的调用,这篇自序便不再只是具有呈示和延展所序书籍文本空间的书写功能,其书写权力得以扩展,具有了记录历史事件的史料性质。

再来看《幽忧集序》:"王子守尚书郎,与争臣之中法者有素,没而颇为之经纪其丧,用是忤权相意。以青多盗,故困之于青州。"对于一篇自序来说,在开头就如此简净明厉、单刀直入地叙

---

① [明]李攀龙著,包敬第标校:《沧溟先生集》卷一六,第 395 页。
② 参见罗宗强《读〈沧溟先生集〉手记》,《文学遗产》2010 年第 3 期。

述事件,确实并不多见。由此也可以感知书序文作者情感的强烈和书写目标的明晰。因"忤权相意"即被困于盗贼猖獗的青州,这种直截的逻辑恰可暗含王世贞对当时严嵩专权心存激愤。当青州的盗贼被铲除后,严嵩再将王世贞遣去边境,对此,王世贞以"又谋"二字突出了严嵩对他的一再为难。当王世贞之父王忬蒙冤入狱时,同样是因为畏惧严嵩,有权有势的人都不敢替王氏兄弟说话。王世贞在此序中层层渲染严嵩之恶,句句直指严嵩,并且反复强调因此给自己带来的深重悲痛。在幽忧期间所作《沈骚》《少歌》等篇,其实亦是以屈原自比,诉哀父蒙冤不白之隐衷,直到"闻天子赫然置权相于理,籍其家",严嵩倒台,王世贞才"稍稍痛定"。

此序当作于嘉靖四十四年(1565)严嵩被抄家之后,其时王世贞和李攀龙等人声名正炽,加之王世贞向来熟读班、马并有意效仿,欲成一部当代之信史,他对史笔的运用以及史的重要性和影响力可谓最为清楚。《幽忧集序》能在当时得以广泛流传并且很有可能流播千古,这些,王世贞并非毫无预料。《万历野获编》卷八之"严相处王弇州"就曾记载,主辅徐阶曾力救王世贞,在王世贞的父亲王忬蒙冤罹难一事上亦施以援手,使得王忬后来能追复故官。旁人对徐阶之举大惑不解,问徐阶何必要这样热心,徐阶回答道:"此君他日必操史权,能以毛锥杀人。一曳裾不足锢才士,我是以收之。"①说明王世贞具有"以笔杀人"的史才这一点很早就被徐阶或其他人所肯定和看见。虽然,王世贞未见得有意在这篇《幽忧集序》中以笔"杀"严嵩,但至少可以见出他是故意要在自序中留下一段历史,以供后人评鉴。

可知,由于相关材料的自由调用,自序常能于有意无意间记

---

① [明]沈德符著,杨万里校点:《万历野获编》上,上海古籍出版社2012年版,第174页。

录下历史,使得自序的书写权力扩大到史的范畴。以上所举尚多涉书籍编著者以外他人的史实。事实上,自序中出现更多的是书籍编著者的生平经历、心理情感等内容。从这个意义上看,自序也就有了自传的意义。书序文作者在展开自序书写时,为了向读者介绍书籍内容、交待书籍背景等,将笔触伸向自身经历和情感的私人空间,也就留下了书籍编著者生命的雪泥鸿爪。很多时候这样的记述由于有真意、去粉饰、无拘束,有自家面目及心迹在,甚至会比书籍编著者专门撰写的自传更为真实可信,或者说能为之作资料上的补充,所以常被后来人作为了解和研究书籍编著者的重要线索。自序具有书籍编著者"生命史"的意义正在于此。

汪道昆曾为刊刻于万历七年(1579)的诗文集《太函副墨》撰作自序:

> 汪道昆曰:余先世家大鄣,徙千秋里,里中世受什一。余始以逢掖起家,幼受业先师,喁喁慕古。既卒业,退以其私,发箧遍读藏书。即属辞,壹禀于古昔。师弗善也,则以告家大夫:"孺子嘐嘐而务多闻,将害正业。"家大夫敬诺,箧中非博士业,悉迁之。既对公车,余始舍业而修古。比出居县,日治程书不遑。入为尚书郎,属司马,有巡功视师之役,诸郎斌斌讲业,余不能从。既而治郡治兵,历十年所,其间什九废业,谓"官先事",非与屏居袯中,计余年,可足吾事。会病视,去而为方外游。将吹律以应《咸池》,仅一映耳。①

从内容上看,首先,汪道昆不惮辞费,从家世开始追溯,记述自己出生于怎样的家庭,经历了怎样的宦途,这通常是中国文人士大夫人物传记约定俗成般记录的内容。并且,其中穿插了带有叙事

---

① [明]汪道昆著,胡益民、余国庆点校:《太函集》,第481页。

性的有趣经历,当谈到年少时的学习情况,汪道昆说他私下里遍读藏书,写诗作文尤好古昔,结果却被认为学古文辞会耽误举业的老师向父亲打了小报告等。叙事性元素的增加,使得人物形象更加生动和丰满,而这也恰恰是自传刻画人物擅用的笔法。此外,这篇自序在叙述顺序上按照时间而推进的安排也颇有自传色彩:"幼受业……既卒业……既对公车……入为尚书郎……既而治郡治兵,历十年所……屏居歙中……"由于自传的书写对象是逐渐成长的个人,所以一般也会采用这种依循时间先后顺序的记叙方法。

不仅如此,事实上,这篇《太函副墨自序》早在开篇的人称使用上就充分体现了自传性质。起首便用"汪道昆曰",然后才进入具体的书写。日本学者川合康三在《中国的自传文学》中认为,这种对自己使用类似于第三人称的姓名的书写方式,"是中国自传性记述的一个重要特点"[①]。明明是书序文作者自指,却仍要用"汪道昆曰",当自呼"汪道昆"时,这就意味着:书序文作者书写的虽然是"私"人的事情,却因此获得了史传执笔者那种"公"的客观立场。这是作者为避免一味地使用第一人称后,会陷入专述自我、罔顾其他的迷阵而不能自拔所采用的一种书写技巧。如此书写早在司马迁《太史公自序》和王充《论衡》的《自纪篇》中就有先例。

王世贞所标许的"广五子"之一的欧大任,曾为其《思玄堂集》撰序,亦多含自传色彩。最明显之处即是,在这篇自序里,欧大任并没有将重心集中在对自己的叙说上,而讲到年幼时父亲沙洲先生在力田暇余督促他诵读藏书。到嘉靖十九年(1540),父亲又教其古歌词及陶渊明和杜甫的诗,并命他与雅游诸君子习。欧大任攻举业,然而未能中第,父亲却去世了。在这段经历中,欧大任

[①] 〔日〕川合康三:《中国的自传文学》,蔡毅译,中央编译出版社1999年版,第23页。

中间穿插写到：当看到欧大任少时好击剑和蹴鞠，不能耕种也不喜好读书时，父亲"意不怪"；当欧大任学有所进却不敢有远游的念头时，"先君笑曰"为其耐心开解。欧大任甚至还言及父亲对于读书、学习诗文以及举业的看法和态度等，这些都使一个儒雅慈爱的沙洲先生形象跃然纸上，几乎可以看作是欧大任为其父定制的人生剪辑。自序中尽管以大部分的文字谈父辈事迹，但欧大任并不只是谈父亲，而是想借此说明他对自己的熏染。谈父亲的事迹即是在谈自身学业、诗文创作等方面的成长轨迹。这一点类同于司马迁在《太史公自序》中对其父司马谈的书写。

万历二年(1574)腊月十五，被王世贞列入"四十子"之首的皇甫汸，为其《皇甫司勋集》撰写了一篇序文。这篇自序的叙述仍是如自传那样以时间先后结构，从"余七龄而能诗"，到"及登进士"，再到为官履任，详细记述了何时受何人影响，自己的诗文创作风格又有了何种变化。几乎在每个时间段都插入了一段具体生动的叙事性文字，比如皇甫汸垂髫时侍立于长辈旁听长辈谈诗，做官时与夏言(1482—1548)等人握手谈艺等，俨然是自传笔法。不同于汪道昆的《太函副墨自序》，皇甫汸在这篇自序的字里行间更多地透露出一种自信和优越感。无论是说自己七岁就能为诗，还是说虽然此前兴趣不在举子业，但是一旦退而学《易》，就又能"数期月径以《易》举于乡"①。即便说其诗文风格的多次转变，从习关洛之音到习楚音，后又变为江左之音，再而为蜀音，亦是皇甫汸表现个人不固守、好博览，在诗文技艺上不断追求的一种自信的展示。皇甫汸自序中这种以优于众人的方式突出自我，本身就是自传要强调自己是独一无二的个体的一种呈现。

值得注意的是，从以上所论汪道昆《太函副墨自序》里，尤其

---

① 上引见[明]皇甫汸《皇甫司勋集》卷首，《四库全书》本。(以下凡引此书皆随文括注卷数。)

是"汪道昆曰"这种史传式第三人称的刻意运用,可以见出汪道昆已经意识到自序带有自传性质的特点。由此我们也可以推测,汪道昆应该不是唯一注意到自序这个特点的书序文作者,他们中或许也包括欧大任、皇甫汸等。想让后人看到自己的身影,对于中国古代文人来说,常用的方法就是把自己写下来,把这样的愿望托之于文学。当他发现为自己编著的书籍作序具有便利的"留影"的功能后,有意识地加以利用,即是再自然不过的事情了。但是同时,当他意识到可以通过自序向当时和后人呈现自我时,也就意味着他很可能有选择地展现其经历和情感。即是说,此时通过书序文作者身份展示的那个"自我"是经过筛选的,是他愿意呈示的那一面。因此,往往会缺乏拉开距离来审视的批判或自我省察,使得这种自传性很强的自序中呈现的那个自己,总是一贯的正确或正面。

当然,由于自序毕竟是围绕一部书籍而书写,除上述这类具有典型自传特点的自序外,多数自序中往往只是涉及书籍编著者经历的部分内容具有自传性质,比如汪道昆《太函集自序》中谈到他和王世贞交往的部分;邹迪光在《郁仪楼集自序》中记录自己仕宦经历的部分;梅鼎祚在《与玄草自序》中叙述其从小到大的经历的部分。虽然带有自传性质的书籍自序此后仍络绎不绝[1],但是即使最富于自传色彩的自序,也往往要以所序书籍为中心,这就无怪乎大多自序并不具有自传的性质。那其中具有自传性的部分,不过是在记述该书籍的写作动机、由来等伴随产生的"副产品",并不是以自述生平、表现人生为目标的作品,这应该是自传性质的自序和真正的自传之间最大的差别了。

---

[1] 最近的如日本平冈武夫以"一个历史学家的人生"为题译介出的顾颉刚自传,其原先即是作为顾颉刚《古史辨》的自序。(参见〔日〕川合康三著《中国的自传文学》,蔡毅译,第46页。)陈贻焮《论诗杂著》中《附在后面——聊代自传》更是明显地说明自序中自传的谱系。(参见陈贻焮《论诗杂著》,北京大学出版社1989年版,第305页。)

当书序文作者和书籍编著者身份出现重合时,由于书写材料的自由调用,使得自序的书写权力扩展到了史的范畴,而因为记录的历史多是与书籍编著者相关,所以本无必然联系的书序文文体和传记文体形成了奇妙的交集,书籍自序也因此沾染了传记特别是自传的某些特质。当然,自序的这种文体特征一旦被书籍编著者察觉,他们在自序中有选择地呈现自己所愿意呈现的面向,也就在所难免了。

三、方式各异的自我代言

在自序中,书籍编著者和书序文作者主体身份的重合,带来了上述的书写便利,然而与此同时,书序文作者旁观的视角和声音却是缺席的。所以,他在序文中的书写也就难以摆脱"自卖自夸"的嫌疑。

一旦读者产生了这种怀疑,书序文呈示和延展所序书籍以及充当读者的向导等文体功能,都将大打折扣或者失去这个功能。最严重的是,它甚至还会适得其反,造成读者因为不信任这篇自序而放弃阅读所序书籍,对所序书籍及其编著者产生不良印象等后果。那么,为了消释这种"自卖自夸"的嫌疑,一身而二任的书序文作者又采取了怎样的书写策略呢?

(一)"自谦"

最为明显的是,为了尽量消释读者的怀疑,书序文作者往往表现出对书籍价值等方面的谦虚,有时甚至是有意贬低书籍本来的价值和魅力。

譬如王世贞为自己所著的《弇山堂别集》作序时,有如下一段说法:

> 名之为"别集"者何?内之无当于经术政体,即雕虫之技亦弗焉……是书出,异日有裨于国史者,十不能二;耆儒掌

故,取以考证,十不能三;宾幕酒筵,以资谈谑参之,十或可得四。(《续稿》卷五四)

从字面上看,王世贞在这段话中极力地贬低其《弇山堂别集》。首先说他将该书定名为"别集",是因为已经先行料到该书无益于严肃正统的经术政体,只能充作与小说类同的雕虫末技罢了。此外,王世贞更是以一连串排比的句式谈到了这部书的内容价值。认为这部书在补益国史和掌故考证方面少有可取之处,只能供人作酒筵间嬉笑戏谑的谈资。其言谦谦如此。

而在另一篇自序《弇山堂识小录序》中,王世贞又说自己撰《弇山堂识小录》完全是"谬不自量",并且特别解析了《弇山堂识小录》命名的由来,其中的"识小"乃是用《论语》"不贤者识其小"之意(《四部稿》卷七一),言外之意是说自己能力不足,写这部书只是勉力为之的斗胆尝试,登不得大雅之堂。言辞中可谓步步谦虚。这种书写策略,足以在读者面前呈现出一个主动放低姿态、反躬自省的谦逊的作者形象。于是自序的推销性质就被消解了,能够大大减轻自卖自夸的嫌疑几率。而实际上,这些都是王世贞在序文中运用书写策略形成的自我保护,容易从情感上取得与读者的亲近。

但是,王世贞这种故作的谦虚果然是简单的自我贬低吗?恰恰相反,它常能因此将读者引入书籍正文,化被动为主动,甚至勾起读者更加强烈的阅读愿望,从而迅速进入书籍正文以一探究竟。

面对《弇山堂别集小序》中的谦虚,读者不免会在心里产生疑问:《弇山堂别集》真如序中所言,是"雕虫之技亦弗焉",且能补国史处"十不能二"、可取的掌故考证"十不能三"吗?带着这样的问题进入书籍正文阅读,不难发现,《弇山堂别集》是一部包含《盛事述》《异典述》《奇事述》《史乘考误》等共一百卷,约一百三十万言的鸿篇巨制。书中收录了大量新材料,对《明史》《明实录》这类由载笔之臣撰修的国史具有极为重要的补阙之功。从具体写作来看,王世贞更是秉史实,用直笔,畅所欲言,甚至常能揭露国史的隐讳之处①。《四库全书总目提要》称:"然其间如《史乘考误》及《诸侯王百官表》,亲征、命将、谥法、兵制、市马、中官诸考,皆能辨析精核,有裨考证。"有人攻讦《弇山堂别集》中的小失误,《提要》甚至为其辩驳,认为这是"征事既多"所致;又有人说书中的表不依循以往史书旁行斜上的"正体",而《盛事述》《奇事述》也颇涉谈谐,不是史体。对此,《提要》则谓:"然其大端可信,此固不足以为病矣。"②足见《提要》对此书推崇备至。毫无疑问,《弇山堂别集》的学术价值实际上已经远远超越了王世贞在自序中的说法,体现出王世贞深厚的学力和严谨的治史态度。

再看《弇山堂识小录序》,王世贞在其中用三分之二的篇幅谈明代的国史、野史、家史皆不可信。然而,在这个长长的铺垫背后,王世贞的真实意图却是想表达撰写一部当代信史确实难乎其难,并且当时尚无人做到。在此情况下,他没有知难而退反倒竭力去尝试且撰成了这部《弇山堂识小录》,难道不应该是很值得夸赞的事情吗?这样一来,王世贞在序文中"谬不自量"的谦虚,不仅可以成功吸引读者去阅读这部前无古人的当代"信史",而且还能向读者展现他对于治信史不懈追求的可贵精神。事实上,这种自谦的背后非但不是王世贞自识才力不足,反而是他对其治史才能的极大自信。此时,自谦自然就有了欲扬先抑、以退为进的意味。可以说,这样的书写策略,既赚得和读者情感距离的拉近,达到了引人入胜的效果,也让书籍文本和书籍作者的形象更具

---

① 关于王世贞《弇山堂别集》揭露国史隐讳之处,如卷二〇《史乘考误》一,考证颍国公傅友德、曹国公李文忠、宋国公冯胜等人之死,认为这些人的"卒"是"暴卒",即"赐死"。修国史者隐讳朱元璋的暴行,仅说是"卒",王世贞则直接地指出:"例凡暴卒者,俱赐自裁者也。"(中华书局 1985 年版,第 369 页。)
② [清]永瑢等:《四库全书总目提要》卷五八,中华书局 2008 年版,第 296 页。

光芒。

由此可知,欧大任于《思玄堂集序》中说自己"不肖何有焉,敢谓犹贤于击剑蹴鞠者哉?"[①]邹迪光于《郁仪楼集自序》中说自己"身隐而文,大非其当,穷愁且拙,不工于词……若曰以诧示海内,则不佞乌乎敢!"[②]等等,这些自谦的背后皆自有文章。

当然,王世贞等人在自序中采用自谦的书写策略,难免是出于品德的惯性或顾虑,毕竟谦虚作为一种传统德行早已根植于人们的观念里,成为中国人世代相传的文化心理。但是这丝毫不影响读者的阅读效果。自谦这一书写策略的运用,一方面从情感上贴近了读者,另一方面又往往超越简单的自我贬低,达到以退为进的效果,保证书序文可以有效地发挥其引导读者进入书籍正文的文体功能,也可成功塑造书籍及其编著者在读者心中的形象。

(二)"自嘲"

王世贞等人在自序中使用自谦方式时,他们呈现在读者面前的姿态仍是相对矜持的,虽然步步退让却并无卑微之气,但是也有的书序文作者在写作自序时采用了程度更深、姿态更低的自嘲方式。

在中国古代文人那里,自嘲并不陌生,它常常是文人们在其文化人格受到压抑、生活处境尴尬时自救的表现。比如孔子适郑时与弟子相失,独立郭东门,当他听说郑人形容自己"累累若丧家之狗"时,竟欣然答曰:"然哉!然哉!"自嘲在书序文中的应用,是事先自我贬损,而这种贬损往往又极为夸张,有时甚至近乎自贱和自辱。同时极度夸张因为偏离了常态、常理,又能够造成颇为荒诞的戏谑,显得非常幽默。所以,若站到读者的角度来看,这种不乏夸张的自我贬损是很容易引起他们的注目的,可以产生独特

---

① [明]欧大任:《欧虞部集》卷首,《四库禁毁》本,北京出版社2001年版。
② [明]邹迪光:《郁仪楼集》卷首,《四库存目》本,齐鲁书社1997年版。

的阅读效果。

可以想见,当读者在书序文自嘲的吸引之下进入书籍文本的阅读时,若是发现书籍本身价值较高,不仅会更加惊喜并且还会认为书序文作者谦逊而幽默;如果书籍确有不足,但由于在此之前经过自序的心理缓冲,那么原本可能出现的批评情绪也会因此减缓不少。"自嘲"这种书写策略,实际上是书序文作者的一种心理战术,貌似消极实为积极,既可以吸引读者,还能有效地缓解读者可能产生的心理落差。

王世贞所列"广五子"中的卢柟,其作于嘉靖二十二年(1543)的《蠛蠓集自序》就颇耐人玩味。自序中,卢柟首先解释了《蠛蠓集》中的"蠛蠓"及其特性:

> 蠛蠓者何?醯鸡也。集何以谓之醯鸡?郭璞谓醯鸡细质,喜群飞,亦蚊蚋属也。夫蚊蚋贪哺,嗜臭败,逐溷厕□咀,人一障恶之。醯鸡则入室窔奥,幸于发瓿,歠糟醨而甘芳酸,飞则丛薨,止不渝啖,此非洁于自奉而介于自守者与?其于蚊蚋侵秽彊噉者为何如?此其蠛蠓也夫。①

蠛蠓即《庄子》所言"醯鸡",是微乎其微又腌臢不堪、讨人厌烦的蚊蚋一属,这种小物"洁于自奉"又"介于自守"。然后,卢柟将笔锋转向自身,说自己质戆材驽,没有结交什么权贵,"举则一丘,言则自偶",简直就是人中蠛蠓。卢柟曾因忤逆当地县令,于嘉靖二十一年(1542)含冤入狱,历经身体和精神的折磨,十年之后在谢榛等人的竭力相助下,才得以昭雪出狱。在狱期间,卢柟发愤抒怀,间有微词,却不敢令人窥见,只能在反复讽诵聊以自慰后,再一把火将所书尽数焚毁。在卢柟看来,自己当时的境况简直无异

---

① [明]卢柟:《蠛蠓集》卷首,《四库全书》本。(以下凡引此书皆随文括注卷数。)

于随时提心吊胆怕被燕子和蜘蛛吞噬的蠛蠓。从性情到遭遇,处处以蠛蠓自喻,可谓彻底。既然卢柟自称人中之蠛蠓,那么其《蠛蠓集》中摭录的那些旧作以及狱中所著的诗文、骚赋等,也就有了蠛蠓之暗暗的意涵。

卢柟敢于将自己及其著作贬损到谷底,根本就没有给读者留下任何猜忌或怀疑的空间,反而会令人对卢柟悲惨的遭际充满同情,而读者的这份同情之心,也正是能够读懂卢柟《蠛蠓集》的最佳心径。

比卢柟更晚加入"后七子"复古阵营的屠隆,在其为《娑罗馆清言》一书所撰的自序里,同样带有很明显的自嘲意味。屠隆在此序的开篇即自爆缺点,说自己有一个坏毛病——饶舌,为此虽然很早就曾遭到鸾公的严肃训诫,却怎么也去除不了这个毛病。这个毛病究竟有多严重呢?屠隆夸张地形容说"如萧寥送篁,风来则响;间关林鸟,春至则鸣"。就连他本人也很苦恼,直呼"谁得而禁之?"《娑罗馆清言自序》作于万历二十八年(1600),屠隆当时已58岁,在近耳顺之年这般自嘲究竟是为什么呢?

接下来,屠隆在文中回忆了他刚纂成《鸿苞》时,吴郡管登之(生卒年不详)也曾来信提醒,让屠隆皮之篋笥,不要急于刊行,给出的原因是子期未至,屠隆当时暂且听从了管登之的劝诫。然而如今"园居无事,技痒不能抑",又结成现在的《清言》一集。屠隆不禁感叹:"鸾公真神人,蚤见及此矣",一面称赞此前鸾公对自己的训诫有先见之明,一面又承认自己确实"习气难除,清障难断"①。

至此,我们才知道,原来屠隆先前近乎觍颜的自嘲,或许并非他真的不能戒除饶舌的习气,其实是要堵住鸾公等人的口舌,为

---

① 上引见[明]屠隆《娑罗馆清言自序》,汪超宏主编:《屠隆集》,浙江古籍出版社2012年版,第六册,第537页。

《娑罗馆清言》的刊行扫清舆论的障碍。按照屠隆的说法,既然这部书籍是其饶舌的产物,大家也就不必对它过于认真,如此这本书或许还能逗人欢喜,可令"热夫就凉",而鸢公见了"抑或为一解颐"。本来此次未能听从鸢公、管登之的劝告而刊行《娑罗馆清言》难免会有出尔反尔的尴尬,对这两位好心的劝说者也不甚尊重。但是屠隆运用自嘲这种书写策略之后,给自己找到了一个台阶,使原本有些尴尬的局面变得轻松幽默了。屠隆因此达到了自己的目的,鸢公、管登之等人见此序也能开怀释之。同时,通过自嘲,屠隆还能给读者留下一个具有坦诚胸怀和气度、富有智慧和幽默趣味的书籍编著者形象。

在自序中,自嘲这种书写策略并不鲜见。如梅鼎祚在其《与玄草自序》里也嘲讽自己如同扬雄家那个名叫乌的家童,早慧而"卒以不秀"(《鹿裘石室集》卷四),所著《与玄草》就是他早慧但成年后驽拙的证据,可为时人"解嘲"。带给读者幽默的亲切,同时又先发制人地止住读者的嘲笑。这些便是自嘲这种书写策略看似姿态极低却饱含智慧的强大力量。

(三)"他者的引入"

读者对书序文作者自我吹捧的怀疑,究其根本是因为缺乏一个站在所谓客观立场上的他者。除了有意的谦虚和自嘲外,还有一种书写策略也极为有效,那便是引入一个他者。这种策略相当于拉来一位责任的承担者或者说责任的共同承担者——"某某"。这个"某某"有时候是真有其人,但是即便真有其人,在自序里所充当的角色,也往往是被拉来的临时说客。何况更多的时候,这个"某某"极有可能只是书序文作者虚构的一个根本不存在的假想他者。

汪道昆对这样的策略仿佛谙熟于心并常能巧为运用,在作于万历十九年(1591)的《太函集自序》里,便引入了一个他者,这个他者不是别人,正是其好友,当时在文坛上声名斐然的王世贞:

> 往弇州《四部稿》成,则余序矣,元美相视莫逆,亟索余稿序之。自惟平生之言,逝将取衷古始,日暮途远,虽夸父其如之何,乃今取法取材,犹之拾沈,天丧元美,谁其定吾文哉!

汪道昆谈到王世贞视其为志同道合的莫逆之友,主动向他索取书稿并希望为其作序。但是如今书稿订成,王世贞却先一年离世了。回忆与王世贞昔日之约未践,言辞中不免透出沉重的哀伤。按照这篇自序的意思,王世贞的离世,对汪道昆来说就如同"子期不在"一般,原本最有资格来评定其书的作序之人已去,自己一时之间对《太函集》的刊行也索然没了兴味。这时,汪道昆的两位弟弟和各位门生却私下里偷偷整理了他的书稿,并劝告他此时愈发不能弃此集于不顾,因为"弇山有盟言矣,不可自我而失诸侯",万不能辜负了两人的约定。在这种情况下,汪道昆才重拾书稿并自为序之,"质成于旧史氏,参之季孟间"。

汪道昆在自序中多次采用了引入他者的书写策略。首先,引入两位弟弟和门生,是他们背着汪道昆编订整理了《太函集》并搬出王世贞来劝说,这样一来,《太函集》的刊行就成了别人的力促而并非出于汪道昆的个人意愿;此外,最关键的是引入了王世贞。因为念及和王世贞的盟约才下定决心刻集;同样因为王世贞的离世,汪道昆才不得不自为序之。而这篇自序前半部分中所言《太函集》"上之则道术之辨、性命之原;中则经国之程;下则经世之业","将成一家之言"[①]就不显得是在自夸,更像是汪道昆不愿辜负挚友的期许。并且,汪道昆说王世贞生前主动索取其书稿要为其作序,可见此集是得到过昔日的文坛盟主所认可的,值得刊行,也值得读者去阅读。引入他者策略的巧妙运用,使得汪道昆在消

---

① [明]汪道昆:《太函集自序》,胡益民、余国庆点校:《太函集》,第5页。

释自我吹捧嫌疑的同时,还让王世贞"死而复生",为其代言。

这种书写策略在汪道昆这里似乎屡试不爽。早在《太函集自序》之前他就为《太函副墨》写过一篇自序,也成功地运用了"他者的引入"。那个他者,还是一个无名的"某客"。

汪道昆在序文中说,早在他屏居㠛中时,这位"某客"就曾拜访他,向他讨要书稿,希望能够刊行面世,以"比诸作者,悬书国门"。汪道昆听后惊恐万分:"嗟乎!当世以作者鸣,八音备矣,剑首曾不足以当里耳,即一哄,何为?以此而希有闻,耻也。"拒绝的态度不可不谓坚决。此事便罢,待汪道昆再次奉诏强起,自郧关之夏门,这位"某客"又来劝告道:

> 闽署、郧署递灾,公两亡载籍,独公之旧草具在,夫非祝融氏所留邪!古人成一家言,必以名山为藏室。泰衡当文明之域,其斯为祝融氏之虚。第载故业藏之,亦不朽之事也。
> 所贵于郢中,则流商刻羽是已。蕢桴土鼓,上世有遗音焉。此亦觳音之微,一哄之属也。公之发日短矣,虽好古之心未化,恶能从长?待河之清,岁不我与,岂必钧天广乐而后盈耳哉!①

第一段话竟以所谓的"天意"相劝;第二段则以时移世易来反驳汪道昆此前的拒绝言辞,而后又佐以人生苦短、吉凶莫测,应该慎重考虑,抓紧有限的时间将自己的作品流传下去等言。总之,可谓煞费苦心,找尽理由,希望汪道昆将其作品结集刊行。汪道昆在自序中说,正是因为这位"某客"多番劝说,自己才勉为其难刊行了《太函副墨》这部诗文集。

这位最终劝告成功的"某客",其身份究竟如何?甚至是否真

---

① [明]汪道昆:《太函集自序》,胡益民、余国庆点校:《太函集》,第482页。

有其人？皆不可考。但是汪道昆却借这位"某客"，为自己刊集和自序都找到责任人，或者说是主要的责任人。在和"某客"多番的口舌博弈中，汪道昆可谓摆尽了姿态，自然不会被怀疑在序文中自卖自夸，而他自己也能守住文士的矜持和慎重。实际上，这位"某客"也作了汪道昆《太函副墨》的宣传员，他不畏烦难，多次相劝，证明汪道昆的诗文应该是非常有价值的。作为读者，看到这里不免会产生强烈的阅读兴趣。而能够吸引读者进入书籍正文的阅读，则正是书序文的基本文体功能或目的。

"他者的引入"这种书写策略由于不必真有其人，书序文作者可以根据写作的需要随时自为树立，所以在具体的自序撰作中运用起来尤为便利且能达到效果。比如邹迪光曾揶揄海内人士无论著作好坏都刻集频仍，认为那些因此而刊印的书籍皆粗制滥造，无异于辱没了邓林之木："操觚未前，而刷青在后，猥以□音，托于九皋，诧示海内，至使邓林之材，仅以供刻集之用，而不知其为木之灾也。"①这番话传出不久，邹迪光却刊印了自己的诗集《天倪斋诗》，唇口未干而自蹈其弊，当何以自处？

对于这份尴尬，邹迪光在自序中正是借用了引入他者的书写策略，故意以"客曰"的方式，以预想到的别人可能提出的问题来责难自己。首先提起一个话头，随之再用早已准备好的理由顺利为自己辩解。邹迪光说因为他看到当世之人中是有子期一样的知音的，故而才将《天倪斋诗》刊出，而并不是自己的撰著有什么过人之处。将刊印诗集的原因推到了读者身上，并且等于说这部《天倪斋诗》的读者都是子期，具有不同于以往的卓越修养和眼光。如此一来，反倒一箭双雕，不仅为刊行其书找到了理由，还不动声色地讨好了读者。

"自谦""自嘲"和"他者的引入"只是自序中较为常见和有效

---

① ［明］邹迪光：《天倪斋诗》卷首，明万历间刊本。（以下凡引此书皆随文括注。）

的几种书写策略,此外不乏其他多种策略,此不赘述。

在自序中,书序文作者和书籍编著者的主体身份出现重合,书序文作者在序文中的书写即是书籍编著者直接面向读者的言说,虽然免不了受读者怀疑是否具有公正的立场等,但是处于书籍爆发式增长生态下的王世贞及其周边文人群体,灵活运用"自谦""自嘲"以及"他者的引入"等书写策略,又能使这些怀疑得到缓和或消解,并且常常还能增加意想不到的书写效果。归根结底,这些书写策略都只是王世贞等书籍编著者以书序文作者的身份,所进行的不同方式的自我代言,从而顺利引导读者进入书籍正文别有生趣的意义空间,以抵达他期待读者所能抵达的精神花园。

第二节 他序一:书序文作者与书籍编著者身份相交

在书籍出现爆发式增长的明代,书籍编著者向名家请序,名家应邀撰作书序文,早已成为了"中国书写史的一个特色"[①]。为了请得一序,书籍编著者常常不惜跋山涉水去拜访名家。倘若受路途等情况的阻隔,书籍编著者则会通过书信,或让人代为托请,甚至还有人在生前无法达成心愿便通过遗命的方式请序。如徐文通(生卒年不详)去世前,曾嘱托父亲:"儿诗遂不幸中道矣,度无能传我者,是必北走齐谒于鳞,东走吴谒元美。吴差近,其且先元美。"(《徐汝思诗集序》,《四部稿》卷六五)后来,其父果然东走吴地,代其向王世贞请序。

[①] 余英时曾说,自己读过不少西方和日本的著作,"为人作序"的事虽然偶然会见到一例,但似乎并未形成普遍的风气。相反地,在中文著作中,无论是古代还是现代,这一现象倒是异常突出。友人向我索序和我有"义不容辞"之感,大概都不免受了一种特殊文化氛围的感染,故认为这是中国书写史上的一个特色。(参见余英时《原"序":中国书写史上的一个特色》,《清华大学学报》(哲学社会科学版)2009年第1期。)

在请序的人里，有较大一部分是和书序文作者有过直接接触和交往的，包括书序文作者的友人、同乡、同僚等。他们抱着各自不同的主体期待。有的希望通过名家之序以扩大书籍的影响力，使书籍得以流传。更进一步，名家若能对所序书籍有所称许，则对书籍编著者来说，无疑是一种能力的冠冕。此外，有的希望得到名家的指点，有的则因为志同道合而"同气相求"，希望得到名家的"同声相应"。面对各种不同的主体期待，书序文作者如何才能与书籍编著者达成主体间的谐融，落笔成文呢？

一、认同与想象的发酵

为和自己有过直接接触或交往的友人、同乡、同僚等编著的书籍作序，书序文作者和书籍编著者主体间出现了相交的关系。虽然两个主体相对独立，但书序文作者熟悉和掌握了较为丰富的书籍内外的材料，因此当他与书籍编著者展开对话和沟通时，在主体的一致和不一致间找到某种认同和契合之处就相对容易，并且书序文作者往往还会因此触发想象，迸发新的思想火花。事实上，当熟识的人来请序时，对书序文作者来说，从观照读者，到阅读书籍正文，再到撰作书序文的过程，正是唤起自己的知识背景和阅读经验的过程，在一致与不一致间找寻与书籍编著者的相互认同与契合之处，甚至发挥想象，引发思考，在认同与想象的发酵中达成主体间的谐融，最终形成书序文。

王世贞早年在《艺苑卮言》中通过回顾俳律、绝句的发展历程，对以时代论诗文优劣的看法提出过质疑，比如谈到"谢氏俳之始也，陈及初唐俳之盛也……未可以时代优劣也"，"七言绝句，盛唐主气……未可以时代优劣也"等（《四部稿》卷一四七）。王世贞晚年时，邹迪光以所著《鹡鸰集》来请序，王世贞面对令他"骤若豁而朗者"的诗作，勾起了自己文学观念上的认同。这种认同带来的愉悦和激动在作序时亦是难以自抑，回顾自"束发而游于艺园"

以来垂四十年的经历，王世贞对"不应以时代论诗文优劣"的观点更加坚定，他说：

> 夫古之善治诗者，莫若钟嵘、严仪，谓"某诗某格某代，某人诗出某人法"。乃今而悟其不尽然，以为治诗者，毋如《乐记》云："治世之音安以乐，乱世之音怨以怒，亡国之音哀以思。"如是三者，以观世足矣。（《邹黄州鷦鹩集序》，《续稿》卷五一）

如果说在撰作《艺苑卮言》时，王世贞还或多或少地受到了严羽《沧浪诗话》影响的话，那么，上引所论正是王世贞对严羽的某种超越。虽然邹迪光的诗作并非王世贞等人主张的复古，而是自有一番个性，但却激发了王世贞的思考，促使他在序中对格调法度作了进一步的阐述："先有他人而后有我，是用于格也，非能用格者也"，并首次明确地提出了"盖有真我而后有真诗"的创造性的观点，不仅可借此为复古派反对"谈性命者，创不根语"（《与陈户部晦伯》，《四部稿》卷一二六）等理学风气的文学使命张目，且真正突破了"格"的束缚①，肯定了作者的思想情感在创作中的重要位置。这个观点对明中期文坛实属振聋发聩，后来成为王世贞诗论中极为重要的一笔，是复古文学向晚明性灵文学过渡的有力佐证。

再如陈文烛（1536—1595）以其书稿来请序，王世贞阅读后，"盖三得而三为心折也"，此次阅读还引发了他对"意"（意气或意兴）与"法"（法式）之间关系的思考。在序文末尾，王世贞指出当时文坛上的两种倾向并总结其教训：一是剽拟《左传》《史记》者

---

① 虽然此前王世贞也多次提到"我"，比如《张伯起集序》中的"反之我而快，质之古而合"（《续稿》卷四五），但总难免给人以在古人投影里说话之感，所以说在《邹黄州鷦鹩集序》中，王世贞才真正突破了"格"的束缚，悟到有"真我"方有"真诗"。

"屈阕其意以媚法",委屈、抑制自己的才情(或意气)而一味逢迎于前人的法式(格调),使古文写作虽具形貌却毫无生气,酷肖"古人的影子";二是背离《左传》《史记》者"骫骳其法以殉意",放纵自己的才情而背离前人的法式(格调),使作品貌似有生气而失之于格卑。针对这两种倾向,王世贞借概括陈文烛古文的特点,同时也生发了个人的古文主张:"不屈阕其意以媚法,不骫骳其法以殉意。"(《五岳山房文稿序》,《四部稿》卷六七)

又如黄姬水(1509—1574)早年因习古文辞,诗文多精丽宏博,中年游秦淮之滨的白下,诗文风格稍变而渐趋澹雅自然。当他以《白下集》向王世贞请序时,王世贞阅读后,不禁深深叹服:"淳父真能剂矣。"黄姬水诗文风格的转变,给长期徘徊于才情与格调间的王世贞带来了极大的启发,他认为通过黄姬水那样的调剂以求折衷,或许可使才情与格调得以统一:"夫辞不必尽废旧而能致新,格不必步趋古而能无下,因遇见象,因意见法,巧不累体,豪不病韵,乃可言剂也。"(《黄淳父集序》,《四部稿》卷六八)意融法中而不出法外,不法而法,不意而意,最后方能达致浑然无迹之自然高古。

受王世贞嘱托,张佳胤于隆庆六年(1572)为李攀龙《沧溟先生集》作序。当时不少人有这样的疑惑:为什么难有诗和文兼美者?在为李攀龙作序的过程中,张佳胤通过对李攀龙诗文的琢磨,在这个问题上获得了极大的启发:"诗文之用异,而气不备完也。诗依情,情发而菂,约之以韵;文依事,事述而核,衍之以篇。菂不易约而核不易衍也,于其体固难之,菂与核左而不相为用也,则又工言者之所不易兼也。"诗和文在本质上分别依托于情和事,因为所依托者不同,故而在创作上自然会互有抵牾。张佳胤不仅找到了问题的症结,还在阅读过程中想到了能够解决问题的办法:

今夫李先生之集行,而操觚者可按睹也。古乐府五言选,不以为《白头》《陌桑》、曹、枚之优孟哉?七言歌行,不以为高、岑之奇丽哉?五七言律体,不以为少陵、右丞之峻洁哉?绝句,不以为青莲、江陵之遗响哉?排律,不以为沈、宋之具体哉?志传,不以为左氏、司马之雁行哉?序记书牍,不以为先秦、西京之耳孙哉?代不数而得之明,人不数而得之李先生,诗与文不兼出而先生偫得之,不已难矣!①

号召习文者应该效法李攀龙,找到诗文宗尚的最佳榜样以达至诗文兼美的境界。如此,张佳胤在为李攀龙《沧溟先生集》撰作序文的过程中受到启发并发挥想象,为时人提供了学习的方法和范本。

蔡汝楠拜访刘凤于郡斋,刘凤出其所著《客闽》《入越》二编请蔡汝楠为序。当蔡汝楠初次阅读此二编时,顿觉其泠然雅音,迥绝流调,深为折服,不禁叹曰:"诚空谷之传也!"当时作诗之人,往往未达性情便先谐世尚,所以困于徇声濯字,唯恐失唐人之步趋,无法达到风骚的极致。相比之下,蔡汝楠认为刘凤和其他人完全不同:"先生独沉浸《风》《雅》,博涉《骚》《选》。铸词命格,宁违世人之好,而拟议于声诗之始,岂不难哉!"②蔡汝楠领悟到:学诗还是要回到《风》《雅》《骚》《选》之处去寻找法门,其诗作才能像刘凤这样达至的脱俗境界。无疑,通过这次作序,蔡汝楠找到了诗歌宗法观念上的知音,更加肯定不追求世俗所好而潜心学古,从《骚》《选》等中汲取精华,是最为理想的学诗之道。

文学书籍而外,同样的情况还发生在为经、史、子等其他书籍

---

① [明]张佳胤:《沧溟先生集序》,[明]李攀龙著,包敬第标校:《沧溟先生集》,第715页。

② [明]蔡汝楠:《客建集序》,《"国立中央"图书馆善本序跋集录》集部(三),"中央"图书馆1994年版,第453页。

撰作书序文时。凌稚隆(生卒年不详)《汉书评林》书成,请同样对班史有深入研究的好友王世贞为其作序。这次作序引出了王世贞治班史的心得体会:

> 孟坚亡,后世其无史哉?非无史也,夫人而无能为史也。所以无能为史者何?夫孟坚之为史也,非尽孟坚史也,后元而前太史公共之矣,始元而后叔皮共之矣,志有十大家共之矣。夫志固无论,其他若纪传,或繁而损,或略而益,或因而裁,或朴而润,微孟坚畴所折衷哉?(《汉书评林序》,《续稿》卷四四)

进而,王世贞归纳了治班史的"三端":其书僻不易识,其事远不易证,其义奥不易通,还精到地指出宋代和明代各自治班史之所长,展现出王世贞对于历史撰著非同寻常的识见。

赵用贤合刻《管子》和《韩非子》,请王世贞作序。借此机会,王世贞思考了这样的问题:管子、韩非子,同样是思想家,却一为相,一受戮,二人的命运为何有霄壤之别呢?王世贞从天下大势及霸主、宠臣的心理出发,对此作了透彻的分析:"齐不成霸行,而桓公之霸心发,则机合。机合,仲不得不重。秦并天下之形成,亡所事非,而非以并天下说之,欲胜其素所任之臣,而自擅功,则机不合。机不合,非不得不轻。"论及《管》《韩》的影响,他称道"孔明之所得深",而认为"宋人之所得浅",把宋朝国力之不振,归咎于不能"以实取之"于《管》《韩》(《合刻管子韩非子序》,《续稿》卷四四),眼光穿透了历史的迷雾,捕捉到《管》《韩》用世的道理。

吴山甫(生卒年不详)携其所著医书《医方考》造访同郡的汪道昆,引起了对医学本来就颇感兴趣的汪道昆的关注,欣然同意为该书作序。吴山甫曾为儒生,后降儒而就医,他对治病行医有着自己独特的见解,是汪道昆闻所未闻的。吴山甫认为:"儒者上治经术,下治百家,于是乎始有成业。医家上轩岐而下四氏,宜亦如之。业者纷如,率未及一哄而求六律,抑或操禁方为口实,无庸剽窃陈言。甚者托言师心,倍古昔而自用,悖之悖也。与其自用,无宁有方;与其执方,无宁穷理……"①将医学与儒学联系起来,找到了其中共通的道理,认为医方其实也具有"经义"之"义"的意义,不应局限于"自用"与"执方"层面,更应研究掌握医理。这种看法十分新颖,令汪道昆深为叹服。由于在作序过程中对吴山甫的认同且从中收获了新的想法,汪道昆最后在所撰序文中盛赞《医方考》,并且寄予吴山甫美好的期许,勉励其成为一代医王。

在这类为熟识者撰作的书序文里,书序文作者对于与书籍编著者的交流碰撞及其个人想象的发挥,可谓熠熠丛生,触处皆是。如王世贞《叶雪樵诗集序》中说:"其气完,是以工句而不累篇;其调谐,是以篇工而不累格"(《续稿》卷四四);《真逸集序》中说:"大约剂华实,约事景。其遇物触兴,不取自于人而取自于己,是以有恒调而无越格"(《续稿》卷四二)等。

长期以来,学界在研究王世贞等人的文学、史学等思想时,多引其书序文作为材料,甚至有时候这条引自书序文的材料竟然是唯一的线索,然而对于王世贞等人文学、史学等思想如何生成的讨论却忽略了书序文这条途径。事实上,在阅读他人的编著并为其撰写序文的过程中,通过对话、沟通和思想交锋,书序文作者许多原有的零散的想法得以唤醒和整合,甚至萌生出新的思想。从这个意义上讲,书序文的书写便可以认为是王世贞等人文学、史学等思想观念生成的来源和路径之一了。而这同样适合于王世贞等人以外的其他书序文作者。

二、"熟识者"身份的刻意移置

书序文作者和书籍编著者主体间的相交关系,也影响到书籍

---

① [明]汪道昆著,胡益民、余国庆点校:《太函集》,第491页。

和读者之间的距离。类同于自序中的情况,因为两者的熟识,难免容易让读者产生心理防备,猜测书序文作者的书写会偏袒书籍编著者,对书籍文本也有所溢美。有鉴于此,书序文作者常常会采用一些书写策略,刻意淡化自身作为书籍编著者的"熟识者"的身份,甚至将自己暂时移置到读者的立场去思考、书写,以便尽可能获得其信任,达成对读者的导引。由于两个主体之间既互相关联又相对独立,既有相同的场域又有不同的场域,主体间的关系极具张力,这就使得书序文作者身份的移置有了可能。

在为熟识者作序时,书序文作者常常会有意地运用一种仿佛并不在意读者的话语表达方式。譬如,在《王世周诗集序》中,王世贞说:"世周既不蕲为名,余又不蕲为世周名重,各志其所就而已。"(《续稿》卷四一)强调他和书籍作者王伯稠都不是为赚取声名,而只是畅所欲言的表达罢了。如此刻意地自我剖白,即是说明书序文作者自身的无目的性和立场上的不偏袒,这种貌似不在意读者,实则是颇费心思的澄清,意在打消读者的疑虑以获得读者的信任。

而在《魏懋权时义序》中,王世贞并不直接表明自己对魏允中所作时义的推赏,而是先通过外界的传言和永嘉王公之口的赞美,引出魏允中时义的不凡,然后把自己置于读者的位置,以"陌生人"的态度和眼光与读者一起去阅读和验证:"余得而读之,而后知王公之所得于魏子深也。"(《续稿》卷四〇)

在《华孟达集序》中,王世贞更是借文信侯吕不韦因为挟诈的缘故,其《吕览》虽设万金而人莫敢增损一事作对比,说:"今孟达居贫贱,而名未即就,不足以胁人之耳目而易其真。"(《续稿》卷四三)如今华善继身份卑微,无名无位,根本没有能力胁迫他人来为其诗文作品说好话。所以,如果有人认为华善继的文章好,那便是因为华善继的文章果真好。书序文作者站在读者的立场去思考、言说,不仅巧妙地避开了受到读者怀疑的缺陷,还能造成书序文作者不刻意、不讨好的印象，反而更容易取信于读者，这显然是一种"欲擒故纵"的书写策略。

此外，书序文作者还善于运用设问和对话问答。例如王世贞在为慎蒙所编《宋诗选》作序时说："余故尝从二三君子后抑宋者也，子正何以梓之？余何以从子正之请而序之？"（《宋诗选序》，《续稿》卷四一）又如《冯子西征集序》中"冯子之集所为《西征》者何？……何以独称《西征》也？"（《续稿》卷四七）后面皆一一作答。在为欧大任《浮淮集》作序时，对于欧大任游淮之旨，王世贞也故作不解地发问："欧先生所欲当独六七大夫？"从而引出欧大任以司马迁的事例回答说："不然也……昔司马子长二十而游江淮，上会稽，窥九疑，浮于沅湘，厄困鄱、薛、彭城时，岂有六七大夫足知者！"（《四部稿》卷六五）这就借一问一答说明了欧大任著《浮淮集》背后的深意。在《周易韵考序》中，王世贞更是直接以读者的立场去发问："即所谓三易说有不能半苇编，何暇韵考？"对《周易韵考》这部书大胆质疑，然后说："然余切悯幼于之意而稍著其用，世毋以玄之例覆瓿可也。"（《续稿》卷四三）这才表明了自己真正的目的。

这种自问自答的设问与此问彼答的对话，可以生成独特的写作趣味与阅读趣味，而书序文作者刻意移置到读者的立场去发问，不仅答疑解惑，还可以首先和读者取得心理情感的亲近，此后再去展开序文的书写（这其中包括故作"客观"或迂回地为书籍编著者说好话）就顺利很多。可见书序文作者主体身份的刻意移置，是一种独具功效的书写策略。

不同于自序中书序文作者和书籍编著者主体身份重合时关系的黏滞，为"熟识者"编著的书籍作序时，主体身份相对独立而又形成相交的关系，两个主体间具有极强的张力。在这种复杂微妙的主体关系之间，书序文作者同书籍编著者展开对话和沟通时，容易获得认同，甚至触发想象，在认同与想象的共同发酵下，撰成书序文;同样因为和书籍编著者的熟识,书序文作者为了消释读者的心理防备,常常会刻意淡化"熟识者"的主体身份,站到读者的立场去思考和言说。总之,书序文作者在主体的多种相交关系间辗转腾挪,探索出多样的书写策略。许多优秀的书序文都在这类主体关系的情况下写就,如王世贞《宗子相集序》、王世懋《鹪鹩集后序》、皇甫汸《刘侍御集序》等。

三、多种相交关系下的策略变化

同样是交谊,主体身份相交的关系中,情况却复杂多样。汪道昆曾在《仲弟仲淹状》中以大半篇幅将其胞弟汪道贯的交友情况作了如下的分类排列:

> 师类交友:王世贞、汪道昆;道义交友:王世懋、李维桢、沈懋学、焦竑、冯梦祯、沈思孝、戚继光;文艺交友:黎民表、欧大任、余寅、吴方子……;意气交友:黄全之、曹昌先、方翁恬……;忘年交友:陈有守、王寅……;里社交友:江罐、方定之……;兄弟交友:汪道昆、汪道会。①

将汪道贯的交友分为师类、道义、文艺、意气、忘年、里社、兄弟等类。无独有偶,被王世贞列入"四十子"的邢侗在《奉训大夫尚宝司少卿北山先生濮阳李公先芳行状》中,对李先芳的交友情况亦有类似的分类:"肺腑而友""艺文而友"和"相吏而友"②。可见,汪道昆和邢侗都将师生之交、道义之交、艺文之交、意气之交等交谊类别区分得非常清楚。二人对于交谊的分类标准,在今天看来并不科学和统一,它更侧重于汪道昆、邢侗等人主观上对各种交谊

---

① [明]汪道昆著,胡益民、余国庆点校:《太函集》,第944页。
② 官晓卫、修广利辑校:《邢侗集》,齐鲁书店2017年版,第515页。

类别的认定。然而恰恰是这种带有主观色彩的判断,却最能说明在王世贞等明代文人那里,交谊关系确实有着更为明确的界分。那么,若将书序文的书写置于这些更为细致和微妙的相交关系中去考察,书序文作者的书写策略又会呈现怎样的风景呢?以下拣择几种比较常见和具有代表性的相交关系,分"艺文而友""肺腑而友""师生而友""亲缘而友"四种,从王世贞及其周边文人群体的书序文中去窥探书序文作者在这些不同的相交关系下,其书写策略上的变化。

(一)"艺文而友"

王世贞及其周边文人群体之间以及和其他人的结交,有很大一部分皆缘于彼此趋同的艺文观念和理想,或者在诗文等艺文创作上互相欣赏、倾慕、切磋等,我们把这种交谊称为"艺文而友"。

万历三年(1575)至四年(1576),正是王世贞督抚郧阳之时。在这段时间里,王世贞曾以其诗文集《弇州山人四部稿》嘱梓人刊刻,并致信汪道昆,希望他能够为这部书稿作序,汪道昆欣然应允。万历五年(1577),汪道昆为王世贞此集撰作了一篇书序文:

> ……孝宗虚己下人,与孝文之治同道,士兴勃勃,而李献吉以修古特闻。策事摛辞,成籍具在,方诸贾生,近之矣。世宗以礼乐治天下,寿考作人,何可胜原。于时济南则李于鳞,江左则王元美,画地而衡南北,递为桓文。浸假与两司马周旋,骎骎足当驷牡。……大较于鳞之业专,专则精而独至;元美之才敏,敏则洽而旁通……而三山雄峙瀛海,肩五岳如老更,即天假于鳞以年,终不暇乘桴而浮海。至若元美所陟,宁无蹑高天、俯积雪者乎!首赋若在,《上林》雁行,当代无两。比于载笔,学旧史氏如孙叔敖。其称诗著书,力敌于鳞,而富倍之矣。贾其余富,为说家言,则诸君子之所不遑,楚左史之所未观者也。且也,病渴论腐,两司马以蹋崅终。元美膂力

方刚,幸而得谢,率履坦坦,绰有前途,由今而望崦嵫,不啻十舍,兹所就业,岂其税驾所哉! 于鳞亟称易辞,日新之谓盛德。日新则高明矣,于鳞有焉;要以富有而日新,非元美不任也。斯言也,闻者不能无然疑,无骇笑,顾元美之籍传矣,以不闻闻者,庶乎先得我心。如或咻公孙为齐人,吾其引避之庄岳,以俟论定。①

在这篇序文里,根据诗文方面的成就,汪道昆首先将李梦阳比拟为贾谊,称其为开"修古"风气起到了"嚆矢"的作用。然后,他又将李攀龙、王世贞比拟为继贾谊之后而起的司马相如与司马迁,是实现李梦阳等人"修古"大业的接续者,置李攀龙和王世贞于开导文坛风气的引领者与主盟者的地位。然后,汪道昆又进一步比较了李攀龙和王世贞,认为他们在学古方面虽各有所当,但细味其意,显然更属意继李攀龙之后独主文坛的王世贞,谓其论诗著书不仅"力敌于麟",而且"富倍之矣",为李之所不及。"膂力方刚","绰有前途",寄予这位新盟主以厚望。

值得注意的是,汪道昆作此序时,李攀龙去世已逾七年。而当李攀龙在世时,汪道昆曾给李攀龙去信,将李奉为复古阵营唯一的主坛坫者,甚至都没有将王世贞与李攀龙并提。应当说,汪道昆为《四部稿》所作的书序文确实在体察李、王学古作为的基础上,认可了二人接续李梦阳等人的"修古"大业之功。难怪在王世贞本人看来,此序亦不失为熟谙他们所业而作出的合乎实际情势的笃论。所以,他读到此序后即致信汪道昆,称其"执事文美矣,尽善矣,论笃矣,纵令天下后世尽废仆言,不能废执事叙也。"(《续稿》卷一八五)评价甚高。然而,汪道昆为什么在李攀龙去世后所作的这篇书序文中,转而对王世贞个人极度称扬,甚至认为王世

---

① [明]汪道昆:《弇州山人四部稿序》,胡益民、余国庆点校:《太函集》,第478页。

贞更胜一筹呢?

事实上,早在为吴人顾圣少的诗集作序时,汪道昆就欣喜地发现,在诗重北方尤其是重中原"正音"而轻"吴歈"的问题上,自己与当时叱咤文坛的王世贞竟然不谋而合①,于是汪道昆在该序中以"诗道"属意王世贞。巧的是王世贞竟然也接收到了汪道昆传达的这个讯号:

> 不佞向者不得数数奉颜色,然一再从友人壁间见公文,心窃慕好,以为世人方蝇袭庐陵、南丰之遗,不则亦江、庾家残沈耳,公独厌去不顾,顾为东西京言。自仆业操觚,睹世所搆撰,入班氏室者唯公,而于麟与不佞亦窃幸同所嗜。……乃者复从顾圣少集读公序,则雅以诗道见属,仆自怪何所得此于公也。(《答汪伯玉》,《四部稿》卷一一八)

王世贞这段话论及汪道昆的诗歌见解与作文之法,说他能够脱却世人蝇袭宋代欧、曾等人之好而能为"东西京言",难掩对汪道昆的欣赏。并且说自己和李攀龙"幸同所嗜",则是将汪道昆视为了学古趣味相投之人。在《读汪襄阳作顾季狂诗叙》一诗中,王世贞又言:"谓余旧有赠,迪功乃其师。左袒在中原,江左良见嗤。"(《四部稿》,卷五〇)特别标示汪道昆序顾圣少诗集的大旨,蕴涵理解相许之意。这些都表明,汪、王之间关系的建立,主要基于他们相同的诗文理念,特别是在复古倾向上共识。可见当时二人的交谊还属于"艺文而友",此后也并未超出这个界限。

在这种"艺文而友"的交谊基础上,汪道昆为《四部稿》撰作书序文时,全篇皆围绕诗文而展开,之所以极力称扬王世贞,甚至认为王世贞更胜李攀龙,实际上是他看到李攀龙去世后,复古同盟

---

① 参见[明]汪道昆《顾圣少诗集序》,胡益民、余国庆点校:《太函集》,第420页。

亟须一位强大的新盟主以继续弘扬复古思想和主张,从而在书序文中作出反应。就汪道昆这篇书序里的内容来看,足见他始终以复古为宗,在盟主李攀龙去世后又转而以更大热情来支持王世贞。而支持王世贞对当时的复古阵营来说,无疑非常必要。汪道昆在此序中的书写策略,更多体现了他在艺文方面的追求。

汪道昆而外,复古阵营领袖王世贞更是如此。万历十五年(1587),此时离"后五子"中的余曰德去世已达三年之久,余曰德之子余棐(生卒年不详)持其父的诗作前来拜访王世贞,请他为父亲的诗集撰作序文,王世贞当即应下。在这篇书序中,王世贞主要谈到余曰德在创作上几个阶段性的变化,对其诗作给予了非常高的评价,尤其称道其晚年的作品:

> 运斤弄丸往往与自然合,或于鳞或不佞,或大历或贞元……置之古人中固居然亡愧色也。(《余德甫先生诗集序》,《续稿》卷五二)

但是,余曰德的诗究竟如何?朱彝尊在《静志居诗话》中早已提出过质疑,认为余诗稚嫩,"尚未见门户"①。对于王世贞和朱彝尊这两种截然不同的评价,究竟哪一种更接近于原初的真实呢?《四库全书总目提要》写道:

> 世贞称其诗古近体无所不佳,近体独超;近体五七言无所不超,七言独妙。《静志居诗话》则谓其诗尚未见门户,元美冠诸后五子之首,未免阿其所好。今观是集,彝尊所论公矣。②

---

① [明]朱彝尊著,姚祖恩编,黄君坦点校:《静志居诗话》,人民文学出版社2006年版,第390页。
② [清]永瑢等:《四库全书总目提要》卷一七八,第1374页。

将王世贞和朱彝尊之说进行了对比,认为朱彝尊的评价更为客观,而王世贞有"阿其所好"的嫌疑。此外,《明诗纪事》已签卷三录余曰德诗一首,亦有陈田按语:

> 德甫诗不过七子派中下乘。李于鳞称:"德甫将为大江以西一人。"王元美序《德甫集》云:"明兴,江右之诗,大绅、子启狂奔无论。弘、正之间,一二操觚,筚路蓝缕,勤而未辟。"其于西江前辈,若刘子高、刘子绍辈若未寓目。且举半山、双井,而嗤为穿凿僻涩,而改社改木,惟德甫是尸。斯所谓狂易之言,不顾千古齿冷者也。①

对王世贞推重余曰德诗不以为然,极尽讽刺。那么,在此篇书序文中王世贞为什么要对余诗过分推赏,甚至如此明显以致难逃后人的眼睛呢?

关于王世贞与余曰德,今天能够见到二人之间最早的交往,当在嘉靖三十三年(1554)。彼时王世贞年仅29岁,与余曰德、吴国伦、谢榛一道为徐中行饯行②。同年,余曰德主动来加入王世贞等人所在的诗社。嘉靖三十八年(1559),王世贞因家难赴京,与张九一缔交,他在《艺苑卮言》中提及此事时,说"自始吾党有'三甫'",将余曰德纳入"三甫"③之列。称余曰德为"吾党",体现出两人交情中"文盟"的关系更为突出。日后王世贞得知余曰德去世,便有意掇拾其遗文辞以使之流传。可见他们之间的交往始终以"艺文而友"为主。正因如此,王世贞在《余德甫先生诗集序》中以谈论诗文为主,并对余诗夸饰其辞,其实质亦是当时作为"后七子"领袖的王世贞通

---

① [清]陈田:《明诗纪事》,上海古籍出版社1993年版,第31页。
② 参见[明]吴国伦《余德甫席上饯别子与、同茂秦、元美赋,得回字》,《甔甀洞稿》卷二〇,台湾伟文图书出版社有限公司1976年版。
③ 余曰德字德甫,另外两位分别是张九一字助甫和张佳胤字肖甫。

过书序文,为复古阵营的同伴张目,以维护和巩固复古同盟。

王世贞等人在先后结交、草创文社之初,在每次文盟面临考验、不断壮大的过程中,无不怀有一种强烈的保护同盟的意识。出于增强自身力量与扩大影响的需要,他们势必非常重视广交游,多接纳,自觉地相互标榜和推许。而书序文,作为一种介绍和评价兼容的文体,既谈其书又谈其人,是绝佳的书写场域。因此,他们在书序文中会以相应的书写策略向"艺文而友"倾斜,甚至时有夸大之语,也在情理之中。

(二)"肺腑而友"

除了前面讨论的"艺文而友",在王世贞等人之间,以及他们和其他人的相交关系中,不乏一种超越了艺文思想和文学创作,无视彼此的身份地位,甚至超越年纪尊卑,彼此引为知己挚友的交谊,我们称之为"肺腑而友"。

嘉靖三十九年(1560)二月,宗臣去世。此后,王世贞曾为他的诗文集《宗子相集》撰作书序文。这篇序文是一篇极为特出的"异类"。序文以沉痛的哭腔开篇:"呜呼!此广陵宗臣子相之诗若文。武昌吴国伦传之,而吴郡王世贞为之序……"显然,这并非书序文的惯常写法,而像极了哀悼文的书写格式。下面的写法则更加奇特:"曰,余与李攀龙于鳞燕中游也,子相实挟吴生暨天目徐生来。子才高而气雄,自喜甚,尝从吴一再论诗,不胜,覆酒盂,啮之裂,归而淫思竟日夕,至喀喀呕血也。"寥寥数笔,勾画出宗臣作诗时的执着风神,又像极了传记的笔触。在涉及宗臣诗文成就的部分,王世贞没有直接评价,而是举出他人对宗臣的评说:"诸善子相者,谓子相超津筏而上之;少年间是非子相者,谓子相欲逾津而弃其筏",批评他们都过于先入为主,所以"雅非子相指也"。认为评价应该公允得当,为自己对宗臣的评价作好了铺垫。那么,序文后面所说的宗臣"文笔尤奇,第其力足以破冗腐,成一家言,夺今之耳观者"等也就理直气壮了。序文末,又再次以宗臣的二三小事作结，余味悠长，且精心结构，俨然使出了为宗臣作传，以流芳千古的力气。(《宗子相集序》,《四部稿》卷六五)。那么，王世贞和宗臣之间究竟是怎样的关系，竟使他写出这篇"异类"的书序文呢？

作为"后七子"的重要成员，宗臣自李攀龙、王世贞结社不久就加入其中，是较早与王世贞共倡复古的人物。钱基博在《明代文学》中说："嘉靖七子之有宗臣，犹徐祯卿之于李、何。"[1]虽然宗臣36岁即早卒，但从他和王世贞的交往来看，两人之间的情谊绝不仅是文学观点和创作方面的互相推赏。早在杨继盛弹劾严嵩而被害之时，宗臣曾赠金予杨，因此遭严嵩所恶，被遣往偏远的福建任提学副使，最后竟死于任上。而王世贞自己亦曾设法营救杨继盛，代杨妻写疏章讼冤，杨继盛遇害后又帮着经纪其丧。可见，他们都卷入了同一政治事件中并受牵连，两人行事风格如出一辙，彼此惺惺相惜。

此外，王世贞还为宗臣作有《方城宗君墓志铭》，对宗臣嘉靖三十七年(1558)的抗倭守城之举[2]，亦是深为感佩。他借方城士民之口哭宗臣说："讣闻，两使者哭于台，诸司道大夫哭于其署，博士弟子哭于学，士女哭于巷。曰：'谁为社稷赎宗君也？'则曰：'谁为赎宗君师我也？'则又曰：'谁为赎宗君父母我也？'"(《四部稿》卷九七)万历四年(1576)，宗臣卒后十六年，士民于西门内乌石山，为之建祠，王世贞又亲自撰写碑文。综合观之，相较于诗文上的推崇[3]，宗臣对王世贞而言，更是人格品行上相尚的至交。正是

---

[1]　钱基博：《现代中国文学史(外一种：明代文学)》，商务印书馆2011年版，第666页。

[2]　宗臣抗倭事见[清]张廷玉等《明史·李攀龙传》后所附《宗臣传》，中华书局1974年版，第7391页。

[3]　王世贞对宗臣的诗文创作实际上是颇有微词的，比如在给李攀龙的信中说："明卿雄沉，子相朗秀，格格不相下，更私求证于我，不能不为吴左袒。"(《李于鳞》,《四部稿》卷一一七)给张九一的信中王世贞又说："宗卿神韵遒上，微少检质。"(《张助甫》,《四部稿》卷一二一)直指宗臣诗文逞才而失质朴的缺点。

由于这样的相交关系,王世贞才会在书序文中采用了类似哀悼的笔墨、传记的手法等书写策略,竭力使这位肺腑之交其文其人能得以流传。

再看"四十子"中另外两位。万历八年(1580)五月,沈明臣曾为屠隆的《由拳集》作序。在还未正式进入所序正题前,这篇书序文的第一句即写道:"屠长卿盖从颍上徙青浦矣,令颍时,诸所著文章诗赋,颍生乃请付剞劂,而非长卿意也。"说《由拳集》的刊行并不是屠隆本来的意思。作为一篇他序,这样劈面而来直接为书籍编著者代言解释的书写并不多见,更像是自序中常见的书写。

接下来,沈明臣继续说到,当海内外诸人士读到屠隆撰作的诗文后,堪称惊艳,纷纷向屠隆"乞集","而长卿雅不欲传,然终不能拒,间亦一二属工墨之楮,辄风雷。于是长卿益自秘,以故传者堇堇而及。"无论是"雅不欲传",还是"益自秘"①,都在努力强调屠隆对于己作的谨慎,呈现出一个深藏不露的谦谦君子形象。有趣的是,这和我们在本章第一节谈到的屠隆本人在《娑罗馆清言自序》中呈现的那个有"饶舌"毛病而禀性难移、一有所著就欲刊行以示人的屠隆形象判若天壤。若不看所序对象,甚至会以为两篇书序文在说完全不同的两个人。屠隆自序中"饶舌"的形象何以到了沈明臣笔下就变成完全相反的形象了呢?

屠隆和沈明臣其实很早就听闻了彼此的声名,两人神交十余年而无缘相识。直到嘉靖四十三年(1564)胡宗宪罢官后,作为其幕僚的沈明臣回乡闲居,经张时彻(1504—?)引荐,才得以与屠隆相见。此次相见,两人都留下了深刻印象,并给予对方极高的评价。屠隆称:"余览其风度议论,真非常人,读其文,令人神往,先生亦深见器识,呼余似太白。"②"一日,晤先生于张司马公所,一见

---

① 上引见[明]沈明臣《由拳集序》,汪超宏主编《屠隆集》,浙江古籍出版社2012年版,第二册,第5页。
② [明]屠隆:《东海高士歌》,汪超宏主编:《屠隆集》,第三册,第273页。

把臂，欢如平生"。① 沈明臣也对张时彻感叹道："耳屠生十年余，乃今得之，当亦一快士，敢从公乞一见。……一见若平生"。自此两人惺惺相惜，屠隆连日宿沈明臣斋中，读其诗文，至漏下五鼓不休。此后又多次相约游青浦等。屠隆甚至屡屡向自己的朋友推荐沈明臣，如他给王世贞的信中即说："吾乡沈嘉则先生，声律雄大，与龙伯争长。东海鄙，数千年无大雅，其他琐尾者又不足道，赖嘉则出，一浣之耳。"② 可见，屠、沈二人双方虽有诗文创作上的互相倾慕，年纪相差二十多岁，但自相识以来，往还密切，情分已然超越了"艺文而友"，成为忘年的知交。且不论二人最后如何渐行渐远以至于交恶③，至少在沈明臣作序之际，正是关系最为密切、友谊最深的时期。

正如在这篇《由拳集序》里沈明臣直录冯梦祯来请序时的话一样："先生知长卿尽，合有言"，细味之下，可以感受到沈明臣对自己和屠隆间至交的情谊颇有些自得。那么他在序中代屠隆作解释，力求呈现屠隆儒雅形象的自序般的笔墨，也就情有可原了。基于二人相知的程度，沈明臣在序中，维护至交几乎如同维护自己。这和《由拳集》前另外一篇徐益孙为屠隆所写的序完全不同④。所谓的肺腑而友，即至少能够真切地感知对方，待对方如同待自己，所以在为这样的朋友作序时往往会采用自序时常用的书

---

① [明]屠隆：《嘉则先生诗选序》，汪超宏主编：《屠隆集》，第一册，第 186 页。
② [明]屠隆：《与元美书》，汪超宏主编：《屠隆集》，第二册，第 176 页。
③ 万历十四年(1586)屠隆在给喻均的信中说："前岁，某蒙仇家大诟而还。……吾乡有老文人(指沈明臣)，仆向北面下之……当令吴中时，以一官奉此人……倾不佞归而萧然，渠计无赖于贫子，便欲从酒席上凌辱不佞，借以恐吓乡后进小生，而因以争利。自此眦睚相失，积怨日深，大肆谤渎于吴门、白下，曾不复念畴昔周旋也。"[明]屠隆：《答喻邦相使君》，汪超宏主编：《屠隆集》，第三册，第 157 页。)而在给汪仲淹的信中，屠隆对沈明臣更是大加诋毁："吾乡沈嘉则，老而多欲，口如蛇矛，疽发其背，其巨如碗，复如斗，终得不死。"[明]屠隆：《答汪仲淹》，同上书，第 233 页。)至此对沈明臣可谓恨之入骨，直欲其死。
④ [明]徐益孙：《由拳集序》，汪超宏主编：《屠隆集》，第二册，第 1 页。

写策略。

(三)"师生而友"

在众多的相交关系中,师生关系长久以来都是中国古代一种特别重要的社会关系。在这里,我们把师生关系暂且称为"师生而友"。既然这种关系具有极大的普遍性,王世贞等人撰作书序文时,自然也会经常面临与书籍编著者之间存在这种"师生而友"的相交关系。

王世贞于万历六年(1578)曾为稚川先生王材(1509—1586)《念初堂集》作序。其时王世贞已53岁,但这篇书序写得恭敬有礼,文中处处称"公"。当然,我们可以将其理解为王材作为王世贞长辈的缘故。但是,接下来王世贞又运用了几组对比:当人主推王材与二三学士讨论公文的书写时,王世贞说只有王材"所草最为简要淳古,推本经书彬彬然有两汉风";当馆阁之臣争相以诗酒粉饰太平之时,只有王材"独不然";相对于其他媚俗之人,王材"既不屑为花鸟月露役……有发于性而止于文明者,故内足于实而外足于藻也。"相对于时下舍事而谈理者和舍理而谈事者,王材又独能"兼蓄"。可见,这几组对比中,王材表现出的创作特点无论是简要淳古、内足于实外足于藻,还是兼顾理与事等,都是王世贞当时所提倡的文学方向。这难道是一种巧合吗?最后,针对那些所谓的"知公者"认为王材不侍讲筵便不得以其文资起沃,不为内阁及六曹大臣便不得以其文定国是的观点,王世贞更是以孟子退而著七篇,荀卿(前313?—前238?)、文中子王通(580—617)皆于退守中有所撰述,并且得以远播天下后世,有力地予以反驳。

原来,王世贞与王材实为师生关系,从嘉靖十九年(1540)起,时年十五的王世贞就开始师事王材。王世贞为王材所撰的寿序《寿大司成稚川王先生七十序》记录了这段时光:"世贞束发为进士业,而稚川先生实造之。自是得通门人籍,数以燕见,谈说道术经济,次乃泛滥子史百家,以逮雕虫之技,毋所不辨曙。"(《续稿》

卷三三)可以见出,王材对王世贞确有很重要的引导之功,对此王世贞也颇为感念。在《念初堂集序》之前,王世贞就曾两次为其执笔撰文,即《寿大司成稚川王先生七十序》和《祭太常卿国子祭酒座主王稚川先生文》。从二人师生而友的交谊看来,对此前序文中的种种疑问也就随之解开。

王世贞处处称"公",实际上是对老师的恭敬。此外,王世贞不用直接的称赞,而是通过几组对比的运用,使他的赞美显得有理有据,不浮夸,容易为人所接受,行文也因此更显温和,符合老师和学生之间虽有深情但亦有高下尊卑的微妙距离;而且,其称颂王材之处正是王世贞本人所倡导的文学观点,因为老师和学生之间总有师承的意义,在颂扬老师的同时也相当于为自己增加了光环;而最后王世贞为王材的辩解,也正是和老师具有"一荣俱荣、一损俱损"相交关系的学生,在老师遭到误会时,果断站到老师的阵线,替他发声,竭力维护老师也维护自己的姿态吧。

再来看另外一对"师生而友"。正如顾起纶(1517—1587)《国雅品》载:"今司勋子偱公为艺苑宗望"①,皇甫汸曾一度成为当时诗坛宗主式的人物。请他作序的人络绎不断,严嵩也曾请皇甫汸为自己所撰诗集《振秀集》作序。嘉靖三十三年(1554)冬至,皇甫汸撰作了《振秀集序》。在这篇书序的起首,皇甫汸直入正题,毫不吝啬地夸赞严嵩的诗才:

> 公夙擅谈天之才,早游金马之署,闲于诗辞,为海内所推宗。晚陟台司,益臻艺苑,调高律细,方之前古,即沈隐侯、张燕公可与并论。而公犹抱冲虚,曾不满假,每徵好于同声,求

---

① [明]顾起纶:《国雅品·士品四》,丁福保辑:《历代诗话续编》下册,中华书局2006年版,第1113页。

是于一得。①

认为严嵩作诗的造诣堪与著名的沈约(441—513)、张说(667—730)相提并论。接下来,皇甫汸并没有细究严嵩诗作如何类属上乘的问题,反而紧抓他请自己选诗、作序这件事往下深入。说自己委实不敢担此重任,而且担心严嵩选诗如孟浩然一样严苛,会因此而丢失了很多可传后世的好诗章,巧妙地避实就虚完成了对这部诗选的称扬。序文末尾,皇甫汸又借《振秀集》之题,说:"后有秀发,谁其振响?不在是集乎?不在是集乎?"以两个反问来回答前一个设问,语词程度激烈,几同为严嵩这部《振秀集》高声宣传了。

事实上,皇甫汸早在宦游两都时,就开始和严嵩有密切的交往。在其《皇甫司勋集》中,卷二四有《寄严相公》,卷二八有《谢严相公分惠大官攒品》,卷二九又有《寄严左相》等都可说明二人过从甚密。虽然从严格意义上讲,严嵩并非皇甫汸的老师,但严嵩年长皇甫汸十七岁,作为文坛前辈,皇甫汸自觉地尊严嵩为师,正如在这篇《振秀集序》的首句,皇甫汸即说"《振秀集》二卷,今师相介谿严公诗也"。而在实际的交往中,严嵩也很看重皇甫汸,二人之间确也有着亦师亦友的交谊。

在请皇甫汸裁汰并为《振秀集》作序之前,严嵩实际上已经请当时颇有诗名的杨慎、顾起纶为其裁汰诗集并作序,可知严嵩对这部诗集期待尤高。皇甫汸自然注意到严嵩的用心,索性投其所好,在书序文中对严嵩的诗才倍加称颂,这正好迎合了严嵩请当时名流为其选诗、作序以得到推赏的目的。而且,撰作这篇书序时,皇甫汸已游阙下,和与严嵩有着某种对立关系的谢榛、李攀

---

① [明]皇甫汸:《振秀集序》,《"国立中央"图书馆善本序跋集录》集部(三),第71页。

龙、王世贞等"后七子"皆有唱和①,但是在书序文中皇甫汸并未细究严嵩诗作的过人之处,而抓住他请自己选诗、作序这件事情往下深入,避实就虚。对于当时声名远播的皇甫汸来说,其为严嵩作序以及书序文中的策略选择不仅凸显了"师生而友"的常情,并且巧妙避开了文坛同道的非议和指摘。

(四)"亲缘而友"

亲缘关系自古以来就是中国社会关系的核心组成部分。在王世贞及其周边文人群体中,有不少人之间具有血缘、亲属的关系,如王世贞和王世懋;汪道昆和汪道贯、汪道会(1544—1613);皇甫四兄弟(皇甫冲、皇甫涍、皇甫汸、皇甫濂);张九一和张九二等。我们把这类相交关系称为"亲缘而友"。书序文的书写亦常常出现在这些具有亲缘关系的文人之间。

在皇甫汸的书序文中,有一篇作于嘉靖四十五年(1566)的《皇甫少玄外集序》:

> 《少玄外集》者,兄仲子枢所选次也。兄自童时耽诗,占对辄成声律。既冠,益宏兹业,上自二汉,下迄三唐,诸名家诗咸手书一过,太白、王、孟一再,少陵数四焉,其勤若此。由是罗众美于胸中,摘群华于言下,故其作有似汉魏者,似晋宋齐梁者,有似卢、骆、沈、宋者,似王、孟者,似太白者,而似少陵者较半云。晚臻彼岸,遂号大家。至其编辑,求之太严,失之稍简。②

---

① 皇甫汸云:"后免太夫人丧,赴阙补职,时比部王世贞、李攀龙,及诸进士谢山人并辱造余,其言与关洛稍异,乃独为燕赵之音,又其一变也。"[明]皇甫汸:《皇甫司勋集序》,《皇甫司勋集》卷首,《四库全书》本。

② [明]皇甫汸:《皇甫少云外集序》,《"国立中央"图书馆善本序跋集录》集部(三),第352页。

《皇甫少玄外集》是其兄皇甫涍(1497—1546)所作。从上面这段话来看,皇甫汸先是以大量的笔墨叙述皇甫涍学诗的过程及其诗歌创作的风格造诣,言辞中饱含称扬。临到末句笔锋陡然一转,近乎批评地指出皇甫涍在自编此集时"求之太严、失之稍简"。然后,皇甫汸又以百川归海,人们只看到大海的烟波浩渺,却看不到百川汇入的精彩过程,类比兄长皇甫涍虽然"雅篇秀句,往往间出",但他此前编目时并未收录,令皇甫汸在序中不禁扼腕而叹:"惜哉!"但不论他人如何惋惜,皇甫涍依然固执地不随便以己作示人,选录诗文非常谨慎。皇甫汸劝道:"独不闻《兰亭记》逸,因责昭明之误。故吐珠于泽,谁能不含;弃金于途,未必非宝也。孝子之于亲,虽遗簪敝稿,犹不忍坠,矧其心声手泽乎?"在他多番苦口相劝之下,皇甫涍才不得已将漫散的残编整理成集。皇甫汸在交待《皇甫少玄外集》的编撰由来时,为什么会将批评皇甫涍择取过严和反复劝说皇甫涍作为重点呢?

首先需要厘清的是,皇甫汸挑出皇甫涍编集"求之太严、失之稍简"的问题,真的是一个缺点吗?在书业发达的明代,整个社会编集粗制滥造,备受指摘。在这种情况下,皇甫涍却能如此谨慎地对待己作,非但不是缺点反而更为难能可贵。既然如此,皇甫涍在他人解劝下固执己见就不是"冥顽不灵",而是君子有所持守了。可以说,皇甫汸这种从反面书写的方式正好衬托了兄长的文品人品,而且增强了表达效果。此外,皇甫汸自始至终都自觉充当了一个责任担当者的角色,为谨慎的皇甫涍最终同意编定这部《皇甫少玄外集》找到了充分而合乎情理的理由。

正是因为这份亲属关系,皇甫汸在撰作书序文时,为了避嫌,便故意揭皇甫涍"短"。这样既可以保持自己作为书序文作者的客观立场以获得读者的信任,而"缺点"也不是真的缺点,倒是通过反衬更增强了皇甫涍律己甚严、择文求精的形象。另外,为衬托兄长,皇甫汸更不惜充当了怂恿皇甫涍刻集的主要责任担负者。为了强调自己所处立场的客观,而达到帮助《皇甫少玄外集》流传的理想效果,皇甫汸甚至在这篇书序末也只是题下了"百泉山人皇甫汸子偱撰"的字样,不直接标明自己和书籍编著者之间的兄弟关系。这种做法较之于其胞弟皇甫濂为皇甫涍作《皇甫少玄集序》中落款为"季弟理山濂谨书"①来说,似乎更用心思,也更为高明。

和皇甫三兄弟一样,王世贞与王世懋兄弟感情之厚在当时就颇为人所称道。王世贞辞官后,追求清闲雅致的生活,曾将心思倾注于弇山园的构筑,并撰作了记录其亲历园林的《山园十二记》。作为王世贞的胞弟,人称"少美"的王世懋为其作《山园十二记跋》。在这篇跋文里,王世懋以"今世称佳士,必曰表如其里,余每谓此言未可目余兄也",不无揶揄地指出王世贞侈公而慎私,喜客而不好奉己的行事和为人之风。弇山园里有瑰玮奇丽之声,王世贞家里却无仓箱锱楮之积;游客饱礧礨图史之欢,王世贞自己却身乏闺房蟒蛾之奉。正因如此,弇山园几乎成了游客的弇山园,王世贞倒不像个主人,由于白天游人太多,他甚至只能利用晚上来游园。即便如此,王世贞却满怀深情地写下《山园十二记》,记录了弇山园的情性面孔。对此,王世懋完全无法理解:"於戏!其纪梦耶? 其为游人纪耶? 其为耳而未游者纪耶?"在这篇序文的后半部分,王世懋说自己和长兄同样好园,但是观念和做法完全不同,自己所筑之园以"澹圃"为名作掩护,不轻易延客,反而得享私园之乐。至此,整篇序文仿佛主要展现王氏兄弟两种不同的园林经营理念,并且似乎王世懋的做法更胜一筹。明明是为其兄王世贞的《山园十二记》作序,王世懋这样的书写安排是否有些喧宾夺主?

---

① [明]皇甫濂:《皇甫少玄集序》,《"国立中央"图书馆善本序跋集录》集部(三),第352页。

其实不然。在序文的前半部分，王世懋对其兄治园的描述，确实会让读者以为王世贞治园"失败"，未能使弇山园为己所有和所享，作《山园十二记》亦有些犯痴。其实这也是当时很多人对王世贞治园的看法，王世懋不过是顺着这个思路写下去。这当然不是他的真实目的。所以在对比之后，王世懋笔锋一转，借"夫天下事，凡推而去之即澹也，凡有而恋之即为秾"的说法，指出王世贞舍独占而与众人共享，才是真正达到了"澹"的境界；而自己虽名园为"澹圃"，却贪恋私园的独乐，这种"澹"只能徒得其表象。这样，就起到一种大反转的效果，驳斥了时人的误解，褒扬了其兄王世贞治园的旷达态度和行为。其实，作为胞弟的王世懋，对王世贞所知最深，之前那三个反问"其纪梦耶？其为游人纪耶？其为耳而未游者纪耶？"①貌似表达了对王世贞行为的不理解，实际上也是句句都要告诉读者王世贞作《山园十二记》的初衷。

正因为和王世贞"亲缘而友"的相交关系，王世懋在撰作序文时，同样采取了避嫌的书写策略。首先在与自己的对比中说王世贞治园"失败"，最后又巧妙反转大赞王世贞。他以经过修饰的曲折方式，来展现和赞美王世贞在园林观上异于常人的深刻领悟和超脱豁达的人生态度，效果更加明显。并且王世懋在此序中如前文皇甫汸般具有牺牲精神，为了衬托兄长王世贞，他甘愿俯下姿态，将自己作为反面的例子。

综上看来，这四种相交关系因亲疏不同、地位有别，书序文的书写策略不尽相同。在"艺文而友"的相交关系中，书序文作者往往会围绕艺文创作展开书写，甚至尽力维护与书籍编著者相同的艺文观念或主张，具有强烈的同盟意识；在"肺腑而友"的相交关

---

① 上引见［明］王世懋《山园十二记跋》，《"国立中央"图书馆善本序跋集录》集部（三），第481—482页。

系中,书序文作者好谈书籍编著者的奇闻轶事,以见其丰神,还会设身处地地采用自序的书写策略为挚友代言;在"师生而友"的相交关系中,基于长幼的序文书写则常有尊卑之序和师承关系,老师和学生其实构成了利益的共同体,学生为老师作序往往极尽颂扬,不掩辩护之意。在"亲缘而友"的相交关系中,书序文作者为避嫌,真正要表达的赞美之意隐而不发,而委婉曲折地传达出来,反倒能达至很好的效果。甚至书序文作者还会刻意贬低自己从反面衬托书籍编著者,表现出可贵的牺牲精神。

书序文作者与书籍编著者这两个主体之间的相交关系,类型众多,绝不仅限于以上所举。本节只是拣择了其中比较常见和具有代表性的几种,试图考察在更为细致的不同相交类型下,书序文作者的书写策略会有怎样的变化。需要说明的是,某种相交关系并非单一对应某种书写策略,比如皇甫濂为皇甫涍作《皇甫少玄集序》中,就直接称扬其兄长,而不是像皇甫汸那样采用曲折赞美的书写策略;比如吴国伦和王世懋之间存在"艺文而友"的相交关系,但是吴国伦在为《王奉常集》作序时,也并非只谈艺文不及其他,他也论王世懋的人品风神,处处借夸赞王世贞来夸赞王世懋,虽然《四库总目提要》认为这样的书写策略多少带有对王世懋的敷衍[①]。总的来说,书写策略永远灵活多变,但不可否认的是,主体之间不同的相交类型总是会对书序文作者的书写策略有所影响,某种相交类型也总是会高频对应某些特定的书写策略。

第三节 他序二:书序文作者与书籍编著者身份的相离

除了为熟识者作序,书序文作者还要经常为那些从未直接接

---

① 参见[清]永瑢等《四库全书总目提要》,第1572页。

触或交往过的人作序。对于声名显赫的王世贞等人来说,这类书序文自然不在少数。如王世贞作《赵霸州集序》,此前并不知道赵霸州为何人,只是应其同年王某所托才代为作序;又如王世贞《西陵董媛少玉诗序》,诗集作者董少玉(生卒年不详),是其友人周弘禴的继室,深居简出,和王世贞没有任何交往。最为明显的是为古人的书籍作序,如屠隆《倪云林先生诗序》,屠隆和元代倪瓒(1302—1374)生活的时代相隔二三百年。又如王世贞《楚辞序》、汪道昆《文选序》等,书序文作者无论和书籍作者屈原等人还是和书籍编者刘向、萧统(501—531)之间,更是隔着巨大的时间鸿沟。

那么,面对这种两个主体相离的关系,书序文作者会采用怎样的书写策略呢?

一、针对性评判与借题发挥

如果从所序书籍方面入手,首先,书序文作者在撰作序文时,作为书籍的优先读者且自身拥有丰富的知识背景和阅读经验,他可以利用这一优势,针对书籍文本作主观的评判。如王世贞在《钱东畬先生集序》中,对钱琦(1469—1549)"弃格师心"的作品特点给予了肯定:"先生之所师,师心耳……顾其从容舒徐之调,不至弦促而柱迫,不作窘幅而舛纬。其合者,出入于少陵、左司之间,而下亦不流于元、白之浮浅。"(《续稿》卷四一)收到友人之子送来扬郡丘大夫(生卒年不详)所著的兵书《兵车心见》,王世贞在序文中直接表达了自己的阅读感受,认为该书不同于戚继光等人的兵书:"此非车也,盾也",然而却能"擅车之利去车之害"(《兵车心见序》,《续稿》卷四五)。

又如王穉登在《重刻倪云林诗集序》中,评价说:"先生诗风调闲逸,材情秀朗,若秋河泄天,春霞染岫,望若可采,就若可餐,而终不可求之于声色景象之间,虽虞、杨、范、揭诸公登词坛,执牛耳,非不称盟主矣,然比于先生,犹垂棘夜光之视水碧金膏也。"①用评论书画的独特眼光来欣赏倪瓒这位画家的诗作。邹观光曾为孙宜(1507—1556)《洞庭渔人续集》作序,在序文中,邹观光认为孙宜的诗具有旁采博取的特点:

  献吉诗主法,渔人得之,故其诗有沉深莽宕、顿挫抑扬,能运古而未尝不规于古。仲默诗主情,渔人得之,故其诗有元本天倪、纵横物变,即象缘情而态度自溢。康德涵之诗质,渔人得之,故其诗有直举胸臆气质,为体朴厚,有先进之遗。杨用修之诗博,渔人得之,故其诗多识旁采,纲佚搜奇,其材则六经诸史,以至诸子百氏、稗官家乘,无所不采,而其体则自《三百篇》至屈宋、汉魏六朝近体,无所不构。仲凫言雅,善夫思澹,君采语邃,渔人得之,故其诗有法经植旨,绳古崇辞,穷理极境,而各擅其所长。②

从李梦阳创作的长处说起,到何景明,继而到康海、杨慎等人,然而他们的优点均为"渔人得之",从而凸显孙宜的诗作汇集了众人之优长的创作特点。这样的例子比比皆是。

  针对性评判之外,书序文作者还可以就书籍正文涉及的相关内容独辟蹊径或借题发挥地延展开去。《苍雪先生诗禅序》是王世贞应友人之请为其曾祖父所作,但王世贞在序文并没有集中评论所序书籍,而是主要抓住苍雪先生所擅长的"诗禅"这种写作方式,由此点展开写去,认为诗禅易入二境:"入悟境则坐成莲花,入魔境则立变荆棘"(《续稿》卷四〇)。王世贞并未见过龚勉

---

  ① [明]王穉登:《重刻倪云林诗集序》,《"国立中央"图书馆善本序跋集录》集部(二),第185页。
  ② [明]邹观光:《洞庭渔人续集序》,《"国立中央"图书馆善本序跋集录》集部(三),第299页。

(1536—1607),在作《龚子勤诗集序》时,他没有着力去剖析龚勉诗作的平淡韵味,而是由此引出诸多文学思考:认为唐代以诗赋程士,所以"多工于诗而拙于政",明代由于试必经义而考核官吏必以政术,所以"工于政而拙于诗"(《续稿》卷四七)。在序文中,他还分析了白居易和韦应物的诗作,认为二人的水平虽然不及李、杜,但也决非大历十才子可以比肩,从而表达了自己渐趋平淡的文学趣味。

值得注意的是,书序文作者的借题发挥,有时和所序书籍的内容并无太大关联,甚至像是自说自话。例如,屠隆曾为陈璋(1470—1541)所辑并注解的两卷本《比部招议》撰作书序文。屠隆只在序文的开始以设问方式解释了"招议"的意涵:"其曰招者何?乃有司奉行三尺。遵律例而定人之罪之重轻,人各以其罪之轻重而伏国家三尺。""曷以议?为上之杀人,非诚其恶,断除其人也,恶其意尔。是故恒求其所以生,不得其所以生,乃死之。死矣,未竟其所以死,则生之。岂好出人生死间哉?诚重之也。"表达了对《比部招议》中法律公正的赞同和向往。接下来,屠隆没有谈《比部招议》和书籍编著者陈璋,而将笔墨转向对当时官府狱断不公、滥用刑罚等现象的批判。最后屠隆更叙及其个人经历:

> 予往为理官,业见《比部招议》一书,朝夕手之不置,蕲仰见古明刑弼教之遗著之行事。已由选部迁棘寺,犹不释卷也。乃今奉天子玺书,使视江南,而予之忧益深矣……且予又鉴之汉矣。……兹议也,期在洗冤,抑闵蠢愚、辩疑似以闻上,诸非大辟、成遣论鬼薪下者,并得从末减,亦既穷日夜,力校勘情法,稍增损之,俾刊布为式,凡抚属之吏,一一得宜而流焉。千载而下,焕然圣天子之德意,如舜日之重华,而予小

具得窃附于三就三居之列,则厚幸矣。①

他以自己在江南为官时的切身经历为佐证,渴望当权者能够如《比部招议》中所载的那样,论刑有则,惩罚有度,法律能够得到公正的施行,使人们生活在一个宽厚而有规则的国家环境中。这样看来,屠隆正是借序《比部招议》为由头,阐发自己的观点。

二、所闻与所感的创造空间

除了围绕书籍内容的书写,书序文作者总是尝试着尽可能多地为读者提供关于书籍编著者的信息和资料,延续书序文最早的传记传统以吸引读者的阅读。书序文作者虽然并未和书籍编著者有过直接接触或交往,但这并不意味着无从下笔。

书序文作者可以借助熟悉和了解书籍编著者的他人之口了解情况。王世贞在受友人梁孜(生卒年不详)所托为其祖父太师梁储(1453—1527)的诗文集作序时,对梁太师其人其事的叙述,就来自梁孜和"霍先生"(其人不详)提供的资料:"余闻之霍先生,云故太师梁公之贤也……"(《太师梁文康公集序》,《四部稿》卷六四)。而王世贞《白坪高先生诗集序》中关于高先生其人的多个方面,亦皆借自他人的叙说:"余为郎时,则闻白坪高先生,嘉靖间名臣也……"(《续稿》卷四三)朱曰藩为袁鲁望之父袁褒(1502—1547)作《袁永之集序》,写到:"先生人品俊上,度越一世。童子之日,即洞大文,流传过,江以北人士争录之,曰此吴下袁五郎之作。弱冠中南京解元,连举进士高第,被选为庶吉士,读中秘书。已授刑部主事,改兵部上官,未几兵部火,上怒,下之狱,谪戍湖州……"②几乎历数袁褒从幼年至老年的生平事,最后朱曰藩才提

---

① [明]屠隆:《比部诏议序》,汪超宏主编:《屠隆集》,第三册,第 224—226 页。
② [明]朱曰藩:《袁永之集序》,《"国立中央"图书馆善本序跋集录》集部(三),第 281 页。

到,这些信息是袁鲁望替父亲向自己请序时所告知,这就难怪朱日藩能够颇有切身之感地传达出袁袭蒙冤的怨郁了。

然而,更多的时候,书序文作者是不会在序文中明确说明自己是从何处得知的信息。这种做法常常是故意为之,给读者以模棱两可的态度。或者说,书序文作者就是希望读者"误"认为这些信息是其亲眼所见,以达到身临其境的叙述效果。

如汪道昆《南赣府奏议序》,其中谈到王守仁(1472—1529)自正德十二年(1517)在南赣做巡抚时直言上疏:

> 时公为御史,数以言事当上心。其后三年,开府南赣。公所经略,修新建之成法而损益之。当是时,闽广视昔多事,内苦山寇,外苦岛夷。开府部署其间,四顾不给。且兵食少,人人以为难。公言新建当毅皇帝时,犹能宣布朝廷威德。乃今圣明在上,千载一时,即负新建名高,其何敢废疆事。于是鞭策将吏,无论外内奸宄,一切芟夷之。先后以捷闻,凡数十牍。其诸陈便宜,课殿最,若越人视疾,察见府藏而投药方;若庖丁奏刀,肯綮繁立解;若弘羊握算,不爽秋毫。所谓深切著明,于是乎该矣。①

尽管这段话中的事情在当时已广为人知,但就书写效果而言,不说明资料的来源,汪道昆就不再只是一个转述者,而是信息的直接掌握者和占有者。如此,他在序文的后半部分表现出的对王守仁慷慨感愤之气的理解和感佩就有了比他人体会更深的意味,足以令读者信服。

又如王世贞曾受何景明之甥袁灿(生卒年不详)所托,为何景明(1483—1521)的《大复集》撰作书序文。在这篇序文里,关于李

---

① [明]汪道昆:《南赣府奏议序》,胡益民、余国庆点校:《太函集》,第441页。

梦阳、何景明等"前七子"倡言复古的情况,虽然已为当时绝大部分人所知,至少在知识群体中被广泛传播。但是王世贞在序文中并不直言资料的来源,以至于他好像成了该资料的优先占有者,他的话比其他人显得更有分量,从而容易达到引导读者进入书籍阅读的书写效果。

以上所举,书序文作者利用的还都是时人共知的资料和信息,实际的情况是,对于一些比较私密的资料和信息,书序文作者仍然不会直接指出其来源,故意的成分就更加显而易见了。譬如王世贞《西陵董媛少玉诗序》,其中记其好友周弘禴之继室董少玉其人其事:

> 元孚心异之,问:"能读书否?"曰:"仅识字耳。"然见元孚时时诵唐诗,则亦诵唐诗,所臆记可千首。更问元孚:"诗止此乎?"元孚曰:"《三百篇》其祖也。"遂亦诵《三百篇》,以至汉魏六季诸名家,亡弗诵者。乃稍稍出其奇,以与元孚酬复,元孚大异之,谓:"若诗成,吾当叙而梓之,以传后世。"少玉莞然曰:"吾妇也,而又君之妇。妇何必以诗传?即传,而以君之妇,天下孰不谓出君手?何梓为?"(《四部稿》卷五五)

需要注意的是,王世贞书序文中的这段书写用了几组周弘禴和董少玉夫妻间比较私密的对话。王世贞当然不可能在场,他笔下的这些信息只可能得自周弘禴。虽说如此,但王世贞并未指明这些信息的来源,仿佛跳过了周弘禴的讲述,直接带领读者走近董少玉。为了配合营造出更加真实的现场感,王世贞采用了全知全能的叙事视角。这样就愈发使读者感觉董少玉如在目前,形象更加鲜活。

由于从他人处所得的信息有限,也并非总能借用他人提供的信息,所以书序文作者还要继续发掘序文书写的突破口。策略之一便是把自己当成书籍编著者的熟识者,甚至站到书籍编著者知音的立场去言说。

《项伯子诗集序》中,王世贞虽然并不回避自己与项元汴屡次错过、终未亲见的事实,然而又着重强调"余时心识之",而"伯子亦似知余"(《四部稿》卷四三),接下来在序文中对项元汴其人其事的描述虽然皆为当时世人所共知,却因他和项元汴互相倾慕并心有灵犀而有了"知音之眼"的非凡意义。在《龚子勤诗集序》中,王世贞强调说:"虽不能尽得其人,于其诗见一斑矣。"认为通过阅读其诗,已得龚君深意,真正理解龚勉近似白居易的诗风,以至要将自己对白居易诗歌的心得"与龚君共味之"(《四部稿》卷四七),俨然一知交的姿态。

刘凤从未见过许相卿(1479—1557),但是在为其《黄门集》作序时,却以大半篇幅的笔墨铺垫说,他在年轻时就受到许相卿这位"黄门伯台先生"的影响,以先生之行来砥砺自己,向往有朝一日能于其侧受教于先生。但是当刘凤做官时,许相卿已经不再过问政事,终于未能亲自拜望先生。到刘凤归田时,"虽归则犹影响先生下风哉"。当许相卿之子许长孺(生卒年不详)来请序时,刘凤认为见到长孺就等于见到伯台先生,看到先生的文稿就好像得到先生当面指教一样,感觉"是我终得尚友先生而无携逖也"①。这样写来,没有得以亲见许相卿的刘凤,由于对许相卿多年的崇拜和关注,而显得比其他人更了解许相卿,因此也就拥有了更有利的谈论和评价许相卿的立场。

以上所举书序文,书籍编著者尚和书序文作者处于同一时代,他们还可以通过众所周知或他人提供的材料和线索,以及自己对所处时代的感知等,大致把握书籍编著者的情况。而面对与

---

① 上引见刘凤《黄门集序》,《"国立中央"图书馆善本序跋集录》集部(三),第186页。

之相隔几个朝代甚至上千年的古籍时，书序文作者和书籍编著者两个主体间又隔了一堵厚重的时间之墙。为此，书序文作者更加强调自己虽然无法得以亲见古人，但却可以思接千载，穿越时空与古人达成心灵的默契。

王世贞在《楚辞序》中说："自太史公、班固氏之论狎出，而后世中庸之士，垂裾拖绅以谈性命者，意不能尽满于原；而志士仁人，发于性而束于事，其感慨不平之衷无所之，则益悲原之值，而深乎其味。"（《四部稿》卷六七）通过对比司马迁和班固对屈原的不同评价所产生的影响，他认为司马迁更为理解屈原，因此司马迁的论述受到具有"感慨不平之气"的"志士仁人"所赞同，而王世贞自己对屈原也充满同情和推崇，言下之意即是说自己和司马迁一样可以触及屈原的真实情感。在《重刻晋书序》中，王世贞虽然不可能亲见《晋书》的各位编撰者，但他却利用丰富的历史文献资料，仔细分析和考察各位编撰者的知识背景，最后不同于正统论，王世贞认为成于众人之手的唐修《晋书》可追《三国志》《后汉书》，甚至优于新、旧《唐书》。并且这种认识是在他认真研读《晋书》、沉潜其中之后所得，他说："是书之失，固不能无杂采而轻信，然读之，使其事犹若新，而其人犹有生气者，以拟陈、范则有间，庸渠出唐史下耶？"（《四部稿》卷四一）如此更使自己的体认有了令读者信任的资本。

除此以外，书序文作者还采用了其他书写策略，以体现他的优越性，足以为普通读者担任向导。

例如从书籍编著者所在地域出发来写：王世贞撰《白坪高先生诗集序》，考虑到高先生是蜀中内江人，便巧妙地将蜀地的人文地理与高先生的风神联系了起来。邹观光为孙宜撰《洞庭渔人集序》："楚禹贡沱潜云梦之区，道为三江，汇为七泽，而洞庭最著。洞庭之间，孕灵苞秀，负文武将相之略，以仕于朝，不可缕指数，而以渔人最著。"①从孙宜的家乡湖南的地理状况入手,人杰地灵,引出他令人敬佩的人品与才情。

从请序人和书籍编著者关系的角度来写:王世贞受同年王某所托,为对王某有知遇之恩的赵霸州作序。王世贞在序文前半部分将目光投向赵霸州对王某亦师亦父的恩情,后半部分通过和古人作比较,感叹王某后来对赵霸州之恩笃报如彼(《赵霸州集序》,《四部稿》卷六四)。王世贞为嘉靖皇帝的启蒙老师刘龙(1476—1554)作《太保刘文安公荣哀录序》,是受刘龙之子刘承恩(生卒年不详)所托,便从刘龙得孝子谈起。而在《陆氏伯仲集序》中,王世贞又把来请序的萧君与书籍作者陆象孙、陆肖孙(生卒年皆不详)兄弟的知己之情作为视角延伸开去,使该序达到"如常山蛇势,有首尾相应之妙"②的艺术效果。

从书序文作者和请序人关系的角度来写:王世贞应同乡孙元之(生卒年不详)所请,为其五世祖节轩公的《山泽吟啸集》作序,该集后还附有孙元之的父亲如山公的《观国吟集》。由于对节轩公和如山公皆不熟悉,王世贞别具匠心地将自己与元之的交往作为切入点,且贯穿全文。而文中对于元之的父亲如山公,王世贞评论道:"其前有节轩公以章美,后而有元之以传盛,虽微诗,吾知其不泯泯也"(《山泽吟啸集序》,《四部稿》卷四三)。通过前后辈的情况来推测居于中间的元之父亲,一笔带过而尽显书香门第的家学渊源。

除了以上归纳的书写策略之外,在谈及书籍编著者时,王世贞等书序文作者总是能根据具体情况,有所创造。同时,我们也注意到,在这类书序文中,一旦涉及对书籍作者的主观评价,就常

---

① [明]邹观光:《洞庭渔人集序》,《"国立中央"图书馆善本序跋集录》集部(三),第299页。

② 汤宾尹评语,参见钱仲联主编、陈书录等选注评点《王世贞文选》,苏州大学出版社2001年版,第322页。

常出现一些笼统的评价和套话,如"诗文咸明婉有致","奏疏公檄剀切中事机"(《检斋遗稿序》,《四部稿》卷六八)等。这些话语无法提供书籍内外有价值的信息。此外,在主体相离的关系下,书序文中也更容易出现不实的"谎言"。如王世贞为不曾谋面的黄省曾(1490—1540)撰《五岳山人集序》,称黄省曾"古今体诗皆出自六代、三唐",对其他诗文亦倍加推许。但是,等到王世贞后来作《艺苑卮言》,评价黄诗时,则云:"诗如假山,虽尔华整,大费人力。"①朱彝尊《静志居诗话》说到黄诗,亦谓其"诗品太庸,沙砾盈前,无金可采"②。这说明,王世贞在《艺苑卮言》中的评价比较客观,而此前在《五岳山人集序》中所言的真实度就大打折扣了。这不免让人感到书序文书写在人情社会中的无奈。

万历九年(1581),56 岁的王世贞为胡应麟《绿萝馆诗集》作序,开篇就感叹自己应人作序,颇觉艰难,打算拒绝所有人的托请,然而又常苦于不能逆人之请,如此两难的境地曾使他"几且焚笔"(《续稿》卷四四)。许多书序文作者因为同样的原因,都有过这样的"告老宣言"。事实上,书序文基于所序书籍而写就的文体特征和它呈示、延展所序书籍意义空间的文体功能,决定了书序文作者在书写之初就已经进入了需要与书籍编著者通过对话和沟通,在一致和不一致间求得谐融的主体间性中。主体间复杂微妙的关系为书序文书写戴上了无形的"枷锁",书序文书写中主体间性的场域正是作为书序文作者的文人才情与挣扎的秀场。

三、多种相离关系下的策略调整

造成主体间相离关系的原因多种多样,究其大者,无非是两种主要的区隔:生活在同一时代因为交谊而未能相交的区隔;生

---

① [明]王世贞著,陆洁栋、周明初批注:《艺苑卮言》,第 72 页。
② [明]朱彝尊著,姚祖恩编,黄君坦点校:《静志居诗话》,第 401 页。

活在不同时代因为时间而未能相交的区隔。

那么,在这两种不同的相离关系之下,书序文作者会采用怎样的书写策略呢? 它们分别有着什么样的特点?

(一)交谊的区隔

书序文作者和书籍编著者虽然生活在同一时代,却因为种种原因而未能相见,这种相离关系,我们姑且称之为"交谊的区隔"。

汪道昆曾为江信州诗稿撰作《信州稿序》。序文从《诗三百》或出于里巷,或出于士大夫追溯起,认为自陶、谢起,诗开始多出于郡县,由此引出江信州在郡三年所成的这部《信州稿》。围绕书写对象,从较远的时间着笔,一路梳理下来,清晰地呈现各个主要时间节点的发展变化,这在书序文的书写中是极为常见的手法。

但是,这篇序文的书写从第二段开始有了特殊的变化:

> 夫信州治郡,率与民同忧喜,其大较具在籍中。乃今徒以疆事左信州,天殆将穷信州也。人亦有言:"诗穷而工。"信州有山人兄,以工诗著。如使信州释境内之累,操隐约之思,伯仲相持,力追风雅,瞠乎其后,穷可矣,穷可矣! 彼求多于信州者,顾不为信州地耶? 信州笑曰:"余尝喜诵伯子所著《愤论》诸篇,盖庶几乎闻道,其未也? 顷余在官,疾几殆,一时亲交且痛哭去矣。余幸而得活,又幸而得奉先人之遗体,守先人之敝庐。余方将衣大布,著田间冠,与击壤康衢者为伍,余何穷,又何求工为也!"①

江信州因疆事被贬,陷入了穷愁的境地。汪道昆避谈穷愁,而换一个角度,从"诗穷而后工"说开来,指出信州正好趁此机会和其山人兄用力于诗。不料,信州的看法和汪道昆颇有不同,他认为

---

① [明]汪道昆:《信州稿序》,胡益民、余国庆点校:《太函集》,第 434 页。

自己从此以后即可过上自在适意的田间生活，哪里会觉得有什么穷愁？并且谦虚地说，正因为没有穷愁，诗自然也不敢奢望能工。无论从二人说话的内容，还是"信州笑曰"的字样，都呈现出一组对话模式。直到这篇书序的最后一句："信乎余之未睹信州也，余恶足与言诗!"始信汪道昆从未见过江信州。那么，汪道昆在这篇书序文里对话态势的设置就耐人寻味了。

事实上，汪道昆安慰江信州一段的设置，真正目的也是制造"文波"，为突出江信州不以贬官为穷、舒放自适的脱俗品性作铺垫。所以，"信州笑曰"后面的话是关键。同样的内容，由江信州之口来说，显然可以增强现场感，这段话也就更为可信，即使后来读者发现二人并不相识，也并不影响表达的效果，困难的是要能让读者对二人相识的错觉保持一定的时间。在这篇书序文中，汪道昆能让读者跟随并沉浸于他设置的情景到最后才恍然大悟，具有一个很重要的优势，那就是他虽然和江信州不相识，却生活在同一时代，可以通过多种途径或方式，对江信州其人其事有较为深入的了解。他于是能在心中建构一个江信州的形象，并以"信州笑曰"的方式来模拟江信州之声口，几可乱真。

(二)时间的区隔

人与人之间的距离，较之交谊的区隔，更容易让人生出无奈之慨的便是时间的区隔。对书序文作者而言，时间的区隔，主要是指书序文作者与那些处在先于自己生命节点的书籍编著者之间的区隔。

万历二十七年(1599)七夕夜，屠隆为倪瓒的诗集作《倪云林先生诗集序》。面对这位极富戏剧个性的人物，屠隆在书序文里自然也会谈及倪瓒为世人津津乐道的几则轶事，比如他爱洁成癖，有客人到其斋中，稍有不洁的行为，待客人走后，他便命童子反复擦洗客人坐过的几榻；比如他清高孤傲，抗节不屑仕元，书甲子而不书元年号，力拒张士诚(1321—1367)聘后遭到张士德

(？—1357)答打而不出一声。这些轶事流传到明代,其实已经成了表现倪瓒其人清远高洁、气骨铮铮的标签。同样的内容,我们在王穉登《重刻倪云林诗集序》里亦能找到。但是屠隆此篇书序文巧妙的地方并不在此。

早在序文的开篇,屠隆就用了如下一段书写:

> 三伏溽暑时,想峨眉积雪长松下,披襟散发,偕羽流野衲,把道书,披内典,作世外烟霞语,则心地为之清凉。都市尘嚣中,想石林茅屋、板桥流水,看渔郎垂钓深潭清濑,松花竹粉落而盈衣袂,则心地为之萧寂。不佞之于以想倪云林先生也亦然。①

从"不佞之于以想倪云林先生也亦然"一句,可以见出这段话完全来自屠隆的想象。屠隆这种想象的书写策略的运用究竟会有怎样的表达效果呢?

与调用轶事表现对倪瓒的倾慕相比,这种想象其实更高一筹。它不是停留在表象,而是把对倪瓒品行的仰慕内化了,升华为自己的一种心性修养。对倪瓒的倾慕上升到心性修养层面的屠隆,较之其他人更加理解和贴近倪瓒。在此序的最后,屠隆非常自信地突出这份优越感:别人喜谈乐道倪瓒,但"知先生尚未尽";我屠隆也喜谈乐道倪瓒,"自谓知先生也尽"。

不容忽视的是,屠隆之所以能有如此的自信,正是缘于他和倪瓒之间是一种"时间的区隔"的相离关系。二人所处的时代相隔久远,使得屠隆更能自由发挥。他所想象的倪瓒一方面是他仰慕的那个倪瓒,同时也是着了屠隆个人情性色彩的倪瓒,通过

---

① [明]屠隆:《倪云林先生诗集序》,《"国立中央"图书馆善本序跋集录》集部(二),第186页。

想象自为搭建了一座贴近偶像的情感桥梁,于是便显得他和倪瓒之间很容易达成默契。所以屠隆笔下的倪瓒更能给读者带来鲜活的体验和真实感,更容易俘获读者,这篇书序文也就更能顺利完成其书写的意图和目的。

有崔大夫者在治新都时打算重刊梁萧统选编的《文选》,请汪道昆为之作序。显然,萧统和汪道昆两人有着久远的时间区隔。汪道昆是如何撰作这篇书序文的呢?在开篇寥寥数句之后,汪道昆说:

> 不佞结发起家,乃获卒业。始则津津乎其合也,既则涣乎其将离,久则参而伍之,依依乎其不忍舍也。……说者谓昭明罗百家,盖七代,总之为卷三十,不亦俭乎。近世或广之,或补之,盖举其全也。窃惟江河不集而足,狐貉不缊而温。如将毕取其所弃,猥云加少以为多,悖之悖者也。当世之论士者,具曰文胜,誾誾焉务敦朴以维风。夫文而不慙,恶在其能胜。千金敝帚,将谓文何!……①

汪道昆从自己的亲身经历谈起。自结发起,他便阅读了萧统的这部《文选》,从初读时的新奇到慢慢对其选文的涣散产生疑惑,再到后来随着时间的积累,逐渐懂得其中的妙意而自此爱不释手,表达了对《文选》意旨的深刻体悟和认识。并且,为了体现这种体悟有别于常人,汪道昆举出了反面的例子。他批评当时有些人鄙薄《文选》并在《文选》的基础上或者捡拾萧统不选的文章,或者补入其他文章的行为。认为那些浅陋之徒的做法简直大错特错,完全没有领悟到萧统的真意。选文并非越多越好,江河不集而足,狐貉不缊而温。汪道昆此说确有一番道理,但更体

---

① [明]汪道昆:《文选序》,胡益民、余国庆点校:《太函集》,第463页。

现为一种书写策略。正是由于和萧统之间时间的区隔,汪道昆选择由亲身感悟入手,才能自由发挥,以绝对的自信说自己最懂萧统编《文选》的真意,比其他人更有谈论《文选》的能力。如此,作为书序文作者的汪道昆,也就更有资格带领读者进入所序书籍文本了。

可见,在"交谊的区隔"的相离关系中,由于和书籍编著者处于同一时代,书序文作者能够通过各种方式收集到书籍编著者的相关信息,所以在撰作书序文时,以这些信息为后盾,常会采用佯装自己和书籍编著者认识且熟知的书写策略;在"时间的区隔"的相离关系中,因为和书籍编著者有着不可跨越的时间区隔,书序文作者在撰作书序文时,往往会通过想象和自我感受等方式,将与书籍编著者的熟识,从实在交际的熟识转到虚化但却可以自由发挥的心灵相通和性情契合之上。

同样的道理,某种相离关系并不一定对应某种书写策略,它肯定还有丰富多彩的表现形式。以王穉登《重刻倪云林诗集序》来说,虽然他和屠隆处于同一时代,与倪瓒也存在时间的区隔,但王穉登的书写策略就和屠隆有所不同。他在该篇书序文中谈倪瓒之后,又转而赞倪瓒之孙倪珵(生卒年不详),以此突出倪瓒影响深远的高风,这亦是一种门径。另外,一种相离关系也未必只能以一种书写策略呈现,可以是多种书写策略的组合。但是不同类型的相离关系仍然具有各自的特点,因此在某种相离关系下,会呈现出书序文作者频繁、反复运用某些特定书写策略的现象。

小　　结

通过书写策略的巧妙运用,以王世贞及其周边文人群体为代表的明代文人借书序文为读者搭建了得见书籍宫墙之美的津梁。由于书序文作者和书籍编著者这两个主体间的关系直接制约着序文的书写策略,本章根据二者的主体间关系将明代的书序文分作三种情况:一是书序文作者一身二任,与书籍编著者主体身份重合的情况;二是书序文作者和书籍编著者有过直接接触或交往,主体间存在相交关系的情况;三是书序文作者和书籍编著者并未有过直接接触或交往,主体间存在相离关系的情况。

我们看到,在第一种情况下,由于主体身份的重合,书序文作者可以更为直接强烈地表达个人的观点和情感;可以自由调用书籍内外甚至编著者私密性的资料和信息,最大限度地引导读者进入书籍正文的意义空间。如此一来,就使某些书序文具有了史的特点和自传的性质。同时为了消释"自卖自夸"的嫌疑,书序文作者在序文中通常还会采取"自谦""自嘲""他者的引入"等自我塑造的书写策略。在第二种情况下,由于书籍编著者熟识,书序文作者易于找到两者的契合之处,并且激发灵感,产生新的思想。同时,为了获得读者的信任,书序文作者还会刻意将自己作为书籍编著者的"熟识者"的主体身份移置到读者的立场去思考和言说。另外,相交关系还存在着更为细致的类分,其中较为突出和常见的如"艺文而友""肺腑而友""师生而友""亲缘而友"等,在这几种不同的相交关系下,书序文作者的书写策略又各具特色。在第三种情况下,书序文作者直面的只有所序书籍,因此作为优先读者,书序文作者往往调动自己丰富的知识背景和阅读经验,首先从所序书籍入手作主观评判,或者抓住与所序书籍相关的某个点借题发挥,有时甚至完全自说自话。除此以外,书序文作者还尝试利用听来的信息,或者将自己假想成书籍编著者的熟识者乃至知音,在序文的书写中彰显自身的优越性,为读者提供尽可能多的阅读信息。在相离关系中,其实同样也存在"交谊的区隔"和"时间的区隔"等细微差别。在具体的书序文撰作中,书序文作者亦会根据不同的相离关系采取不同的书写策略。

总之,针对不同的主体间关系,王世贞等明代文人运用灵活多样的书写策略,求得主体间的谐融,最后付诸文本,写就了一篇篇书序文。然而正是因为各种书写策略的调用,又带来对书序文内容真实性的怀疑。对此,当时就有相关讨论。嘉靖四十一年(1562)仲夏朔日,海瑞在其《淳安稿引》里谈到其坚决不请他人作序,而"不自嫌忌"地自序其集的理由时即说:

> 夫使吾言无当,虽圣人吾与焉,天下之人其心其性原之造化,是非有公,不能饰也……夫人有言,亦求之吾心,质之先圣,以参考焉而已矣,不信之人心而信之人言,非信也。①

即便请所谓的名人君子为自己的诗文集作序,他们也会顾及书籍编著者的意图和期待,因此其书序文中所言自然是经过修饰,甚至会违背事实真相。与其相信这种经过修饰的话或者说假话,还不如相信自己的本心。海瑞这段话针对的是他序的问题,但在很多自序里未尝就不会有虚假。事实上,由于关涉多重复杂的主体间关系,书序文的书写,很难达致海瑞所言的真实。这是书序文的文体特征,也是这种文体的宿命,所谓"真实"并非书序文的文体追求。相反,正是在明代书籍出现爆发式增长的生态环境下,书序文处于各种复杂的主体间关系中,书序文的某些文体特性,比如交际性、广告宣传性等才得以突显。

需要说明的是,由于书序文作者和书籍编著者之间存在"重合""相交""相离"的不同主体间关系,并且实际上它们内部又存

---

① [明]海瑞:《淳安稿引》,李锦全、陈宪猷点校:《海瑞集》,海南出版社2003年版,第110页。

在更为细致的分类等,于书序文作者来讲,撰作书序文便成了一种智力游戏。在书序文的书写实践中,明代文人于其间不断探索,那些在各种复杂主体关系的挑战下生出的智慧,才换成了书序文文字里飞腾的马和行间穿行的风。

第三章　明代书序文的书写实践(下)
——书序文与书籍类型之关系论略

序文作者根据与书籍编著者之间不同的主体关系调整书写策略,最后呈现出笔下异彩纷呈的书序文景观。但是,序文作者笔下书写策略的变化,以及书序文最后呈现的面貌,并非仅仅取决于序文作者与书籍编著者之间的主体关系。在王世贞及其周边文人群体撰作的书序文里,有为诗文集、经学、史学、小说、家谱、乡试录等各种不同类型的书籍撰作的书序文。并且,不同类型书籍的书序文面貌各不相同。同一个书序文作者,为不同类型的书籍撰作书序文时也会采用不同的书写策略。

这就不禁让人思考:在书籍出现爆发式增长的明代,书序文的书写与书籍的类型之间有着怎样的关联?不同类型书籍的书序文各自的特点是什么?是否为某种类型的书籍作序会出现一些特定的书写策略?带着对这些问题答案的好奇,本章择取了王世贞及其周边文人群体撰作的书序文中较为突出的几类,即诗文集类书序文,学术书籍类书序文,小说、戏曲类书序文,作细致的分类探析,以期能解答书籍类型与书序文的书写策略之间,同时也是书籍类型与书序文文本的生成之间的关系问题。

第一节 诗文集类书序文

"逝者如斯,不舍昼夜",与永恒的时间相比,人类的生命确实太过脆弱和短促。如何超越肉体生命的局限达至不朽,其实是人类从初生之时就携带而来的一份焦灼。中国古人很早就认识到能够超越死亡的不是人的肉体,而是文化与精神的不朽。于是立足现实世界,去追求不朽的声名,并且找到了实现不朽的途径,即《左传·襄公二十四年》中明确提出的"大上有立德,其次有立功,其次有立言,虽久不废,此之谓不朽"的命题①。在这"三不朽"中,立言虽然被列于最末,但是与立德、立功这两种需要多种外在因素配合达成的不朽追求相比,它需要满足的条件最低,更加容易操作和实现。而"立言"中的"言",从曹丕"夫文章,经国之大业,不朽之盛事"②,经刘勰等人的发展,其意涵也由最初有关德教、政教的言辞转向了文学创作,并且主要指诗文创作③。正因如此,文人们大都期望借诗文超越生命的短促传诸久远,于是沉潜于诗文创作中皓首不悔。

本书重点考察的对象王世贞及其周边文人群体并不例外,也有强烈的将不朽寄希望于诗文的意识。尤其是当他们在求仕的道路上屡屡受挫之后,这种意识就会更加强烈。宗臣在《湖上遇子与舟中夜酌放歌》中说,"文章不朽之盛事,肯使此辈相持衡?"④陈文烛曾致书劝屠隆发愤著书以图不朽。胡应麟更将诗文方面

---

① 杨伯峻编著:《春秋左传注》,中华书局 1990 年版,第 197 页。

② [三国魏]曹丕:《典论·论文》,李春青主编:《中国古代文论新编》,北京师范大学出版社 2010 年版,第 75 页。

③ 参见张智虎《论"立言不朽"作为文学话语的历史生成》,《宝鸡文理学院学报》(社会科学版)2005 年第 2 期。

④ [明]宗臣:《宗子相集》卷五,台湾伟文图书出版有限公司 1976 年版。(以下凡引此书皆随文括注卷数。)

的追求上升为文人学士应该自觉肩负的责任:"诗文不朽大业,学者雕心刻肾、穷昼极夜,犹惧弗窥奥妙,而以游戏废日,可乎?"(《诗薮》外编卷二)且不说本来就醉心于诗文的文人,在书籍刊刻出版条件空前便利的 16 世纪,就连太监、商贾、闺秀之辈犹奋力其间,希望借诗文的不朽以证明各自的生命价值和意义。总之,在众多的书籍类型中,人们最为重视和在意的便是诗文集类书籍。

由于人们普遍重视和在意,诗文集类书籍在明代得以频繁地刊刻,在各种类型书籍的数量上占有极大的优势。由于人们的根本目的是希望实现书籍及其编著者自身的不朽,因此诗文集完稿后还需要附上一篇甚至多篇书序文,它们是促成诗文集得以广泛且久远流传的重要砝码,有时甚至是起关键作用的砝码。为此明代文人精心为自己的诗文集撰作书序文,或者想方设法请大家名流撰作书序文。通过彰显所序书籍的价值,推扬书籍编著者,帮助书籍及其编著者传之不朽,便成为书序文最基本的文体责务。在实际的作序过程中,其差别只在于书序文作者会在多大程度上顾及这个文体责务而已。

对书序文作者而言,为诗文集类书籍作序,实际上面临的问题是如何兼顾与两个主体之间的关系。这两个主体,一为诗文集类书籍,另一个则是书序文文体本身。从表面上看,这两个主体之间似乎并不矛盾,但是在撰作书序文时,书序文作者要在这两个主体之间寻得平衡却并非易事。他好比时钟上的钟摆,在两者之间摇摆。当偏向诗文集类书籍时,书序文的文体功能往往会退居其后,而要优先考虑和重点讨论所序诗文集的内容;反之亦然,当偏向书序文文体时,诗文集类书籍这个主体对序文书写的作用就会暂时减弱甚至隐去,而要优先考虑书序文推动所序诗文集和其编著者不朽的文体责务,相应的,书序文作者的书写便会以书序文的文体责务为中心。而一篇诗文集序的写作过程,正是书序文作者运用书写策略,处理两个主体间的主体关系,在两个主体的强大张力间求得谐融的结果。以下我们针对这两种不同的情况,分别加以探析。

一、侧重书籍内容时的诗文论取向

(一)诗文观点的自在展现

为诗文集类书籍撰作书序文,特别醒目、容易吸引书序文作者关注的即是诗文集类书籍主体。这个对象主体的存在,其实是在无形中启发书序文作者,给了书序文作者一个序文撰作的主题——诗文。因此,围绕诗文主题来展开序文的书写是书序文作者经常采用的书写策略。书序文作者既可以直接评论所序书籍中诗文作品的得失优劣,进而引出关于诗文创作问题的讨论,也可以借机表达自己的诗文见解和主张等。

首先,直接从评价所序书籍中的诗文作品入手是非常便利的一种书写策略。隆庆三年(1569),王世懋33岁,有王应元(生卒年不详)者携其诗文集《敝帚斋稿》前来,向他请序。王世懋应下了他的请求,在撰作序文时即以评论这部诗文作品为主:"至其诗旨多师心而谐响,造景而触韵,高山大川日与之熏染浸液而成,故其辞和以适,而无困窘拂郁之态,此山人诗之大较也。"(《敝帚斋稿序》,《王奉常集》卷六)认为王应元的诗能够发自真情且合乎事物的发展规律,所以造景有神韵,加上其长年受高山大川这类自然风物的熏染,落笔成诗,自能予人宽和畅达之感。万历元年(1573)仲夏,时年68岁的王世贞为戚元佐(生卒年不详)的诗集《青藜阁初稿》作序,也将书写重点放在对戚元佐诗作的评价上,赞其五、七言近体有盛唐气象,大多宏整而瑰丽,七言古诗翩翩自雄,五言古诗则寄兴于曹植(192—232)和阮籍间,堪比所作清新如芙蓉的谢灵运。至于七言绝句,王世贞更是非常夸张地说,如果李白和王昌龄(698—756)读到戚元佐的作品,也会呼其把臂入林(《青藜阁初稿序》,《四部稿》卷六七),将戚元佐的各体诗作都评价了一遍。

正是因为书序文作者优先考虑书籍主体,以诗文评价为主,所以他们常能基于丰富的阅读经验和知识修养,通过细腻的品读,对所序诗文发表独具眼光和识见的评论,有些评论甚至获得当时和后人的共同认同并被频繁地引用。

比如王锡爵在《弇州续稿序》中对王世贞晚年的诗文创作有这样的评价:"迨其晚年,阅尽天地间盛衰祸福之倚伏,江河陵谷之迁流,与夫国是政体之真是非,才品文章之真脉络,而慨然悟水落石出之旨于纷浓繁盛之时,固其诗若文尽脱去角牙绳敷,而以恬淡自然为宗。"①王锡爵作为王世贞的同乡老友,两人晚年时在吴中共同学道艺文,交往甚为密切,他对王世贞非常了解。在这篇书序文中,他意识到王世贞晚年诗文创作已不似早年那般主要追求一种高华宏阔,已经脱略了规矩法度绳墨的束缚,而呈现出清新恬淡的气象。这一评价确实揭示出了王世贞晚岁在审美趣味和创作境界上的主要变化,一针见血。

其实很多人都有类似的感受。如李维桢就借朋友邹观光的话说王世贞"晚年服膺香山,自云有白家风味,其续集入白趣更深"(《读苏侍御诗》,《大泌山房集》卷一二九)。冯梦祯亦曾将王世贞与白居易(772—846)和苏轼(1037—1101)并举(《费学卿集序》,《快雪堂集》卷一)。又比如四库馆臣,在王世贞《读书后》的提要中也说:"今观是编,往往与苏轼辨难,而其文反复条畅,亦皆类轼,无复摹秦仿汉之习。"②无论是将王世贞的创作比作白居易还是苏轼,其实都是要表明其晚年诗文风格趋于恬淡自然的特点。钱谦益所谓的王世贞"晚年定论"一说,也是在王锡爵说法基

---

① [明]王锡爵:《王文肃公集》卷一,《四库禁毁》本。(以下凡引此书皆随文括注卷数。)
② [清]永瑢等:《四库全书总目提要》,中华书局2008年版,第1508页。

础上的发挥。这些不谋而合的观点正说明王锡爵在撰作《弇州续稿序》时对王世贞晚年诗文创作的准确把握。

对于所序诗文集中诗文作品之评价,虽然多以夸赞为主,但也存在部分夸赞以外的声音。嘉靖四十二年(1563),王世贞在宗臣去世后的第三年,撰作了《宗子相集序》,序文从宗臣与吴国伦论诗的小事说起,展现了宗臣执拗天真的性格,接下来由人及文,对其诗文创作有这样的评价:

> 当其所极意,神与才傅,天窍自发,扣之泠然中五声,而诵之爽然风露袭于腋而投于咽。然当其所极意而尤不已,则理不必天地有,而语不必千古道者,亦间离得之。夫以于鳞之材然,不敢尽斥矩而创其好,即何论世贞哉!子相独时时不屑也。曰:"宁瑕瑜无碔。"又曰:"斁良在御,精镠在筐,可以啮决而废千里。"余则无以难子相也。诸善子相者,谓子相超津筏而上之;少年间是非子相者,谓子相欲逾津而弃其筏。然雅非子相指也。充吾结撰之思,际吾才之界,以与物境会。境合则吾收其全瑜,不合则吾姑取其瑜而任瑕,字不得累句,句不得累篇,吾时时上驷以驰天下之中下者,有一不胜而无再不胜,如是耳。(《宗子相集序》,《四部稿》卷六五)

整体来看,主要是谈宗臣才气甚高,其所作诗文几乎不依循任何规矩和法度。由于王世贞在整篇序文中并没有明确道出自己对宗臣所作诗文的褒贬,所以有研究者误认为王世贞对宗臣的诗文创作持完全肯定的态度[①],容易解读为王世贞认为宗臣的诗文自得其神韵,不墨守规矩和法度。其实并不尽然。

---

① 参见袁震宇、刘明今《明代文学批评史》,上海古籍出版社 1991 年版,第 262 页。

细读全篇就会发现,王世贞在指出宗臣诗文创作的特点后,随即说,这种全然抛弃规矩法度只在意驰放才情的创作,作为复古派领袖的李攀龙都不敢这么做,我王世贞当然更不敢。但真的是不敢吗?他和李攀龙向来提倡复古,在遵循规矩和法度的问题上,王世贞虽然较李攀龙灵活,但却仍然以规矩和法度为宗。所以他不是不敢为,而是不愿为。实际上,他不仅不认可宗臣的诗文创作之法,而且觉得宗臣的创作存在过于逞才气的问题。尽管接下来王世贞又提出如果与古人的规矩法度相合则取其全瑜,不相合则姑且取其瑜,以及"字不得累句,句不得累篇"之类的说辞,但这已是顾及书序文的基本文体责务而作出的打圆场的回护了。总体来看,在这篇书序里,王世贞虽然并不明言,但他对宗臣诗文作品颇有微词的态度仍是相当明确的。

实际上,在宗臣生前,王世贞就曾论及他对宗臣诗文的看法。王世贞致书李攀龙:"明卿雄沉,子相朗秀,格格不相下,更私求证于我,不能不为吴左袒。"(《李于鳞》,《四部稿》卷一一七)认为吴国伦的诗文更胜宗臣一筹。而在给张九一的信中,王世贞又说:"宗卿神韵遒上,微少检质。"(《张助甫》,《四部稿》卷一二一)直指宗臣诗文逞才而丧失了质朴之气的缺点。单就交谊来讲,王世贞和宗臣在感情上十分深厚。撰作此篇书序后,他多次向其他朋友解释这次作序的言辞。他写信给吴国伦说:"子相集序勉尔奉命,中间评骘不相假,无论二三君子,即子相地下闻之,亦未首肯。然仆以为吾曹宜据实,毋轻许。"(《吴明卿》,《四部稿》卷一二一)在给汪道昆的信中亦言:"子相才极高,惜犹在汗血,未竟昆仑之驭。仆序大要据实评骘,亡所假借,宁少负子相,不欲子相负古作者。"(《汪伯玉》,《四部稿》卷一一八)反复强调自己是据实而言,即便宗臣地下有知也定当不会责怪,并且说,自己宁愿辜负宗臣也不会舍弃客观公正、不虚美的态度。

不管王世贞的目的是否在于维护复古阵营遵循规矩法度的

统一纲领，真实的情况是，他在撰作《宗子相集序》时，即便利用文字游戏有所回护，毕竟最终没有因为书序文要促进所序书籍流传的文体功能而隐藏自己在诗文方面的真实观点，而且较为明确地表达了他对宗臣所作诗文的不满态度。可见，在这篇书序中，谈论诗文，表达诗文观点仍是优先的。事实上像王世贞撰作此序一样，书序文作者有时会比较真实地表达他对所序作品的评价，不只是称赞，更会有所针砭。而这针砭的部分，恰是书序文作者偏向诗文集类书籍这个主体最有力的证明。

其次，围绕"诗文"主题，评价所序书籍中诗文作品的得失优劣外，进一步便是，如何才能写出好的诗文？因此，书序文作者在撰序时，往往还会引入诗文创作问题的讨论，即所谓作诗之法和作文之法。隆庆六年（1572），王世贞为好友陈文烛所著文集作序，该篇序文在批评"尚法者则为法用"和"达意者则为意用"这两类明代散文创作上的反例后，提出：

> 吾来自意而往之法，意至而法偕至，法就而意融乎其间矣。夫意无方而法有体也。意来甚难，出之若易；法往甚易，而窥之若难：此所谓相为用也。左氏法先意者也，司马氏意先法者也，然而未有不相为用者也。不睹乎造物者之于兆类乎？走飞夭乔，各有则而不失真。迨乎风容精采流动而为生气者，不乏也。彼见乎剽拟而少获其似以为真，曰"吾司马、左氏矣"，所谓生气者安在哉？任于才至近，一发而自以为生色，曰"何所用司马、左氏为"，不知其于走飞夭乔之则何如也。（《五岳山房文稿序》，《四部稿》卷六七）

序文中的这段话实际上主要谈论了散文创作中如何处理"意"与"法"的关系问题。王世贞认为，作者心中如果有"意"，若要表达出来就需要借助于文法。总之，"意"与"法"不能割裂开来，"意至而法偕至，法就而意融乎其间"。尽管在具体的写作中，可能存在"法先意"或者"意先法"的情况，但二者必须共相为用，若偏于一端，要么徒具形貌却毫无生气，要么则似有生气而失之于格卑。继而，王世贞又以自然界中的飞禽走兽、纤草乔木各具其属性，却又依然保持其活力和精彩比之于文，说明作文既要依照一定的范式和法则，又要使文章呈现出万千姿态与勃勃生气。陈文烛的《五岳山房文稿》正是因为"不屈闭其意以媚法，不勖骸其法以殉意"，"意"与"法"兼用，才达至文质彬彬的境界。可以说，王世贞利用此次作序的机会为散文创作提出了一个较为理想的方法论。

就诗文的创作而言，李维桢认为才和学皆是诗人能够创作出好作品所必备的重要因素。在《张司马集序》中，李维桢说："诗文虽小道，其才必丰于天，而其学必极于人，就其才之所近而辅之以学，师匠高而取精，多专习凝领之久，神与境会，手与心谋，非可袭而致也。"（《大泌山房集》卷一一）诗文的创作需要诗人天赋的才性，然而这还不够，它还需要后天的学习积累，以丰富的学识来充盈自身的才性。在另一篇《熊南集选序》里，李维桢就"学"对于诗文创作的重要性，阐释得更加清晰："以学为文者博蓄而省用，其神常有余……有余则群才具备，众美忽臻，纵横阖辟，抑扬高下，惟吾所欲，莫不中伦……凡学与文，未有不橐籥性灵，根极理道者。"（《大泌山房集》卷一〇）只有学养上蓄积的宏富，做事情才能触类旁通、圆转自如，笔下的创作也才能根于理道，不至于轻率冲口。当"学"丰赡起来，诗人在诗文创作方面"识"的智慧亦会随之获得增长，笔下的诗文自然就能出彩了。

书序文作者对于诗文创作之法的讨论非常多，讨论的角度也各具特点。譬如屠隆从创作主体的角度出发，指出诗人应该养神炼性，而非通过炼句来提高诗文的创作水平："夫诗者神来，故诗可窥神……士不务养神而务工诗，刻画斧藻，肌理粗具，气骨索然,终不诣化境。"①汪道昆则以好友王禹乂(生卒年不详)为例,从诗人的知识储备以及运笔方法的角度去分析诗文创作:"其于《九歌》、二雅、六义、五音,无所不窥;其于屈宋,……无所不入;其于音节、景响……无所不得;其于乐府、古风、长句、近体,无所不工。……然而不守一隅,不由一径,或得之心,或遇之目,或触之兴,或动之情,调调刁刁,众窍毕作,犹之大块噫气,吹万不同。"(《王禹乂集序》,《太函集》卷二三)前面强调应该广泛地学古,以得古人之规矩法度、体貌风神;后面则强调学古之后的运笔仍要凭心而作,达情适意,真正达到有规矩入又无规矩出的自由境界。

第三,书序文作者还会借撰作序文的机会表达其他诗文见解和主张。仔细看来,这种表达其实分两种,一种是书序文作者表达的诗文见解和主张是由所序书籍的内容激发出来的;另一种则与所序书籍并没有太大的关联,书序文作者不过是借书序文作一方表达的场域。特别是后一种,书序文作者几乎无视书序文文体的基本责务,完全将注意力集中在其个人诗文见解和主张的顺利表达上。

首先来看前一种。万历八年(1580),慎蒙所编的《宋诗选》完稿,请王世贞为该书作序,王世贞应诺并撰序如下:

> 吴兴慎侍御子正,顾独取《宋诗选》而梓之,以序属余。余故尝从二三君子后抑宋者也,子正何以梓之?余何以从子正之请而序之?余所以抑宋者,为惜格也。然而代不能废人,人不能废篇,篇不能废句,盖不止前数公而已,此语于格之外者也。今夫取食色之重者与礼之轻者比之,奚啻食色

---

① [明]屠隆:《王茂大诗集序》,汪超宏主编:《屠隆集》,浙江古籍出版社2012年版,第三册,第249页。

重？夫医师不以参苓而捐溲勃，大官不以八珍而捐胡禄障泥，为能善用之也。虽然，以彼为我则可，以我为彼则不可。子正非求为伸宋者也，将善用宋者也。……乃信阳之评的然矣，曰"宋人似苍老而实疏卤，元人似秀峻而实浅俗"。之二语也，其二季之定裁乎？（《宋诗选序》，《续稿》卷四一）

实际上，王世贞在为慎蒙所作的墓志中就谈到过《宋诗选》的编辑动机："学士大夫于诗尊唐而斥宋，宋且废，是恶可尽废乎！作《宋诗选》。"（《文林郎南京监察道御史山泉慎君墓志铭》，《续稿》卷九〇）可见，慎蒙编此书确有针砭时人过于扬唐抑宋的意思。正是因为了解慎蒙的编撰意图，王世贞在此序开头即故意设问，说自己曾经和李攀龙等人标榜汉魏、盛唐诗而贬抑宋诗，但为什么慎蒙明明知道这些情况，却还要编《宋诗选》并向对宋诗素来没有表示出好感的自己请序呢？

接下来，王世贞在回答这个问题的同时，亦全面表述了自己对宋诗的真实态度。一方面王世贞仍然坚持视汉魏、盛唐诗歌为正体，认为宋诗确实存在格式失范的问题，认同何景明"宋人似苍老而实疏卤"[①]的评断；另一方面，王世贞又提出"代不能废人，人不能废篇，篇不能废句"的见解，给予宋诗适当的包容。最后，在序文末提出了"用宋而不能为宋所用"的诗文主张。整篇书序文紧扣所序的对象书籍，王世贞的诗文观点在作序过程中生发和展开，向读者介绍书籍编著者撰作意图的同时又有个人诗文观点的阐发。

再看后一种。《比玉集》是长洲（今属江苏苏州）人刘凤和魏学礼（生卒年不详）的唱和诗集。钱谦益《列朝诗集小传》载，魏学

---

① [明]何景明：《与李空同论诗书》，《大复集》卷三二，《四库全书》本。（以下凡引此书皆随文括注卷数。）

礼为诸生之时,可谓才名籍籍:"刘子威以博学自负,一见而心折,敦礼为子弟师,与共唱酬,合刻其诗曰《比玉集》。"①此集正文之前附有李攀龙撰作的《比玉集序》:

> 夫诗,言志也。士有不得其志而言之者,俟知己于后也。卞和知冤泣哉?悲夫楚如是其大,三献如是其数,而举天下之器题之以石也。……诗之为教,言之者无罪,而匹夫以贾害,则焉用此?君子服之,乌在其御不祥也?何子威怀瑾握玉,自令放为,乃有季朗于席上乎?诎然抱不遇之感,三复喜起之章,响中鸣球;有卷者阿,矢音特达,扼腕《小雅》孟子之论,《离骚》类臣之谊,交含互映,异采同符,无倡不酬,有投必报,以相为知己,以快于当年。是集之所由作也,岂其无因而至前?治德结好,而冒不属之患,以俟夫怪而弃之者,必不然矣。是集也,其瑟若者,其理胜也;其焕若者,其孚胜也。二君子固在焉,谈者为价侧而视之,有厚倍者,则精气之致壮云尔。是相诗之道乎!②

与上面讨论的王世贞《宋诗选序》不同,李攀龙此序开篇便不提所序书籍,而是直接开始表达其关于为诗之道的见解。以"夫诗,言志也"一句总领,强调"诗言志"的传统。然后连用卞和、魏国田父、宋人三人与玉之间的著名故事,说明诗人作诗应该抒发个人心中的不遇之感、不平之慨,即一定要有所感而发。而关于所序对象,李攀龙只在表达完自己的诗文观点,快接近尾声时才谈到,说刘凤、魏学礼所撰《比玉集》正因不得志而作。显然,《比玉集》这个诗文集主体并没有赢得李攀龙叙述的耐心,仿佛是在表达其

---

① [清]钱谦益:《列朝诗集小传》,上海古籍出版社 2008 年版,第 484 页。
② [明]李攀龙著,包敬第标校:《沧溟先生集》卷一五,上海古籍出版社 1992 年版,第 375 页。

个人的诗文观点,到最后才因书序文的文体责务而稍作敷衍。《比玉集》的另一篇序由皇甫汸所作,该序和李攀龙此序在书写的重心布置上便全然不同。皇甫汸之序完全以所序书籍为中心,在交待《比玉集》的由来后,按部就班地转入对刘凤、魏学礼各自诗文造诣的品评。两相对读,很容易发现李攀龙此序几乎全由其诗文观点所主导。李攀龙强调回到"诗言志"传统的目的,可能还在于借此能有助于矫正当时浮靡的文风,宣扬复古阵营的诗文观念。正是在表达这种诗文观点的强烈欲望下,对书序文文体功能的顾忌自然也就大大削弱了。

  作为"后七子"复古文盟的领袖,李攀龙具有极为强烈的表达诗文观念的主动意识。他所作的诗文集类书序文寥寥无几,但几乎都以表达其诗文主张为重,仿佛要抓住每一次作序的机会来输出和宣传复古文学观点和主张。所以,对于来请序的书籍编著者而言,他更像是一位不通人情、自说自话的老古板。其另外一篇《蒲圻黄生诗集序》亦是如此,序中仍将所序对象弃之不顾,对传统所规定的"诗教"作出了自己的解释,强调诗歌要抒发个人的怨怼之情而不应该附丽于经术,认为即便是那些与儒家、道义无关而达到一定艺术水准的作品,也应该得到肯定。像李攀龙这样的书序文作者,包括王世贞、胡应麟等具有极高的文坛地位,甚至还有撰作过专门的诗文论著的名家,他们在为诗文集作序时,更容易出现以上描述的情况。事实上,王世贞的《五岳山房文稿序》、胡应麟的《黄尧衢诗文序》等便是如此。

  总的来说,在为诗文集类书籍撰作书序文时,当书序作者更在意诗文集类书籍主体时,书序文文体的责务自然就退居其后了。书序文作者可以自在地评价所序书籍中诗文作品的得失,讨论诗文的创作之法,以及表达其独特的诗文见解和主张。可以夸赞,也可以针砭;可以由所序书籍引出自己的诗文看法,也可以撇开所序书籍自说自话。当书序文作者优先考虑诗文类书籍主体时，书序文作者在诗文集序中表达的种种与诗文相关的看法就具有了一种相对的真实性。而它也恰是书序文最为接近"诗文评"这种文体的部分，也就是说，书序文文体的责务退居于诗文集类书籍这个主体之后，是使得诗文集序可以充当诗文评的重要条件。诗文集序虽不如诗文评那样自由，但是书序文作者可以凭借书写策略去最大限度地腾挪以争取自由。

（二）以"谈诗论文"作为书写构件

为诗文集类书籍作序，"诗文"这个主题固然非常突出，但这个主题的突出却是一柄双刃剑。一方面如上所述，它可以使书序文作者较为自由地发挥个人在诗文方面的各种观点和见解，这也就使得后来的研究者们，若要厘清书序文作者的诗文观念、文学思想，便无法绕开这些诗文集类书序文，需要从中去寻觅线索和答案。但是，另一方面，书序文作者下意识地要围绕"诗文"主题去撰作书序文，表达自己的诗文观点，进而有意或无意地将这种"谈诗论文"的书写，当成是为诗文集类书籍撰作书序文时的必要组成部分。这些诗文观点和见解的首要功能并不在于其内容表达本身，而更像是书序文作者使用的一个书写构件①，是完成一篇诗文集序的重要组成部件。其道理就像七巧板，"谈诗论文"便是其中极为重要的一块单元板，书序文作者利用它和其他的单元板，可以组合成无限变化的书序文形态。

在诗文集序里，"谈诗论文"这个构件可以说随处可见。凡为

---

① 此词见于徐雁平《"地域文学传统的建构"成为一种文学叙写方法——以明清集序为研究范围》，《中山大学学报》（社会科学版）2013年第1期。徐雁平"构件"一词的运用，实则受德国学者雷德侯（Lothar Ledderose）《万物——中国艺术中的模件化和规模化生产》一书启发，雷德侯书中使用的"module"一词被译为"模件"。（参见〔德〕雷德侯《万物——中国艺术中的模件化和规模化生产》，张总等译，生活·读书·新知三联书店2014年版。）徐雁平认为"模件"未能转达"module"的内在生发性，故用"构件"代之。本书从徐译。

诗文集类书籍作序,就总得要谈一些有关诗文的问题或看法。如王世贞曾为戚继光《止止堂集》作序,戚继光作为一名武将,其于诗文上的造诣未见得多么高明。但王世贞除在这篇书序中谈论戚继光作为名将的功绩和德行外,最后仍然习惯性地对戚继光的诗文作品有所评骘:"以今观其所著存而彬彬者,师旅之什,发扬蹈厉,燕闲之章,清婉调畅,纪事之辞,委曲摹写,誓师之语,立发剔腑。"(《止止堂集序》,《续稿》卷五一)"发扬蹈厉""清婉调畅"等言虽不失为对其各类作品的一种评赏,可是对于王世贞来说,更像是为了谈论诗文而附丽的几句。再如胡应麟曾代臬长梅公撰作了一篇《大中丞刘公奏疏序》,对于一位做到大中丞的高级官员来说,胡应麟在序文中除记述其政绩的大略,还介绍了各种奏疏的由来,并在序末称刘公的奏疏"远轶西京,近轧唐宋"(《少室山房集》卷八四)。由此可见,书序文作者的确将"谈诗论文"当成了诗文集序的一种程式化的书写构件。

　　作为构件,一个最明显的特征便是它可以被反复搬用。"谈诗论文"作为诗文集序的书写构件,同样具有这样的特征。所以,我们在王世贞等人撰作的诗文集序中,关于诗文观点的部分,总能发现一些重复的影子。

　　首先是书序文作者重复自己的论调。万历四年(1576)前后,王世贞在为沈明臣的诗选作序时说:"夫格者,才之御也;调者,气之规也。子之向者遇境而必触,蓄意而必达,夫是以格不能御才,而气恒溢于调之外,故其合者追建安、武开元,凌厉乎贞元长庆诸君而无愧色,即小不合而不免于武库之利钝。今子能抑才以就格,完气以成调,几于纯矣。"(《沈嘉则诗选序》,《续稿》卷四〇)在此序中首次提出"抑才以就格,完气以成调"的诗文主张,所以此序通常也被研究者们视为王世贞晚期"折衷调剂"思想的一个标志。

　　有趣的是,《沈嘉则诗选序》并非特例。事实上,隆、万年间,在王世贞为其他人的诗文集撰作的书序文中,频繁地出现了类似的表述。比如王世贞于隆庆四年(1570)所作的《李氏在笥稿序》:"李公才甚高,其下笔靡所不快,乃不欲穷其骋以愈吾格。治汉、魏,旁趋齐、梁以至大历,靡所不究,乃不欲悉于语以窒吾情,其思之界可以靡所不诣,乃不欲求超于物表以使人不可解。大要辞当于境,声调于耳,而色调于目,滞古者不得卑而媚今者无所用其骇。"(《四部稿》卷六七)再如《王少泉集序》:"稚钦最号为高华,然不能毋见才役;而少泉王公稍后出,独能折其衷。公于意非不能深,不欲使其淫于思之外;于象非不能极,不欲使其游于见之表。才不可尽则引矩以囿之,辞不胜靡则为质以御之,盖公之诗若文出,而好驰骛者俱恍然而自失也。"(《四部稿》卷六八)又如《陈子吉诗选序》:"子吉乃独能斟酌其间,使格恒足以规情,质恒足以御华,所谓求之而有者往往出于声色之外。"(《续稿》卷四二)以及《华补庵先生诗集序》:"先生之诗,得之文氏诸君子为多,故不欲剗刻钩索以崇其格而极其变,然大要和平有蕴藉,语必实际,蔼然盛世之遗响也。"(《续稿》卷五四)

这些表述,无论是称赞李子中(生卒年不详)、王少泉(生卒年不详),或是陈子吉(生卒年不详),都是在夸对方能够折衷"才"与"格",在"才""格"之间寻得平衡而避免失之偏颇。它们皆是《沈嘉则诗选序》中"抑才以就格,完气以成调"诗文理论的变形,表达了同样的意思。它们不仅仅是王世贞固有诗文观点在不同诗文集序中的重复再现,还说明这种夸赞对方能得"才"与"格"之兼美的书写,可以像万金油一样地被用到《沈嘉则诗选序》以外的其他诗文集序里,充当书写构件。甚至王世贞所论的这些诗文作者是否真的都具有折衷"才""格"的特点,反而变得不是那么重要了。

李维桢在《绿雨亭诗序》中说:"丝不如竹,竹不如肉,以渐进自然故。夫焉有诗而不贵自然者?善乎!司马之序中丞诗也。以淡然无求之心,发悠然自得之趣,意象远,声调适,其天地之中声乎!"(《大泌山房集》卷一九)提出了重自然与自适的主张。在《来使君诗序》中则称:"使君独观昭旷,清明在中,目所经涉,情所感触,沉吟而后有诗,不守一隅,不由一径,高不必惊人而卑不必侪俗,要于其适而止。"(《大泌山房集》卷一九)同样以"适"的标准来论诗文。在《亦适编序》中仍然是"适"的论调:"格由时降而适于其时者善,体由代异而适于其体者善,乃若才人人殊矣,而适于其才者善。孟、韦之清旷,沈、宋之工丽,不相入而各撮其胜,贪而合之则两伤矣。"(《大泌山房集》卷二一)由此可知,李维桢已将诗文应该取"适"的观点作为诗文集序的书写构件了。书序文作者在为别人的诗文集撰作书序文时,非常容易联想到自己固有的诗文观点,将其作为现成的书写构件以完成诗文集序的撰作极为自然,而不用特别计较所序对象在多大程度上与这个评价相符。

　　重复自己的论调之外,还有一种重复,即跟风、化用别人的诗文观点。王世贞及其周边文人群体虽然积极主张文学有用于世,但由于宋元以来尤其是理学家们片面强调文学的社会功能,损害了文学作品本身的文学属性,使文学几乎沦为社会政治的工具和伦理道德说教的附庸。针对这种情况,王世贞等复古派作家似乎达成了一种默契,避谈文学特别是诗歌的社会功能,而侧重于强调其艺术性[①]。譬如在文学的用世功能和审美价值究竟何者更为重要的问题上,宗臣曾在写给张范中(生卒年不详)的信中如此比方:"且凤、麟之为天下瑞也,求其耕畴而驾远也,则谢牛、马,而世卒不屈凤、麟于天下者,以其文也。"(《报张范中》,《宗子相集》卷一九)认为文学就像凤凰、麒麟一样,它虽然不能如牛和马般耕畴驾远,但是世人亦没有因此就将它置于牛马之下,其原因即在于它的"文",它是天下的祥瑞。同理可推,文学并不一定要用世,其本来的审美性和艺术性更为珍贵。

---

① 参见廖可斌《明代文学复古运动研究》,商务印书馆2008年版,第262页。

宗臣的这个比喻,赢得了王世贞等复古阵营文人的普遍认同,从而被反复引述。正是因为这个比喻广为人知且深得人心,所以很自然地成为了诗文集序的书写构件反复出现。例如吴国伦在《胡祭酒集序》中,便化用宗臣语:"谓艺文无当于世,犹之责雏麟之不耕,而以司晨病鸾凤也。"(《甔甀洞稿》卷三九)而屠隆在《高以达少参选唐诗序》中也有类似的化用:

> 夫天地之生物,用风、雷、雨、露尔,而不废云、霞。夫云、霞何用之有?万物之生,用牛、马、鸡、狗尔,而不废麟、凤。夫麟、凤何用之有?醍醐、甘露、雪藕、交梨,无疗饥之益,而有消烦之功,世并珍之。诗于道不尊,于用无当,而千秋万岁不废。故不尊之尊蔑伦,无用之用滋大。①

虽然屠隆又衍生出了云、霞、醍醐、甘露、雪藕、交梨等新的喻体,并将麒麟、凤凰之比夹藏在多组比喻当中,但仍然不出宗臣原意。

关于前述"才格"折衷论,胡应麟本是最为看重才情的,但多次遭到王世贞的批评。当他第一次将自己的诗作寄给王世贞时,王世贞肯定了其作品明朗的色调、爽畅的声韵和宏阔的规模,但对胡应麟驰骋才气的倾向却委婉地表达了批评之意:"才骋则御之以格,格定则通之以变,气扬则沉之使实,节促则淡之使和,非谓足下所少而进之,进仆所偶得者而已。"(《答胡元瑞》,《续稿》卷二〇六)胡应麟对王世贞的批评欣然接受,还在给李允达(生卒年不详)的信中转述了王世贞的话:"夫才逞则御之以格,格定则通之以变,气扬则沉之使实,节促则淡之使和,数语也,琅琊法门,以始基不佞也;不深不玄,不沉不坚,人之沉深,出之自然,完之粹然,数语也,琅琊法眼,以终授不佞也,顾不佞实未之能副也,敢敬

---

① 汪超宏主编:《屠隆集》,第三册,第256页。

以布之足下。"①

可能正是在王世贞的影响下，原本更重才情的胡应麟后来在为林贞曜（生卒年不详）的诗集《覆瓿草》作序时，竟然模仿起了王世贞《沈嘉则诗选序》中"抑才以就格，完气以成调"的论调："才高而挈之以法，气厚而标之以韵，骨淡而永之以思，情与景适，象与境熔，比兴弥深而筋节弥减。"（《林贞曜观察覆瓿草序》，《少室山房集》卷八二）而在其《黄尧衢诗文序》中亦说："格有所必程，法有所必比，辞有所必炼，思有所必抽，入之九渊而毋堕于魔，放之八极而毋荡于幻，举之千仞而毋激于峭。按之万钧而勿滞于粗，博而核之，精而莹之。俾异日为子云氏者，后之视今亦犹今之视古也。"（《少室山房集》卷八六）

其实，胡应麟和王世贞在具体的诗文主张上还是有所差别的，四库馆臣在评胡应麟时便说："其所作《诗薮》类，皆附和世贞《艺苑卮言》……然其诗文笔力鸿邕，又佐以雄博之才，亦颇纵横变化而不尽为风气所囿。"（《少室山房集》卷首提要）所以，以上两篇诗文集序中所言，与其说是胡应麟本心的想法，毋宁说是胡应麟为了迎合效法王世贞，而将其关于"才"与"格"折衷调剂的论调作为书写构件，搬用到了其笔下的诗文集序当中。

相较于胡应麟，屠隆可能更重视作者自然的才气和禀赋，并将之视为决定诗歌风格的关键因素，和王世贞差别更大。比如在《刘子威先生澹思集序》中，屠隆指出古今人之作，"其浅深工拙，往往千里，岂惟格以代降，抑亦才缘质殊"，不再仅仅关注"格以代降"的问题，而更加在意诗人各自秉性上的差异，并说："《三百》之降而两汉也，晋、魏之降而六朝也，……沈、宋之工，而储、韦之象也。元、白之纤，而李、杜之大也。如鹤长凫短，乌黔鹄白，虽有巧

---

① ［明］胡应麟：《报李仲子允达》，《少室山房集》卷一〇九，《四库全书》本。（以下凡引此书皆随文括注卷数。）

智,莫之齐也。"①既然物之不齐为其秉性,那么,作诗者就没有必要在复古阵营倡导的规矩法度中作茧自缚,而且也不需要什么折衷调剂了。在《皇明名公翰藻序》中屠隆也认为:"夫气以材成,语缘情异,体视其时,意生于境,乌能大同?……唐不拟六朝,六朝不拟魏、晋,魏、晋不拟周、汉,子不拟史,《左》不拟《骚》,而皆卓然为后世宗,则各极其至也。苟极其至,何物不传?而必曰'吾为某体',过矣。"②以各极其至为诗文创作的宗旨,同样否定了格调法度与折衷调剂的必要性。在《屠司马诗集序》中又说:"其间有语直而意婉,体质而色华,句淡而味浓,调险而气适。或情境所到,顷刻千言,或累月沉冥,不哦一字……(晚岁)兴至矢口,偶成一诗,取适而已,了不求工,而天机流畅,顾有非呕心枯形者所能到。呕心枯形者务以死求其惊人,而索之味短;公了不求工,矢口取适,而往往神来,则存乎养也。"③仍然认为取"适"、顺应个人才情的自然发抒比调剂更为重要。

正是这个在"才"与"格"折衷调剂问题上屡屡与王世贞唱反调的屠隆,在其为李惟寅《贝叶斋稿》作序时竟然提出:"古今能言者不少,往往以材溢格,以格掩体,体局于资,情伤于气。……予始读惟寅诗,为鸿响亮节,砰訇合沓,咄咄逼历下生。今则加以湛思绵密,标韵宛至,才情错出,气格相参……则几于化矣。"④完全是王世贞"抑才以就格"之说的影子,就连最后的"几于化矣"亦模仿了王世贞"几于纯矣"的用法。这样的情况绝非偶然,在其撰作的《李山人诗集序》中,屠隆模仿王世贞论调的情况又再次上演:"发为诗歌,力去雕饰,天然冲夷,语必与情冥,意必与境会,音必与格调,文必与质比,非独其才过人,盖根之性情者深哉!则其所

---

① 汪超宏主编:《屠隆集》,第三册,第226页。
② 同上书,第205页。
③ 同上书,第236页。
④ [明]屠隆:《贝叶斋稿序》,同上书,第209页。

得丘壑之助不小也。"①强调"音"与"格"的统一,"文"与"质"的调和,显然是王世贞的论调。在为诗文集类书籍作序时,出于对"诗文"主题的考量,特别是在应酬语境下,我们有理由推测,屠隆极有可能将王世贞著名的"折衷调剂"说当作一种书写的构件,在具体的序文书写中加以变化和利用。

除此以外,由于复古派成员在诗文创作方面学习和效仿的对象比较固定,文则秦汉,诗则汉魏、盛唐,在审美取向上亦以复古为尚。这就为书序文作者提供了一个特别好用的公共书写构件。在为诗文集类书籍作序时,十分便捷的书写策略便是,将复古派这种旗帜鲜明并在当时广为人知、颇受追捧的流派观点当作书写构件。不论所序诗文是否真正符合复古派弘扬的诗文观点,只需一味地套用即可。

在这个方面,屠隆偶尔也表现得略为笨拙。万历二十四年(1596)夏五月,屠隆在南屏禅舍为汤显祖(1550—1616)《玉茗堂文集》作序,夸赞汤显祖的创作:"为汉魏则汉魏,为《骚》《选》则《骚》《选》,为六朝则六朝,为三唐则三唐。"②然而,在为茅孝若(生卒年不详)《十赍堂初集》作序时,屠隆竟几乎照搬了原话,称所序书籍中的作品:"为汉魏则汉魏,为六朝则六朝,为初唐则初唐。"③为周献臣(1552—1632)《莺林外编》作序时又赞其诗文:"为汉魏则汉魏,不入齐、梁之调;为唐人则唐人,不杂徐、庾之声。"④本来空泛虚浮的套话,连句子也直接照搬,更显出了屠隆是将其视为书写构件以反复使用。

其实关于跟风的问题,廖可斌在《明代文学复古运动研究》中便有所察觉:"后七子并不是人人都对复古理论有深刻自觉的认

---

① [明]屠隆:《贝叶斋稿序》,汪超宏主编:《屠隆集》,第三册,第242页。
② [明]屠隆:《玉茗堂文集序》,汪超宏主编:《屠隆集》,第十二册,第46页。
③ [明]屠隆:《十赍堂初集序》,同上书,第52页。
④ [明]屠隆:《莺林外编序》,同上书,第72页。

识。像吴国伦、徐中行及汪道昆等就谈不上有什么理论建树,基本上只是笃信李攀龙、王世贞等人的观点。"①不仅吴国伦、徐中行、汪道昆,在王世贞及其周边文人群体中,毕竟大多数人都没有李攀龙、王世贞、胡应麟那么强烈自觉的理论意识和敏锐高明的理论建树。他们可能出于维护文盟的考虑,也可能为了塑造自身形象等,在书序文的撰作中,难免会跟风、化用他人的论调,尤其是那些已经成熟和获得广泛认可的论调。事实上,对于胡应麟和屠隆来说,将王世贞的论调作为书写构件用于自己诗文集序的书写中稀松平常。即便是王世贞偶尔也会化用李攀龙的论调。

此外,更甚者是直接引用别人的论调。在王世贞及其周边文人群体中,如李攀龙、王世贞、汪道昆、胡应麟等这样的文坛领袖型人物,通常都会有不少追慕者。这些追慕者在为诗文类书籍作序时,不仅跟风、化用他们的诗文观点或论调,甚至常常直接引用他们的原话或论调,作为一个"可移动"的书写构件,搬到自己笔下。

汪道昆《顾圣少诗集序》就是特别典型的一例:

> 顾圣少吴人,吴人习诗者累百,圣少独不能诗。既而避地燕赵间,赵王客善诗,善圣少。客言之王所,王授简,强使圣少赋之。诗奏,坐客皆惊,即习有名者争下圣少。是时,王郎讲业阙下,谔谔诸名家。王郎生吴中,雅不喜吴语。一见圣少,愕然曰:"公奈何从冯轼之士,辄一鸣惊人邪!自吴苦兵,公幸而北使。公不北,日与乡人俱,即能言,直吴歈耳。将靡靡然求合于里耳,恶能操正音邪?譬之行者,自中国而之代,必面冥山,即三月聚粮,至矣。假令取道越人而南走越,及其觉也,反而之代,谓曰莫途远何!公亦夕舂粮耳,质明而见冥山,幸无适越者

---

① 廖可斌:《明代文学复古运动研究》,第269页。

先公也。"其后圣少自赵之楚,闻楚有高阳生,持高论,则挟策往谒之。高阳生言与王郎合,圣少目摄生曰:"噫,太甚。然则吴皆非邪?"曰:"二三子在吴,何可非也。若陕冥山,徐迪功先登,王郎绝尘而出其上矣。顾迪功名以弘治诸君子,王郎名以历下生,圣少名以赵客,凡此皆北游者友也。"圣少好游愈甚,吾安知其所税驾乎!圣少勉之。①

严格来讲,汪道昆这篇书序文,只有开头叙述顾圣少本不能诗但偶然一鸣惊人这几句是汪道昆自己的书写。而接下来,却整段引用了王世贞的话作为文章的核心部分。王世贞虽然生在吴中但并不推崇吴中的诗风,汪道昆引用的那段话,大致表达了王世贞认为顾圣少之所以能够一鸣惊人,还在于其北游的经历,北方的宏阔朴质之气熏陶着来自南方吴地的顾圣少。在序文快到末尾时,汪道昆仅以自己"言与王郎合"一句,指出王世贞的看法也是自己的意思,就化解了搬用王世贞论调的尴尬,并且使自己的搬用显得合理而正当。最后在与顾圣少的问答中,仍借王世贞的论调使得顾圣少由不解到信服结束全篇。可以说,在这篇书序文里,汪道昆对王世贞原话的搬用相当高明,符合文意逻辑,又显得很自然。但就书写策略而言,汪道昆俨然将王世贞的话当作一个可移动的书写构件,直接搬到了自己的书序文里。

关于构件问题的思考,德国学者雷德侯(Lothar Ledderose)指出"中国人首先规定基本要素,而后通过摆弄、拼合这些小部件,从而创造了艺术作品。"并且认为"中国人发明了以标准化的零件组装物品的生产体系。零件可以大量预制,并且能以不同的组合方式迅速配在一起,从而用有限的常备构件创造出变化无穷

---

① [明]汪道昆著,胡益民、余国庆点校:《太函集》,第434页。

的单元。"①虽然雷德侯此说针对的是物质实体的中国艺术品,如陶器、青铜器等,但它同样带给我们重要的启发。从某种意义上讲,介绍所序书籍的内容、评价所序书籍中作品的优劣、提供书籍撰作的缘由和书籍编著者的信息等,都可以看作是组成一篇书序文的构件。但是就文学作品而言,构件可能还应该分为传达具体信息的构件和不传达具体信息的构件,而本小节所讨论的显然属于后者。当书序文作者对于诗文集类书籍这个主体的注意超过对书序文文体责务的顾虑,书序文作者着意表达一些关于"诗文"主题的内容时,"谈诗论文"作为书写构件的意义,就会远大于它本身所传达的具体信息。

二、偏向书序文体时的观点淡化

为诗文集类书籍撰作书序文,书序文作者这个钟摆可能会摆向诗文集类书籍这个主体。但是,同样不可忽视的是,钟摆可以摆向另外一边,即书序文作者也可能将注意力集中到书序文文体这个主体上,优先考虑书序文帮助所序诗文集及其编著者得以流传的文体功能或责务,评价诗文、表达个人的诗文观点等也就会相应地受制于书序文的文体责务。

(一)诗文内容的缺席

当书序文作者首先顾及和考虑的是书序文文体这个主体时,相对便更少在意或者会完全忽略诗文类书籍主体。所以,评价诗文、诗文观点的表达等围绕"诗文"主题的内容,在这种情况下通常极少出现甚至可能缺席,书序文作者在这类书序中很少谈论诗文,或者直接不谈。然而,不谈诗文的另一面是如何来填补因此造成的空缺,那就要延伸至诗文以外的内容。而这个方面,王世

---

① 〔德〕雷德侯:《万物——中国艺术中的模件化和规模化生产》,张总等译,第4页。

贞等书序文作者在书写策略上奇招不断。

1. 谈论所序书籍的作者。屠隆曾集女儿屠瑶瑟（生卒年不详）和儿媳沈天孙（生卒年不详）的诗作合刻为《留香草》，并于万历八年(1580)为此书撰作了序文：

> 吾女湘灵，生而秀淑，锦褓莫闻啼声；长益幽闲，香阁不逾足迹。未过目而知书，当是宿生之记问；才出口而成韵，量非现世之篇章。弄锦机而织字，何必数窦家妇之工；操玉琯而临池，便欲下卫夫人之泪。冢儿妇乃君典之女，与长姑氏为伯仲之才。刺凤描鸾，并非其好；雕龙绣虎，各擅所长。吐辞捷疾，二弟犹让神气；秀句联翩，一时称为灵媛。奈何赋年短促，甫如过眼之明霞；遘疾须臾，并作晞阳之朝露。爰有成言，合刻遗草；命名取义，兰死留香。可谓窥豹一斑，拾翠一羽者矣。①

在这篇序文中屠隆首先论及女儿屠瑶瑟，这位早具静淑气质的女子，长年幽闭于香闺，聪颖过人，张口便能成韵，用笔织出了绚丽的诗篇。而《留香草》的另外一位作者沈天孙，不好女红刺绣却偏好作诗，其诗作不逊于须眉，与屠瑶瑟不相伯仲。屠隆不禁感叹这两位才女的生命都过于短暂了，仿佛过眼的云霞与阳光下的朝露。唯有将二人的诗作整理后合刻成集，以流芳后世。很显然，屠隆这篇序文与"诗文"主题并不相干，确切地说，它更像是屠瑶瑟和沈天孙两位才女的一个简短的合传。屠隆最后解释这部诗集的命名由来时其实已经说明，他编集和撰序的主要目的皆在于"留香"。不着意于诗文，以小传的形式撰成序文，亦能达成这个目的。

---

① 汪超宏主编：《屠隆集》，第十二册，第66页。

2. 谈与书籍作者的交往。吴国伦曾作《绿槐堂稿序》：

> 呜呼！此故给事王先生稿也。往先生谪楚时，盖识予诸生云。先生问世于邦大夫，所举里中少年十数辈，先生以次阅之，无一当邦大夫。乃召予以墨缘见先生，先生阅予所为举子业，辄辗然喜曰："大夫今得士矣。"初，予为举子业，未尝有大人长者之游，稍稍离训诂而自匠其意，又不习为俳偶语，以故诸少年见而异之，至私相谓："吴生好古而不达，无能为也。"予亦少有惑志，以其故告先生，先生曰："子异才也，当过异人识之……"（《甔甀洞稿》卷三九）

吴国伦此序主要述王先生对自己的恩情以及二人之间长久的交往。吴国伦为诸生时与王先生相识，先生最早发现他的才能。吴国伦年少时就好古文辞，周围的同学对此不理解并且嘲笑他，久而久之，吴国伦也开始自我怀疑，这个时候，又是王先生坚信吴国伦是异才，给予他莫大的自信。正是在王先生的鼓励下，他才没有因为同学的嘲笑而转移兴趣和志向。此后，王先生又多次帮助他。显然，吴国伦并不特别在意诗文集类书籍这个主体，而是通过记述王先生和他的交谊，突出王先生的个人形象，以完成诗文集序的书写，实现书序文帮助所序书籍及其编著者流传的文体功能。

3. 另辟话题。如屠隆为王世懋撰作的《关洛纪游稿序》：

> 夫人貌天行，其敬美先生之游乎？先生天才藻逸，少与伯氏并驰文誉，为海内宗。逮其中岁闻道，业已厌薄雕龙，含华葆真，登于太上。天下之物，无一足惊其神者。然雅不废游……吾闻之，至人挥斥八极，震旦犹隘。故老氏出关，列子

御风,芦浮杯渡,纵览山川,乘理往来,触实蹈空以自放焉,然后收其跌宕挥霍之气,返于冥寂,据片石而栖,抱烟霞而暝,则虚静极矣……或谓先生耽烟霞之癖,而薄钟鼎之声,功业未竟,瞥焉抽身,以为太早,是恶知贤达之致也。子房赤松,长源辟谷,季真鉴湖,真白华阳,标韵林壑,流照缙绅,传诸后来,以为盛事。岂可圣朝而无若而人乎?快哉,兹游!①

在这篇书序文里,屠隆虽是为王世懋的诗集作序,但并未具体讨论诗歌方面的问题。屠隆巧妙地抓住了王世懋乐游的特点,引出"游"的话题并深入下去。在屠隆看来,但凡真正能够达致高超境界的人物皆乐游,他列举了老子、列子等人为例,认为在自然山川中随性而游,可以陶冶心性,降服内在的跌宕浮躁之气。经历了自然山川之游,能使个人修养得到全面的提升。然后屠隆又针对那些并不赞同王世懋早早退出仕途而遍游山川的言辞回应说,有那样想法的人完全不懂得游的真意,一个朝代若没有王世懋这类好游胜过好仕途的人,那才是最遗憾的事。最后屠隆甚至直接抒发自己的感情说:"快哉,兹游!"

这种另外引出一个话题的策略在避谈诗文内容时非常好用,王世懋《曹太史文集序》也是如此,通篇都围绕"名"的话题展开书写。除以上讨论的几种外,王世贞等书序文作者具体的书写策略还有很多,当然无法一一列举。需要说明的是,在同一篇书序文里,书序文作者往往不只采用一种策略,而是将多种策略组合加以有效利用。这样,即使不围绕"诗文"这个主题,书序文作者照样能够完成作序任务。

有趣的是,这些因为回避诗文内容而采取的书写策略,使得诗文集类书序文呈现的内容不再局限于"诗文"主题,反而开拓了

---

① 汪超宏主编:《屠隆集》,第三册,第210—211页。

诗文集序的书写空间。对后来的书序文作者来说，使他们因此看到，为诗文集作序，还存在着多种有待开辟的书写路径；而就读者而言，这种回避诗文内容而以其他内容来填补的书写策略的运用，为他们留存了关于书籍编著者，关于书序文作者与书籍编著者之间的交往，甚至关于某个时段的社会风俗、某个地域的风土人情等多方面的丰富信息。像极了密林里那些初开辟的小路，它们提醒后来者创辟的可能，同时又将行路人引向与往日不一样的新鲜风景。

(二)诗文观点的调整性表达

当书序文作者偏重书序文文体这个主体，却又不回避诗文方面的内容，又会采用怎样的书写策略呢？囿于书序文文体的责务，书序文作者不能毫无顾忌，并且通常还会调整自己原有的诗文观点和看法。

在屠隆撰作的诗文集序中，明确题为"制义序"的就有七篇①，事实上《梅妆馆七生社草叙》《王士全筠心草小叙》《锦春亭五子稿叙》三篇，其所序的对象仍是制义，如此算来，屠隆为制义所作的书序文竟达十篇之多。这在王世贞及其周边文人群体中并不多见。难道屠隆对制义文情有独钟吗？

事实上，自明朝建立以来，为配合中央集权统治的需要，国家采取了一系列新的政治与文化政策，其中就包括科举取士方法的改革。全国上下推行"黜词赋而进经义，略他途而重儒术"②的取士政策，并确立了程朱理学在官方思想体系中的主导地位。国家政策上的调整，致使文人学士普遍重经术而轻词赋，讲经穷理之风盛行。与此同时，与科举无关的诗歌等文学创作在人们眼中的

---

① 《徐检吾司理制义稿序》《刘博士先生制义稿序》《王同伯制义稿序》《陈子有制义序》《邹孚如制义序》《董扬明制义序》和《董君谟制义序》。

② [明]马中锡：《赠陈司训序》，《东田集》卷二，清康熙刻本。

价值和地位却遭到了重创①。并且,尊尚理学的习气影响文坛,侵蚀着诗歌等文学创作本来的抒情特性。李攀龙、王世贞等复古派成员对这种变化有着异常强烈的警觉意识,他们尊尚文学创作的抒情传统,倡言复古,其实亦是为了抵抗国家政策和社会风气的侵蚀,重塑在现实中已经严重失落的抒情这一文学创作最为本质的特征。

因此,总体倾向上推崇复古的王世贞及其周边文人群体,对制义这类科考文章向来没有好感。在他们的词典里,"博士家言""举子业""帖括""制义"等词汇与他们时时提倡的"古文辞"似乎永远是相对的一组。以李攀龙为例,王慎中在做山东学政时,对李攀龙所作的八股文十分赏识,但是李攀龙却非常厌恶八股文:"然于鳞益厌时师训诂语,学间侧弁而哦若古文辞者,诸弟子不晓何语,咸相指于鳞为'狂生'。"对于古文辞却完全不同,即便被人指为"狂生"也要坚持,不屑地回应对方曰:"吾不狂,谁当狂者?"(《李于鳞先生传》,《四部稿》卷八三)李攀龙如此,那么王世贞呢?据王世贞自述,他年十五即受《易》于山阴(今属浙江绍兴)骆行简(生卒年不详)先生,当时怕父亲责备,要揣摩应试文章,不敢将精力耗费于古诗文创作之上,"然时时取司马、班史、李、杜诗窃读之,毋论尽解,意欣然自愉快也。"②梁有誉亦是如此,他弱冠补诸

---

① 张弼《梦庵集序》:"古之为诗也易,今之为诗也难。何哉? 商、周、汉、魏弗论已,声律之学,至唐极盛,上以此而取士,士以此而进用,父兄以此教诏,师友以此讲肄,三百年间以此鼓舞震荡于一世,士皆安于濡染,习于程督。……沿及宋、元,犹以赋取士,声律固在也。我太祖高皇帝立极,治复淳古,一以经行取士,声律之学,为世长物,父兄师友摇手相戒,不惟不以此程督也,为之者不亦难乎?"([明]张弼:《东海张先生文集》卷一,明正德间刊本。)文徵明《晦庵诗话序》:"夫自朱氏之学行世,学者动以根本之论劫持士习,谓六经之外,非复有益,一涉词章,便为道病。"(周道振辑校:《文徵明集》卷一七,上海古籍出版社 1987 年版,第 469 页。)姚镆《送李生廷臣归河南序》:"国朝悬科彀士,纯用经术,诸不在六经之限者,悉从禁绝,以故百余年来,士无异习,谈经讲道,洋洋满天下。"([明]姚镆:《姚东泉文集》卷一,明嘉靖间刻本。)

② [明]王世贞著,陆洁栋、周明初批注:《艺苑卮言》,凤凰出版社 2009 年版,第 117 页。

生时也表示自己厌弃训诂、帖括之业,却沉浸于和欧大任、黎民表"以古诗文共相劘切"中。宗臣在其《陆长庚母夫人序》中也说:"予往在草莽时,则长庚时时共予治博士家语,顾非其好也,辄太息罢去,乃独亟称司马子长、杜少陵。"(《宗子相集》卷一五)汪道昆少年即慕修古,私下习读古诗文,后来在父辈的强迫下才专攻举子业,但对古诗文的喜爱始终不曾改变。这些均可见王世贞及其周边文人群体对于制义的普遍态度。

屠隆和王世贞等人的态度其实并无二致。在《高以达少参选唐诗序》中他首先说诗自《三百篇》、汉魏以后独推唐,究其原因,在于唐代的科举是以诗登士。相比之下,明王朝取士以帖括、制义,"后世毕一生之精神于帖括以应有司,何暇诗?"诗歌创作便自然不会好了。言下之意即是说制义这类科考文章影响了诗歌的发展。然后他提到了自己的亲身经历:"及吾成名,为之未晚。一旦进贤加首,辄抗颜而称诗。"①更用行动来表达了自己对制义的态度。在《浮尊集小叙》中,屠隆又说习帖括养成的毛病使文人作诗变得不伦不类,其所作诗卷,人人见而卬首捉鼻,令人生厌到急欲掷之地的地步。屠隆为此感叹到:"帖括之缚絷英雄久矣!"②于是,问题便出现了:既然屠隆不喜欢制义、帖括,认为他们束缚了文人英雄的才华,那么在面对制义类书籍时,他会怎样撰作书序文呢?

首先来看屠隆为其好友云间(今属上海)人陈子有(生卒年不详)撰作的《陈子有制义序》:

> 我高皇帝置令甲,以制义登士,士虽鸿巨大人,非制义不登,要以博综经史诸家,而出之以闳达尔雅,即以此觇其匈中

---

① 汪超宏主编:《屠隆集》,第三册,第256页。
② 汪超宏主编:《屠隆集》,第五册,第191页。

与他日之所表见。及其敝也，士务华绝根，剿一二陈言以取媚时眼，幸而遇合，即文轩华袿，意津津不啻得矣。其有好古博雅者，则世恒目以为妖。嗟哉乎，夫一二陈言，安用哉？夫尝试令今博士诸生颜行古苏、张诸君，则唾而去，不知令苏、张见今博士诸生制义，亦唾而去也。由此言之，今之鸿巨大人，盖不得与古鄙夫曲士之业论精矣。古人之业博极群籍，而今才须牍方寸尔；古者谈艺至皓首，今垂髫搦管而辄登作者之场，何相悬哉！余盖甚苦读今制义，如嚼蜡，每手一篇，或不卒业罢去矣。……子有出所为制义问叙于余，余得而卒业，则多平日所习见者。沉雄高朗，秀拔人群，是博雅好古之效也。①

在这篇书序文里，屠隆并不避谈国家以制义取士之弊，在功利的诱使下导致士人借陈言来迎合时眼，所以其所作虚妄而于事无补。同时带来的风气是读书人大都津津于此道，于古雅诗文却再也提不起兴趣。正因为此，他们所作的制义文章也让人读起来味同嚼蜡，根本读不下去。在和古人的对比中，屠隆找到了其中的原因，即时人所学所习过于褊狭。梳理原因是为寻得破解之法，于是屠隆进一步指出这种弊病是可以通过博极群籍、学习古雅来矫正的。如此就为制义这种屠隆本无好感的文体找到了可以说它好、夸赞它的一条出路。

值得注意的是，屠隆在这篇序文结尾时才正式谈及所序对象——陈子有所作的制义，并且评价也仅有简单的八个字，"沉雄高朗，秀拔人群"。至于陈子有为什么能达到这样的水平，屠隆将其归结为"博雅好古"，仍然回到了复古派的论调上。至此，屠隆的书写策略和安排就更加明确了。他本来不喜制义，但出于对书

---

① 汪超宏主编：《屠隆集》，第二册，第152页。

序文促进所序书籍及其编著者流传的文体功能的顾及,仍然需要称赞陈子有的制义文,所以屠隆利用序文前面三分之二的大部分篇幅作铺垫,比较古今士人的修养和作文,从制义的作者身上找到了原因,认为只要作者能够博雅好古,还是可以写出好的制义文的。陈子有的制义文能够出类拔萃,即在于他阅读群籍,能够效仿古雅。从这个角度来夸赞陈子有的制义,和屠隆不喜欢制义的诗文观点就不会显得矛盾了。

又如屠隆的《邹孚如制义序》:

> ……后世欲利弥增,神识弥减,不能得士于寥廓,而得士于皮毛,则一切索之以言,而士争饰以应。汉以策,则士工射策;唐以诗,则士习称诗;至我皇代以制义,则士修制义。夫三事大臣,运斗枢以酌元气;群寮牧伯,惠黔首而康四方。何与帖括哉?此老博士家业,不足以得世之神智大贤明甚,而世之神智大贤,乃往往亦以此得之。何者?士有抱非常之器,而国家以常格笼士,士虽神智,非此不登,出其土苴,亦无所办也。余友邹孚如,出奇士。为文包黄虞、周秦、东西二京,胡其洸洋阔肆也。诗综古近体,雄俊哉,气飒飒而逼人。而为人好深湛之思,不欲鲁莽苟趋时俗小名,而雅意以凝神完气,驾千秋之业。此其品,不在常调……稍取寓目,辄觉有异。再读之,又异。已而淋漓其间,乃大叹诧,几失夫夫也……故制义之业,措大为之则措大,英雄为之则英雄也。士抱非常之器,而以其雄心俯而就制义,循众途以明独造,借常格以吐奇言,托粗器以寓精理,则至矣……①

这篇制义序和《陈子有制义序》一样,指出国家以制义取士带来诸

---

① 汪超宏主编:《屠隆集》,第三册,第254页。

多弊端。不同的是,屠隆在这里提出了一个有弹性的说法。虽然以制义取士这种方式,不足以为国家挑选出神智大贤,但是由于这是进入仕途的唯一门径,所以仍然有可能纳得贤明。此说的巧妙在于,屠隆故意避开了对制义取士之法和纳得贤士之间的"必然性"和"普遍性"的讨论,而落在"可能性"上。这就为以制义这样的常格也能取得邹孚如(生卒年不详)这般有才能的奇士埋下了伏笔。

接下来,屠隆谈到了邹孚如的才气和为人,又再次利用了从制义作者本人身上去找寻合理性的书写策略。屠隆在序中坦言自己本来对制义怀有不小的偏见,但是在读到邹孚如的制义后却发现了惊喜,进而悟到:制义虽然不好,然而"措大为之则措大,英雄为之则英雄也",像邹孚如这样的英雄创作的制义便是极好的文章。最后又说"乌睹制义之不若词赋哉",作出总结。作为书序文作者,在撰作序文时顾及这种文体的功能,必要时需要隐藏或调整自己原有的诗文观点和看法,故而在诗文集序的书写中,试图说服读者的过程,其实也是自我麻痹的过程。反过来看,当书序文作者采取自我麻痹以更真切地说服读者的书写策略时,恰恰说明,书序文文体功能对作者表达个人诗文观念所造成的牵制和束缚。

屠隆的书写策略,实际上仍然保持了书序文作者原来的诗文观点,只是在细部作了可变通的解释而已。这种方法,在具体的序文书写中十分有效。屠隆《王士全筠心草小叙》亦是如此,说本来"肤壳仅存,神理几绝"的制义,因为作者的精凝、神注也可以变成"仙品"。① 而《董扬明制义序》《董君谟制义序》《梅妆馆七生社草叙》《锦春亭五子稿叙》等篇也采用了类似的书写策略。

如果说屠隆在制义序中的书写策略,多半还只是站在其原有论调上进行各种细部调整或妥协,那么王世贞在为黄省曾的诗文

---

① 汪超宏主编:《屠隆集》,第五册,第211页。

集作序时,则几乎完全隐藏了自己的真实观点。

王世贞和黄省曾在诗文主张上同中有异。比如对于古诗取法对象的选择,王世贞遵从的是自李梦阳、何景明以来以汉魏为尚的主张,追求的主要是情感真挚、雄浑质朴的诗歌风格,排斥靡丽繁芜和工巧文饰。虽然他对待六朝诗歌的态度比较宽容①,但是在他看来,六朝也只能算作是汉魏以外的一个旁支,而非宗尚效法的楷模。他说,"于古诗则知有枚乘、苏、李、曹公父子,旁及陶、谢"(《张助甫》,《四部稿》卷一二一)。屠隆也称王世贞的诗歌"炼格汉魏,借材六朝"②,在格调这个大方向上学习汉魏,于六朝则主要是材料上的借鉴。然而,或许如学者推测的那样,因为所处地域的原因③,黄省曾却恰恰对六朝的诗歌更为推崇,并且在创作实践中亦多学六朝靡丽纤巧、善于藻饰的风格。比如黄省曾曾辑录汉魏以迄唐初 63 位诗人的作品编为《诗言龙凤集》,六朝诗人陶渊明、谢灵运、鲍照、谢朓、江淹等就赫然在列④。他在《临终自传》中的自我总结更能说明这一点:"初学李太白、曹子建,次及杜甫、谢灵运。有所摹祖,宛出阙口。"(《五岳山人集》卷三八)将六朝的谢灵运与李、杜并置,作为效法的主要对象。

对黄省曾刻意学习六朝这个特点,王世贞其实早有察觉,并对其提出了批评。王世贞所作《明诗评》与钟嵘《诗品》类同,皆以

---

① 比如王世贞指出:"世人选体,往往谈西京、建安,便薄陶、谢,此似晓不晓者。毋论彼时诸公,即齐、梁纤调,李、杜变风,亦自可采。"([明]王世贞著,陆洁栋、周明初批注:《艺苑卮言》,第 11 页。)在教人师古之法时,王世贞又表示:"今宜但取《三百篇》及汉、魏、晋、宋,初盛唐名家语熟玩之,使胸次悠然有融浃处,方始命笔。"([明]王世贞:《徐孟孺》,《续稿》卷一八二。)
② [明]屠隆:《与王元美先生》,汪超宏主编:《屠隆集》,第二册,第 207 页。
③ 参见郑利华《黄省曾、黄姬水父子与七子派诗论比较——吴中文士于明中叶复古思潮融合与变异的一个侧面》,《中国文学研究》(第九辑),2007 年,第 97—120 页。
④ 参见[明]黄省曾《小序六十三首》,《五岳山人集》卷二七,明嘉靖间刻万历间补刻本。(以下凡引此书皆随文括注卷数。)

卷次的先后来反映诗人成就之高下,在此书中,他仅将黄省曾安排到了卷四,与刘基、王守仁、于谦(1398—1457)、李东阳等久负盛名但又颇为王世贞贬抑者并置。并且,王世贞在《明诗评》中还评价黄省曾:"诗刻意六朝诸家,缀集华丽之语,联以艰深之法。如乱石垛叠,远望郁然,纵横难上。又如阊门肆中,五彩眩目,原非珍品。"①直接批评其学习六朝,作诗连缀华词丽句而已,如同乱石堆叠成山,经不起细读和深味。在另一篇写给王文禄(1503—1586?)的回信中评述明初以来诗歌风气的变化时,亦连及黄省曾:"国初诸公承元习,一变也,其才雄,其学博,其失冗而易,东里再变之,稍有则矣,旨则浅,质则薄。献吉三变之,复古矣,其流弊蹈而使人厌,勉之诸公四变而六朝,其情辞丽矣,其失靡而浮。"(《答王贡士文禄》,《四部稿》卷一二七)对黄省曾的评价以贬抑为主,并且不无讥诮之意。在《艺苑卮言》中,王世贞又说:"黄勉之如假山池,虽尔华整,大费人力",指其诗"出潘、陆、任、庾,整丽而不圆"②。翻来覆去,其实皆在指摘黄省曾作诗浸染六朝之风,多刻镂堆砌、清靡浮艳的弊病。

然而,当王世贞为黄省曾《五岳黄山人集》撰作书序文时,态度却显得相当微妙:

> 余少则闻吾吴有五岳黄先生者,多识而娴辞,盖彬彬成一家言云。晚而辱与先生之子姬水游,又辱不鄙而以先生之集来读之,而愧余之未尽于闻也。先生挺人杰之资,当舞象日,固已田白氏之薮而渔猎之,一下笔而屈其豪贤长者,即王少傅、乔太宰不敢称前进而交先生。先生意不怿,以书贽北地李献吉,相与扬拔,自六代、西京而下,距嘉靖二千载,如指

---

① [明]王世贞:《明诗评》卷四,[明]沈节甫辑:《纪录汇编》,明万历间刻本。
② [明]王世贞著,陆洁栋、周明初批注:《艺苑卮言》,第82、73页。

掌也。……先生高其德而弗耀，卑其功而弗试，其言之通于德与功者又秘弗出。仅以其余而应天下，天下亦遂以先生之余而尽先生。呜呼！先生岂易尽哉！评者谓先生骚赋似枚、扬，语苑似向诗，传似韩论，难似充，碑诔出东京间以六代。五言古出建安、二谢，下沿齐梁。七言歌行出乐府，时时青莲之致。近体出景龙，杂大历以后。尚裁者服其法，务宏者赏其博，偏致者惊其漫，独创者病其拟，而要之俱非能尽先生者。余所谓尽，盖先生之言，标德而蕴功之言也。蔡中郎获《论衡》，秘而日取之以自益。先生集既行，余无所从秘矣，将与天下后世共称之而已。（《四部稿》卷六六）

王世贞先提出自己眼中君子的标准需要文与质兼备，认为多识而辞娴的黄省曾正是彬彬君子的典范。继而谈到黄省曾所学之广博，既从复古派的李梦阳学诗，又从倡言心学的王守仁问道。并且，如此博学的黄省曾本性又极为谦逊、毫不张扬，所以世人能够见到的不过是他撰作中的九牛一毛罢了。到此，王世贞对黄省曾几乎全是欣赏和赞扬。正因为已经铺垫了黄省曾谦逊所以不易为世人看见和了解，接下来，王世贞列举了其他人对黄省曾的各种评价。从总体上看，仍然是在夸赞黄省曾，虽然中间有"独创者病其拟"这样的话，但是夹杂其中并不明显，亦谈不上特别的针砭，何况"独创者"本身的视角也未必客观。序文行到末尾，王世贞才缀上了自己简短的看法，说黄省曾之言是"标德而蕴功之言"，其实已经不在艺术评价范畴之内了，客套的成分更大。最后又说如今黄省曾的诗文集得以刊行，自己将与天下后世共同来分享和欣赏他的作品，进一步凸显王世贞对黄省曾的认同和赞扬。

很明显，王世贞在为黄省曾撰作书序文时，其本来对黄省曾诗文浸染六朝藻丽之风的指摘态度分毫不见，或者说被王世贞巧妙地隐藏了起来。如果单是阅读这篇书序文，并未和他在《明诗评《艺苑卮言》中的书写相对读，很有可能对他的真实看法和态度产生误判。这便是书序文的文体责务带来的书写效果。在撰作《五岳黄山人集序》时，王世贞对于书序文文体这个主体的考量显然多于对诗文集类书籍主体的关照，故而他对黄省曾诗文的批评态度亦因为对序文文体责务的顾忌，作出了很大程度的调整。

对于王世贞等名家来说，时常会遇到诗文风格各异的书籍编著者前来请序。比如向王世贞请序的书籍编著者中，除了倾向于诗文复古的吴国伦、胡应麟等，还有与其不同论调的唐宋派唐顺之的门人姜宝，有厌弃复古摹拟而主张诗本性情的王叔承等。向屠隆请序的书籍编著者中有复古同盟中的王世懋、欧大任，也有主张自适的梁辰鱼（1519—1591）和一直主动疏离王世贞等人的汤显祖。出于对书序文文体责务的顾虑，他们在作序时，常常不得不隐藏或调整其本来的诗文观点和看法。这对书序文作者来说确实是不小的挑战。它需要书序文作者发挥多样的书写策略腾挪应酬，有时为了表达效果的真实，甚至会在诗文集序的书写过程中将自己暂时催眠，首先让自己"相信"。

在王世贞等人撰作的书序文里，我们发现，面对不同旨趣的书籍编著者，他们往往发表不同甚至完全相左的言论。有学者将这种现象的原因归为万历时期这些人"门户意识的消解"[①]，具有一定的合理性。但是，倘若还能观照到书序文文体的角度，看到文体责务对书序文作者表达诗文观点的牵制，对这种现象就能有更为全面的理解。同时这种现象也启发我们不能因为诗文集序中出现某种少见的观点，就轻易判断为书序文作者在诗文主张上的"新变"或"异调"，是打破其原有诗文观念的一声"呐喊"。所以，在借用诗文集序中的材料时尤其需要考虑书写的复杂性，仔

---

① 孙学堂：《崇古理念的淡退——王世贞与十六世纪文学思想》，天津古籍出版社 2004 年版，第 235 页。

细辨识真相。

如王世贞尽管在作于万历十年(1582)的《邹黄州鹪鹩集序》中提出了"有真我而后有真诗"的说法,但不能因此就断言王世贞彼时已经有性灵派诸人的思想了。这极有可能只是他顾及书序文文体的责务而作出的诗文观点的调整。毕竟王世贞所言的"真"和袁宏道(1568—1610)等人"最初一念之本心"的"真",仍然相隔一尘。同样的道理,如果只因为屠隆在《玉茗堂文集序》中夸赞汤显祖的"洒然自适",就说"如果说《与王元美先生书》是他加入文学复古思潮的申请书,那么《玉茗堂文集序》,则是他交给文学解放思潮的投降书。历史就以这份投降书宣告了明中叶文学复古思潮的终结。"①恐怕也过于草率。可见对于书序文文体本身的特点和功能责务的思考,是必不可少的。

需要说明的是,以上讨论的诗文集类书籍,其实指那些专门收录诗或文,或诗文作品兼收的书籍。它包括个人诗文作品的合集,也包括多人诗文作品的合集。同时,在此基础上还有一类收录广泛而庞杂的合集。它所收录的作品以诗文为主,还包括杂说、诗话、曲话等多种类型的作品,比如徐阶所著《世经堂集》、王世贞所著《弇州山人四部稿》等。面对这类收录广泛而庞杂的合集,书序文作者在写作时,很难兼顾到各种类型的文学作品,所以常用的书写策略大体上有三种。

一是避开书籍内容,集中论书籍编著者的学识才情、个人的特殊经历,甚至书序文作者与书籍编著者的具体交往等内容。譬如在为包罗俞允文所著赋、诗、文等各类作品的《俞仲蔚集》撰作书序文时,王世贞便主要谈俞允文其人的经历,以及他们之间深厚密切的交谊。在为乔宇(生卒年不详)所著《乔庄简公集》作序时,王世贞则主要谈乔宇的政绩和才干。

---

① 成复旺:《新编中国文学理论史》,中国人民大学出版社2010年版,第140页。

二是大而化之,对书中作品进行笼统概括的评述。正如胡应麟在《弇州先生四部稿序》中所表现的那样,他称许王世贞的作品:"合宫衢室,轩豁其规模;大吕云门,邕合其音调……何体弗备,何格弗苞,何意弗规,何法弗典,何辞弗铸,何理弗融,何今弗离,何古弗合。……先生之于斯术也,可谓至矣,极矣,美善尽矣,蔑以加矣。三代六经,既玄既邈,不有先生,孰与集文章之大成哉!"(《少室山房集》卷八一)我们无意追究胡应麟对王世贞的推崇是否夸大其实,显而易见的是,这连篇累牍的赞美无关巨细,它并不针对《四部稿》中的具体文体或王世贞独特的观点和才能,而只是要作出一个综合概括的评价,认为王世贞学识广博,所作诸体兼备,堪称集大成者。

三是只就主体部分的诗文加以评述。那么,在此情况下,这种合集,就可以和诗文集类书籍归并到一起,诗文集类书序文的各种书写策略也与之相通。如汪道昆于万历十九年(1591)为胡应麟所著包括诗文评等作品在内的《少室山房四稿》撰作的序文,便从取材和取法两方面评价胡应麟的诗文:"其取材也无非材,其取法也无非法,能阖能辟,能玄能黄,能睢盱能萌芽,能倏忽能混沌,能雕能朴,能纯能常,能正能奇,能变能合,能王能伯,能侠能儒,左右无不有,无不宜,有之似之,固其所也。"①

可见,这类以诗文为主体兼及众体的合集的书序文中也会有书序文作者诗文观点的呈现。不过,其书写策略相对单一,且与本节讨论的诗文集序有重叠之处,故这里仅将其附于诗文集类书序文后,不作深入的探析。

第二节 学术书籍类书序文

"学术"这一概念涵括面广。由于"学术"包蕴的内容类别众

---

① [明]汪道昆:《少室山房四稿序》,胡益民、余国庆点校:《太函集》,第567页。

多,范围较大,长期以来许多相关著作在论及这个概念时往往含糊其辞。梁启超是少有的对"学术"概念作过细致分析的学者,他在《学与术》一文中说:

> 试语其概要,则学也者,观察事物而发明其真理也;术也者,取所发明之真理而致诸用者也。例如以石投水则沉,投以木则浮。观察此事实,以证明水之有浮力,此物理也。应用此真理以驾驶船舶,则航海术也。……学者术之体,术者学之用,二者如辅车相依而不可离。①

可见,梁启超解释"学术"的方法是将"学"与"术"分开,"学"指向的是理论知识,而"术"则指向实际应用。这种看似比较科学缜密的分析,实则是用近代人的认知概念来诠释传统词汇,和传统意义上"学术"的内涵已有了相当的距离。回到古代语境,我们发现在传统意义的"学术"中,"学"与"术"并没有分开,而是同义词语的重叠,"学"为"学识","术"乃"道术",二者是并列的关系,所以在古代典籍中有时也被写作"术学"。例如《史记·张丞相列传》,太史公曰:"申屠嘉可谓刚毅守节矣,然无术学。"②《汉书·车千秋传》称车千秋(?—前77)"无他材能术学"③等。

大体看来,中国古代典籍里时常出现的"学术"一词,往往是一切学问的统称,尤其指"即器以明道"的形而上的认识,故又称"道术"。《庄子·天下》篇在言及晚周学术多歧时,即有"道术将为天下裂"④的著名论断。后来《隋书·高祖纪》中称杨坚(541—

---

① 梁启超:《学与术》,刘梦溪:《中国现代学术经典·梁启超卷》,河北教育出版社 1996 年版,第 723 页。
② [汉]司马迁:《史记》,凤凰出版社 2012 年版,第 417 页。
③ [汉]班固著,王继如主编:《汉书今注》,凤凰出版社 2013 年版,第 1677 页。
④ [清]郭庆藩集释,王孝鱼点校:《庄子集释》,中华书局 2013 年版,第 937 页。

604):"天性沉猜,素无学术"①,《旧唐书·杜暹传》中评价杜暹(? —740)"素无学术,每当朝谈议,涉于浅近"②等,其中提到的"学术"也有类似的意涵。综合观之,"学术"在古代典籍里是指那些专门性的、系统性的、形而上的学问,它包含各个学科领域,如经学、史学、天文、地理、医学等。

就本书考察的王世贞及其周边文人群体而言,经学、史学以及其他学问的学术类书籍,和诗文集等类型的书籍显然并不属于同一系统,书序文的写作也有所区别。书序文作者对待这些不同类型的书籍于观念上的差别可以从其文集的编目中见出。

譬如李维桢自为编订的《大泌山房集》,在所收书序文中就将学术类书籍序和其他类型的书籍序划分开来,置于不同的卷内。卷七至卷二六所收全为书序文,其中卷七至卷九这前三卷基本皆是为经学、史学等学术类书籍撰作的书序文,卷十以后是诗文集序。说明在李维桢看来,为学术类书籍作序和为诗文集等类型的书籍作序,确乎存在某种区别。然而,这种区别是什么?这种区别投射到序文书写中,会呈现出怎样的书写策略?或者说,书序文作者在为学术类书籍撰序时,在书写策略上具有怎样的特点?

实际上,为学术类书籍撰作书序文,书序文作者面对的仍然是两个主体,即学术类书籍和书序文文体。因此,书序文作者在序文撰作中仍然可能出现钟摆式的状况,即有时会更加在意学术类书籍这个主体,有时则会更为顾及书序文的文体功能。书序文作者需要处理与这两个主体之间的关系问题。呈现在书写策略上便出现了两种主要的倾向:一种是偏向学术类书籍内容的书写策略,一种则是偏向书序文文体功能的书写策略。

---

① [唐]魏征等:《隋书·高祖下》,中华书局1973年版,第13页。
② [后晋]刘昫等:《旧唐书》,中华书局1975年版,第3076页。

一、侧重书籍内容时的论学展现

(一)学术观点的展现

为学术类书籍撰作书序文,虽然面临的是学术类书籍和书序文文体两个主体,但后者属于文体规范,前者关乎书写内容,相对而言,学术类书籍这个主体更容易首先吸引书序文作者的注意力,带有明显的"目标效应"。同时学术类书籍这个主体带来一个醒目的写作线索——学术,类似于预先提示书序文作者,从学术内容方面撰作序文是一条显见而可行的路径。而书序文作者将这条路径落实到序文撰作中时,比较典型的书写策略即是在序文中谈论相关的学术问题,评价所序书籍在学术方面的得失,展现自己的学术观点等。

司训王某为朋友施君撰作的《周易辩疑》向王世贞请序,王世贞在这篇《周易辩疑序》中说,其实早在为孙汝化(生卒年不详)的《易说》作序时,自己就有了一些相关思考:"《易》之冠六经久矣。秦存之以筮家而小,汉衍之以训故而支,晋出之以意解而遥,明束之以时制而浅,盖至于今,愈盛愈去其真矣。"认为无论从秦时将《易》置于筮家之下,汉代以训诂的方式解《易》,还是到晋代以"忘象以求意"的方式去解《易》,而明代又将之纳入科考的范畴,总的来说,这些做法都使《易》愈发偏离其本真。可见,王世贞对易学在各个时代之得失皆有非常清楚的把握和概括。而关于施君这部《周易辩疑》,他也提出了独到的评价:"将《易》者,易也,随时变易以从道也。君所为说,非有绌乎筮家,然微而入于理;非不关于意解,然显而周乎象;非不根之训故,然指要而删其蔓;非不工于时制,然得意而超乎筌。君所为《易》,非君之《易》,羲文以至于今,彻上下之《易》也。"(《续稿》卷四〇)敏锐地看到了施君此书较之以往《易》学研究更加变化浑融,更合符《易》之本质的优点。

《老子指归》是记录西汉末年的道学家严君平(前73?—前

17?)哲学思想的一部著作,刘凤曾为此书作《严君平老子指归序》。在这篇书序文里,刘凤谈到老子的道学兴起之后,引得众人倾慕的同时亦出现了各种问题:"故有以柔弱胜刚强而为兵权之谲者,取彼险武附于诈谋;有以刍狗万物而为申、韩之刻者,绝尘去智以愚齐民;有以清净无为而为盖公知言者,慎守其常用以宁一,则曹承相辅,汉一代之治是也;有以谷神不死而为神仙长年之术者,则推本柱下,原于《道德》,《关尹书》之类,遂为玄谈之宗。然其所述者,皆老之支流,非其全体。"这其中有人将老子以柔克刚之说理解为兵权诡道,于是取其险武为诈谋;有的将刍狗万物理解为法家申不害、韩非那样的刻薄无情,以权术玩弄性命于股掌,所以杜绝尘世、反对智慧,只能愚昧百姓;也有将清静无为理解为盖公的黄老之说,讲求慎守无为、与民休息,这正是汉代治理国家的依归;还有的将谷神不死理解为神仙长生之术,推原至《道德经》,于是《关尹书》中的内容成了后来玄谈的宗旨。在刘凤看来,他们大都是凭借各自的揣测阐释《老子》,最多只能算作老子道学的支流,根本无法概括其全貌。而严君平的《老子指归》又是怎样的呢?对此,刘凤评价说:"抑君平之书则大有类司马季主者矣,盖皆怀道不仕,敦贲丘园,上述天道,下纪地理,中极人事,究观邃古,览穷后世……造化付形,随所克具,其新不穷而机不可测,虽以释训名,故自为一家言。"(《刘子威集》卷八)归纳了该书在学术研究方面从天道、地理、人事、古今全方位多角度地深刻解析老子之学的优点,并给予了充分的肯定。

由于书序文作者拥有深厚的学养以及丰富的实践经验等,在为学术类书籍撰作书序文时,发表的评论和见解常常独具慧眼,一语中的。在当时甚至此后,这些见地仍然为人所认同并被反复援引。

徐中行为凌稚隆(生卒年不详)辑《史记评林》撰作书序时,提出了这样的看法:

夫《易》始庖牺，《诗》逮列国，及《礼》《乐》之治神人，何者非事，何者非言，何者非记而不谓之史？故《易》长于史，《诗》陈于史，《礼》《乐》诏于史。老聃居柱下，夫子就翻十二经，经藏于史，尚矣！第圣人所删述者，则尊之为经，宁独《尚书》《春秋》乎哉！即以《史记》本之《尚书》而详于《春秋》，其亦史迁之所以作乎始。①

在徐中行看来，《易》始于庖牺氏作八卦，《诗》出自列国，《礼》《乐》撰自神人，从根源上看，他们都属于记事和记言。按照这样的逻辑，《易》《诗》等被人们视为经的典籍其实都应该是史。为此他还举出《庄子》中记载的孔子见老子欲将六经置于史之下的事情作佐证，认为六经本就是史，是因为经过圣人的删述，带有圣人的光环，才被尊为经。徐中行这种以六经本为史的观点虽然并非首创，但可以说，它与王守仁"五经亦只是史"②、何景明"天下皆事也，而理征焉，是以经史者皆纪事之书也"(《大复集》卷三四)等，共同代表着明人在思想认识上从"荣经陋史"到"六经皆史"的变化③。这就难怪，研究者在谈到经史关系在明代中后期的变化时，经常会援引徐中行这篇《史记评林序》。清代章学诚"盈盈天地间，凡涉著作之林，皆是史学"④等亦是此观点的流变。

《尚书日记》是明人王樵（生卒年不详）编著的一本关于《尚书》研究的学术著作，书中观点主要源于南宋蔡沈（1167—1230）的《书集传》，在制度名物方面，对于《书集传》所未详者，则采旧说

---

① 王群栗点校：《徐中行集》，浙江古籍出版社2012年版，第327页。
② ［明］王守仁著，萧无陂校释：《传习录校释》，岳麓书社2012年版，第31页。
③ 参见向燕南《从"荣经陋史"到"六经皆史"——宋明经史关系说的演化及意义之探讨》，《史学理论研究》2001年第4期。
④ ［清］章学诚著，刘公纯标点：《报孙渊如书》，《文史通义》外篇三，古籍出版社1956年版，第312页。

予以补充。此书还取金履祥(1232—1303)《通鉴前编》所载,凡有关当时事迹的地方,皆悉为采入。可以说,编著者王樵着实下了一番功夫。王樵特意请李维桢为其撰序。李维桢向来以博闻强记为人称道,他在史馆中与当时的尚书许国(1527—1596)齐名,史馆中为之语曰:"记不得,问老许;做不得,问小李。"①对于《尚书》研究,李维桢也是颇有心得。他在这篇《尚书日记序》中说到:"《书》有古文、今文,今之解《书》者又有古义、时义。《书传会选》以下数十家,是为古义。而经生科举之文不尽用。《书经大全》以下主蔡氏而为之说者,坊肆所盛行亦数十家,是为时义。"指出当时治《尚书》者实际上已经分作两派,一派衍自《书传会选》,治古义;而另一派则从明成祖敕编《书传大全》,明文规定科举考试只用蔡传后衍生而出,他们在书坊、书肆间盛行,备受科考学子的追捧,治时义。对李维桢的这种认识,《四库全书总目提要》有评价曰:"其言足括明一代之经术"②,亦不算过誉。李维桢对于王樵这部《尚书日记》的看法是:"王中丞公《日记》衷录百家训故,于经旨多所发明,而亦可用于科举之文。"言简意赅地指出该书兼具治《尚书》两派之优长,此评价"尤适得是书之分量,皆确论云"。③

值得注意的是,同样是表达书序文作者的观点,为诗文集类书籍作序,对于所序书籍及其编著者,批评的情况少之又少,书序文作者通常会表现出推崇和赞扬的态度。但是,在为学术类书籍作序时,书序文作者的表现就大为不同了。

首先,在为学术类书籍作序时,书序文作者更愿意展示自己不同于他人的观点和意见。譬如以上提及的徐中行为凌稚隆撰作的《史记评林序》:

---

① [清]张廷玉等:《明史·李维桢传》,中华书局1974年版,第4859页。
② [清]永瑢等撰:《四库全书总目提要》,第229页。
③ 同上。

> 乃余之论则颇异于诸家：迁之自叙远追于二正，近承乎五百，而绀石室金匮，绍明世，正《易传》，继《春秋》，本《诗》《书》《礼》《乐》之际而自任，见于言表，何其狂也。六艺各为一经，夫子且述而不作，迁各序其所长，乃猎涉其事为三十篇，成一家之言，协异传而齐杂说，将尽三千年事，以俟后圣君子，不自掩乎阙如，何其简也！若在孔氏之门，其亦裁于进取之列矣乎。盖其乱臣贼子作，夫子志在《春秋》，上行天子之道，以知我罪我自任，文成数万，事指数千，褒贬于一字之间，而游夏不能赞者，其义则独取，非概因乎旧史也。故本鲁国一儒，而迁为立于世家，其曰："虽不能至，然心向往之"，其志可知已。又以言六艺者必折中于夫子，其义可知已。乃志继麟止，则上历于皇帝而变其编年，各自以为义，前无所袭，后以为法而与左氏传语，皆为百世不可废，非命世之才，其孰能与于斯？余之所与者，志也，义也，而才非所论矣。彼狂简者，其才不庶几哉！讥于乡愿而为其所短，裁于圣人则必有所长，要之于猥加一等矣。迁实史之狂简，而班固又其次也。《史记》体裁既立，固因之而成书，不过稍变一二，诚易为力者耳。……①

当时大多数人认为司马迁所著《史记》虽然存在残缺之处，但已经作到了各体皆备，甚至有人浮夸地说《史记》已然尽善尽美。可以说，当时整个社会对《史记》存在着一边倒的极力推崇的倾向。在此情况下，徐中行却说"余之论则颇异于诸家"，并不隐瞒其真实想法，直言自己的不同意见。

他认为司马迁在其《太史公自序》中，追溯其远祖为颛顼时的南正和北正，立志担负正《易传》而继《春秋》的重任等，简直太过

---

① 王群栗点校：《徐中行集》，第 327 页。

狂妄了。而关于六艺,孔子尚且述而不作,而司马迁却敢序六艺各自所长,成一家之言,又可见其简率。然后,徐中行转而谈到孔子,指出孔子关注的是天子之道,将心力全部寄托于《春秋》,以知我罪我自任。孔子虽然只是一介儒者,司马迁却为其立《孔子世家》,可见他将孔子视为楷模,具有孔子那样的志向。司马迁又说"六艺者必折中于夫子",可见他和孔子在"义"上的追求也是一致的。

事实上,凌稚隆辑《史记评林》一书中收录的各种关于《史记》的品评,大都从章法结构、叙事手法、人物刻画、写作风格等角度来挖掘《史记》的文学意义[①]。但在徐中行看来,这些品评关注的都是司马迁之才,这样仅从文学的角度去评论《史记》,远远不能理解司马迁撰作《史记》的根本动机与深刻意义。那么如何才能真正把握《史记》的真实意旨呢? 徐中行回答说,"志"与"义"而已。体会到司马迁的"志"和"义"才算是抓住了《史记》的精髓,即以孔子为楷模之志,行《春秋》褒贬之义。此时,如果我们将"狂""简"与"志""义"四字联系起来即可发现,徐中行最开始以"狂""简"来评价司马迁也并非批评,而是为引出自己的不同观点。试想孔子以鲁地一儒而欲行天子之道,不亦狂乎?《春秋》载录史事能以一字寓褒贬,不亦简乎? 如此,徐中行就将司马迁与孔子、《史记》与《春秋》联系在了一起,相提并论。这样看来,徐中行之论才是对司马迁及其《史记》最高的赞扬。无论说司马迁狂简,还是从"志"与"义"的角度去理解《史记》,徐中行的这些看法,和当时人们一味称赞司马迁,仅跟风从文学的角度去解读《史记》相较,确实有着霄壤之别,不失为一种独具慧眼的新颖论调。

表达不同的观点和见解之外,更为突出的是,在为学术类书

---

① 参见张新科《〈史记〉文学经典化的重要途径——以明代评点为例》,《文史哲》2014 年第 3 期。

籍作序时，书序文作者在序文中敢于就某个学术问题与书籍编著者展开公开的辩论。《五经翼》是蔡伯华（生卒年不详）集《乾坤凿度》《竹书纪年》《汲冢周书》《离骚》以及《大戴礼记》五部书籍而成的汇编类学术书籍。李维桢在为此书作序时，专门提到了蔡伯华和自己的一次争论：

> 伯华又尝与不佞言："宋儒精性命之理而不娴于文，世以文章名者或不检于理。"不佞则谓："理无二歧而事变无穷，理精微难窥而事条绪易见。谈理之文，上者为经，次者为子。经何事不该，何文不工？子之理逊经，或失则迂，或失则凿，或失则妄，而文因之。纪事之文是为诸史，无论其理，若何而文，往往成章。《周书》与《纪年》，纪事者也，略其理而论其事，其文十不失一。《大戴礼》，就事而谈理者也，其文十不得五；《凿度》，无经之理而伪为经者也，文最下。四家皆以经行其短。惟《骚》出《三百篇》后，理不必经与子，事不必史而自为文一体，前无袭，后无加焉，汉儒尊为经而宋儒黜之，宋之文可知已。"伯华曰："子之推《骚》也，楚人相为游扬耳。非余所以翼经意也。虽然，论文而以谈理纪事，差次高下，则诚辨矣。"书其言与博览者商之。（《大泌山房集》卷七）

在蔡伯华看来，宋儒做不好文章皆因他们深陷于对性命之理的探求，所以他得出的结论便是文章做得好的人往往对于谈理都不太在意，"理"与"文"是相互冲突的。对于蔡伯华的这个观点，李维桢表示无法认同。他说，谈理最好的是经，其次为子，经可以统摄万事，文辞精善。子在说理上逊于经，但其文采还算不错。纪事之文即是各种史，无论谈什么理，以怎样的形式行文，往往皆可成章。然后李维桢逐一评说《五经翼》所收之书，认为《汲冢周书》与《竹书纪年》不谈理，主要是纪事，在行文上十不失一。《大戴礼记》是就事而谈理,在行文上十不得其五;而《乾坤凿度》实际上是谈理却伪装成经,行文也是最差的。这四家都以经行其短,唯有《诗经》之后而出的《离骚》,谈理时不必非为经与子,纪事也不必非为史,其文却能自成一体。这样好的《离骚》,被汉儒尊为经,但却被宋儒摒弃了,宋代的文章是什么水平也就可想而知。蔡伯华对李维桢的说法亦不敢苟同,认为李维桢只是因为其为楚地人,便偏袒《离骚》,李维桢这种说法违背了自己编《五经翼》的本意。

李、蔡二人的争论非常激烈,各执己见。虽然蔡伯华已经指出李维桢的观点离他编书的本意相去甚远,但是李维桢仿佛并不服气。他仍然坚持《离骚》是五部著作中最理想的范本。最后,在这篇序文的末尾,李维桢说"书其言与博览者商之",意在让读者来论个公道。可见,李、蔡二人在学术问题上都非常坚持自己的观点,互不相让。尤其是李维桢,作为书序文作者,在这段争辩之前他已经交代了蔡伯华编书的缘由,对其中的五部典籍各自的特点亦有所介绍和评骘,按常理这篇序文已可以顺利作结。但是李维桢却刻意记述了他们之间的不同意见,在书写上也丝毫没有取悦、迎合对方的意思。

《明史》对李维桢的评价是"维桢为人,乐易阔达,宾客杂进。其文章,弘肆有才气,海内请求者无虚日,能屈曲以副其所望。碑版之文,照耀四裔。门下士招富人大贾,受取金钱,代为请乞,亦应之无倦。负重名垂四十年,然文多率意应酬,品格不能高也。"①为人如此乐易阔达的李维桢,在为这部学术书籍作序时,仿佛变了一副模样。这愈加说明,为学术类书籍撰作序文确实有其特殊性。如果书序文作者更加在意学术类书籍这个主体,他们在表达个人的学术观点时,就会更加看重和追求表达的真实性。

张国刚、乔治忠所著《中国学术史》在导论部分说:"学术的根

---

① [清]张廷玉等:《明史·李维桢传》,第4859页。

本精神是摈弃盲从、迷信和狭隘短视的趋利欲念,追求理性认识的真理性,因而成为人类精神文明的精粹部分,学术活动具有最稳固和最能获得公认的正义性质。"[①]可知,求真是学术研究最珍贵的灵魂。这样看来,徐中行在书序文中直白地阐述自己的不同见解,李维桢在书序文中如实记录了他和所序书籍作者的学术观点之争,其实质正是一种学术的求真。

可以说,当书序文作者更加关注学术类书籍这个主体时,后者对书序文作者的书写策略形成强大的牵制力。它促使书序文作者带着谨严的学术态度,在笔下序文书写中直接表达自己的学术观点和见解。这些学术观点和见解极有可能与书籍编著者或者大多数人不尽相同,但书序文作者不仅不会隐藏反而直言不讳,甚至引发争论,并且乐于在序文中呈现这种争论。于是,在为学术类书籍撰作的序文中,就会出现书序文作者以表达自己的学术观点为重心,而几乎不考虑书序文文体责务的情况。事实上,这类书序文就不仅仅只是一篇单纯的序文,它和讨论学术的论学文具有了相同的意义。

(二)学术史的梳理

学术研究,大致包括两个方面:一方面是对新知识的发现,提出新的观点,另一方面则是对已有知识的整理、分析和探索。在王世贞及其周边文人群体撰作的学术类书籍序中,除了书序文作者新观点的提出和展现外,还有大量对以往学术史的回顾和梳理。察往而知今,这实际上是学术讨论的一种重要规范。这种梳理也能为评价所序书籍在学术研究上的成就和地位找到历史的基础或依据。

在王世贞及其周边文人群体中,胡应麟的学术成就较为突出,但他却极少为学术类书籍撰作序文,《羲苍漫语序》是其中为

---

① 张国刚、乔治忠:《中国学术史》,东方出版中心2002年版,第5页。

数不多的一篇:

> 自仲尼出而六籍传,自六籍湮而诸子作。不佞幼则沈酣四部,博考古今,窃谓子书之变,大概有三:春秋战国,文不在经而在子,子不在儒术而在百家;汉晋而下,文不在子而在史,子不在百家而在二氏;唐宋而下,文不在子而在集,子不在二氏而在诸儒。故夫战国而上之为子者,子以文;唐宋而下之为子者,子以理。盖文与世污隆,而理弗以代为升降故也。明兴而子以文著,则刘青田之《郁离》,崔相台之《士翼》,以理显,则薛河汾之《口录》,罗豫章之《困知》,自余彬彬未易指屈。庆历以还,谈文者盛,纪述谈理者眇,见闻著作既诎焉。(《少室山房集》卷八三)

《羲苍漫语》一书已佚,但据胡应麟此序来看,应该是羲苍先生所著的一本关于"宇宙之穷际,元会之运行,阴阳之屈伸,以及圣真贤喆之吁谟,皇王帝霸之经略"(《羲苍漫语序》)等的学术性子书。在这篇序文里,胡应麟梳理了有关子书之变的历史。从春秋战国时期的诸子百家,到汉晋以后的佛、道二家,以至唐宋而后。通过这段学术史的梳理,胡应麟看到一个规律,即文随着时代的变化而变化,但是理却没有因为时代的升降而受到影响。就明代而言,胡应麟区分了以文而著名的子书和以理而著名的子书。自宋代庆历以后,谈文的子书逐渐兴盛起来,纪述谈理的极少,而谈见闻的著作则消失殆尽。

这种梳理非常清晰地呈现了子书在各个时间段的发展情况。并且学术史的梳理,在序文的构思层面,对书序文作者胡应麟来说也是一次很好的整理和思考的机会,便于加深认识,总结规律。然而更为重要的是,它在序文的表述层面为胡应麟对《羲苍漫语》的认识打下了坚实的基础。所以,胡应麟在下文中评价《羲苍漫语》"庶几乎剂文与理有之矣",称其得文采与说理之兼美,就很见根柢,是理性思考后的认识,而非信口开河,使得这篇书序文更加接近论学文的严谨。

王世贞曾为大梁(今属河南开封)人周灌甫(生卒年不详)的学术类书籍《六经稽疑》作序:

> ……夫以孔子删述之教,昭明如日星,而所从诸弟子,不得尽其精神心术之微,而各以其习识为传训,盖一二传而愈失之。中间烬于秦,蚀于壁,亥豕鲁鱼于传写,则毋论其意义而已,于文有不能尽通者。于是汉儒之注疏起,圣人之迹赖以存,而圣人之心亦日以晦。盖历千余年,而后程氏出,若能独发圣人之心而骎骎乎上接其统。朱氏益加精焉,以至胡、蔡、陈皓诸巨儒,咸有所训故。圣人之心固寄以不晦,而于辞与事亦有所不能尽合者。明兴,文皇帝大集馆阁臣,修五经四子业,而一时浅儒因循乎旧,而不能有所折衷。虽百年来学士大夫资以进取,而高明之俊直揭建牙以相胜,博雅之伦间指一二异同以示别,盖迨于今,尚纷纷焉。……(《续稿》卷五一)

在陈述了周灌甫《六经稽疑》的创作由来后,王世贞从孔子的时代起,详细梳理了六经的学术史。从孔子删书而来,六经灿若繁星,但是传下来的内容只有十分之一二。后来六经又毁于秦火,藏于孔壁又遭腐蚀,再加上传写过程中造成的谬误,其文字已无法读通。自汉儒开始有了六经的注疏,六经的形貌才得以存留下来,但是孔子本来的意旨却也因此变得越来越模糊。千余年后的宋代,程颢(1032—1085)、程颐(1033—1107)兄弟能够发掘孔子的本意,而朱熹(1130—1200)在二程的基础上对六经的把握更加精当。然而,孔子的本意虽然明晰了,六经在辞与事方面却仍有差漏。到了明代,开始大修五经四子之业,但当时的浅薄之儒只知因循,不能折衷,所以始终难有创见。

在这段学术史的梳理中,随着时间的行进,王世贞实际上是一边梳理一边评论各个时段的得失。几乎完整地展现了六经自孔子以来到明代的发展状况。在这种细致的梳理中,王世贞对整个经学的发展有着非常清醒的认识,所以在裁汰周灌甫这部《六经稽疑》时,他秉着"苟其是,则不以世之所忽遗者而废吾是;苟其非,则不以世之所趣沿者而废吾非"的原则,坚持己见,就不是率意而为了。

为学术类书籍撰作书序文时,如果说书序文作者学术观点的表达负责的是"论"的部分,那么学术史的梳理则担当了"史"的部分。既然有"史"有"论",那么,它和论学文其实并无太大的不同,它不仅在内容上具有论学文的性质,在学术讨论的方式上也做到了论学文那样的"史""论"结合。另外,需要说明的是,和学术观点的展现一样,王世贞等书序文作者在为学术类书籍撰作序文时,学术史的梳理也并非只是毫无实际意涵的书写构件,它具有实实在在的内容上的价值和意义。

二、偏向书序文体时的争论回避

当王世贞等书序文作者重点关注学术类书籍这个主体时,他们在序文中以求真的态度表达个人的学术观点和见解,梳理相关学术史等,"史""论"结合,将书序文撰成了论学文的形式。但是除此之外,仍然存在更在意书序文文体这个主体的情况,这时他们的更强调书序文帮助书籍及其编著者流传的文体功能,呈现出多样的书写策略。

(一)学术问题的回避

在为学术类书籍作序时,当书序文作者更加在意书序文文体这个主体时,便总是会考虑书序文的文体功能。此时,对学术类书籍这个主体便是不予理睬或考虑。表现在书写策略上即是在与学术内容有关的问题上采取完全回避的态度。然而,这种回避,其实又分为书序文作者知识局限方面的回避,以及知识局限以外的回避。我们首先来考察前一种。

1. 知识局限的回避

万历六年(1578),李时珍终于完成了自嘉靖三十一年(1552)就开始苦心撰作的书稿《本草纲目》。然而,这部卷帙浩繁的巨著在寻求刊刻的过程中却四处碰壁。于是在书稿完成两年后的万历八年(1580),李时珍亲负《本草纲目》不远万里从家乡湖北的蕲春县去到江苏太仓州王世贞所在的弇山园,只为请王世贞为该书作一篇序。王世贞当时仅以一首七律《蕲州李先生见访之夕,即仙师上升时也。寻出校定〈本草〉求叙,戏赠之》应付过去。此事过去十年后的万历十八年(1590)元宵节,也就是王世贞去世前,李时珍的请求才终于得到了王世贞的正式回应,于是有了以下这篇著名的《本草纲目序》:

纪称望龙光,知古剑……楚蕲阳李君东璧,一日过予弇山园谒予,留饮数日。予窥其人,晬然貌也,癯然身也,津津然谈议也,真北斗以南一人。解其装,无长物,有《本草纲目》数十卷。谓予曰:"时珍,荆楚鄙人也。幼多羸疾,质成钝椎;长耽典籍,若啖蔗饴。遂渔猎群书,搜罗百氏。凡子、史、经、传、声韵、农圃、医卜、星相、乐府诸家,稍有得处,辄著数言。古有《本草》一书,自炎皇及汉、梁、唐、宋,下迨国朝,注解群氏旧矣。第其中舛谬差讹遗漏不可枚数,乃敢奋编摩之志,僭篡述之权。岁历三十稔,书考八百余家,稿凡三易。复者芟之,阙者辑之,讹者绳之,旧本一千五百一十八种,今增药三百七十四种,分为一十六部,著成五十二卷。虽非集成,亦粗大备,僭名《本草纲目》,愿乞一言以托不朽。"

予开卷细玩,每药标正名为纲,附释名为目,正始也。次以集解、辨疑、正误,详其土产形状也。次以气味、主治、附方,著其体用也。上自坟典,下及传奇,凡有相关,靡不备采。如入金谷之园,种色夺目;如登龙君之宫,宝藏悉陈;如对冰壶玉鉴,毛发可指数也。博而不繁,详而有要,综核究竟,直窥渊海。兹岂仅以医书觏哉,实性理之精微,格物之通典,帝王之秘箓,臣民之重宝也。李君用心加惠何勤哉! 噫! 碔玉莫剖,朱紫相倾,弊也久矣。古辨专车之骨,必俟鲁儒;博支机之石,必访卖卜。予方著《弇州》《卮言》,恚博古如《丹铅》。《卮言》后乏人也,何幸睹兹集哉。兹集也,藏之深山石室无当,盍锲之以共天下后世味"太玄"如子云者①。

《四库全书总目提要》在评价王世贞时,每每称其博学:"世贞承世家文献,熟悉朝章,复能博览群书,多识于前言往行,故其所述颇为详洽。"②"学者论读书种子,究不能不心折弇州。"(《四部稿》卷首)但医学毕竟是一门专深的学问,即便博学多识的王世贞在医学领域也只能算作外行。于是,在为《本草纲目》作序时,王世贞便带有一个"先天"的限制条件,即对医学知识的不了解。这种知识上的局限,使得王世贞在书序文的撰作中采取了回避学术问题的书写策略。

在这篇书序文的前半部分,王世贞先是简单地用"望龙光,知古剑"等几个耳熟能详的典故,奠定了对《本草纲目》赞扬的基调。然后回忆了李时珍当初来请序时的情景以及二人初见面时李时珍给自己留下的印象。接下来,王世贞更是不惜大段地引用李时珍的原话。这段原话基本上是李时珍对自己以及《本草纲目》撰

---

① [明]李时珍著,刘衡如、刘山永校注:《本草纲目》,华夏出版社2011年版,第1页。
② [清]永瑢等撰:《四库全书总目提要》,第466页。

作情况的一个自我介绍。时间上,从幼时说起,介绍了自己的知识结构,紧接着详细说明了《本草纲目》这部书稿因何而作,撰作的原则以及特点等。这样来看,序文的前半部分出自王世贞之口的其实极少,并且皆围绕书籍作者李时珍其人以及他和李时珍之间的交往来谈,是书籍以外的事情,并不涉及医学知识;至于书籍本身的具体情况,王世贞则巧妙地借作者李时珍之口来向读者呈现。

自"予开卷细玩"句起,进入此篇序文的后半部分。王世贞虽然说是"细玩",但接下来关于《本草纲目》,谈到的仍然是"每药标正名为纲,附释名为目"等表层描述。并且点到即止,迅速收回笔墨,避免触及医学专门知识层面的讨论。这时王世贞对于书写节奏的掌控,类似现代电影中"快进"的镜头,迅速转入对《本草纲目》的总体评价。而在评价上,他聪明地避实就虚,不谈《本草纲目》在医学方面的专精而谈其蕴含知识的广博,至于"博而不繁,详而有要"的赞美之辞,也仍显虚泛。对于李时珍其人的评价,出于知识局限,王世贞仍然避开了更具专业针对性的语言而用了"用心加惠何勤哉"之语,抓住用心和勤奋,独辟蹊径以达到赞美的目的和效果。

显而易见,在这篇《本草纲目序》里,王世贞通过借书籍作者代言、避实就虚等书写策略,成功地回避了他在医学专业知识方面的局限,但同时也很好地完成了书序文向读者推介书籍及其编著者的文体责务。就在王世贞撰作此序的同年,听闻王世贞已为《本草纲目》作序的消息,南京著名书商胡承龙(生卒年不详)很快便决定出资刊行此书。在李时珍去世后的第三年(1596),《本草纲目》终于在南京首刊出版,即后来世人所称的"金陵本"。

类似的情况还有隆庆五年(1571),时任江西左布政使的陈一松(1498—?)以所著兵书《三国机略》向吴国伦请序,吴国伦因此写了下面这篇书序文:

> 予盖闻兵阴道云，不得已而阳言之，其至曼衍无当，则稗官目论也。岂诚知兵哉？兵家之言曰："以智克智，机也。"夫两智相克，各欲图变，实虚动于呼吸，而决之从容，其机皆以潜用，顾岂阳言可尽？即尽言，徒以滋不祥尔。太史公所为司马、孙、吴列传，曾不盈尺牍，而其旨闳阔深远，使人读之如亲被铠甲，援枹鼓，登陴合刃，一时筹画所运，批捣掎角，无不各当，敌在吾目中矣。欲殚其术以授人，则虽司马、孙、吴复起不能，兹子长所以良于史乎？乃今方伯大夫陈公，盖尝读书史馆，而历试外服，所至赫赫文武才，顷以所著《三国机略》示予，盖不谓予不知兵也。予时手其书而叹曰：公其以子长之才，而润色武侯诸豪杰之机事乎？无论诸豪杰智谋相当，胜负反掌，人不必累事，事不必累言，三分鼎足之势，大较囊括之矣。乃其闳阔深远之旨，高明者跃如言外，而屠儿贾竖曾不解其一筹，子长列传何以加焉？藉使公当前箸，虽万敌，且樽俎折之，其意又书之所不必尽。嗟乎！不得已而阳言之也。古有戏马台者，台广不百步，马日驰骤千里，御者不竭其力而绝尘追电，其机自存。彼以牝牡物色之，则失之矣。是书将以告天下之知兵者，予故序而传之。（《甔甀洞稿》卷三八）

在这篇序文里，吴国伦直接表示自己"不知兵"。那么在这种情况下，序文应该如何撰作呢？一开篇吴国伦即以"予盖闻"这种"听说"的方式引出一种说法，那就是兵本来乃阴诡之道，只有在不得已的时候才明说出来，可是一旦明说出来就会变得曼衍无当，和稗官游戏之论无异了。吴国伦相当于给自己立了一个可供讨论的话题，话题立下了，便等于确立了书序文的书写路径。整篇书序文的书写其实就尽在书序文作者的掌握之中了。

果不其然，吴国伦接下来以"岂诚知兵哉？"提出疑问，有这种说法的人真的懂兵吗？兵家认为胜败往往仅在一呼一吸之间，用言语当然无法说尽。吴国伦随后以《史记》中的《司马穰苴列传》和《孙子吴起列传》为例，认为司马迁虽然着墨不多，但其旨意闳远，读之使人有身临其境之感。但是若要将其中所用的兵法尽数授人，则又难以做到。对于这部《三国机略》，吴国伦认为陈一松虽然著的是兵法，但他具有司马迁那样的史才，笔墨简当，魏、蜀、吴三国诸豪杰间的谋略智慧又都能尽数把握，而其中闳深的意旨则需要高明的读者才能体会。究其所以，读者如何解读是关键。毕竟即使才能非凡如司马迁者，也有无法用言语表达殆尽的地方。

由此印证了序文开篇引出的说法，用兵之术真是不得已才会用语言的方式来表达和说明。《三国机略》这部兵书亦是在等待高明的读者啊。实际上，整篇序文谈的都不是兵法或兵学见解，而将书写的重心转到了兵法的写作和兵法需要读者领悟的问题上。也就是说他避开了专业的学术领域，另辟蹊径，从自身熟悉和擅长的角度去掌控了这篇书序文的书写。

又如王世贞为戚继光所著兵书《纪效新书》作序时主要谈戚继光的军功和战术等，皆是因为知识的局限而在序文撰作中回避了相关的专业知识问题，机动灵活地采用了其他书写策略。

2. 知识局限之外的回避

书序文作者对书籍内容的回避，也有知识局限之外的原因。例如屠隆的《陈锡玄经言枝指序》：

> 六籍，圣人载道之器也。谭天人，晰性命，标皇王之经济，陈古今之善败，则备矣。亡论载道，即其文章巨丽，方之诸家，其犹沧海之为百谷王乎？姬室之东，素王既没，嬴秦不道，肆焰坑焚，而六籍终不为灭，若曜霆弥朗，燔玉转莹。两

汉巨儒,遂醉心濡首焉,重席环桥,解颐折角,胡其盛也。魏晋齐梁间,蛮龙鸾,俎霞月,经学中废。李唐亦然。至我皇代用六籍课士,士之俊异者,乃更广猎子史,驰骋辞赋,程之经义,未免空疏。弇州、太函,晚年尝与余言而悔,且欲收桑榆末光,毕力从事,而皆不逮矣。海虞陈锡玄氏,博学工文,思通淹纬,尤注意经学,下上数千年间,旁搜远采,亡所不综。略而言之,盖有数端。撷拾菁英,上溯源委,则有汉诂纂;撮合诸家,考证同异,则有谈经苑。本成说而折衷以鸿裁,则有引经释;尊前修而永昭其龟鉴,则有人物概。举粗该精,由象识意,包中垒之流览,掩司空之博闻,则有名物考。大都总古今之精灵,而上不诡于宣圣;极见闻之闳肆,而下不悖于考亭。意则勤矣,功亦伟矣。锡玄问序不佞,不佞之于经学故疏,其悔当亦不下弇州、太函两君子。顾今代昌明孔孟之道,而鼓吹羽翼之,有锡玄在,余复何为?士所当为天壤间所不尽者何限?锡玄退然自命其公明不言曰《枝指》。夫无用之用,为用也大矣。如必高其举趾,曰吾必有用,则岂深于经者哉?管公明不言乎:"善《易》者,不言《易》。"①

《经言枝指》是陈禹谟(1548—1618)关于"四书"的一部研究著作,此书于《四书集注》之外,旁搜诸家之说,内容相当丰富。屠隆在为这部书籍作序时,开篇就说六籍是圣人的载道之器。但是,屠隆并没有就这个话头继续深入下去,而是迅速将话题拽了回来,说"亡论载道,即其文章巨丽",不谈六籍载道的事情而谈其文学价值和意义。然后按照时间顺序,从秦到明,叙述六籍在历代的发展过程,这些都是人所共知的情况。然后略作停顿,屠隆又拉出了王世贞和汪道昆这两位复古派的核心人物。屠隆说王世贞

---

① [明]屠隆:《与王元美先生》,汪超宏主编:《屠隆集》,第十一册,第45页。

和汪道昆二人晚年都曾向他表达过年轻时未能从事经学的遗憾。

而关于陈禹谟所著《经言枝指》,屠隆只作了一个描述性的介绍。然后评价该书"大都总古今之精灵,而上不诡于宣圣;极见闻之闳肆,而下不悖于考亭",赞扬作者陈禹谟"意则勤矣,功亦伟矣"。所评皆较为虚空。并且,这篇序文通篇都没有关于经学问题的讨论或看法,反倒是一再地转换话题,甚至拉上王世贞和汪道昆,故意推脱和转移,显然是在有意回避内容主题。

王世贞及其周边文人群体对于科考时文的厌弃态度相当鲜明,我们在本章第一节讨论诗文集类书序文时已有论及。实际上,对待经学,他们亦有类似的反应。明代,六经载道、载理被理学家们推到了无以复加的地步,几乎使文学也沦为道德伦理说教的附庸。鉴于此,王世贞等人竭力纠偏,倡言复古,引导文人学士重视文学审美和抒情的本质。譬如王世贞提出"天地间无非史而已……六经,史之言理者也"①这类六经皆史的说法,就是在试图避开理学的路径,剥离六经之"理"与文章需要承担"载道"的责任②。对于六经,他们往往避开其谈理讲道的一面,更强调其在文学上的意义。

就屠隆而言,他在其著名的《文论》中就曾说:"夫六经所以贵者道术,固也吾知之,即其文字,奚不盛哉?"③显然,他在谈到经时仍是将重心放到了文学层面。对于本来就贵道的经的态度,屠隆和王世贞等人一样,非常明显,那便是:要么不谈,要谈就谈其文学性。事实是,屠隆在10岁开蒙,20岁应童子试,为诸生,自此从嘉靖四十一年(1562)到万历四年(1576)夏天,34岁才终于考上当年的乡试第九名,十五年间皆在奋力于科举应试。对于被列入科

---

① [明]王世贞著,陆洁栋、周明初批注:《艺苑卮言》,第13页。
② 参见李思涯《胡应麟文学思想研究》,中国社会科学出版社2012年版,第247页。
③ 汪超宏主编:《屠隆集》,第一册,第364页。

举必考项目的"四书",他怎会疏于研究?在知道屠隆对待经的态度之后,我们回头来看,屠隆在序文中说王世贞和汪道昆二人后悔年轻时没有潜心经学,本身便值得怀疑,只不过是借复古阵营中两位更有地位和声名的领袖型的人物来作"靠山",以让自己的说法更能站得住脚而已。包括他自己所谓的后悔,恐怕亦非真的后悔,只是不想谈经学方面的问题罢了。这样看来,屠隆自称疏于经学,选择自觉回避经学相关问题,其实是最为讨巧和能够顾及周全的一种书写策略。

(二)学术观点的曲折式呈现

为学术类书籍撰作书序文,当书序文作者以书序文文体这个主体为重时,由于知识上的局限或知识局限之外的原因,可以直接回避专业知识方面的问题。那么,如果不回避学术知识方面的问题,书序文作者又该如何来掌控笔下的书写呢?

华亭(今属上海)徐益孙等人曾重新校订并刊印了《吕氏春秋》一书,书成后,王世贞受托为之撰作了以下这篇《重刻吕氏春秋序》:

> 《吕氏春秋》一曰《吕览》,故秦相国文信侯不韦与其客所著书。业当书成,而不韦悬之咸阳市肆,曰:"有能损益一字者,予千金。"而竟莫能一字损益也。其书今颇行属传,梓久不能无讹误。而云间徐太学益孙辈,相与校订重梓之,而问序于余。余读之,未尝不掩卷三叹也。穆叔之次立言于品三而操觚之文章,彼诚有以见之也。不韦者,一贾人子耳,操子母之术,以间行于秦而得志焉。举秦之国于股掌间,挟其劲,东向而瓜剖天下,位相国,号仲父,爵通侯十万户,彼岂有所不足哉!而顾孜孜焉思成一家言,与诸儒生角而割后世名。此犹未也,不韦固庄生所不道。庄生之识,至欲齐死生、平物我,举一切有为之迹而空之,乃亦孜孜焉而务欲成一家之言,

度其于辞不工不止。故夫古之称立言者,未有不为名使者也。且不韦之诡谲狙奸,岂其果闻于道,而其客亦务相尚为权奇,错厕于鸡鸣狗盗之雄,虽间采圣贤之长辞以文之,即中夜一静思,验其言于所为之迹,有不浼忍汗浃者耶？惟其机心之发触而为机言,核削之于申、韩,辨巧之于仪、秦,有不知其所以合者,则固其恒也。且也不韦之所为千金者再耳,一用之而聋聩秦王,割其国柄；再用之而聋聩一世之士而割其名。虽得之而佹失之,虽失之而终微得之。不韦固贾人子,要亦其雄哉！徐子与其侪二三子俱能文章,嗜古若渴,慕先圣不以人废言之义,而梓行之。所谓芙蓉发于淤泥,采之而已,置淤泥勿问,可也。(《续稿》卷四一)

在这篇书序文里,王世贞说自己在阅读《吕氏春秋》时,不禁掩卷长叹。认为"不韦者,一贾人子耳",却通过操纵"子母之术"获得了不可想象的权势,其地位显赫尊贵到作为一国之相、被秦始皇尊为"仲父"。即便如此,吕不韦仍然不满足,还要贪图成一家之言,和诸儒生争割后世之名。王世贞继而又说道,吕不韦这种人是令庄子所不屑的,庄子的观念是超越名利的齐死生、平物我,但是这位瞧不上吕不韦又如此倡言淡泊的庄子,在《庄子》中的言辞却是经过刻意琢磨的,可见他对成一家之言同样非常在意,并非真的不好名。

于是王世贞得出这样一个结论,可见,自古以来称自己要立言的人其实质都不过是为名而已。尤其是吕不韦这类诡诈奸猾之徒,他哪里是真的懂得道,而他那些门客也不过是趋炎附势的鸡鸣狗盗之徒。他们虽然能将圣贤的高明之辞拼构成文,但是每当中夜静思,想到这些言辞和自己行为的天壤之别,能不羞愧得汗流浃背吗？只有真纯的机心才能触发出机言。在王世贞看来,吕不韦两次使用千金,一则用来蒙蔽秦王,得到控制国家的权力；

一则用以蒙蔽当时的世人,悬赏千金的真正目的不是为了使《吕氏春秋》臻于完美,而是为了宣传该书,使得《吕氏春秋》能够流传下去,他吕不韦也就能因此而留名了。吕不韦这是要和天下士子争名啊!

可以说,王世贞此序至此几乎全是在揭吕不韦之用心,披其奸诈、好权、贪名,将其视为一个十足的小人,言辞中尽是对吕不韦的蔑视和讥讽。那么,王世贞是要反对徐益孙重刻《吕氏春秋》吗?其实不然。在这篇书序文快要结束时,王世贞突然把话掰了过来。说吕不韦虽然只是一介商人,但也算是了不起。俗话说不以人废言,吕不韦并非正人君子,但重刻吕不韦之《吕氏春秋》尚可。就好比芙蓉生长于淤泥中,不必去在意它下面的淤泥。前面对吕不韦的批评如此强烈,最后才硬生生地扭转态度,糅合说辞。但正是这样,恰恰说明王世贞最终还是选择了掩盖自己的真实态度和真实观点,而照顾书序文向读者推介书籍及其编著者以帮助流传。

可见,当书序文作者更加在意书序文文体这个主体时,虽然为学术类书籍作序往往会更加严谨,但偶尔仍会出现即使不回避学术知识方面的问题,在书序文的撰作中,仍会将自己在学术方面的真实观点和看法经过书写策略的过滤后,委婉地呈现给读者。

(三)论学范式的模仿

在以书序功能为主的学术类书籍序中,除了学术问题的回避和学术观点的委婉表达外,还存在一种极少出现的特殊情况:书序文作者对所序书籍涉及的相关学术知识并不了解,但是他不仅不回避专业的学术问题,甚至还如同一位行家般,在书序文中模仿起了论学文通常采用的撰作方式或规范。

屠隆曾为自己的同乡、明代著名医家会稽(今属浙江)人马莳(生卒年不详)所著的医书《难经正义》撰作了如下这篇序文:

> 夫医理，精哉！观二仪，穷万汇，探阴阳之化，顺寒暑之节，非神圣不窥其旨矣。调摄群生，保合太和，功莫茂焉。昔者轩辕氏出，乃与岐伯之徒更相问难，讲究脉理，制为方药，是《内经》之所由作也。秦越人授术长桑公，称饮上池水，见垣一方，医精矣。然以视轩辕氏术，当无加焉，而作《难经》。夫《难经》者，难《内经》也。神圣之作，当何难哉？曰：神圣之作，当无事难。乃其旨玄妙，后世罕窥。非解其说不明，非辩其理不畅。故《难经》者，余以为敷玄抽秘、羽翼《内经》者也。岂让轩辕之业而操戈相向乎？即其间与《内经》之旨似稍有一二不合，其大要同矣。如后世不废神圣之术，则越人此书，虽与六经注疏并传可也。……①

前面我们说王世贞不懂医学，所以在《本草纲目序》中回避专业知识方面的问题。很显然，屠隆也不懂医学这门专精的学问，但他却反其道而行之，采取了和王世贞完全不同的书写策略。在这篇书序文里，屠隆首先指出了医理的难懂，这样就为马莳《难经正义》这部书籍撰作的必要性打下了基础。虽然难懂，屠隆却又没有像在他在《陈锡玄经言枝指序》中那样直接说自己不懂。而是接着说，古时候轩辕氏与医者岐伯论经脉旁道，研制方药，这是《内经》的撰作来由。扁鹊按照长桑君的嘱咐，用上池水和药饮了三十日，能看见站在墙那边的人，从此医术也变得高明起来。扁鹊发现黄帝《内经》里面的医术已经相当齐备了，感到无以复加，于是撰作了诘难《内经》的《难经》。从《内经》到《难经》，将马莳《难经正义》以前的这条学术理路之来龙去脉大致地梳理了一遍。既然《内经》已经是神圣之作了，为什么要对其发难呢？就此，屠

---

① 汪超宏主编：《屠隆集》，第十一册，第35页。

隆回答说，正因为是神圣之作，所以其旨意玄妙，后世难以真正领悟。只有解释它，其说才能更明白；只有与它辩，其理路才能更顺畅。这种梳理学术史的方式，不正是撰作论学文的规范套路吗？

然后，对于《难经》，屠隆提出了自己的看法，他认为这部书是以《内经》为宗而抒发其深意的著作，并不像一般人理解的那样，认为《难经》与《内经》乃操戈相向。并且屠隆更进一步指出，其实《难经》与《内经》仅有一二不同，大要却是相同的。如同一位熟读医典，深谙医学知识的行家那样，带着专业的眼光，揭示两部医学典籍之间内在的差别与联系，站到专家的高度，为读者指点迷津，使其不至于理解失误。最后，屠隆更是充满自信地得出结论：扁鹊之《难经》具有应该与六经注疏共同传于后世的价值。这个部分的书写，完全是屠隆个人学术观点的展现和表达。

如此看来，在这篇书序文的前半部分，屠隆虽然不懂医理也不见得熟悉医书，但他在序文的书写策略上既有学术史的梳理，又有个人学术观点的呈现，模仿了一般论学文中史论结合的书写格式和规范。而正是因为这种模仿，使得屠隆的观点，读起来特别令人信服，能够帮助推介所序书籍及其编著者。也就是说，从可能带来的传播效果上看，这种书写策略无疑是相当明智和有效的。它是书序文作者屠隆在撰作学术类书籍序时，更加关注书序文文体这个主体的一种有趣的反应。

虽然在为学术类书籍撰作书序文时，屠隆这种模仿论学文学术规范的做法并不多见，但它正好从一个侧面说明了学术类书籍序确实具有论学文的书写特点。屠隆清楚地意识到学术类书籍序在讨论学术方面的问题时，通常采用史论结合的论学文的撰作方式，于是在撰作《难经正义序》时亦模仿起了这种书写范式。

总的来说，为学术类书籍撰作书序文，书序文作者面向的仍然是所序书籍和书序文文体两个主体。学术类书籍是书写对象，所以这个主体更容易受到书序文作者的关注。此时，书序文往往以谈论学术相关问题为主,并且相较于为诗文集类书籍作序书序文作者更具有学术研究的求真精神和严谨态度,在书序文中直言表达个人的不同观点和见解,甚至不惜和书籍编著者展开激烈的辩论。此外,书序文作者还常梳理以往的学术成果和历史。于是,这一"史"一"论"的组合,便使得书序文实际上具备了论学文的形式和性质。当书序文作者偏于关注书序文文体这个主体时,则又表现出知识局限及知识局限以外的对学术问题的回避,学术观点的委婉呈现,以及对论学范式的模仿等书写状貌。

第三节　小说、戏曲类书序文

在王世贞及其周边文人群体撰作的书序文中,有不少为小说、戏曲类书籍撰作的书序文。值得注意的是,在王世贞等人活跃的明代,一方面小说、戏曲类书籍正在迅速地增长,呈现出前所未有的繁盛态势;另一方面整个明代社会长期以来形成的所谓正统观念却未能跟上小说、戏曲类书籍发展的步伐,尚处于一个过渡阶段。可以说,小说、戏曲类书籍特别具有明代的时代性。那么,当王世贞等人面对这类书籍时有着怎样的心境?他们如何在被正统观念主导的文化氛围下展开小说、戏曲序文的书写?这些问题引起我们极大的好奇心。

一、小说、戏曲类书籍的魅力与尴尬

(一)充满吸引力的特质

正如本书第一章所描述的那样,整个明代社会在正德以后发生了不小的变化。国家经过了一段时间的休养生息,农业生产得到恢复,人口开始增加,在多种因素的刺激下,明代初期曾遭到统治者有意抑制的商业也有了较为迅速的发展。城市经济日益繁荣,市民阶层不断发展壮大。而统治者对意识形态的严厉控制在这个时期也出现了松动，文化政策相对宽松。在此环境下，时人开始注重娱乐方面的需求，追逐物质享受和感官上的欢愉，全社会呈现出文化下移的整体趋势。小说、戏曲类书籍因为通俗易懂，内容上更具娱乐性等因素，成为广大市民最为喜爱的文学样式。而印刷业的发达，又解决了小说、戏曲类书籍在物质载体方面的问题，加之当时全国的交通网络纵横密织，使得小说、戏曲类书籍的迅速传播成为可能。这一切都促使小说、戏曲类书籍在明代一步步走向繁荣。

不仅普通市民阶层，小说、戏曲类书籍对当时颇有身份和地位的文人学士而言，同样是一个充满吸引力的世界。很显然，文人学士有着对娱乐的极大需求，而这类文学具有天然的游戏性和娱乐性，通过阅读它们，文人学士容易获得心情的放松和愉悦。并且，文人学士还可以直接参与到小说、戏曲的创作当中，这便在传统的诗文领域外，又找到了新的可供施展才华之地。所以，他们往往也乐得以此种轻松的文学形式自娱。

事实上，小说和戏曲类文学还有一个特质即是，不似严肃的诗文，他们游戏的性质和自由的形式，可以更为"安全"地寄托文人学士的内心情感。正如傅谨在《中国戏剧艺术论》中所言："面对中国文学过分严肃以至于到了僵化程度的传统，文人们内心的深处那些隐秘的情感要求无法得到一条顺畅的发泄通道，因之也就无法达到心理上和情感上的平衡。被压抑了的内心冲动必然要寻找机会得以泄导……自然要千方百计地寻找轻松之途。"① 在小说、戏曲类文学里，文人学士们借其游戏的笔墨，在虚虚实实间抒发内心世界：书怀写愤，借他人酒杯浇个人心中之垒块，将喉中骨鲠吐出来，表达对历史，以及社会人生的关注；甚至在其中彰显文人学士的心灵世界和人格精神，将小说、戏曲当作表达其个人

---

① 傅谨：《中国戏剧艺术论》，山西教育出版社 2000 年版，第 75 页。

理想、彻见性灵的文学形式。

除此以外,自弘治之后,社会文化格局发生了转型,文人阶层不再依附贵族而转向倾慕平民,所以,此时的文人学士也开始在意和关注平民的好尚。在小说、戏曲类书籍受到平民喜爱和追捧的浪潮中,不少文人学士选择主动适俗,与平民的好尚相融合,参与到小说、戏曲类文学的创作中去,为他们提供更加丰富的娱乐资源。

譬如胡应麟就在《少室山房笔丛》中描述了当时小说对文人学士的强大吸引力:

> 然古今著述,小说家特盛……至于大雅君子,心知其妄,但口竞传之;旦斥其非,而暮引用之。犹之淫声丽色,恶之而弗能弗好也。夫好者弥多,传者弥众,则作者日繁。夫何怪焉?①

"大雅君子"们,明明知道小说的虚妄,但还是乐得在彼此间传诵,仿佛小说是一剂可以使人上瘾的药,让文人学士们不能戒绝、乐此不疲。

(二)受人鄙薄的社会地位

小说、戏曲一方面对文人学士充满着吸引力;另一方面它仍然处于被传统社会观念鄙薄的位置。中国正统思想向来存在鄙视小说、戏曲类文学的偏见,它们被视为与传统诗文迥然相异的文学形式。诗文为正宗,与之相对,小说、戏曲便是"末技""小技""小道",甚至"异端"。

《汉书·艺文志》将"小说家"排在最末,摒弃于"可观者九家"

---

① [明]胡应麟:《九流绪论下》,《少室山房笔丛》,上海书店出版社2001年版,第282页。

之外,认为"小说家者流,盖出于稗官,街谈巷语,道听途说者之所造也",被断定是与"通万方之略"不相干的东西,编撰小说是"君子弗为"之事。接下来在各个不同的历史时期里,小说作为"小道"观念的程度或高或低,虽略有不同,但其根本地位并没有得到改变。进入明代,特别是嘉靖朝以来,小说的文学和社会地位相对有所提高。胡应麟在《少室山房笔丛》中就重新划分了九流,把小说置于九流之中,这是此前从未出现过的情况。他说:"小说者流,或骚人墨客游戏笔端,或奇人洽士搜集宇外,纪述见闻,无所回忌,覃研理道,务极幽深。其善者,足以备经解之异同,存史官之讨核,总之有补于世,无害于时。"①

胡应麟这段话从整体上看,确实含有刻意提高小说社会地位的意思。但是仔细读来,发现他仍然认为小说是"骚人墨客游戏笔端","总之有补于世,无害于时"。可见即便观念如此开放的胡庆麟,实际上也并未将小说与诗文等量齐观,仍然认为小说的创作动机来自文人的游戏猎奇,而小说的价值也只存于"有益"与"无害"之间,始终无法与诗文相颉颃。事实上,通过胡应麟的态度,更可以确定,小说长期以来小道卑体的地位还在深刻地影响着文人学士的价值认定,他们中不少人照例会不齿参与小说创作这种"末技",即便参与了,也极少会堂而皇之地展示。文人学士而外,王利器辑录《元明清三代禁毁小说戏曲史料》中"社会舆论"条记录了当时社会积习对小说的抵触现实:人们认为施耐庵(1297?—1371?)、罗贯中(1330?—1400?)子孙三世皆喑,李昌祺(1376—1452)不配陪祀乡贤祠,蒲松龄(1640—1715)屡试不第,金圣叹(1608—1661)遭阴谴等,原因都在于他们和为正统观念所不齿的小说发生过关联②。不难看出,小说的发展和渐趋繁

---

① [明]胡应麟:《九流绪论下》,《少室山房笔丛》,第282页。
② 参见王利器辑录《元明清三代禁毁小说戏曲史料》,上海古籍出版社1981年版,第11页。

荣并不等于在文学和社会地位上就可以撼动诗文,主流社会对小说普遍轻视的偏见,说明小说的地位始终不高,这是不争的事实。

戏曲也不例外,长期在正统观念里不出于"小道""末途"。明代初年,统治者对戏曲采取了高压政策,有着种种的限制。朱元璋在洪武三十年(1397)刊行的《御制大明律》中,有直接针对戏曲的一条律令:"凡优人搬做杂剧、戏文,不准装扮历代帝王后妃、忠臣烈士、先圣先贤神像,违者杖一百。官民之家容令装扮者与同罪。其神仙道扮及义夫节妇、孝子顺孙、劝人为善者,不在禁限。"①永乐年间,对戏曲的禁限则更加严厉,不仅限制演出内容,而且要求民间对那些违律题材的戏曲文本不能收藏、传颂、印卖,并明文诏令天下敢有收藏者,"全家杀了"②。虽然官方律令和具体的施行经常有很大的出入,戏曲在现实中也并没有因此而湮灭无闻,但是明初的高压政策代表的正是官方和正统社会普遍的态度,它在一定程度上加深了人们对戏曲地位的偏见,并在长时间内影响着人们的价值判断。

出入于正统观念制度下的文人学士尚执于传统的潜意识,练就了一副尊诗文而贱戏曲的批评眼光,戏曲仍然遭到主流社会观念的轻视。胡应麟记到:"胜国诗文绝不足言,而虞、杨、范、揭辈皆烜赫史书,至乐府绝出古今,如王、关诸子,无论生平履历,即字里若存若亡,故知词曲游艺之末途,非不朽之前着也。"③元代的诗文无甚可观,但元诗四大家的名字却彪炳史册;相形之下,王实甫(1260?—1336?)、关汉卿(1225?—1300?)诸人的戏曲虽然传播广泛,却连生平履历等信息都难以寻觅。充分说明,与诗文相比,戏曲在主流价值观念的鄙薄下,仍然处于游艺末途的地位。

鉴于小说、戏曲类文学形式的文学和社会地位,文人学士创

---

① 王利器辑录:《元明清三代禁毁小说戏曲史料》,第11页。
② [明]顾起元:《客座赘语》卷十"国初榜文"条,明万历间刻本。
③ [明]胡应麟:《少室山房笔丛》,第430页。

作的小说、戏曲常常仅以手抄本的形式在小范围内被阅读和传播。很多时候,他们在创作的小说、戏曲中不愿意公开真实姓名,而选择不署名或者题署化名。同理,文人学士在为小说、戏曲类文学书籍撰作书序文时,要公开评论甚至称扬为主流社会观念所不齿的"小道""末技",也需特别谨慎。

总体而言,明代的小说、戏曲类文学正在蓬勃发展,并以其独特的魅力对文人学士们构成强烈的吸引力,使不少人参与其中;但是小说、戏曲终究未能介入官方话语体系,仍然处在被主流社会接受的话语边缘,始终未能获得文学正统地位。于是为小说、戏曲这类特殊的书籍类型撰作书序文时,在本书重点考察的王世贞及其周边文人群体的笔下,就呈现出了异常有趣的书写状貌。

文人学士包括那些颇具名望者,对于为小说、戏曲类书籍作序,不管是否出于身份和地位的考虑,他们大都积极自觉地运用书写策略为小说、戏曲的地位辩护,表现出内心的焦虑。然而,另一方面,在解决了焦虑之后,便立即顺利进入自在的书写语境,展开关于小说、戏曲专业问题的讨论,甚至刻意展现他们在小说、戏曲方面的专业素养。当然,其中不排除有极少部分人全然不在意正统社会的眼光。总的来说,在这个时候,书序文作者会直接评价小说、戏曲书籍的艺术技巧,在专门知识上展开讨论,并归纳出理论等,完全进入了一个关于小说、戏曲的文学批评的世界。

二、认同焦虑下的地位之辩

小说、戏曲对 16 世纪的明代社会上下皆具有无穷的吸引力,这点毋庸置疑,而致使小说、戏曲仍然陷于尴尬境地的因素,归根结底在于它们受世人鄙薄的地位。在王世贞及其周边文人群体中,不乏文学和社会地位显赫的大家名流,如王锡爵、李维桢等,在长期的"尊体"观念下,他们在为小说、戏曲撰作书序文时,是否也存在某种身份顾虑,担心自己为"小道""末流"作序会有失身份？是否因此会选择在书序文中一再为自己辩护和开脱？具体不得而知。然而非常明显的是，他们中许多人竟不约而同地自觉在所撰书序文中展开了关于小说、戏曲的地位之辩，表现出一种认同焦虑，即希望世人不再将其视为小道卑体，而对它们的地位形成新的认识，乃至认同。我们发现，这种认同焦虑下的地位之辩，投射到书序文的书写实践中确有着策略上的苦心经营，具体而言，大致呈现出以下三种方式。

（一）以正面论辩争取地位

面对一种质疑，往往最直接也是最激烈的反应形式便是，针对对方的观点迎面反击，针锋相对地与对方展开辩论。王世贞等人也不例外。就小说、戏曲而言，这个"对方"其实是受传统观念影响而鄙薄小说、戏曲的世人，他们的基本观点在于小说、戏曲终究是"小道""末技"，因此，王世贞等人的辩论通常也就由此展开。

王世贞年少时曾在吴中得到过《世说新语》的善本一部，私心里特别喜爱，但每次阅读都遗憾该书所记仅止于晋代。后来他竟然无意中又得到了由何良俊所撰、将书中内容衍至元末的《何氏语林》。在仔细比对了自己的藏本和何良俊本后，王世贞去其重复，正其讹误，并梳理文辞使其归于雅驯，最后将两书合编成《世说新语补》，于嘉靖三十五年（1556）自为之序①。这篇序文在介绍书籍的编辑过程之外，王世贞还特别于序文结尾针对小说的地位问题论道：

> 宋时经儒先生，往往讥谪清言致乱，而不知晋、宋之于江

---

① 《四库全书总目提要》云："良俊《语林》三十卷，于汉晋之事全采《世说新语》，而他书以附益之，本非补《世说新语》，亦无《世说补》之名。凌濛初刊刘义庆书，始取《语林》所载，削去与义庆书重见者，别立此名，托之世贞，盖明世作伪之习。"认为王世贞《世说新语补》为伪作，但是由于此篇《世说新语补序》被收入了王世贞自己编定的《四部稿》中，而王世懋所撰另一篇《世说新语补序》中亦记"家兄尝并《何氏语林》，删其无当，合为一编"，故此处暂取本篇《世说新语补序》之作者为王世贞一说。

左一也,驱介胄而经生之乎,则毋乃驱介胄而清言也,则又奚择矣!(《四部稿》卷七一)

这里的"清言"即指《世说》这类清言小说,宋代那些自认为经学才是正途的经儒先生们,总是指摘清言小说会导致国家混乱,但是他们不知道善著清言小说的晋宋和善治经学的江左其实本就是同一群人,既然如此,倡言驱逐介胄而经生者和驱逐介胄而清言者,又有什么分别呢?

王世贞在这里用到了反讽,在佯装承认对方的前提下,由对方观点推出极荒谬的结论并反诘之,予对方以沉重的打击,这是论辩中经常会使用到的一种智辩技巧。其言辞虽然针对的是宋时的经儒先生,实则暗中将矛头指向当时那些可能对《世说新语》持有偏见、指指戳戳的迂腐之人。他等于告诉世人,《世说新语》这部记述士大夫玄学言谈和轶事的小说并非洪水猛兽,它完全可以作为可读可赏的雅士读物。按照这个逻辑,王世贞爱好《世说新语》、编《世说新语补》并自序,都是完全合乎文士身份的行为。于是,他在落款中也就能无所顾忌地署上"琅琊王世贞撰"的字样了。

万历十七年(1589)孟冬,汪道昆为《水浒传》撰作书序文,或许因为曾经位居高官、在文坛上地位显赫等缘故,汪道昆对小说这种文学形式表现出了更加谨慎的态度①。首先,他在这篇序文末尾,既不题其本名亦不署他常用的别号如"南溟""太函""高阳

---

① 自沈德符《万历野获编》卷五《勋戚·武定侯进公》最早指出:"今新安所刻《水浒传》善本,即其(郭勋)家所传,前有汪太函《序》,托名天都外臣者。"(上海古籍出版社2012年版,第139页。)近代以来,经徐朔方《关于张凤翼和天都外臣的〈水浒传序〉》(《徐朔方集》,浙江古籍出版社1993年版,第614页)到吴晓铃《漫谈天都外臣序本〈忠义水浒传〉》(《光明日报》1983年8月2日)、汪效倚《关于天都外臣——汪道昆》(《光明日报》1983年8月23日),到金宁芬《关于汪道昆的几个问题》(《文学遗产》1985年第4期)等文章,再到胡益民《从语词运用看〈天都外臣序〉作者问题》(《中国典籍与文化》2008年第2期)等,天都外臣即是汪道昆这一结论已为学界所普遍接受。

生"等,而首次题署"天都外臣"。并且,汪道昆最后也未将这篇书序文收入其亲自编定的《太函集》,其孙辈所编《太函副墨》里也未见收录。然而即便使用了这些隐蔽手段,汪道昆在《水浒传叙》里仍然处处小心、步步为营,不忘为《水浒传》辩护。

首先,针对那些认为《水浒传》乃齐东之语,付梓此书只是徒为木灾的"正襟而语者",汪道昆直接以"诸君得无以为贼智而少之耶"反诘之。随即又引出《易经》中"窃钩者诛,窃国者侯"的观点,深入《水浒传》的写作内容,指出宋江等人不过是窃钩者,蔡京、童贯才是真正的窃国大盗。接下来,汪道昆进一步扩展了这个论点。他铺排了吴用善于运筹帷幄,柴进能够广接纳,宋江有统帅之才等内容。目的是为说明,梁山这些人虽然掠人金帛,但不虏人子女;虽然剪除贪官污吏,但绝不戕害良善。他们有着侠客的风范,根本就不是暴客的行径,不能将这一百单八将募而为国效力,实在是朝廷的重大损失。

接下来,汪道昆又从另外一个侧面,即《水浒传》这部小说的写作手法以及写作风格上作文章,他这样写道:

> 载观此书……如良史善绘,浓淡远近,点染尽工;又如百尺之锦,玄黄经纬,一丝不纰。此可与雅士道,不可与俗士谈也。视之《三国演义》,雅俗相牵,有妨正史,固大不侔。而俗士偏赏之,坐暗无识耳。雅士之赏此书者,甚以为太史公演义。

在汪道昆看来,《水浒传》作者的笔法简直如同良史一般,轻重浓淡,点染有法,能于千头万绪中舒展张弛。此中妙处,只有与雅士道才能会心共赏。然后在与《三国演义》的对比中,汪道昆将《水浒传》抬到堪比《史记》的位置。可见《水浒传》无论从所写内容,还是写作手法和风格,都并非消遣娱乐的野史稗闻。欣赏这本书的人,当然包括汪道昆本人,皆是真正的雅士。

最后,汪道昆又采取了辩论的方式,反映出对这部小说能否得到世人认同的强烈焦虑:

> 或曰:"子叙此书,近于诲盗矣。"余曰:"息庵居士叙《艳异编》,岂为诲淫乎?《庄子·盗跖》,愤俗之情;仲尼删诗,偏存《郑》《卫》。有世思者,固以正训,亦以权教。如国医然,但能起疾,即乌喙亦可,无须参苓也。"①

汪道昆预想到为《水浒传》作序可能遭受"诲盗"的质疑,故索性以"或曰"的方式直接提出来,先自为树立一个虚拟的靶子,再展开辩护。他撰作这篇书序文,绝不是要教导世人成为盗贼,正如息庵居士为《艳异编》作序也并非要教导世人淫乱,如此以息庵居士作为自己的同盟,使论辩不至于孤立无援。接下来,他又引出《庄子》的成书经过和孔子删诗之事,也是出于同样的思路。汪道昆说,《庄子》存《盗跖》篇是为了表达愤俗之情,孔子删诗而独存《郑》《卫》,也是有所讽喻和规训。如果这部《水浒传》对于治国惩弊有益,那么它即便以小说的文学样式而呈现也应该得到肯定。至此,汪道昆在论辩方法上可谓多管齐下,与主流社会可能的质疑反复论辩,归根到底,不仅为自己替小说作序的行为而辩,更是为小说受鄙夷的地位而辩。

无论性情或是行止,张凤翼皆算是王世贞及其周边文人群体中颇为狂诞特立的一人。他于嘉靖四十三年(1564)中举后便屡上春宫而不第。在万历五年(1577)落榜后,张凤翼更是绝意仕进,鬻书自给②。他爱好戏曲,能够自度曲,常常从朝至夕,呜呜而

---

① 朱一玄、刘毓忱编:《〈水浒传〉资料汇编》,南开大学出版社2012年版,第169页。
② 明沈瓒《近事丛残》云:"张孝廉伯起,文学品格,独迈时流,而耻以诗文字翰,结交贵人,乃榜其门曰:'本宅纸笔缺乏。凡有以扇求楷书满面者银一钱,行书八句者三分。特撰寿诗寿文,每轴各若干。'人争以求之。自庚辰至今三十年不改。"(广业书局1928年版,第29页。)

不离于口。在戏曲的创作上成绩斐然,从少年时代就撰有传奇《红拂记》,到77岁时还创作了《平播记》,一生共制传奇七种。他还曾粉墨登场,与其次子合演《琵琶记》引得观者堵门而毫不在意。按说,如此任性不羁的张凤翼应该比王世贞、汪道昆等做过官的名流更少身份的拘束,更不会理睬世人的眼光,可是一旦为小说、戏曲作序,他也总免不了主动在文中为小说、戏曲的地位而争。

万历二十八年(1600),张凤翼曾为当时新刻合并的《西厢记》作序,其中有一段精彩的论辩:

> 吾夫子与颜氏子斟酌礼乐,既矢口曰"放郑声",而《郑》《卫》之淫风,如所谓男悦女、女惑男之辞,较然布诸方策,与《三百篇》共著。余尝睹逸诗之散见于杂轶中者,多微言警句,彼之是删,而顾此之久存,何无伦耶?自古载籍极博,皆为君子之畏圣言者设,不为小人之侮圣言者为宣淫导欲之资也。盖善者感发善心,恶者惩创逸志。然惟君子为能感发,亦惟君子为能惩创……然惟君子能观象玩辞,知其如此则往吝,如此则居贞,如此则悔止。若小人则想象其形容,而求与之皆焉耳,恶知悔,恶知吝,又恶知有吉而居之哉!知此道者,可与口《西厢》、目《西厢》,虽日日而口之,而目之,亦何害已。①

对于《西厢记》这部历来被世人目为"导淫纵欲"的作品,和汪道昆类似,张凤翼首先以"孔子不删《郑》《卫》"为依据,从圣人那里借来话语资源以肯定《西厢记》的存在价值。接着,他更巧妙地换了

---

① 吴毓华编:《中国古代戏曲序跋集》,中国戏剧出版社1990年版,第108—109页。

一种思维方式：不从《西厢记》本身，而将论辩的着力点放到了《西厢记》的读者身上，由此出发重点展开论辩。他认为，《西厢记》是否为宣淫导欲之资，其决定因素实际上在于"谁来读"。如果读者是君子，就会有所感发，领会到其中的劝惩大义；但如果读者是小人，那么他读到的也就必然是里面的轻诺诡谋、杯酒酿奸和纵情肆欲之属了。为了说明《西厢记》文本的"无辜"，而将问题归咎于"谁来读"的缘由上，张凤翼几乎用三分之二的笔墨颇费苦心地阐释并列出各种论据，反复强调其"惟君子为能感发，亦惟君子为能惩创"的观点，与世人"小道""末流"之类的质疑正面论辩。最后还举例说明，像订正此书的屠隆、汤显祖这些博洽宏览的君子，他们就不只是把《西厢记》当作曲词视之；而"我"也认为此书有着古人深刻的立教之意。由此，张凤翼在为《西厢记》辩护的同时，就暗示了他本人和屠、汤二人一样，也是君子。

或许正是因为直言不讳，张凤翼的这种论辩常常表现得异常激烈，在其所撰的《水浒传序》中，同样如此。此次张凤翼从《水浒传》这部小说的内容入手，他分析道，在宋徽宗时期，彼时朝纲不振，蔡京、童贯之徒狼狈横行，雍蔽主聪，无刃而戮、不火而焚，玩弄江山社稷于股掌，肆意荼毒黎民百姓。要说盗，他们这种窃国贼才是最大的强盗。而宋江等人并非天生的盗贼，也并非本就甘心为盗贼，乃途穷势迫，因为眼见当时朝纲失道不得已才愤而建旗。接着，张凤翼就正统观念认为《水浒传》乃"诲盗""弭盗"之书的看法，连发三个反问：

> 兹传也，将谓诲盗耶，将谓弭盗耶？斯人也，果为寇耶，御寇者耶？彼名非盗而实则盗者，独不当弭耶？[1]

---

[1] ［明］张凤翼：《处实堂续集》卷六四，《续修四库》本。（以下凡引此书皆随文括注卷数。）

此三问一出，犹可见张凤翼戟指努目之态，在论辩气势上压得对方难以喘息，读之，有虎虎生气！通过一番论辩，张凤翼旨在说明宋江等人并非贼寇，《水浒传》不仅不是"诲盗"之书，而是读后会大快人心的书。《水浒传》作者著这部小说，其实和孔子著《春秋》一样，都有着"礼失而求诸野"的无奈。那么，张凤翼为《水浒传》这部小说作序，并对其有所褒扬，也就无伤大雅了。以上两篇书序文皆作于万历五年（1577）张凤翼绝意仕进之后，从中我们也大略可窥其念念存焉的文士情结。

综上所述，王世贞及其周边文人群体在书序文中积极自觉地通过直接的论辩，竭力为小说、戏曲争得被主流社会所认可的社会地位。虽然很难确定书序文作者是否出于身份和地位的负担需要维护自身形象，但是当我们把目光再次投向那些或者直戳对方软肋，或者因捎带着情绪而颇有耳赤面红之势的论辩时，显而易见的是，论辩背后的发声人书序文作者都表现出为小说、戏曲这类似乎难登大雅之堂的文学形式焦虑而努力为其争取一席之地。

（二）以功用论替代地位论绕道而行

以正面论辩的方式来为被视作"小道""末技"的小说和戏曲争取社会地位，可能是最具有针对性也最具论辩精神的一种策略选择。然而就其可能达到的最终效果来看，它是不是最为理想的一种？有没有其他途径或方法？

事实上，在为小说、戏曲撰作的书序文中，有不少作者会避开正面的交锋，寻求更为机巧的方式。而以功用论替代地位论便是其中最为典型的一种做法。具体来讲即指，书序文作者在序文的书写中并不谈小说、戏曲的地位问题，故意绕开核心障碍，而谈小说、戏曲本身给其创作者、读者以及社会带来的功用和价值。书序文作者相当于用了一招"障眼法"，首先将读者的注意力吸引到小说、戏曲的功用和价值上来，从而使读者对小说、戏曲的社会地位问题放松警惕。

明初,统治者大力揄扬程朱理学的思想,处处提倡文学应该有助于封建教化的主流导向。直至正德以后,教化观念已经成了整体明代社会习惯接受的价值评判观念。所以,王世贞及其周边文人群体若要论小说、戏曲的价值,便捷而有效的方法即是顺应这种观念,强调小说、戏曲在社会教化方面的功用。

万历二十八年(1600),梅鼎祚为其纂辑的小说《青泥莲花记》撰作了一篇不短的书序文:

> 乐曰烂熳,昉自夏季;倡曰黄门,署在汉官。此风一扇,女伎递兴,遥历有唐,以逮胜国。上焉具瞻赫赫,时褫带而绝缨;下焉胥溺滔滔,恒濡足而湎首。旷古皆然,于今为烈。……嗟乎,此予《青泥莲花》之所为记也。记凡如千卷,首以禅玄,经以节义,要以皈从,若忠若孝,则君臣父子之道备矣。外编非是记本指,即参女士之目,摭彤管之遗,弗贵也。其命名受于鸠摩,其取义假诸女史,盖因权显实,即众生兼摄;缘机逗药,庶诸苦易瘳。故谈言可以解纷,无关庄论;神道由之设教,旁赞圣谟。(《鹿裘石室集》卷二九)

《青泥莲花记》广辑汉魏至元明间青楼烟粉之事,里面既有李夫人、梁红玉、苏小小、李娃、霍小玉等著名人物,又有大量其他的风尘女子,共一百二十余人。尽管梅鼎祚在凡例首条即表明此书是"尚名行而略声色",而书的内容也按照倡女的节行分为记禅、记玄、记忠、记义、记孝等七类和外编五门,以满腔热忱表达了对倡女的同情与敬意,称其为出淤泥而不染的纯洁莲花,但我们仍然可以想见,在当时能纂辑一部专记倡妓的小说,是多么任性妄为的行为。梅鼎祚未尝不明了这个状况。

因此,在这篇《青泥莲花记序》里,梅鼎祚首先即选择了他在其他书序文里不曾用到过的骈四俪六的语言形式,力图从用词、句式以及语气上都给人造成一种铿锵炳朗和典雅庄重之感。在这种语言形式的辅助下,他又铺排了倡女的节行操守,一再地凸显这部《青泥莲花记》绝对不是为叙倡女而叙倡女,书中的倡女之行从禅玄到节义,直至忠孝,君臣、父子的伦理之道等无所不备。此小说描写倡女的遭遇和人品,不过是为逗出众生百态,针砭猥琐狼狈之徒,使世人看到美德善行,在比较之中获得心灵的教化。所以《青泥莲花记》虽以倡女为主人公,所述可能无关宏旨庄论,但仍不失为对社会风尚有所规导教化的读物。

书序文的结尾十分生硬:"观者毋仅以录烟花于南部,志狎游于北里而已。"直白地提醒读者千万不要把这本书当成烟花柳巷的风流故事!暴露出作者内心的焦虑和不安。事实上,这句夫子般说教的训言,呈现出梅鼎祚从小说到书序文一以贯之的教化思想,并非赘语,而是使读者更加相信这部小说有助教化的一种策略性书写。虽然在四十多年后,《青泥莲花记》仍被清朝四库馆臣评为"使倚门者得以藉口,狎邪者弥为倾心"①之书,但梅鼎祚曾从教化的角度为此书正名的努力,却还完整地存留于这篇书序里,竟是如此清晰。

把有助于教化作为小说、戏曲的功用,无疑是一个比较巧妙的切入角度。由于小说、戏曲在思想、内容等方面的边缘性,文人学士可以借它们褒贬世态,发抒内心的积郁,这同样是小说、戏曲被主流社会认同的另外一种价值功用。

王世贞曾纂辑古今剑侠及绝技者的豪义之举,结集为小说,名曰《剑侠传》,并因之作《剑侠传小序》:

凡剑侠,经训所不载……夫习剑者,先王之僇民也。然

---

① [清]永瑢等撰:《四库全书总目提要》,第1235页。

而城狐遗伏之奸,天下所不能请之于司败,而一夫乃得志焉。如专、聂者流,仅其粗耳,斯以乌可尽废其说。然欲快天下之志,司败不能请,而请之一夫,亦可以观世矣。余家所蓄杂说剑客甚夥,间有慨于衷,荟撮成卷。时亦展之,以摅愉其郁。若乃好事者流,务神其说,谓得此术不试,可立致冲举,此非余所敢言也。(《四部稿》卷七一)

序文从"剑侠"的来历谈起,说古时习剑的人大都是先王的罪人。然而当遇到奸恶之人,人们并不去请专管司法的职官司败来处理,而将希望寄托在孤身一人的剑侠身上。这样的事情看似荒唐可笑,却反映了世间的真实情况:恶人横行无忌,好人反而遭难,而当时的社会机制无力铲除这些黑暗与腐朽,它甚至可能还是黑暗与腐朽产生的根源,于是愤懑与无奈的人们便转向对除暴安良、扶危济困的剑侠的崇拜和向往。王世贞在序文末尾说:"若乃好事者流,务神其说,谓得此术不试,可立致冲举,此非余所敢言也。"一方面提醒读者,不要过于夸大且相信其中的故事,为自己纂辑这部小说备下阅读注意事项;另一方面王世贞心里非常清楚这世间未必真有剑侠,而剑侠也未必真有传说中的神奇本领,但是自己仍"间有慨于衷",将家中所蓄书籍中有关剑侠的奇事辑成小说,时而展读,只为发抒胸中郁积而已。

联系王世贞的个人遭际,不难理解他的郁积之情。在王世贞心里,父亲王忬被严嵩父子所害一事长期不能释怀。他痛恨当时专管司法的职官,怵于严嵩之淫威不敢治其罪,从而坐令恶人继续祸国殃民。在此种情况下,王世贞不禁生出这样的企盼:希望能出现古时的剑侠,一旦闻人诉其不平,必将投袂而起,操方寸之刃,直入权相卧中,斩其首级而去,则天下之人心当为之大快①。

---

① 参见余嘉锡《四库提要辨证》,湖南教育出版社 2009 年版,第 1012 页。

他起意编《剑侠传》之时，严嵩父子尚当道，其杀父之仇和对权奸的憎恨皆无所倾诉，郁郁于心，故聊复为此以快意。在这篇书序文中，王世贞一直强调小说可发抒内心的价值功用，对于小说的地位问题则避而不谈。王世贞不仅说明自己辑书的缘由，也指出对当时身处黑暗而又无处投诉的人们而言，阅读此书正有发抒内心、聊为快意的功用。并且，既然纂辑《剑侠传》这部小说只是发抒和排解内心的一种文学方式，那么其他人还有什么理由来责难王世贞纂辑这部小说并为其作序呢？不平而发、针砭时弊，本就是文士的重要品格和基本责务。

实际上，除以上两种价值功用外，小说、戏曲最显著的功用还在于其娱乐性，这是它们产生之初即具有的现实价值。而且，当书序文作者重在强调小说、戏曲的娱乐性时，就等于主动放弃了对社会地位的争辩，却为小说、戏曲赢得了存在的理由。

明代陆氏编撰的《虞初志》在编成之初就曾吸引和汇集了一大批名家的评点，这其中就有王穉登所作的《虞初志序》：

> 稗虞象胥之书，虽偏门曲学，诡僻怪诞，而读者顾有味其言，往往忘倦。……以《虞初》一志，并出唐人之撰。其事核，其旨隽，其文烂漫而陆离，可以代捉麈之谭，资扪虱之论。乃于游艺之暇，删厥舛讹，授之剞劂，长篇短牍，灿然可观。鼎染者涎垂，管窥者目眩，奘藉说诗居然颐解，不有博弈云尔犹贤，既克免于木灾，宁不增其纸价乎？①

在这篇序文的开篇王穉登就谈到当时的一个普遍现象，即小说虽为偏门曲学且多记诡异怪癖之事，但读者却非常喜欢，读起来有

---

① 丁锡根编著：《中国历代小说序跋集》下，人民文学出版社1996年版，第1802—1803页。

滋有味而不知疲倦。用实际的阅读效果来说明小说这类文学形式具有重要的娱乐价值功用。随后王穉登又单独针对《虞初志》，认为该书"事核""旨隽"。这两点与事实未必相符，但他注意到《虞初志》文字烂漫陆离，仿佛是作者捉麈尾的矢口闲谈，或捻着虱子的从容叙说，读起来让人感觉轻松又充满愉悦，确是形容得恰到好处，可谓深有体会。在篇末王穉登甚至略显谦虚地说，不说作者撰《虞初志》能像匡衡（生卒年不详）讲授《诗》那样使人愉悦，至少撰此书比无所事事要有益得多，退一步从娱乐读者的功用的角度肯定了《虞初志》。

巧合的是，《虞初志》这部小说的另一篇书序文，来自欧大任撰作的《虞初志序》，对该书也有着类似的看法："其婉柔者，可以颐解；其诡异者，可以发冲。"① 此外，如俞允文所撰《刻云仙杂记序》，亦有云："其事类皆幽闲燕饰，述异之外，足以资博闻，而欣然惬赏者，此书也。"② 指出《云仙杂记》里所记之事风格大都清幽娴雅，并且它记录的都是奇闻逸事，所以既能满足人们的猎奇心理，又能增广读者见闻，读后能使人获得愉悦和舒畅。同样用到了强调小说的娱乐功用而不提地位问题的书写策略。

总的来说，在这些书序文中，王世贞及其周边文人群体大都强调了小说、戏曲类文学的娱乐功用，将人们的注意力吸引到小说、戏曲类文学这个无需争辩的价值上来，绕开不易攻克的障碍，不就地位问题去直接论辩，也不费尽力气去拔高它们的地位，而是转换思路，在谈价值功用的范围内为小说、戏曲争得合理存在的地位。

（三）以自觉退让换取自由书写

以功用论替代地位论，其实隐藏着一层意思，那就是书序文

---

① 丁锡根编著：《中国历代小说序跋集》下，第1805页。
② 丁锡根编著：《中国历代小说序跋集》上，第321页。

作者只是避开地位这个敏感问题不谈而已，并没有明确承认小说、戏曲的文学地位一定低于诗文，一定就是游艺末途。与之截然不同的是，在部分书序文里，书序文作者却表现出退让姿态，直接承认或接受小说、戏曲不能与诗文比肩。表面上看，这种策略可能稍显消极，但就实际的书写效果而言，也可以认为它机智而省力。作者只需暂且退让，十分巧妙而顺利地越过地位这道障碍，在书序文中即可得以自由地书写。

同样是谨慎的汪道昆，在其《水浒传序》中，还有如此一段书写：

> 《艺苑》以高则诚蔡中郎传奇比杜文贞，关汉卿崔张杂剧比李长庚，甚者以施君美《幽闺记》比汉魏诗。盖非敢以婢作夫人，政许其中作大家婢耳。然则，即谓此书乃牛马走之下走，亦奚不可！①

汪道昆认为《艺苑》中的一些说法实际上颇为荒唐可笑，将杂剧、传奇这样的文学形式看得和诗文同样重要，简直如同将婢女作夫人一样。这表明他承认小说、戏曲和诗文在地位上有着明显的高下之别。完成自觉退让之后，汪道昆便顺势称扬起《水浒传》来。在他看来，《水浒传》虽然不敢以婢女作夫人，但是作为一个大户人家的婢女还是说得过去的；司马迁称自己为"牛马走"，那么《水浒传》就且作"牛马走之下走"吧。貌似不僭越，但却出手不凡，能和司马迁的《史记》相对比，这份志向还低吗？可以说，能如此放笔自由地夸赞《水浒传》，正是得益于汪道昆之前在地位问题上的自觉退让。

胡应麟曾编小说集《百家艺苑》，从汉人驾名东方朔（前

---

① 朱一玄、刘毓忱编：《〈水浒传〉资料汇编》，第169页。

154?—前 93?)所作的《神异经》起,列举了至六朝、唐宋凡是以"异"为名的小说,并自为之序。在这篇书序文里,胡应麟开篇就写到:

> 余屏居丘壑,却扫杜门,无鼎臣野外之宾以遣余日,辄命颖生以类钞合,循名入事,各完本书。不惟前哲流风藉以不泯,而遗编故帙亦因概见大都。遂命之曰《百家艺苑》,作经史之暇,辄一披阅,当抵掌扪虱之欢。昔苏子瞻好语怪,客不能,则使妄言之。庄周曰:"余姑以妄言之,而汝姑妄听之。"知庄氏之旨则知苏氏之旨,知苏氏之旨则知余类次之旨矣。(《百家艺苑序》,《少室山房集》卷四二)

胡应麟直言《百家艺苑》是自己闲来无事时所集,为了在"经史之暇"供娱乐而已。首先从编著意图的角度说明这部小说集难以与经、史、诗文等相比拟。接下来,胡应麟引苏轼作为自己的同盟,并借来庄周的话说其编这部集子只是妄言而已,读者请姑妄听之。可见,在地位问题上胡应麟丝毫不争,不让人抓住把柄,反倒更容易引导阅读,继而发现这部书的价值。

有时候,自觉退让只是一种策略,书序文作者未见得多么心甘情愿,这种矛盾的心态也在书序文中记录了下来。譬如屠隆的《章台柳玉合记序》:

> 夫机有妙,物有宜。非妙非宜,工无当也。虽有艳婢,以充夫人则羞;虽有庄姬,以习冶态则丑。故里讴不入于郊庙,古乐不列于新声……故余谓传奇一小技,不足以盖才士,而非才士不辨,非通才不妙。[①]

[①] 汪超宏主编:《屠隆集》,第五册,第 197 页。

先作一番铺垫,通过几个东施效颦的典型例子说明,传奇乃"小技"而已,不足以承载才士的真才实学。但是接下来,屠隆话锋一转,说传奇虽然是"小技",却不能小看了它,只有既谙雅音又擅俗情的通才方能驾驭。一面承认传奇"小技"的地位,一面却又试图在创作难度上扳回一局。即便承认传奇的地位低于诗文,从书序文作者这种策略上的自觉退让中,依然能见出其作为文人学士的一丝倔强的骄傲。

对小说、戏曲在地位上的自觉退让,梅鼎祚于《昆仑奴传奇自题》中的处理方式更要矜持和隐晦得多。序文开篇记道:"惟时上巳,二三同人,修禊于宛,酒间属余衍为乐府,以佐觞政。"①寥寥数语,交待了创作《昆仑奴传奇》的缘起。同时梅鼎祚清晰地透露了两个重要信息,他指出了触发《昆仑奴传奇》创作的场合——朋友间私下休闲的酒席之上;创作的目的——为喝酒助兴。可见他和朋友都只是将这部传奇作为可资娱乐的文学形式罢了。

也许正因为梅鼎祚显得过于保守和隐晦,在传奇地位问题上语焉不详,与梅鼎祚年纪相仿又意气相投的从叔梅守箕(1559—1603)在此序后又作《昆仑奴杂剧题后》,竟有着为亲友澄清的意味:

> 是役也,则吾家太一生所为。生故以文赋名家,性最介,而为是者,则以此奇事补史臣所不足,词虽极工丽,其蹈厉不平之气时时见矣。而其卒章,同归于道,是亦曲终奏雅之意邪。②

梅守箕故意强调了梅鼎祚本以文赋名家,并且性情耿介,他撰作

---

① 吴毓华编:《中国古代戏曲序跋集》,第83页。
② 同上书,第84页。

《昆仑奴杂剧》实际是要有补于史，发抒内心不平，且其卒章归于道，曲终奏雅。从各个方面竭力维护梅鼎祚的"正统"形象。梅守箕如此谨慎的态度，更是从反面说明了其时文人对小说、戏曲能否获得世人认同的极大的焦虑。

传统的价值观念果然是张无比坚固、难以冲破的网，王世贞等人所处时代的文人学士还深处其中并且尚无力冲破。所以，他们为小说、戏曲类书籍撰作书序文时，不论是否出于对自身文士身份地位和形象的顾及，都表现出对小说、戏曲能否为世人认同的强烈焦虑，他们在序文中自觉地以各种方式展开关于小说、戏曲的地位之辩，确也在情理之中。

三、自在语境下的独到叙写

由于受传统社会观念的影响，小说、戏曲在16世纪的明朝依然处于受人鄙薄的地位，王世贞及其周边文人群体在为小说、戏曲类书籍撰作书序文时，皆自觉地采用了上述种种书写策略，体现出对小说、戏曲地位问题上的紧张和焦虑。然而，只是就地位问题展开辩论显然不是为小说、戏曲类书籍撰作书序文的目的所在，它必然会触及小说、戏曲本身的问题，或者说实际上这才是书序文作者最重要的着墨点。

事实上，王世贞等人一旦完成了关于小说、戏曲的地位之辩，解决了地位问题的焦虑和紧张，也就进入了自在的书写语境。在这种语境下，王世贞及其周边文人群体评价所序书籍，发表自己在小说、戏曲方面的见解和观点等，积极展开文学批评，有意呈现出他们作为行家里手的一面。具体而言，关于小说、戏曲的文学批评大致集中在以下几个方面。

（一）艺术技巧的评价

进入自在语境后，王世贞及其周边文人群体在书序文中对于小说、戏曲最基本的批评，往往来自艺术层面。首先通过评价所序小说、戏曲的艺术技巧,在艺术观察范畴,展现了自身所具有的不凡眼光与识见。比如王穉登在《叙红梅记》里对周朝俊(1580?—?)所制传奇《红梅记》的评价:

> 余次至其寓中,见几上一帙,展视之,乃生所制《红梅记》也。循环读之,其词真,其调俊,其情宛而畅,其布格新奇,而毫不落于时套,削尽繁华,独存本色。嘻! 周郎可为善顾曲焉。余友纬真向制《昙花记》,李青莲诗,大行于世。纬真逝后,四明绝响。今复有周生,则纬真不能擅美于江南矣。①

王穉登认为《红梅记》曲词真切、曲调俊逸,所述情感婉转而流畅,情节的设置和布局亦非常新颖,不落窠臼,总体读来颇得传奇本色。王穉登甚至评价说,周朝俊在传奇创作方面的才华堪比已然声名皆著的屠隆。在这些评论中,首次为王穉登提出,且最为切中肯綮的便是这"布格新奇"一语。

《红梅记》描写了这样的故事:权相贾似道的侍妾李慧娘在游西湖时邂逅书生裴禹,因对裴禹生爱慕之念而被贾似道杀害。贾似道欲强纳已经心许裴禹的总兵之女卢昭容为妾,裴禹为救昭容更遭贾似道囚于密室,这时李慧娘的鬼魂来救其脱险,在危急时刻又现形痛斥贾似道的暴行。最后贾似道兵败被杀,裴禹考中探花与昭容完婚。这部传奇以书生裴禹与李慧娘之情、与卢昭容的婚姻两条线索贯穿,情节的安排和布局曲折新奇。虽然为后人诟病结构松散等,但王穉登的评价可谓恰得其妙,得到了行家的公认,"布格新奇"后来更成了《红梅记》标志性的优点。王穉登在初读《红梅记》且不熟悉作者周朝俊时,就给予了如此高而准确的评价。事实是,《红梅记》一经问世便获得了极大的赞誉,备受追捧,

---

① 吴毓华编:《中国古代戏曲序跋集》,第112页。

作者周朝俊也因为这部作品在后来被列为"玉茗堂派"的优秀作家。此剧被搬演后,也是常演不衰。这些都再次证明了王穉登异常敏锐的鉴赏眼光。

王世懋曾批点南朝宋刘义庆著、刘孝标(462—521)注的《世说新语》,主要于书中那些字句勾棘处加批注以疏释文意,对刘孝标之注亦有所辨正。万历八年(1580)秋,王世懋为自己批点的这本《世说新语》作序:

> 《易》称"书不尽言,言不尽意"。然则书者言之余响,而言者意之景测也。是以莫逆之旨,恒存乎相视;糟粕之喻,无与于心传。由百世之下,读其书,而欲想见其为心,不亦远乎! 此立言者之所以难也。晋人雅尚清谈,风流映于后世,而临川王生长晋末,沐浴浸溉,述为此书,至今讽习之者,犹能令人舞蹈,若亲睹其献酬。傥在当时,聆乐卫之韶音,承殷刘之润响,引宫刻羽,贯心入脾,尚书为之含笑,平子由斯绝倒,不亦宜乎! 盖晋人之谈,所谓言之近意,而临川此书,抑亦书之近言者也。①

序文从《易》所言"书不尽言,言不尽意"引起,表达了立言之难,这就为后文评价刘义庆所著《世说新语》打下了铺垫。虽然立言难,但魏晋士人长于清谈,能达到近意的水准,使得后世仍能于其言语中窥见他们当时的风流;而临川王刘义庆生于晋末,在《世说新语》中能够传神写照,与晋代的美学精神相贯通,把人物安置于一些重要的时刻和场合去表现其风神,重视叙述魏晋士人的言谈轶事,几能达到"尽言"的效果。王世懋虽然对刘义庆《世说新语》的夸赞可谓不吝言辞,但他的评价却相当精准。事实上,胡应麟在

---

① 丁锡根编著:《中国历代小说序跋集》上,第411页。

《少室山房笔丛》中论及《世说新语》时,也有类似的评价:"读其语言,晋人面目气韵,恍然生动,而简约玄澹,真致不穷,古今绝唱也。""《世说》以玄韵为宗,非纪事比。刘知几谓非实录,不足病也。"① 推赏刘义庆不重纪事而专注于人物的神韵风采的艺术技法,和王世懋所评正不谋而合,皆切中了《世说新语》最内在的特质。

除此而外,王世懋对刘孝标的注也给予了高度评价,认为刘注堪比《三国志》中裴松之(372—451)的注。这个看法也体现了他独到的眼光。王世懋批注了这部《世说新语》,因此他也最懂得注者的不易,最能看到刘注高超的地方。所以,对于这部书,王世懋在序中说"余幼而酷嗜此书,中年弥甚,恒著巾箱,铅椠数易,韦编欲绝",直言不讳地表达了自己的钟爱。当参知乔公见到他批点的《世说新语》而请求刊刻和作序时,他的反应是"吾岂敢谓二氏之忠臣,抑庶几不为风雅之罪人乎?"更是从文学艺术的角度来肯定阅读和欣赏《世说新语》乃是士人的风雅之事。

(二)专门知识的讨论

艺术层面的独到评价固然能展现书序文作者的深厚功力,而专门知识的讨论则更能检验他们是否真正的行家里手。在王世贞及其周边文人群体中,有一些人本来就精于小说、戏曲创作,因此具备极为丰富的相关专门知识。譬如广闻博学的屠隆,他精通曲艺,能自制戏曲,还曾亲自登台献艺。在校订完《王实甫西厢记》后,他为此书撰作了序文:

> 《西厢记》为崔张传奇……董解元者取而演之,制为北曲。至王实甫乃更新之……既而关汉卿再续四折……至吴本之出,号称详订。自今观之,得不补失。何也?盖由南人

---

① [明]胡应麟:《九流绪论下》,《少室山房笔丛》,第285页。

不谐乎北律,风气使之然耳。故求调于声者,则协以和;求声于调者,则舛以谬。然则是刻也,固可苟乎?且以一字之讹病及一句,一句之讹病及一篇。姑举其大者而正之。如以〔村里迓鼓〕为〔节节高〕,并〔耍孩儿〕为〔白鹤子〕,引〔后庭花〕中段入〔元和令〕,分〔满庭芳〕一曲为二,合〔锦上花〕二篇而为一,〔小桃红〕则窜附〔么篇〕,〔搅筝琶〕则混增五句。习故弊而不知,略大纲而不问,抑又何哉?止逮一字一句误者亦夥。今则辑其近似,删其繁衍,补其坠阙,亦庶几乎全文矣。

嗟乎,音律之学,古以为难。虽前辈极力模拟,仅达影响。至于排腔订谱,自愧茫然。彼以不知而强为知音,非其罪人欤?余少即喜歌咏,旁搜远绍积五十年,其渐得者,不过调分南北、字辨阴阳而已。①

这篇书序开篇即梳理了《西厢记》文本的流变,且简明准确地指出每次变化的优缺点,足以见出屠隆对《西厢记》的深入研究,以及他优于常人的认识和见解。此后他重点谈到了自己校订的这个"吴本",因为修订吴本的人是南方人,对北曲是个外行,不通北曲而强为之,求声于调,所以纰漏百出。面对这样的情况,屠隆别于普通阅读者的态度在于,他绝不能容许该书如此错下去。在他看来,一个字的错误往往使得整句出问题,而一句错了又常常导致整篇出问题,万不可轻视。展现了在专门知识上谨严、负责任的态度。其实这也是屠隆决定亲自校订《王实甫西厢记》的原因。

带着这样的眼光,接下来屠隆更是举出了一连串具体的问题,所涉皆是关于戏曲方面非常专精的知识。这些细致的问题,若不是真正的行家里手,根本难以察觉,遑论作出修改。摆脱地

---

① 汪超宏主编:《屠隆集》,第十二册,第64页。

位焦虑,进入自在语境后屠隆在文中不仅淋漓展现了其戏曲行家的态度,更能自如地进入专业知识的讨论。实际上,屠隆在指出文本错误的同时也是批驳其他文人,他们染指戏曲创作,虽有才情却不谙音律,以至于芜词杂曲充斥曲坛。序末,屠隆又感叹说,研究音律是极困难的,他磨砺五十年也不过只能分清南北调、辨别阴阳字而已。貌似谦逊,实则透出对自身才华的自信。

张凤翼曾为顾大典(1540—1596)所制《青衫记》作序。这篇书序文首先告诉读者《青衫记》缘自白居易故事,然后介绍和评价了作者松陵君顾大典其人,既而又从艺术角度品评作品。对于一篇书序文来说,如此结构安排可谓中规中矩。但是,在序文末尾,张凤翼写道:

> 中间有数字未协,僭为更定,非敢拟韩之以"敲"易"推",亦欲望范之去德从风耳。君即欣然诺之,且属予序其端,是为序。(《处实堂续集》卷六)

原来他发现在这部传奇的原本里曾有几个字不协音律,他替顾大典更正了过来。对此顾大典不仅未感到尴尬或不满,反而"欣然诺之"并请张凤翼作序。张凤翼将此事直言不讳地说出来,既可以使顾大典显得通达而有风范,又足以体现张凤翼对传奇作品精益求精的态度,以及其拥有相对顾大典更为专精的相关知识。

(三)文学理论的总结

作为小说、戏曲方面真正的行家里手,在经眼无数作品,甚至亲自创作后,久而久之练就了不凡的艺术眼光,积累了不少心得和体会。在为小说、戏曲类书籍撰作书序文时,作者在无所顾忌的自在语境下,会记录下这些心得体会,其中一部分甚至会随着书序文被存留下来,在后人的认可和征引中成为小说、戏曲的经典理论。

屠隆曾署"蓬莱仙客娑罗馆主人纬真氏",为王骥德所著传奇《题红记》作序:

> 夫生者,情也。有生则有情,有情则有结。条桑陌上,皇娥因之而援琴;杲日水滨,汉女由斯以解珮……而以其缠绵婉丽之藻,写彼凄楚幽怨之情,宜其闻之者伤心,感之者陨涕也。会稽王生伯良……恨风鬟而惨绿,撷遗事于宫娥;托霜叶以题红,缀丽情于韩女。情传天上,新诗兼新恨并深;水到人间,波痕与泪痕俱湿。亦聊寄殷勤于一片,含情欲托何人?乃竟谐伉俪于百年,作合适符冥数。①

《题红记》主要讲述了于祐与韩翠屏之间通过御沟流水红叶题诗,最后竟喜结姻缘的故事。屠隆此序跳脱序文的常规模式,开篇以"人生而有情"破题,随后引出多组排比,列举了天上和人间的男女情事,以说明"情"的合理性;认为即便是缠绵婉丽的辞藻,只要传写的是凄楚幽怨之情就会打动人心,极度推举"情"的重要意义。而王骥德正是满怀深沉,衍为《题红记》,才会如此感人。由此,整篇书序几乎成了一篇论"情"的专文。

屠隆认为传奇创作的灵魂即是内心真情的表达。他的这种看法或总结,与梅鼎祚在《长命缕自序》中所撰"夫曲,本诸情"(《鹿裘石室集》卷四),以及张凤翼《江东白苎序》中的"曲之兴也,发舒乎性情"等,共同构成了戏曲是自己情感的表达者的理论。而李渔所言"十部传奇九相思"②也印证了屠隆的卓见。

什么才是好的传奇?或者说好的传奇应该达致怎样的状态?这是所有传奇的创作者和欣赏者一直在不断探索的问题。在为

---

① 汪超宏主编:《屠隆集》,第十二册,第36页。
② [清]李渔:《怜香伴》第三十六出《欢聚》,王学奇、霍现俊校注:《笠翁传奇十种校注》,天津古籍出版社2009年版,第173页。

梅鼎祚《玉合记》撰作书序文时,屠隆对此有一段总结:

> 传奇之妙,在雅俗并陈,意调双美。有声有色,有情有态。欢则艳骨,悲则销魂,扬则色飞,怖则神夺,极才致则赏激名流,通俗情则娱快妇竖,斯其至乎!①

他将传奇的最佳状态,简练地概括为两大标准"雅俗并陈,意调双美"。既要体现出才情,又要通达俗情;既讲究内容的雅丽不鄙俗,又注重曲词符合音律、音声畅达。认为只有融合本色与文采,才能在传奇中将各种情态表现得淋漓尽致,使传奇呈现出清丽流畅、自然生动的面貌,赢得从名流到妇孺的广泛喜爱。屠隆这种双重标准的评价方式,既契合传奇戏曲词、律搭配的特点,又兼顾了传奇戏曲中积极参与的文人和广泛的社会受众之间的平衡,特别切合传奇戏曲雅俗共赏的特点。凝练的特质,更是使得屠隆的总结逐渐成为评判或者鉴赏传奇的重要理论。它为后来吕天成(1580—1618)、王骥德提出声律、情词"双美"的说法,以及冯梦龙所言声情与词情、案头与场上"兼美"的理论提供了借鉴,在戏曲理论史上具有重要的地位。

小说、戏曲既充满吸引力又受到主流社会的鄙薄,因此在为小说、戏曲类书籍撰作书序文时,王世贞及其周边文人群体中不少人的心态难免复杂。但是不论是否出于身份和地位的负担,他们都针对小说、戏曲的特殊性,首先便自觉启动了应对策略机制,以各种方法来为小说、戏曲的地位展开辩论。这样看来,因为这种特殊性,小说、戏曲类书籍这个主体几乎压倒性地超越了书序文文体这个主体,成为书序文作者撰作序文时最主要的顾及对象,直接决定着书序文作者的书写策略。

---

① 汪超宏主编:《屠隆集》,第五册,第 197 页。

除了部分毫不在意正统社会眼光的文人,多数人在解决了小说、戏曲地位的认同焦虑之后,一旦进入自在的书写语境,深入文学本身的讨论,便呈现出完全不同的状态。他们评价所序小说、戏曲的艺术技巧,讨论专业的知识问题,并且总结出文学理论,自觉不自觉地展现出他们在小说、戏曲方面敏锐的观察力,丰富的专业知识以及不凡的见地等,树立了一个行家里手的形象。实际上,小说、戏曲类书籍书序文的读者中除了那些带有社会偏见眼光的人,还有很大一部分是和书序文作者类同的文人学士,于是,书序文作者在序文中关于小说、戏曲文学批评的展现,同时又有了在小说、戏曲知识和能力修养上与同行比赛的意味。这类读者不仅最懂得书序文作者为小说、戏曲争得地位所作的努力,更能准确地看到对方的才能,并且心照不宣。

值得注意的是,不同于直接创作小说和戏曲,由于书序文这种文体的严肃性,所以文人们为小说、戏曲类书籍撰作书序文,等于将小说、戏曲引介和抬升至更高层级的文体空间,本就意味着对社会偏见的反拨,有利于小说、戏曲地位的提高。尤其是当书序文作者在进入自在语境后,轻松的书写语境更能帮助他们深入至小说、戏曲的本身,在书序文中尽情挥洒自己于小说、戏曲方面的不凡才华。因此,无论是艺术技巧的评价、专业知识的讨论还是文学理论的总结,他们的表现往往都能代表当时的最高水平。说到底,这种针对小说、戏曲文学本位的有意或无意之举,才是小说、戏曲在文学和社会地位方面得到提升的关键取径。可以说,王世贞等人通过书序文这种文体形式,从地位、艺术到理论,为小说和戏曲在明代的繁荣提供了有力支持。带着这样的思考,回过头去看,在16世纪行将划过的万历二十八年(1600),张凤翼仍在《新刻合并西厢序》里一边为争取《西厢》的一席之地奋力论辩,一边不吝言辞地盛赞《西厢》,便如同看到了燃起的星星之火,他们终将助力小说、戏曲在明代得以光辉灿烂地绽放。

小　　结

　　本章讨论了为诗文集类书籍、学术类书籍以及小说、戏曲类书籍撰作书序文时，以王世贞等人为代表的明代文人的书写实践。在为诗文集类书籍撰作序文时，书序文作者实际上面对的是诗文集类书籍和书序文文体两个主体，当他偏向诗文集类书籍这个主体时，往往以谈诗论文为主，使得书序文有了"诗文评"的性质。但是当过度重视诗文集这个主体时，"谈诗论文"亦会被当作书序文的固定书写构件。当书序文作者更在意书序文文体时，其笔下的书序文则多以书序功能为主，从而忽略诗文方面的内容，或者对其诗文观点作出调整。

　　王世贞等人在为学术类书籍撰作书序文时，虽然仍需要处理与学术类书籍和书序文文体两个主体之间的关系，但是和为诗文集类书籍作序相比，具体的表现又有所不同。当更顾及学术类书籍这个主体时，书序文作者多以谈论学术为主，展现出求真和严谨的学术态度，敢于提出不同见解，当和书籍编著者观点发生冲突时，甚至会公然展开辩论。此外，学术史的梳理与学术观点的表达时常搭配出现，一"史"一"论"的组合，使得学术书籍类书序文具有了论学文的性质。当作者更在意书序文文体时，他们通常会回避学术问题。若不回避，则可能委婉地呈现个人学术观点，更有甚者会模仿惯常学术类书籍序的写作范式，以完成书写。

　　小说、戏曲属于当时最具时代特色的书籍类型，他们既为正统社会鄙薄同时又颇具吸引力。不论是否出于对自己身份和地位的顾虑，王世贞等明代文人在为小说、戏曲撰作书序文时，大都表现出了对其地位的焦虑。因此，针对那些对小说、戏曲尚存偏见的眼光，书序文作者或以直接的论辩为小说、戏曲争取地位，或以功用论替代价值论绕道而行，或索性在地位问题上作出自觉的让步，承认小说、戏曲不能与诗文比肩的事实，以换取自在的书写。在进入自在语境后，他们便在艺术技巧、专业知识以及相关理论上提出独到的见解和观点，积极展现自己作为行家里手的专业素养和能力，由此实实在在地从文学本位上促进了小说、戏曲的发展和地位的提升。

总的来说，通过对诗文集序、学术类书籍序，以及小说、戏曲序的考察，使我们更加确信书籍类型与书序文的书写策略之间确实存在着密切的关联，书籍类型对书序文的书写具有极为重要的制约作用。

虽然某种书籍类型并非一定对应某种书写策略，并且一种书籍类型也不只对应一种书写策略，但我们仍然发现某些书写策略在人们为某种书籍类型撰作书序文时会被频繁地、重复地利用。除了本章详细讨论的三种书籍类型外，还有家谱、乡试录等多种类型的书籍，王世贞等明代文人在为这些类型的书籍撰作书序文时，又会采用其他相应的书写策略。比如为家谱类书籍作序总是会追溯家族历史，列举该家族的名人以颂扬其才德等。为乡试录类书籍作序时总会感叹科举取士政策利国利民，赞叹统治者决策英明、胸怀宽广，以及参加科考的士子如何出类拔萃等。事实上，书序文作者在面对不同书籍类型时频繁、重复运用的相应书写策略，是随着时间的累积，人们在无数次序文的撰作实践中留下的书写记忆。一代代书序文作者在为该类书籍撰作书序文时会自觉不自觉地调用类似的书写策略，可见这种重复或者类似重复的书写策略，已经逐渐成为了一种潜藏于文化意识里的书写轨范。

第四章 明代书序文的传播实践
——书序文与读者之关系平议

本书前三章,集中讨论了书序文的书写实践。然而,书序文只有进入传播过程,经由读者的接受,其价值意义才能真正得以实现和彰显,这也是所有文学作品需要经历的过程。离开传播,文学作品存在的链条就会中断,并走向终止和消亡。那么在书籍出现爆发式增长的明代,书序文进入传播中,究竟会对读者产生怎样的文体效能与文化价值呢?探究这一问题,首先要认识到书序文独特的文体属性,即它在面向读者时具有两种截然不同的文本状态:其一,作为副文本,依附于所序书籍面向读者;其二,作为完全独立的文本面向读者。很大程度上,正是面向读者时这种"可依附可独立"的具有变化性和复杂性的文体特点,决定了书序文在传播中对读者产生的具体文体效能和文化价值。

在以往的研究中,书序文倘被视作一类文体予以重视和考察,当论及其对读者的功能和价值时,通常只是就书序文而谈书序文。这样的研究,割裂了书序文与所序书籍之间的关联,忽略了书序文自身的文体特征。事实上,书序文基于所序书籍而撰写,它首先即作为所序书籍的副文本存在。

"副文本"概念最早由法国当代著名文学批评家热拉尔·热

奈特(Gérard Genette)提出,指那些存在于文学作品的文本[1]周围,调节与读者之间关系的(通常是文本的)材料。[2] 热奈特在 1979 年出版的《广义文本之导论》(Introduction à l'architexte)一书中首次提及"副文本性"。在 1982 年出版的《隐迹稿本：第二阶段的写作》(Palimpsestes La littérature au second degré)中,他又明确提出"副文本"一词,并对"副文本"的内涵和功能作了较为清晰的说明：

> 副文本如标题、副标题、互联型标题；前言、跋、告读者、前边的话等；插图；请予刊登类插页、磁带、护封以及其他许多附属标志,包括作者亲笔留下的还是他人留下的标志,他们为文本提供了一种(变化的)氛围,有时甚至提供了一种官方或半官方的评论,最单纯的、对外围知识最不感兴趣的读者难以像他想象的或宣称的那样总是轻而易举地占有上述材料……它大概是作品实用方面,即作品影响读者方面的优越区域之一……[3]

此后,热奈特对副文本进行了更为深入的研究。1987 年,出版了法文版的"副文本"理论专著《门槛》(Seuils),此书于 1997 年被译为英文版《副文本：阐释的门槛》(Paratexts: Thresholds of Interpretation)。书中,热奈特将副文本非常形象地比喻成读者进入书籍正文本的"门槛",更加细致明确地分副文本为十三个类

---

[1] 热奈特所说的"文本"实指书籍的核心文本,为区别于"副文本",国内不少研究者将其译为"正文本",参见朱桃香《副文本对阐释复杂文本的叙事诗学价值》,《江西社会科学》2009 年第 4 期；金宇宏等《文本周边——中国现代文学副文本研究》,武汉大学出版社 2014 年版。本书依据国内多数翻译者的译法称其为"正文本"。

[2] Guyda Armstrong, "Paratexts and Their Functions in Seventeenth-Century English 'Decamerons'", in *The Modern Language Review*, 2007, Vol. 102(1).

[3] 〔法〕热拉尔·热奈特著：《热奈特论文集》,史忠义译,百花文艺出版社 2002 年版,第 71—72 页。

型,即"出版商的内文本、作者名、标题、插页、献词和题记、序言交流情境、原序、其他序言、内部标题、提示、公众外文本和私人内文本",他指出副文本的作用在于:

> 他们包围并延长文本,精确说来是为了呈示文本,用这个动词的常用意义而且最强烈的意义:使呈示,来保证文本以书的形式(至少当下)在世界上在场、"接受"和消费……因此,对我们而言,副文本是使文本成为书、以书的形式交与读者,更普泛一些,交与公众。①

按照热奈特的界定,本书考察的书序文正是副文本中重要的一类。因此,副文本的基本特征和属性无疑适用于书序文。从根本上看,书序文在书籍正文本基础上写就,它的存在是为了使正文本以书的形式面向读者,向读者"呈示"正文本。可见,书序文作为副文本的一个根本属性,即是它必须存在于与正文本的关系中,它和正文本之间天生地具有密切联系。另外,和其他类型的副文本一样,书序文所处的位置在书籍正文本和读者之间,它是读者进入书籍正文本阅读之前首先要跨越的"门槛",是沟通书籍编著者、书籍正文本与读者的桥梁。正因如此,热奈特认为书序文是影响读者的优越区域之一。那么,具体来说,在读者进入书籍正文本的传播过程中,作为副文本的书序文会对读者产生怎样的影响呢?或者说书序文会对读者产生怎样的文体效能?

---

① Gérard Genette, *Paratexts*: *Thresholds of Interpretation*. Trans. Jane E. Lewin, New York: Cambridge University Press, 1997, p. 1.

第一节　书序文作为副文本的文体效能

一、导读与导读的限制

当读者准备阅读一部书籍时，对书籍正文本是陌生甚至完全未知的，读者和书籍正文本之间存在一种阅读的紧张。换句话说，由陌生或未知进入阅读，读者并不容易较准确地把握书籍的主旨等关键信息。对书籍编著者而言，仅仅依靠正文本来顺利实现其期待的表达效果也同样存在困难。此时，按照热奈特的"副文本"理论，作为读者阅读正文本前首先需要跨越的"门槛"，书序文无形中具有了向导的身份。这个向导，在正文本之前为读者提供了一个阅读的过渡场域，它最早向读者传递关于书籍内外的资料和信息。因此它也就拥有了一种择取、裁定和阐释资料信息的权力。它或者代表着书籍编著者的意图和目的，或者表达了书序文作者的倾向和意见，为读者进入正文本营造了一种先行的阅读空间和审美氛围，引导着读者的阅读理解和思考体验，具有导读的文体效能。

(一)可能提供的导读信息

结合王世贞及其周边文人群体撰作的书序文，从中可以梳理出书序文提供给读者的几类主要导读信息。

1. 揭示书籍的创作主旨或编著意图。自后梁任昉（460—508）《文章缘起》中所言"序起《诗大序》，序所以序作者之意"[1]，到宋代陈骙（1128—1203）《文则》"书序，序所为作者之意"[2]，再至明代吴讷（1372—1457）《文章辨体序说》"凡序文籍，当序作者之

---

[1] ［梁］任昉撰，［明］陈懋仁注：《文章缘起注》，中华书局1985年版，第10页。
[2] ［宋］陈骙：《文则》，人民文学出版社1960年版，第9页。

意"①和徐师曾(1517—1580)《文体明辨序说》"按小序者，序其篇章之所由作……司马迁以下诸儒，著书自为之序，然后己意了然而无误耳"②，可见，向读者传达书籍编著者的编撰意图历来是书序文最重要的文体责务。借助书序文提供的信息，可以引导读者进入书籍编著者期待的意义空间。

成书于隆庆六年(1572)的十二卷本《医方摘要》，是一部收集医药方剂的书籍。此前各类医籍已层出不穷，作者为何还要编撰此书呢？关于这个问题，汪道昆在《医方摘要序》中引用书籍编撰发起人使君陈燕野(生卒年不详)的话解释："使者奉身行部中，直以安危系妄庸之手，即穷乡下邑，谓疾苦何！"③楚地生活环境恶劣，百姓常患病，而医生多庸妄无能，身为父母官的陈使君眼见百姓饱受苦痛而亡，悲伤焦急中请来医家杨拱(生卒年不详)，将多部传统医典里已在实践中得到验证的药方搜集整编成书。全书以病类方，首列病机病状及诊治要点，末附方剂，在编撰上务求易知易达，实用且便于查找。希望普通百姓都能据此书直接因症求方、因方命药，减轻他们遭受的病痛。汪道昆之序一目了然地介绍了《医方摘要》的编撰目的，为读者提供了重要的导读信息。

再如周若年(生卒年不详)重刻《晋书》，但此书唐以后即有，彼时重刻的意义何在？王世贞在此书序文中说，《晋书》虽有诸多令人称道的地方，但它历来只存于南国子学宫，在民间鲜少流布，并且因为存放的时间太久，数经翻阅，已经出现较多的脱误。恰好周若年偶然从朋友处得到了珍贵的宋代秘阁本《晋书》，所以决定修订并重刻。(《重刻晋书序》，《四部稿》卷四〇)通过王世贞的书序文，即便今天仍能清楚周若年重刻《晋书》的缘由。

---

① ［明］吴讷著，于北山校点：《文章辨体序说》，人民文学出版社1962年版，第42页。
② ［明］徐师曾著，罗根泽校点：《文章明辨序说》，人民文学出版社1962年版，第135—136页。
③ ［明］汪道昆著，胡益民、余国庆点校：《太函集》，黄山书社2004年版，第456页。

第四章　明代书序文的传播实践　251

对读者来说，一些书籍若只阅读正文本，极易产生误读或者难以读懂书背后的深刻意涵，这就尤其需要借助书序文揭示主旨。张鸣凤于万历三年（1575）被贬官利州（今属四川），自京赴蜀，后又还京，《西迁注》是他记录沿途道路所见之名胜古迹、碑刻等物的一部书籍。按照内容，读者很容易将此书视为游记。吴国伦作为张鸣凤的好友，对他尤为了解，在《西迁注序》中向读者道明了此书的真正意旨："乃其大致则羁臣恋国，逆旅思乡，游览外恣，忧愤中迫，激于其所不能堪，而发于其所不能自禁，至今读之，怆然有余悲焉。所谓'怨而不怒，哀而不伤'，其庶几矣！予友张羽王氏所为《西迁注》则尤有进于是者。"（《甀甀洞稿》卷四一）如此，读者方知张鸣凤将遭遇贬谪的忧愤和对家人的思念等深沉情感，一并托寄于山川胜景，诉予这部《西迁注》。

选本类书籍更是需要借书序文阐明意旨。李攀龙编选的《古今诗删》，读者若仅阅读书籍正文本，难以清晰把握李攀龙编选的真实意图，对于全书的编选方式更是会不明就里：为何每个朝代各自分体，始于古逸，次以汉、魏、六朝、唐，继而直接跳过宋、元两代不录却继以明？这时王世贞为《古今诗删》撰作的书序文便十分关键，序文为读者明确指出李攀龙倡导古诗尊汉、魏，近体尊盛唐，卑视宋、元的编选意旨及其"以楷模后之操觚者"的主体期待。（《四部稿》卷六七）

书名有时正是书籍编著者编著意图的展现和凝结，所以书序文往往也通过"解题"的方式，道出所序书籍的主旨。李维桢曾为傅汝舟（1476—1557）所著《步天集》作序，开篇即阐释此书何以名之"步天"："余尝为傅远度叙《燕子集》《七幅庵稿》，以彼才情前无衡敌，乃遇乖剌，读书山中兰若，有台高跱，去天若尺五，日坐其上吟讽，名台曰'步天'，而集所得诗，亦以台名名之。盖天步艰难之说昉自《小雅》,臣子失意于君父而作。"①"步天"在读者看来可有多种解读,然而李维桢此序却及时为读者点明,傅汝舟的"步天"实取《小雅》君子失意之义。联系傅汝舟"遇乖剌"的真实际遇,显然李维桢之说正是傅汝舟希望传达的意思。李维桢此序在解释书题的同时,亦指明寄托怀才不遇的郁慨是《步天集》中所有作品的真正意涵。屠隆《羼提斋稿序》亦是如此,借解释书名中的"羼提":"夫梵书'羼提',华严忍辱也。挫挽和光,平情炼性,释迦五百劫时尝用此以证上果,是渡海之宝筏、破昏之慧炬也。"②向读者指出邹迪光所著此书实为表达忍辱以悟道的意旨。很多时候,书序文揭示所序书籍的主旨或意图,能够为读者进入书籍正文本的阅读提供重要及时的引导和帮助。

2. 介绍书籍的主要内容和体例安排。相当于在阅读书籍正文本前给读者提供一个内容提要、书籍目录或者凡例,此时书序文便兼具了热奈特十三种副文本中其他副文本的文体功能,但主要目的仍为引导读者的阅读,将书籍正文本呈示给公众读者。读者在进入书籍正文本前,对书籍的主要内容有所了解,事先清楚书籍的体例设计或编排等,有助于顺利进入正文本,自主安排阅读方式和节奏等。

汪道昆曾为《黄岩县志》撰序:

> 志为卷者七,为纲者五,为目者五十有三。有分土而后有分民,故首舆地。乃若设地险以固吾圉,兴水利以粒吾民,惩往开来,当事者之所汲汲者也。政由俗革,故惟风俗为详。食货者,土之实,民之天也,故次之。王者设官以为民,官师备而政教兴矣,故次职官。人杰地灵,则地以人取重,故次人

---

① 《"国立中央"图书馆善本序跋集录》集部(四),"中央"图书馆1994年版,第423页。
② 汪超宏主编:《屠隆集》,第五册,浙江古籍出版社2012年版,第178页。

物。由古迹而之祥异,亦旁综者所不遗,故以外志附之。①

序文简明精要地介绍了《黄岩县志》的主要内容以及体例结构,使读者对该书的基本情况了然于胸。如果要从中查阅某方面的内容,即便不整本翻阅,也能较为方便轻松地提取所需信息。

汪道昆为胡应麟的《诗薮》作序时,也同样清楚地向读者介绍了该书的内容设计。指出胡应麟所著《诗薮》共三编,有若干卷,是一部力求超越徐祯卿(1479—1511)《谈艺录》,且在王世贞《艺苑卮言》基础上有所扩展,能够发表新见的诗论著作。在内容上,不论耄倪妍丑,无不镜诸灵台。时间上则从商、周、汉魏,迄于明代。讨论的体裁包括四言、五言、七言,甚至杂言诗,并及乐府和歌行。涉及人物无数,远自李陵(前134—前74)、曹操(155—220)、李白、杜甫,近到王世贞、李梦阳、李攀龙等。(《太函集》卷二三)向读者说明了《诗薮》的编著性质和原则,讨论的文学对象、时代和人物范畴。读者阅读此篇书序文,能够迅速掌握《诗薮》的基本框架,较顺利地进入书籍正文本的阅读。

3. 介绍书籍编著者其人其事。在书序文的写作中,自司马迁《太史公自序》始,类似于传体的写法古来有之。至明代,李开先《赵浚谷诗文集序》亦云:"古之序者,多先序其人,而后及其集。"②更为重要的是,自古以来,"文如其人"是中国传统文学批评领域里的一个普遍为人接受的观念,按照这一思路,书籍的内容风格与书籍编著者的才情与品性等密切相关。因此,向读者提供书籍编著者的学问、品格、性情等,是书序文作者重点着墨的地方。

吴国伦为《王奉常集》撰作书序文时,对作者王世懋有如下一

---

① [明]汪道昆著,胡益民、余国庆点校:《太函集》,第476页。
② 路工辑校:《李开先集》,中华书局1959年版,第351页。

段描述：

> 盖敬美其才兼人，而尤研精于风雅典谟，暨先秦、两汉、魏晋诸书，旁及二氏百家、音□稗史之属，无所不窥。且备尝诸艰，心志荼苦，以故闻识广而神气益完，思虑深而天机益敏，意兴高而风韵益畅。畅其境之所会，而极其情之所通，无不应手立就。盖有巧若承蜩弄丸，劲若飞戈奋戟，丽若绳珠编贝，捷若驾风鞭霆，廓宏若张千门，立万石，诡异若飞兔越山，神鱼超海，千态万状，使人应接不暇。而叩之则有余音，按之则有微旨也。（《王奉常集序》，《甑甄洞稿》卷七）

序文向读者展示了王世懋丰富的知识构成和俊逸的才气修养，正是因为拥有这般才情，发之于诗才能胜人一筹。有时为凸显书籍编著者的人格性情，书序文作者还会择取典型事件。李维桢《雍野李先生快独集序》中记《快独集》作者李尧民（1544—1606），终日居于自家藏书的快独楼上，专于著述，连家人都很少会见，以此呈现了一个潜心著述的文人形象。（《大泌山房集》卷一〇）

除此以外，书序文作者还常现身说法，通过记述自己和书籍编著者的亲身交往来表现对方的才情志趣。王世贞《于大夫集序》中回忆了初次见到于山甫（生卒年不详）时的情景。时值寒冬，王世贞解官东行，于山甫专程前来："大风起江上，怒涛拍天，声殷殷若霆震，帆樯之迹尽泯。而忽有一叶若灭没于涛间者，一伟丈夫，虎颧虬须，冠篝冠，衣鹿裘，以刺自通曰武陵于某……"无论从外形装扮，还是出场方式，于山甫都给人留下了才高气雄、异于凡人的深刻印象。按照王世贞的描述，其所作诗歌果然也不贴贴于古，能够"外足于象，内足于意"。（《四部稿》卷四〇）

王世懋为卓明卿诗集撰作的书序文中也谈到了彼此的几番交往：

岁丁丑,过唐栖,以葛巾访之。澂甫家阛阓中,而别业为竹林禅室,甚雅,邀余往,谈赏良久,始醉之酒,酩酊别去。又二载,复过西湖,澂甫追而操舟为具,则益欢。时澂甫所庄事者叶山人,山人与俱来,遇余皆有作,而澂甫诗出山人上,佳甚,即山人亦自谓不及也。于时玄云羃羃,湖山并色,膏雨如注,顷之雨歇,奔云遽归,群崿尽出,倏忽千变。扣舷而歌,澂甫之诗苍翠泠然,欲令作响。其诗今载集中,可征也。(《卓澂甫诗集序》,《王奉常集》卷六)

两人初见于卓明卿所居别业竹林禅室,相与饮酒畅谈,展现了卓明卿清雅旷达的生活态度。第二次王世懋、卓明卿和叶山人三人泛舟西湖,其时天色遽变,骤雨急下,卓明卿竟扣舷而歌,吟出了与自然万象合拍相契的诗句,展现了卓明卿爽朗重谊的性情以及过人的才气。

　　4. 评价所序书籍及编著者的创作。叶圣陶为现代诗人徐雉的诗集《雉的心》作序时认为序文不仅是全书的提要,更是批评:"序文的责务,最重要的当然在替作者加一种说明,使作品潜在的容易被忽视的精神,很显著地展现于读者心中。这是所谓批评家能够胜任的工作……"[①]相对于其他读者,书序文作者更早甚至是作为"第一作者"最早阅读了所序书籍中的作品,他们也更有可能了解和熟知书籍编著者,而书序文作者通常拥有丰富的知识储备和较高的文化素养,这些条件都使得评论所序书籍或编著者成为他们撰作书序文的重要责务。加之书序文作者的声望和地位,通常能获得大众读者的信赖。

　　朱多煃在《思玄堂集序》中评价作者欧大任的创作:"观今桢

---

① 徐雉:《雉的心》,新中国印书馆1924年版,第2页。

伯之集,乐府抵掌于太康,古诗鼓吹于邺下,歌行准之嘉州,间出青莲语,近体羽翼盛唐,至七言律佳境,又龙标襄阳三舍者,视所谓四端则爽然也。"对欧大任《思玄堂集》中的各类诗歌一一点评,虽然当时"矜隽者或渝于品式,夸赡者或陋于色泽,尚似者伤于割裂,空空者托于性情",但欧大任独能避开这些弊病,所作诗歌爽利自然,合乎复古阵营崇尚的风格。① 万虞恺(1505—1588)有诗文集《枫潭集钞》传世,集前附其进士同年吴维岳所撰书序文。对于万虞恺的诗文创作,吴维岳发表了自己的看法:

> 甘,天味也;白,天色也。用以成之而为五,巧以杂之而为变。愈变愈杂,愈杂愈下,未始有加于成也。……懋卿诗不为雕琢粉绘,触事感时,览胜怀友。每敷篇什,清爽莹洁,弗胃尘气。其警语散见,辄臻悟脱。虽终日吮毫沉思求胜者,亦让工焉。至所为文,亦直写己意,切事近人,未尝模拟,自成材构。以是知懋卿得诸天者独多,如味之有甘、色之有白也。②

认为在所有味道中,甘属天味;所有色彩中,白属天色,二者皆看似平常却最为隽永。万虞恺的诗和文正像甘和白一样,大都从自我胸臆发出,呈现性情,不事模拟,独存一缕难得的素朴和清丽,耐人寻味。在时人争相吹捧模拟的潮流之下,吴维岳能看到万虞恺直写己意的可贵,别具慧眼。为读者阅读和欣赏万虞恺的《枫潭集钞》提供了独特的视角。

正因眼光敏锐,书序文作者对所序书籍或编著者的评价常能一针见血。它甚至可能是书籍编著者亦不甚明确,大众读者更不

---

① 《"国立中央"图书馆善本序跋集录》集部(四),第79页。
② [明]吴维岳:《枫潭集钞序》,《"国立中央"图书馆善本序跋集录》集部(三),第431页。

易领会的。但是一经书序文介绍给读者,便在流传中成为经典评论。王世贞《弇州山人续稿》由王锡爵撰序,序文里王锡爵指出王世贞晚期创作上的变化:

> 当公少时,一二俊士句钉字饵,度不有所震发,欲藉大力者为帜,而以虚声撼公,公稍矜踔应之,不免微露有余之势,而瓴建云委,要归于雄浑。迨其晚年,阅尽天地间盛衰祸福之倚伏,江河陵谷之迁流,与夫国是政体之真是非,才品文章之真脉络,而慨然悟水落石出之旨于纷浓繁盛之时,故其诗若文尽脱去角牙绳敷,而以恬淡自然为宗。(《弇州山人续稿序》,《王文肃公集》卷一)

王世贞早年间为张大复古阵营旗帜,对复古主张相当苛刻。但是到晚年,待阅尽起伏盛衰,其审美趣味和创作境界都发生了改变,主要变为脱略绳墨之束缚,以恬淡自然为宗。王锡爵作为王世贞晚年过从尤密的同乡老友,其评论一语中的。后来李维桢、冯梦祯等人对王世贞晚期的评价大都不出王锡爵此论。

5. 提供书籍所涉的相关知识。明代书籍在正德以后种类异常繁多,涉及各类专精知识。书序文的撰作往往带有对相关知识背景的介绍甚至学术史的梳理。而读者的构成是复杂的,知识储备、素养经验等各不相同,在阅读一部书籍时,未见得熟悉或者掌握了该部书籍中涉及的相关知识背景。当出现这种状况时,无疑会对他们的阅读造成不小的障碍。此时书序文常能起到补救作用,利用书序文作为"门槛"的优越性,为读者"补课",使其初步了解大致的背景知识,顺利进入阅读。

李维桢为陈禹谟作《广滑稽序》时,首先即以相当的篇幅来谈"滑稽":

> 滑稽之名出楚屈原《卜居》,将突梯滑稽,如脂如韦,以挈
> 楹乎!扬雄《酒赋》,鸱夷滑稽,腹大如壶,尽日盛酒,人复藉
> 沽,即此物也。崔浩云:转注吐酒,终日不已,人言出口成章,
> 词不穷竭似之。而太史公取以名传,实以淳于髡、优孟、优旃
> 三人,赞其不流世俗,不争势力,上下无所凝滞,人莫之害。
> 三人惟淳于髡犹为诸王侯客,而孟、旃皆优伶,乃与诸君子并
> 列。太史公遭祸,无有谈言微中为之能解纷者,郁结不通,而
> 寄思于滑稽,夫亦传货殖、游侠之微指也。(《大泌山房集》卷
> 一四)

"滑稽"一词本出自屈原《卜居》,有圆滑诣媚之意。扬雄《酒赋》中的"滑稽"则指一种腹大如壶、可以源源不断地倒出美酒的酒器,借以形容那些张口便可滔滔不绝的能言善辩之徒。而心有郁结不能自通的司马迁在《史记》中以"滑稽"为列传命名,却是赞扬淳于髡、优孟、优旃三人不流于世俗,不争名夺利,能够自在悠游于朝野上下。李维桢此序对"滑稽"的出处以及在扬雄、司马迁处各自不同的含义作了清晰的梳理。对读者而言,通过这篇书序文可以在短时间内了解"滑稽"意涵的变化,对陈禹谟《广滑稽》一书中所收的各类滑稽小品能有更加深刻的认识。

梅鼎祚曾搜集南北朝以前的乐府诗辑为《古乐苑》,并请汪道昆为此书撰序。汪道昆撰作这篇《古乐苑序》时,开篇便向读者介绍,早在虞下令典乐之时,首先求诸诗,"诗三百"说到底也是诗乐一体,所以诗和乐自古以来就紧密相关。向读者说明了诗与乐的关系,引出乐府诗。继而又论及几部重要的乐府诗选本的特点。如最早的宋代郭茂倩(1041—1099)之《乐府诗集》,在选文上务求广博;此后左克明(生卒年不详)的《古乐府》,选文则务求典要而近古。二者各有所当,但殊途同归。元代刘履(1317—1379)的《风雅翼》出,杨慎将其比之乐。明代冯汝言(生卒年不详)的《诗

纪》，取文尤为繁富，溢目盈耳，其中乐府占十分之三，声诗占到了十分之七。(《太函集》卷二六)根据汪道昆此篇书序文提供的信息，即便是对乐府诗毫无了解的读者，也都能很快领略到乐府诗的来龙去脉，并对几个重要的乐府诗选本形成大体的认识。从而在阅读梅著时方能拾级而上，对书中所辑作品作出基本评判。

当然，以上所举仅为书序文向读者提供的几类主要导读信息，在具体的序文撰写中，书序文的导读信息会更为丰富。它不仅包括书里书外多样的资料，也包括书序文作者对书籍和书籍编著者的主观建构等，从不同的层面引导着读者的阅读和认知。

(二)导读的具体效能

书序文能够为读者提供诸多导读信息，然而，读者果真会"顺应"书序文的引导去阅读、认识和评价书籍正文本吗？这便要考察书序文导读的具体效能。通常情况下，相较于其他读者，书序文作者更了解书籍编著者的撰作意图和目的，掌握了书籍内外丰富的资料和信息，其自身具有较丰富的知识储备和较高的文化修养，在文化和社会上拥有相当的声望和地位。可以说，他们具备从信息条件、能力素养到声望地位等多方面的天然优势，由他们撰作的书序文，容易赢得读者尤其是大众读者的信任。加之书序文作为"门槛"的特殊位置，因此一般情况下，读者多会跟随书序文的引导。

嘉靖四十四年(1565)，莫如忠为何良俊所著二十八卷《何翰林集》作序，对何良俊的文学创作有一番独到的评价：

> 予从何君游，每论文及之，辄有合，至是读君集，即凿凿不谬其旨云。君于文法刘向、司马迁氏，诗本苏、李，而近体出高、岑间。至其酝酿群籍，勒成一家，意匠纵横，不假绳削，或直陈事理，陶写胸臆，累数百言，要归于质厚，倪所谓醇庞

> 汤穆之气其在治古者，不自是可想见哉！①

他一一列举何良俊诗文主要师法的前贤为刘向、司马迁、苏武(前140—前60)、李陵、高适(700？—765)和岑参(715？—770)。归纳起来，这些师法对象的诗文创作皆因发于自家性情和胸臆而呈现出自然厚朴的风格。莫如忠与何良俊二人为华亭(今属上海)同乡，相交甚笃，多次同游，在诗文的见解上也颇为相投。对读者而言，不论是自身文学修养还是对书籍作者的了解程度，莫如忠对何良俊创作的评价都较容易获得读者的认同。

皇甫汸正是这篇序文的众多读者之一。皇甫汸在为《何翰林集》撰写的序文里说："学宪莫君序而传之，间以视司勋氏，余为嗟赏久之。"说明皇甫汸在作序前已读过莫序。对于莫序里对何良俊创作的评价，他深表认同"莫君深于艺者，谓君文法刘向、马迁，诗本苏、李，而近体出高、岑间，评核良确矣"②，认为莫如忠抓住了何良俊诗文创作之精髓和取法对象。这种肯定和服膺，恰恰说明皇甫汸在阅读《何翰林集》时，受到莫序的引导。同理，读者若对书前的莫如忠序表示赞同，那么他在阅读正文本时便有可能带着莫氏评价的期待视野。

卢楠去世后，张佳胤曾亲自校对卢楠的《蠛蠓集》，并于万历二年(1574)为此集撰序。张佳胤称卢楠"有奇行"，并择取了其中的两件事情来说明。第一件事情：

> 往余客燕市，申考功仪卿语余曰，山人游太学归，过魏，

---

① [明]莫如忠：《何翰林集序》，《"国立中央"图书馆善本序跋集录》集部(四)，第58页。
② [明]皇甫汸：《何翰林集序》，同上书，第59页。

访考功,入门大哭不休,已而长叹曰:"太学,士人之薮,卒无有与于斯文,悠悠宇宙,不知涕之何从也。"考功笑而饮之至醉,出厩中紫骝马,命之赋。山人左手浮白,右手挥毫,须臾数百言,翩翩乎李供奉之音也,今集中亦未之载。

第二件事情:

> 山人初困浚狱,余时时问劳。及出犴狴,而银铛桎梏,犹然拘挛也,山人则诣余厅事,稽首谢余。始识面,亟引副署中,阍人列榻雁行,山人乃举械手揖余曰:"枏乌鸢之余肉也,以分何敢望见君侯,顾君侯知己,宜当客礼。"遂上坐。夫祢正平、越石父之不见于今久矣,山人甫释南冠,手木且未脱,即俨然据上坐,英论四发,不作沾沾困苦之态,然则世之龌龊缩朒、改虑患难者何可胜数,宜山人自豪一世矣。①

这两件事情,前者是张佳胤从申仪卿(生卒年不详)处听得,记卢柟游太学后于归家途中拜访故友申仪卿,因感到太学斯文不再,进门便大哭不已。在申仪卿家饮酒,待到酒酣之时,看到紫骝马,竟一气呵成《紫骝马赋》。后者为张佳胤亲眼所见,记卢柟刚出监狱拜见张佳胤,彼时其手械仍未除,但豪气分毫不减,不仅以宾客身份自行上坐,且在席间如往昔一样畅快地发表议论,毫无困苦之态,不禁令人叹服。

此后,窦宝泉(生卒年不详)因为好诗文,重刻卢柟《蠛蠓集》,并请同邑的穆文熙为之作序。就穆序来看,他显然读过张序:"崐崃公又述山人游太学归,痛苦于申考功之第,谓太学为空洞无人,

---

① [明]张佳胤:《蠛蠓集序》,《"国立中央"图书馆善本序跋集录》集部(四),第75页。

而醉赋《紫骝马》篇,累累数百言,有飞黄万里之思。又其方出犴狴,手械未除,邑令命茶,即与抗礼,至引越石父对晏子之辞,而邑令大惭。"文中的"崛崃公"即张佳胤,穆文熙此段简要复述了张序中择取的卢柟奇行之事。并且对于张佳胤这两则材料的择取,穆文熙深表佩服,认为仅凭这两件事情,卢柟的超轶之见和磊落之怀,便能出尘远甚。卢柟正是因为有这般奇特的个性,其笔下的创作才能达到渊深闳肆、力追古人的艺术水平。可见,穆文熙在阅读《蠛蠓集》时自觉接受了张序的引导。

穆文熙所撰序文里,还谈到张序本《蠛蠓集》在当时受欢迎的程度:"集始刻于吴之太仓州,乃凤洲王公家藏抄本,张公手自校之,又自叙其刻之始末,以成兹集。集传至吾郡,见者以为琬琰奇珍,转相抄录,目不暇给,殆若平子赋出,而纸价为贵时矣。"①可以想见,张佳胤之序对当时读者具有强有力的导读示范之功。而其中如穆文熙这样的读者,他们拥有撰序的机会,在序文中又对张序的观点表示赞许,重复利用其择取的材料,如此形成层累引导的效应,这也是成就一部经典的重要步骤。

通过书序文能够取得很好的导读效果,明代文人对此已有清楚的认识。王世贞在《仲蔚先生集序》里曾评价俞允文的诗歌:"大致谓诗五言古能趋建安以下,迨齐梁错而不悖格,七言歌辞翩翩自肆,或深或浅,不名一家,独近体为小羸,而绝句时自会心。文主东京小语,间入晋宋,旨不必隽而骨在,纬不必丽而质胜,其于泉石最谐本色,毋亦布衣之赤帜哉!"在序文末尾,王世贞甚至自信地说:"自余之语出,而俞先生论稍稍定。"(《续稿》卷四四)这句话正是对书序文能够起到导引效能的自信。邹迪光《石语斋集自序》称:"余生平有一片冷肠,不肯随逐人,有一条傲骨,不肯附

---

① [明]穆文熙:《蠛蠓集序》,《"国立中央"图书馆善本序跋集录》集部(四),第75页。

会人,而于抽毫命管,亦有一段灵明,独裁独搆,不肯附人口颊,随人踵趾。世以今,我以古,世以今人学今人,我以今人学古人……"①自我剖白似的肆意挥洒,不仅因为书序文作者即是书籍编著者本人,也因为邹迪光在书序文对读者的导引方面同样具有相当的体认和信心。

值得注意的是,多数情况下,读者能够跟随书序文的导读,更加顺利地进入书籍正文本的阅读,较容易抓住书籍的主旨等。然而书序文源于序文作者对书籍以及书籍编著者的体认和理解,作为阐释者或代言人的序文作者,他的表达和书籍本身及书籍编著者的本意往往存在距离。所以,读者从书序文中获得的信息实际上负载着序文作者强烈的个人感受和经验,未必更接近所序书籍以及书籍编著者本来的意图和目的,甚至会出现较大的偏离。

王世懋撰作的《仲山先生诗集序》中,记述了他和仲山先生之子王汝明(生卒年不详)的一段对话:

> 先生殁而所为不朽,计多名公巨卿之笔序其诗而称说者,亡虑十数家言,乃汝明以为未慊于志,复就王子而问序焉。王子瞿然曰:"吾先子之所畏也,敢辞?"汝明曰:"子知夫离合之趣乎?夫辞有娴而无当者,其趣离也;文有不必工而当者,其趣合也。昔者吾先君子好隐而子亦好隐,吾先君子好书而子亦好书,吾先君子好诗而子亦好诗,其为趣离耶?合耶?若是吾先君子必吾子之言享也。"(《王奉常集》卷六)

仲山先生去世后,不少名公巨卿为其诗集作序,但是王汝明认为这些序"未慊于志",不符合仲山先生的生平志趣,他们文辞上固然娴雅考究,但终与仲山先生诗歌的精神内旨相去甚远。既然书

---

① [明]邹迪光:《石语斋集》卷首,《四库存目》本,齐鲁书社1997年版。

序文作者对书籍内涵的理解和体悟存在偏差,那么,读者若是"顺应"这些书序文的引导去阅读《仲山先生诗集》,不但不会顺利地感受到仲山先生诗歌的真正旨趣,反倒走向了歧途,无法达到理想的阅读效果。

另外一种情况是,由于书序文的引导不可能面面俱到,读者也有着自我的判断和审美,因此,读者尤其是那些具有较高文化素养和审美修养的读者,除了跟随书序文的引导,还会调动自己的审美和阅读经验,对书籍的阅读和认识在书序文引导的基础上又会有所扩展和延伸。

沈懋孝(1537—1612)著有《滴露轩藏稿》,好友李长春(生卒年不详)为之序。在序文中,李长春主要通过沈懋孝和自己相对比的叙述策略,来衬托沈懋孝其人其文。在作文的师法对象上,李长春"喜为司马子长之言",处处效仿司马迁。但是沈懋孝并不认同此法:"君以子长师《世本》耶?而君抑师子长耶?既有真子长矣,为子长言者夫乃逊古人而左次乎?善学者必不师其唾余,不佞弟且借前茅直攻君耳。"认为司马迁的《史记》本就是学《世本》而来,所以学司马迁也就无异于学人之唾余。那么,这个不屑效仿司马迁而自有体悟的沈懋孝会不会因学无所依就识见浅薄、议论无能了呢?其实不然,李长春赞道:"幼真虽典在笔札乎,与之抵掌论国家大体,四方利弊,九边要害,尤凿凿中窾,皆可施行。嗟夫!议论通古今,喟然动众心,忧国如饥渴,斯亦今之子瞻也。"①

在李长春这篇书序文之后,李维桢也为《滴露轩藏稿》撰作了另一篇简短的序文:

---

① [明]李长春:《滴露轩藏稿序》,《"国立中央"图书馆善本序跋集录》集部(四),第159页。

> 侍御叶公得沈司成文二十一篇，既校行之矣，汪归安亦司成门人也，复梓其《滴露轩藏稿》，李宗伯元甫为序，序言司成不规规司马子长，匠心而出，居然典刑。余谓子长叙事及所寄慨处，自是千古绝笔，惟短于谈理，若礼乐书，无能自造一精语。司成探赜索隐，钩深致远，岂俗儒可及？濂洛关闽，超汉儒林文苑而直诣邹鲁，职是故也。①

显而易见，李维桢《滴露轩藏稿序》可以说完全架构在李长春序的内容之上。李维桢此序开篇即提到先前李长春所撰的书序文，可见他正是李长春序的读者。随后，又引出了李长春序中所说沈懋孝不师法司马迁而自出胸臆，但其关于国家大体之论居然达到了可以付诸实施的水平。对李长春论述的情况，李维桢表示出认同和接受的态度，并且在"余谓"二字之后，转向了在李长春所言基础上的进一步阐述。李维桢指出，司马迁虽然长于叙事和寄托感怀，但在谈理方面却并不擅长，所以他很难于《史记》中造出一二精语来。但是沈懋孝则不同，作为积书万卷的藏书家，沈懋孝校勘甚勤，寒暑不辍，能够探赜索隐，钩深致远。如果说李长春对沈懋孝不效仿司马迁而自有创获尚感到惊讶，那么李维桢此说恰是为沈懋孝的成功找到了原因，是在阅读李长春书序文后进一步的深度挖掘。

总体来说，无论是跟随导引，抑或在跟随导引的基础上有所扩展和延伸，书序文对读者具有切实的导读效能，并且往往能达成书序文作者的主观期待，尽管未必一定能贴近书籍编著者的意图和目的。但是，书序文的导读果然每次都能成功吗？答案却是否定的。在某些情况下读者并未按照书序文引导的方向进入书

---

① [明]李维桢：《滴露轩藏稿序》，《"国立中央"图书馆善本序跋集录》集部（四），第159—160页。

籍正文本的阅读,甚至有时候读者的阅读和理解与书序文引导的方向恰恰相反:

本书第三章就曾谈到《青泥莲花记》是梅鼎祚纂辑的一部辑录了汉魏至元明间数百名青楼烟粉事迹的文言短篇小说集。梅鼎祚在为这部小说撰作自序时,专门述及其编撰意旨,强调自己欲借此书达到揭露社会弊病,批判现实和讽劝世人的目的。甚至在篇末还专门叮嘱读者"毋仅以录烟花于南部,志狎游于北里而已",一定不要将此书仅仅看成是记录倡女的风流故事。可以说,梅鼎祚这篇自序已不吝笔墨地将《青泥莲花记》的编撰宗旨和意图交待得非常详细和明晰,但是读者是否就会跟随书序文的引导去阅读呢?

在四十多年后,清朝四库馆臣于《四库全书总目提要》中这样评价《青泥莲花记》:"自谓'寓维风于谐末,奏大雅于曲终',然狭斜之游,人情易溺,惩戒尚不可挽回。鼎祚乃捃摭琐闻,谓冶荡之中亦有节行,使倚门者得以藉口,狎邪者弥为倾心,虽意主善善从长,实则劝百而讽一矣。"①其中,"寓维风于谐末,奏大雅于曲终",并非梅鼎祚自谓,而是出自于梅膺祚《青泥莲花记跋语》。且不论四库馆臣的"张冠李戴",这段评论总体上是对《青泥莲花记》的批评,认为梅鼎祚采集琐闻,所谓倡女也有高尚的操守和节行,只不过是给为倡者立传提供了借口,令狎邪之人阅读此书后愈发放荡,即便梅鼎祚其本意为善,但实在也只是百害一利罢了。可见,四库馆臣完全没有顺着梅鼎祚自序文的引导来阅读这部书籍,对《青泥莲花记》的认识和解读走向了和梅鼎祚本意相反的方向。不仅四库馆臣,清代目录学家周中孚(1768—1831)在其《郑堂读书记》中也感叹说:"惜其用心于无益之地,徒为导情增欲之具。

---

① [清]永瑢等:《四库全书总目提要》,中华书局2008年版,第1235页。

所谓'作法于凉,弊将若何',禹金尚未之知乎!"①实际上,四库馆臣的看法和周中孚的感叹,反映的正是不少读者对这部书的认识和理解。

欧大任曾将自己于嘉靖二十七年(1548)以后十五年间创作的诗歌作品,收编为《思玄堂集》,并撰作了自序。在这篇序文里,欧大任回忆其年幼时的情况:"余不肖,幼跅弛,好击剑蹴鞠,不能耒耜,先君沙洲先生方耕于南海上,意不怪也。"②欧大任无非是通过这段年少贪玩、蹉跎岁月的记述,谦虚地表达自己在读书和诗文创作上起步较晚。但是这段记述在读者那里又有另一番解读。

万历六年(1578)秋七月,皇甫汸为欧大任《廱馆集》作序时即谈到了欧大任《思玄堂自序》中的这段幼时记忆:"尝读《思玄堂集》,其自叙幼时跅弛,好击剑蹴鞠。"作为读者,皇甫汸没有跟从欧大任序文表达的本意去阅读《思玄堂集》,反而说:"故其诗往往有英风侠气,晚折节砥行,诗亦温柔隽永。若相如《上林》之篇,自击剑来,而嫖姚树勋塞外,岂蹴鞠足病耶?古豪杰之致为类如此。"③认为正是因为欧大任年少时好击剑、蹴鞠之类的活动,所以其后来的诗作自有一股英风侠气,及至他晚年心绪沉静后,方能创作出温婉隽永的作品。皇甫汸更列举出,爱击剑的司马相如创作了流传千古的《上林赋》,好蹴鞠的霍去病杀敌无数而名动塞外。以两个典型的事例强烈佐证,说明古往今来的豪杰大都如此。欧大任在自序里一段自嘲的追忆,却被皇甫汸"误"读为成就欧大任此后健朗转温婉诗风的宝贵经历。

事实上,在自序中,由于书序文作者便是书籍编著者,难免出

---

① [清]周中孚:《郑堂读书记》,上海书店出版社2009年版,第1037页。
② [明]欧大任:《思玄堂集序》,《"国立中央"图书馆善本序跋集录》集部(四),第79页。
③ [明]皇甫汸:《廱馆集序》,同上书,第80页。

现自谦的表达,本书第二章中已作详细论述。然而,对于这类表述,读者几乎都能识别,不会按照字面意思去阅读和理解。那么在这个意义上,读者的阅读看上去走向了书序文字面表达引导的相反方向,其带来的实际效果却可能正符合书籍编著者的期待。

综合而论,书序文虽然对读者具有重要的导读功能,但是这种导读功能在读者的具体阅读中却呈现出不同的实际效果。大多数情况下,读者可能会跟随书序文的引导,或者说在跟随的基础上又有所发挥和扩展。但是也有可能并未按照书序文引导的方向去阅读书籍正文本,甚至和书序文的引导背道而驰。可以说,虽然书序文的引导对读者阅读正文本起着方向性的关键作用,但是导读却又和导读的限制并存,它们共同构成了传播过程中书序文的实际导读效能。

二、广告与广告的修订

导读之外,书序文和书籍正文本之间的密切联系,以及书序文所处的介于读者和书籍正文本之间的优越区域,决定了书序文对读者还具有广告和宣传的文体效能。在众多书籍当中,某部书籍要获得读者的青睐,离不开书序文的广告和宣传。这一效能,最终促成所序书籍在传播过程中得到推广和更久远的流传。事实上,这种广告宣传的文体效能很早就被发现和自觉利用。如西晋时出身寒门的左思(250?—305)以十年之功写就《三都赋》,最初遭尽时人讥鄙,无人问津。后来他求序于皇甫谧(215—282),序文传开之后,以前讥鄙《三都赋》的也都改变了态度,人们争相传抄,一时洛阳纸贵。

在书业迅速发展的宋代,文士们对书序文的广告宣传效能深有体会。宋庠(996—1066)有《因览子京西州诗稿,感知音之难遇,偶成短章》诗,诗中感叹宋祁(998—1062)所著《出麾小集》在得到晏殊(991—1055)赏识并为其作序后才得以流传:"小集曾因善叙传,西州余藻复盈编。"①欧阳修于景祐元年(1034)任馆阁校勘时,曾代人向时任枢密使的王曙(963—1034)求序,其尺牍《代人上王枢密求先集序书》特别说明外部因素对文章传播的重要推动作用,这其中便有书序文:

> 夫文之行虽系其所载,犹有待焉。《诗》《书》《礼》《易》《春秋》,待仲尼之删正。荀、孟、屈原无所待,犹待其弟子而传焉。汉之徒,亦得其史臣之书。其始出也,或待其时之有名者而后发;其既殁也,或待其后之纪次者而传。其为之纪次也,非其门人故吏,则其亲戚朋友,如梦得之序子厚,李汉之序退之也。②

五经之传靠孔子删定,荀子、孟子、屈原的著作靠其弟子传。在汉代,在世者的著作靠名人传播,已故者的著作则靠门人故吏、亲戚朋友流传,书序文是有助著作流传后世的重要方式。黄廓(生卒年不详)《碧溪诗话跋》:"志以言而章,言以文而远,文以叙而传,叙以德而久。"③更是简明直接地指出文之流传需要依靠书序文。很显然,宋代文士深谙这样的道理:文章传世与否,固然与其内容和艺术价值等密切相关,但假如没有有效的传播媒介,再好的作品也寂寂无名。在书业兴起的宋代,书序文无疑迅速成为被宋代文士选中的一种甚富广告和宣传效能的传播媒介。

到了书籍出现爆发式增长的明代,在商业发展的激荡下,文士、商人等社会各阶层人士都认识到书序文的宣传有利于所序书籍及其编著者广泛而长期地留下印迹。请序者直接向书序文作

---

① [宋]宋庠:《元宪集》卷一五,《四库全书》本。
② 李之亮笺注:《欧阳修集编年笺注》,巴蜀书社2007年版,第4册,第264页。
③ 曾枣庄、刘琳主编:《全宋文》卷四九五七,上海辞书出版社、安徽教育出版社2006年版,第223册,第362页。

者表达,希望借由对方的书序文使所著书籍得以流传,这种现象稀松平常。譬如王世贞《张昭甫诗集序》中就记录了张同德(生卒年不详)之兄在请序时说的话:"不知可藉先生而传乎?"(《续稿》卷四〇)他在《余德甫先生诗集序》中也记录了余曰德之子余棐来替父亲的诗集请序时说:"此先府君诗也,吾子其有意乎叙而传之?"(《续稿》卷五二)一些人生经历异常悲惨的书籍编著者对书序文的广告宣传效能更是特别珍视。张佳胤在《刻蠛蠓集序》中回忆了嘉靖三十四年(1555)卢柟来为自己的《蠛蠓集》请序的情景:"卢仲木山人从浚来,出所著《蠛蠓集》,顿首请曰:'柟死罪缴惠于足下,幸不弃诸市,今老矣而无后,所与为后者斯言尔,藉第一旦填沟壑,世复有知柟者哉?'言讫,泣数行下……"①卢柟遭人构陷,身陷囹圄多年,后来在谢榛、张佳胤等人的帮助下几经波折才出狱,出狱时年事已高且没有子嗣,所著《蠛蠓集》无疑成了他生命唯一的痕迹,而书序文则是他希望留名于世的重要依靠。

其实,当请序者向书序文作者表达希望"叙而传之"的愿望时,即希望书序文作者能为其"美言"和广告宣传的意思。久而久之,尤其到了明代,即便请序者不直接传达这样的信息,为书籍及其编著者进行广告和宣传,俨然已成为书序文作者心知肚明的"责务"。王世懋在《吕氏书学指南序》中说:"而余姊婿吕舍人独能悯书史之失职,博探众说,成一家言,用意良亦勤矣。身告老,义在笃终,刊遗此书,嘉惠来者。"(《王奉常集》卷八)这位吕舍人并没有直接言明拜托王世懋为其书籍和他本人作宣传,但王世懋在书序文中仍极力夸赞吕舍人独能悯书史之失,成一家言等,尤其"嘉惠来者"这样的话更是标志性的广告常用语。② 俞允文为卓

---

① 《"国立中央"图书馆善本序跋集录》集部(四),第74页。

② 在中国古人的观念中,著书立说是大公无私的事业,所以人若将家藏珍本秘籍公之于众,是为整个社会赞赏的行为。因此自表公心,可以作为一种广告手段来博得读者之青睐。"嘉惠来者"也有类似的意义。(参见王海刚《明代书业广告研究》,岳麓书社2011年版,第119页。)

明卿《卓澂甫诗集》作序时也表示:"遂为序,引其端以张之,澂甫亦谓余不可无一言以相勖也。"①这些都说明随着书籍出现爆发式增长,明代的请序者和作序者对于书序文的广告宣传文体效能较之以往任何一个朝代都更具自知自觉。

(一)广告宣传的方式

如果书序文具有广告宣传的文体效能,那么书序文有哪些因素令读者感兴趣或信赖,可以吸引读者选择并进入书籍的阅读,帮助书籍和书籍编著者得以更广泛和久远的传播?

不容忽视的问题是,正因为人们看到书序文对于书籍和书籍编著者传播的至关重要,所以书序文普遍具有精英书写的特点。即是说请序者考虑得更多的是哪些人作序更能为书籍及其编著者增重,更有利于传播。当然,大家名流因为自身的政治、社会地位以及知识修养等,更容易获得请序者的青睐。这也是为什么王世贞、汪道昆、李维桢等人会屡屡受到他人的托请而撰序的原因。不可否认,知识精英的能力和地位确实是影响书序文广告宣传效能的重要因素之一。但是除此之外,书序文本身的书写对于书籍的广告宣传同样十分重要。这就好比一则广告的代言人和广告词一样,书序文作者扮演了代言人的角色,而书序文则有广告词的功能。如果说导读效能是为了帮助读者阅读书籍正文本,使读者能够顺利进入书籍编著者期待的阅读空间,掌握书籍的主旨和意涵等,其提供的内容通常更加真实可靠。那么,不管目的是为了一时的销售还是永久的流传,广告宣传效能则更偏向于对读者的吸引力、尽力向读者推荐所序的书籍及其书籍编著者,难免会带上某种程度的拔高和夸张。这里讨论的正是拥有广告功能的书序文在吸引读者方面所采用的宣传手段。

---

① [明]俞允文:《卓澂甫诗集序》,《"国立中央"图书馆善本序跋集录》集部(四),第74页。

1. 对比法。就读者而言(他往往也是书籍的购买者),在挑选、辨别一部书籍时,总是希望能挑到最优秀的、最有价值的,或者最有趣的那本。怎样才能见出这种所谓的"最好"来呢?最直观的便是通过对比法来呈现。

王世懋和胡应麟交谊深厚,经常在各种场合毫不掩饰地力推胡应麟,待到胡应麟的心血之作《诗测》(《诗薮》)完成时,王世懋不出意外地为此书撰作了书序文。鉴于书序文在传播所序书籍方面的重要作用,王世懋自然会借此机会尽力为胡应麟广告和宣传。在这篇《诗测序》中,王世懋提出"作诗难但评诗更难"的说法,为体现胡应麟非凡的实力作好铺垫后,便采取了比较的方法。"自钟嵘《诗品》以来,谭艺者亡虑数百十家,前则严沧浪、徐迪功二录,近则余兄《艺苑卮言》,最称笃论。然严、徐精而未备,《卮言》备而不专,论诗若夫集诸家之长,穷众体之变,敲宫扣角,兼总条贯,其在元瑞之《诗测》乎?"(《王奉常集》卷八)通过比较严羽的《沧浪诗话》、徐祯卿的《谈艺录》和王世贞的《艺苑卮言》,指出严、徐二书的遗憾在于虽然论诗精深但涉及面太窄,不够齐备;王世贞之书刚好相反,齐备而乏精深。认为三者皆有缺点,似乎精深和齐备只能照顾其一。但是胡应麟的《诗测》却能兼备他们的优长,当然更胜一筹。为了给胡应麟作广告宣传,王世懋不惜借重已负盛名的严、徐之作,甚至其平素最尊崇的兄长王世贞之作来比较,在强大的"对手"面前,愈发显出胡应麟《诗测》的优秀。

像胡应麟这种"兼美"自然难能可贵,它迎合了读者求全责备的选择心理。和现代消费者挑选商品好选"多功能"类似,在挑选书籍时,"兼美"当然也会更受读者欢迎。所以通过比较的方法来显示所序书籍或书籍编著者能够"兼美"的策略,在书序文中屡见不鲜。李维桢为沈懋孝《沈司成集》作后叙,其中就有:"不佞从公久问字,羡殊旧矣。比入越,得此二十一篇者,根极理要,发抒性灵,自成机杼,卓尔大雅,三才之道大略具焉。子云深沉于玄,长沙通达于治,孟坚谨严于体裁,庐陵、眉山条畅于论议,公其兼之乎?"(《大泌山房集》卷一二)这里李维桢描述了沈懋孝作品的特征,在夸赞其作品时首先提出了第一个"兼美",即具备天、地、人三才的魅力。随即,李维桢又将沈懋孝与深沉于玄的扬雄、通达于治的贾谊、体裁谨严的班固,以及在议论中能够条分缕析的欧阳修和苏轼作比较,认为沈懋孝基本能称得上是集齐了这几位大家的优点。李维桢之说明显带有夸张,但从广告宣传的角度来看,通过与几位大家的比较突出沈懋孝文章创作水平的高超,不失为吸引读者眼球的好方法。

实际上,强调书籍或书籍编著者的"独"或"异",也是同样的道理,其中仍然暗含比较。在比较中,那个"特别的"总是能更加引起读者的关注和兴趣。李维桢曾为李鼎(生卒年不详)《李长卿集》撰作序文,文中开篇便指出和不少文人作者相比,李鼎是特出的一位。当时的文人作者,其所作十之八九都是诗,并且独专近体,长于古选、歌行的不足十分之三。既能作诗又能撰文的,不足十分之一,其撰作的诗文又大都学习和模拟近代的两三位名流,真正能够通六籍、总百氏的文人作者,更是百不得一。即使真有这样的文人作者,也还存在"畸于人而不达于天,通于古而不宜于今"的缺陷。这也就难怪长期以来儒者会将写诗作文鄙薄为雕虫小技了。在读完《李长卿集》后,李维桢感到和这些人相比,李鼎诗文兼善,其所作能步武古人又能融会贯通,自是大雅不群之士。举出当时弊病百出的文人作者以烘托李鼎,就更加凸显了李鼎的难能可贵。在序文最后,李维桢又再次强调说:"词人中如长卿,吾见亦罕矣。"(《大泌山房集》卷一二)仍然是希望通过对比更加突出所序书籍的编著者,达到为书籍和书籍编著者进行广告和宣传的目的。

潘之恒(1556—1662)所著《涉江诗》,由袁宏道编选裁定,并由江盈科(1553—1605)刊行，自然请得当时不少名人为之作序，王稚登的《涉江篇序》便是其中之一。在这篇书序文里，王稚登围绕一个"异"字来称赞潘之恒："舟抵武林，暑如灼，取景升一篇读之，襁褓都忘，于是知诗如清风矣。见异色者目流，谈异味者指动，景升诗非异色异味乎？好岂独在余，人人艳且慕之矣。然景升不自名能诗也。"①这里虽然没有直接说明究竟和谁比，但是"异"本身就是普遍比较之后的结论。读潘之恒的诗篇如同酷夏里遇见清风，是平常读其他作者的诗时所没有的感受，事实上这里的"异"也等同于比其他作品更加优秀的意思。作品已经不凡了，偏偏潘之恒此人又迥异于常人，他从不自名能诗，好诗的同时好游亦好侠，从诗作到性情皆与众不同。王稚登序中所谓"见异色者目流，谈异味者指动"，其实正是读者的心理写照。在比较之下凸显书籍及其编著者异于他人之处，无疑也能达到使读者"目流""指动"的广告宣传效果。

事实上，在书籍爆发式增长的时代，在数量庞大的书山人海里，在带有商业竞争性质的书序文撰写中，对比法更是无处不在。比如通过书序文，有意突出所序书籍较之其他书籍，其校勘之精审，为名家拣择，是全本、汇本，既有评点又有插图，是新镌等，皆是通过比较法以显出书籍及其编著者的优秀，在传播过程中赢得读者的注目和欣赏，以获得商业竞争力或达致流传不朽。

2."负面"信息吸引法。在王世贞等明代文人的书序文中并非总是谈那些"好的""优秀的""积极明朗的"内容，相反，我们常能在其中发现记述书籍编著者怀才不遇、命途坎坷、英年早逝等悲惨不幸的"负面"信息。有趣的是，这些内容非但不会引起读者的反感，反倒对读者颇具吸引力。传播学家马歇尔·麦克卢汉(Marshall McLuhan)认为：

---

① 《"国立中央"图书馆善本序跋集录》集部(四)，第 265 页。

> 书和报都具有自白的特性,他们的形态本身就产生了内幕秘闻的效果,无论其内容为何物。书籍披露作者心灵历险中的秘闻;同样的道理,报纸的版面披露社会运转和社会交往中的秘闻。正是由于这个道理,报纸揭露阴暗面时似乎最能发挥其职能。真正有影响的新闻是报忧的新闻——关于某某人的坏消息或对于某某人的坏消息。①

虽然马歇尔·麦克卢汉考察的对象是书籍和报纸,但他揭示的人们更加关注负面信息的心理却同样适用于书序文的广告宣传。另外,乔纳森·芬比(Jonathan Fenby)也认为,读者天然地对曝光性的"坏消息"感兴趣,他说:"不管你喜欢不喜欢,对偶尔发生的飞机失事感兴趣,而不关心无数次的安全着陆,这是人的天性。传播媒介只有投其所好。"②二者皆说明了负面信息在现实生活中对人们屡试不爽的吸引力。

所以,不管书序文作者在作序时是否具有特别强烈的广告宣传目的,书序文中记录的一些"负面"消息,总是能够引发读者的兴趣。至少相比于其他所谓"好的""顺利的""优秀的"但同时也是波澜不惊、千篇一律的信息,更能抓住读者的眼球,留给读者强烈的印象。另外,人们长期以来形成的"诗穷而后工"的思想,也使读者更容易将书籍编著者历经磨难和优秀的作品划上等号,仿佛有着不幸的遭际是能够编著出优秀作品的某种保证。正是这些因素引逗出读者更加强烈的阅读欲望,当然也就更有利于书籍和书籍编著者的传播。

---

① 〔加〕马歇尔·麦克卢汉:《理解媒介——论人的延伸》,何道宽译,商务印书馆2000年版,第257页。
② 〔英〕乔纳森·芬比:《个人隐私与公开曝光》,张穗华主编:《媒介的变迁》,中国对外翻译出版公司2002年版,第15页。

李维桢曾为王世贞之婿、翰林侍读华察(1497—1574)之子华叔阳(1547—1575)的遗集撰作书序文：

> 嗟乎！此余友毗陵华起龙所为文若诗……起龙少余二十九日，又同举进士，两人雅相善也。当是时，君业以文名翩翩豪举，而会有诏选诸进士为庶吉士，众无不心仪君，乃卒不果。既谒选得工部主事，遂谢病免。三年再入为刑部，寻改典客，再以病归，归则持学士公服，不逾年，死矣。（《大泌山房集》卷一二）

序文以叹词"嗟乎"开篇，未陈述其事而直接以慨叹先行，极容易引起读者的注意。紧接着李维桢概述了华叔阳的人生——举进士高第后拜工部都水司主事，因为并非其志，故引疾告归。三年后复入刑部，寻改礼部，再次因病归家，归家后不到半年，父亲华察病逝，华叔阳也因过度悲痛染疾而卒。李维桢以简净的笔墨，将华叔阳二十九岁不逾年而亡的悲剧呈现在读者眼前，带给读者极大的情感冲击。面对这种开篇就迎面而来的情感冲击，读者通常很容易被带入书序文营造的氛围。接着李维桢又采用倒叙的方式，补充说华叔阳年少时即颖质出众，风标鲜令，颇得父亲华察钟爱，所以对他训导尤切。华叔阳亦能承续父亲的长处，凡所撰作皆得时人称赏并互相传阅。就是这样的一位天才般的青年才俊，刚刚崭露头角其生命却戛然而止，更是会让人无限惋惜。可以说，李维桢书序文中关于华叔阳短暂人生的书写足以在读者心中漾起波澜，使其对华叔阳印象深刻，愿意主动去阅读其所序书籍。从传播的广告宣传效能上看，这对于《华礼部集》能够传世不无助益。

王世懋为张逊业(1525—1559)撰作的《张有功诗集叙》也主要叙述张逊业不幸的人生遭际。文章开头即说明张逊业已经去世长达十六年之久了:"呜呼! 自有功之亡十有六年矣,而余始为叙其诗。"(《王奉常集》卷六)接下来倒叙张逊业年幼丧父,丰茂的才华使其弱冠便做上尚符玺丞。他擅长古诗文,所作诗文常能得到王世贞的夸赏,是一位名副其实的翩翩佳公子。但是由于在沈鍊(1507—1557)弹劾严嵩一事中为沈鍊说情和奔走,招惹当权的严嵩父子厌恨,遂被贬出京城。而后其才能和抱负仍然为严嵩所压制。郁勃之情长期积累于心,他便终日筵宾饮酒,放浪形骸,竟然突然去世,年仅三十六岁。从昔日的翩翩佳公子到寄烦忧于杜康的失意颓废之人,最后竟怀着郁愤不假天年而终,不能不令人唏嘘。在阅读了王世懋这篇书序文后,读者大约都会对张逊业印象深刻,感叹和同情他满腹才华却遭受奸人压制而郁郁早逝,自然也会产生阅读其诗作的冲动。并且,相对于不了解这些信息时的阅读,读者怀着同情、感叹的,带有感情的阅读更有利于书籍及其编著者的传播。可以说,负面信息的利用不仅可以吸引读者的注意,有时还能赢得读者的同情。所以但凡书籍编著者有过坎坷或不幸的遭遇,就如同给书序文作者提供了一个广告契机。

3. 攀附名人法。本来请大家名流为书籍撰作序文,便已经具有借名人之口,以名人之权威和名誉宣传书籍及其编著者的意味。这些名人因为自身的知识修养、身份地位,以及对书籍及书籍编著者熟悉等优越条件,其判断更加权威,读者容易受到他们的影响而对所序书籍及其编著者产生兴趣和好感。既然请序时凭借名人效应,可以为书籍的传播带来令人满意的效果,那么在扮演"广告词"角色的书序文中再次利用名人效应亦未尝不可。如此一来,等于拥有了"双保险",广告宣传的效能自不待言。

"四十子"之一的张元凯著有《伐檀斋集》,吴国伦曾为此集撰序。有意思的是,吴序里,刻意提到了王世贞对张元凯的评价:"顷,予游吴而吴词人多从予游者,最后得张左虞。盖王元美先生所呼酒人也,而又津津赏其诗。夫元美居恒,于吴人鲜浮誉,岂左虞无当而见阿耶？"就当时的文坛地位来看,王世贞无疑是复古派最具影响力的领袖人物,他的评介比吴国伦本人更具权威性和说服力。吴国伦还格外强调王世贞对其家乡吴地的人素来很少推赏,说明这个权威人物在品评方面是严格谨慎的。这么谨慎的人都对张元凯破例称赞,可见张必然有过人的才能。接下来吴国伦更顺势说道："今观所著《伐檀斋诗》,固恨得左虞晚矣。"等于坐实王世贞所言不虚。在序文的末尾,吴国伦又故意退回一步说："左虞介其友曹子念为请序,予不敢用左虞尽吴下才,然用元美之不浮誉足以才左虞矣。"(《甔甄洞稿》卷四三)重申王世贞之言不可不信。吴国伦在序文里引王世贞的评价,为《伐檀斋集》和其作者张元凯的广告宣传加重了砝码。一位由文坛领袖王世贞和名家吴国伦联名推介的作者张元凯及其《伐檀斋集》,当然能引起读者强烈的好奇和兴趣。

吴国伦是为他人作嫁衣,汪道昆于万历十二年(1584)撰作的《左传节文注略引》则是为自己作宣传。《春秋左传节文注略》是汪道昆晚年乡居时将《左传》中精彩的篇章节录而成的书籍,潮阳府(今属汕头)周光镐(1536—1616)为此书作注,汪道昆此《引》仍为自序。本书第二章已讨论过书序文作者为了避嫌,一般不会在自序中直接夸赞自己。在这篇《左传节文注略引》里,汪道昆就巧借王世贞来化解这个问题："窃尝评品左氏,挟之都市中。元美胠箧见之,耳语敬美：'其取材也富,其取法也精,是足赅矣。'"[1]王世贞在其弟王世懋耳边悄声称赞汪道昆此书。且不去追究王氏兄弟的耳语汪道昆何以得知,最为重要的是,汪道昆在此攀附了在文坛上比自己更有声望的王世贞,借力宣传了自己。

另有一类攀附名人的方法是将所序书籍及其编著者与社会上公认的名家名著并置,由此造成一种感觉(或者是错觉),即所

---

[1] [明]汪道昆著,胡益民、余国庆点校：《太函集》,第572页。

序书籍及其编著者具有和名家名著相提并论的水平,从而达到宣传的效果。

潜心向佛的居士夏树芳(1551—1635),著有禅学文章集《冰莲集》,并请王稚登为此集作序。王稚登《冰莲集序》全篇基本围绕禅学而谈,对于夏树芳及《冰莲集》的评价,只在序文开篇时谈到:"古今词人深于禅者,前有白香山、王右丞、苏端明,后有唐伯虎、王弇州、袁中郎,彼其言皆游戏三昧,非有非无,孝廉君此集庶几近之矣。"①从广告宣传的意义上看,这个评价虽然简短,却能起到很好的效果。他将夏树芳与白居易、王安石(1021—1086)、苏轼、唐寅(1470—1523)、王世贞以及袁宏道等赫赫有名的禅学名家并置在一起,并且认为夏树芳的禅学造诣"庶几近之"。无形中就将夏树芳抬高到了与这几位名家相近的水平和层次,容易使读者产生固有的认同感。

4. 假设法。不论针对未来可能发生的事情还是过往已然发生的事情,书序文作者都可以尽情假设,由此制造了一个广告宣传的空间,在"如果"之后得出一个带有夸张和拔高成分的结论。但是对读者来说,其实非常容易忽略那个假设的前提,而首先被假设以后夸大的结果吸引,信以为真。甚至通过假设,那些本来不那么优秀的书籍也会显得更有水平,本来不那么高明的书籍编著者也会显得更有能力。书序文作者以假设为可能存在缺憾的书籍及其编著者包装或补足,轻易就为读者造了一个理想的幻梦。于是假设成了可以藏拙,可以化腐朽为神奇的"魔术",达到为书籍及其编著者广告宣传的效果。

李维桢为方于鲁(1541—1608)《方建元集》作序时称:"子之诗工与墨等,而名不与,墨早著故晚出,而众有好,无疑与谤,恨汪先生不及见子诗道之成,使汪先生而见子之诗,必为之令名,则是

---

① 《"国立中央"图书馆善本序跋集录》集部(四),第 403 页。

集也,能无若墨之受疑、受谤乎?"(《大泌山房集》卷二一)方于鲁是制墨的名家,而在李维桢看来,方于鲁作诗的才华完全不输于制墨。之所以在诗坛上未能获得声名,是因为方于鲁制墨得名更早,引得世人竞相追捧,便掩盖了他在诗歌创作方面的光芒。这时,李维桢提出了一个假设。方于鲁的墨因汪道昆所序《方氏墨谱》而扬名,如果汪道昆也能够早些读到他的诗并为他作序美言,那么其诗肯定也如其墨一样惹人嫉妒。事实上,即便时光倒流,李维桢的假设也未必能够成立。但是他的假设却能迷惑读者,使读者认为方于鲁在作诗方面的能力或许可以和制墨的能力不相伯仲,无形中拔高了方于鲁诗歌创作的水平,起到广告宣传的促进作用,帮助《方建元集》得以流传至今。

王世懋在《张有功诗集叙》中也用到了假设。对于才华横溢的张逊业英年早逝,王世懋非常遗憾,提出假设说:"予读有功诗,未卒业而三叹焉。人不可以无年,以彼其才,令少孰戢,而假之年与余兄相劘切也,迄于今汹汹乎诗人冠矣。"(《王奉常集》卷六)在他看来,张逊业如果没有去世,以其才能,稍经积淀和历练,无需多少时日就能达到和王世贞互相切磋的水平;如果张逊业还健在,可能已经成为诗坛上数一数二的领军人物了。不可否认,这个假设的结果确实令人动心,会以为张逊业果真是因为早逝未能施展才华,而容易忽略王世懋的假设本身存在的问题,假设的条件其实只是一个充分不必要条件,并非一定能推出他所说的结论。但是从广告宣传的效果来看,王世懋的假设确实抬高了张逊业这位没有留下多少诗作的年轻诗人及其诗作在读者心中的位置。

王世贞等人的书序文中还有一些迂回曲折、欲擒故纵,仿佛不以广告为目的的书写策略。譬如书序文作者故意表明自己作序谨严、客观。王世贞《沈嘉则诗选序》就专门借沈明臣之口,将他之前婉拒沈明臣请序之事引出,原来那是因为先前的沈诗虽好,但王世贞认为其过于逞才,尚未达到他可以推荐的水平,而此次正是因为沈明臣的诗能够"抑才以就格,完气以成调"(《续稿》卷四〇),王世贞认为足够好了才欣然为其撰序。王世贞万历十五年(1587)的《余德甫先生诗集序》与之类似,由于他此前已为余曰德撰作过墓志铭,在其中曾谈及余曰德的诗歌创作,再加上得知李攀龙已经为该书撰作了序文,所以一再推辞:"所为地下者,称先生诗已详,且吾于于鳞也传而不再叙。"(《续稿》卷五二)后来在余曰德之子余棐的坚持和劝说之下才勉强撰作了序文。这些刻意表明自己作序态度谨严客观的文字,仍然暗中传达了以书序文实现广告宣传的目的。

还有称书籍或书籍编著者足以传世,无需书序文推介的,如王世贞《止止堂集序》中"元敬不得余亦必传"(《续稿》卷五一),屠隆《嘉则先生诗选序》中"夫先生之集不朽,不佞得以文字持名其间,亦且不朽,不佞之徼惠先生大矣。"[①]不仅说沈明臣的诗集不需要通过自己的书序文来成就不朽,相反,屠隆写的这篇书序文还会倚仗沈明臣的诗集而得到流传,借此不露痕迹地达到广告宣传的目的。概而观之,不论是直接显露或是刻意隐藏其意图,在书籍爆发式增长的明代,书序文作者总是在具体的撰序实践中不断丰富着书序文具有吸引力的广告宣传手段。

(二)广告的实际力量

虽然书序文具有多种多样的广告宣传方式或手段,但是在实际的传播中效果如何,还需要经受读者的检验。换句话说,书序文对读者能否真正起到广告宣传的效能?这种广告宣传的效能究竟是如何实现的?为此,我们首先考察书序文的广告宣传在普通读者中的反应和效能。通常,对普通读者而言,因为书序文的广告宣传,可能会注意到所序的书籍及其编著者,对进入正文本

[①] 汪超宏主编:《屠隆集》,第一册,第186页。

的阅读充满好奇和期待,进而挑选、购买和阅读这部书籍。

  新都(今属安徽)方于鲁,大约从同乡程大约(1541—?)处习得制墨之法,后来在汪道昆的支持下制墨售卖。他也写诗作文,并在汪道昆、汪道贯兄弟的引荐下加入了当时代表徽州地区诗歌活动兴盛局面的丰干社。① 制墨已小有名气后,方于鲁趁势准备出版一部《方氏墨谱》,谱中收集了自家墨样和王世贞等名家评赞其所制之墨的诗文,并请汪道昆为该书作序。万历十一年(1583),汪道昆为方于鲁撰作了下面这篇《方于鲁墨谱引》:

> 方于鲁含儒而攻墨,故以墨擅场;不为厚利而为名高,故举室务专攻而不贰价。顷年倾九牧,特两都,褎然以此名家,不啻隋侯、和氏。族贾鱼目而鼠腊,亦将称照桑而冒连城,试之不必其中程,售之不必其中誉,一朝什倍,畴能讨其不然。于是乎枸之良史而示之真谱所由作也。嘻,抑末也。吾党为之制矣,并其制而盗之;为之铭矣,并其铭而盗之;亦既系之姓名矣,则又并盗其姓名。乃令以谱益之,又将并盗其谱,借曰:示之真也。得无以真乱真乎? 方生唯然。谱也者,有不谱也。是故以耳视者昏,以目视者哲,以心视者神。闻声而雷同,耳视也;按图而索骥,目视也;观其象以求其真,心视也。好玄者苟得其真,隋、和具在,彼其鱼也鼠也,其玄尚白也,焉能为有亡? 太函氏曰:善。②

作为方于鲁制墨售墨的资助者,汪道昆应该相当清楚自己撰作的书序文对《方氏墨谱》于广告宣传方面的重要意义。在这篇书序

---

  ① 参见林丽江《晚明徽州墨商程君房与方于鲁墨业的开展与竞争》,《法国汉学》丛书编辑委员会编,〔法〕米盖拉、朱万曙主编:《徽州:书业与地域文化》,中华书局2010年版,第121—198页。
  ② [明]方于鲁编,吴有祥整理:《方氏墨谱》,山东画报出版社2004年版,第1页。

里,汪道昆首先说方于鲁"含儒而攻墨",其制墨并不是为了赚取金钱而是希望能够留下美名,加上文房四宝本就是读书人身边常备的物品,方于鲁制墨并不失其身份。如此就为方于鲁树立了一个文人墨客的形象,而非唯利是图的商人。方于鲁编这部《方氏墨谱》,意在告诉读者究竟何种墨才是真正出自他手。从表面上看,汪道昆是在介绍书籍的编撰原因,但实际上也是告诉读者,这部《方氏墨谱》收录了方于鲁所制的全部墨样,是辨别方氏制墨之真伪的重要参考资料,或者说是必要的工具书。购买此书,既可以欣赏方于鲁那些精致的墨样,同时还能参照墨样辨别墨之真伪,这对读者而言无疑充满了诱惑,是一个生动的广告。然后,汪道昆又以鱼目混珠者什么都可以模仿,所以墨谱也是可以模仿的,故意质疑编撰《方氏墨谱》的必要性,却又立即引出方于鲁的回答深刻揭示了《方氏墨谱》的重要价值。这样便将这篇书序文的广告意图隐藏了起来,为赢得读者的信任增加了砝码,能达到更好的宣传效果。

汪道昆显赫的声名加上他在这篇书序文中颇具策略的推荐,果然待汪道昆书序文一出,便吸引了众多读者的目光,他们从汪道昆的推赏中感受到《方氏墨谱》这部书籍的不凡,争相购买此书。并且,此书刚出版不久就引来了其他人的翻刻。① 《方氏墨谱》的畅销使方于鲁的墨从此更是名声大噪。可见汪道昆这篇书序文对普通读者的效用之大。正因如此,待到后来方于鲁在墨中掺假而为人所指责时,受骗者正是相信了汪道昆书序文的宣传,所以其指责自然也就会累及汪道昆。譬如彭好古(生卒年不详)

---

① 方于鲁的好友方宇(生卒年不详)曾清楚地记述了当时汪道昆书序文的宣传为此书带来的销售盛况以及被翻刻的情况:"建元(方于鲁)墨谱始成,远近争购之。谓如三百全经,兴观多识,又如南都赋图,匪妄劳思,无宁藻缋,工妍耀目而已。顷之,主人流寓京国,此板亦遂散落人家,好事者翻梓行之,不无袭声优孟。心赏之士,意未满也。兹借二三知友,调摄其间,谱书遂得复行于世。"([明]方于鲁编:《方氏墨谱》,日本静嘉堂文库藏本,第1页上。)

就曾记载：

> 郡守古公重价购墨于鲁,亦以赝应。古公怒请验于汪司马,逮而笞之。……于鲁之于墨亦有谱矣,亦有扬扢者矣;提其所扬扢者与其所制者夷考之,大相乖谬。盖余试其墨而重笑其谱之无取矣。①

古公购买了方于鲁掺煤灰的假墨异常愤怒,并迁怒于书序文作者汪道昆,希望在他面前验明假墨,然后捉了方于鲁来鞭打以示惩罚。这段记载除了取笑《方氏墨谱》的荒谬外,无疑也挖苦了汪道昆作为"扬扢者"的不负责任。又如詹景凤(1520—1602),亦指出:

> 近日歙人某子甲造墨,内悉煤炭,外为雕饰,饰极伪滋。司马汪公不察,为作文夸神圣至不可名状,又为号之曰"方墨"。名遂传布,价腾一时。……有日久经风,斑碎裂,则中藏悉漏矣。缙绅至疑司马为人,而造者方施施外来,欲矫买者。②

值得注意的是,这些对汪道昆的指责越是激烈,正好从反面见出,汪序在当时对普通读者确实产生过格外强大的广告宣传效能。

书序文读者群的构成相当复杂,除了最广泛的普通读者外,能够影响书籍刊发的书籍出版商亦是书序文读者中非常重要的组成。他们更加重视书序文的广告宣传效能。他们不仅是书序文广告宣传的接受者,还会根据书序文可能引起的读者反响,作出商业价值的评估。当他们认为书序文足够吸引广泛的普通读

---

① [明]彭好古:《墨苑序》,[明]程大约编:《程氏墨苑》,中国书店1990年版。
② [明]詹景凤:《具雅》,《詹氏性理小辨》,《四库存目》本。

者，便会计划出版或增刊该部书籍。

本书第三章中，提及李时珍自嘉靖三十一年（1552）就开始撰作的医学著作《本草纲目》。这部汇集其毕生心血的作品于万历六年（1578）完成后，李时珍便一刻不停地投入到刊刻此书的事宜中。他先是去到离家乡蕲州较近的黄州和武昌，后来又远行至当时全国最大的书业中心南京。尽管南京官办或民营的大小出版机构林立街头，但是医籍本来就远不似小说、戏曲、科考时文等拥有大量的读者群，李时珍《本草纲目》自然无人问津。加之《本草纲目》共有五十二卷，一百九十余万字，卷帙浩繁，需要大量的出版资金，更没有出版商愿意去冒险刊印。

于是，有人建议李时珍去向当时在文坛上极负盛名的复古文盟领袖王世贞请序。万历八年（1580），李时珍去到江苏太仓的弇山园拜会王世贞，表达了"愿乞一言以托不朽"之意。由于《本草纲目》中有不少反对神仙道教的内容，而王世贞当时正沉迷于修道成仙之术，二人观念产生了冲突，王世贞不仅没有为其作序，反而赠七律一首嘲讽李时珍①。此后十年间，李时珍高超的医术和医德不绝于耳，并且李时珍替王世懋治好了眼疾，又为王世贞医治因迷恋道教方士之术落下的疾病，使王世贞的观念有了很大的改变。万历十八年（1590），当李时珍再赴弇山园时，重提作序之请，王世贞欣然应允，并于该年元宵撰作了《本草纲目序》。李时珍的期待非常明确，就是希望借王世贞这篇书序文能够促成《本草纲目》的出版。对此，彼时的王世贞当然心知肚明也乐意成全。那么，这篇李时珍几经波折求得的书序文究竟是如何为《本草纲目》作宣传的呢？

---

① 王世贞《蕲州李先生见访之夕，即仙师上升时也。寻出校定〈本草〉求叙，戏赠之》全诗为："李叟维稍直塘树，便睹仙真跨龙去，却出青囊肘后书，似求玄晏先生序。华阳真逸临欲仙，误注《本草》迟十年，何如但附贤郎焉，羊角横抟上九天。"（《续稿》卷三〇）

王世贞一方面从书籍作者入手,记李时珍来访时给自己留下的印象,说"予窥其人,晬然貌也,癯然身也,津津然谈议也",以寥寥数言为读者描绘了一个清癯温和而善于言谈的医者形象,并直接夸其"真北斗以南一人"。随后又借李时珍本人的自我介绍,说他"长耽典籍,若啖蔗饴。遂渔猎群书,搜罗百氏。凡子、史、经、传、声韵、农圃、医卜、星相、乐府诸家,稍有得处,辄著数言"。长年沉浸于典籍,说明其学识之厚;涉猎群书,说明其学识之广。王世贞此处的书写,其实是向读者展示了李时珍全面而扎实的知识结构。而就是这位优秀的书籍作者,来访时解开行囊,身无他物,只背负了一部《本草纲目》,可见此书对李时珍来说是其最为珍视的投注了生命心力的作品,自然就更加令读者期待。

另一方面,王世贞谈到《本草纲目》本身。李时珍作此书缘于汉代的《本草》一书过于古旧了,其中的舛谬差讹遗漏之处不可胜数。那么《本草纲目》呢?李时珍撰作此书时"岁历三十稔,书考八百余家,稿凡三易。复者芟之,阙者辑之,讹者绳之",花费了漫长的时间和极大的心力,通过非常细致和广泛的搜集,几乎克服了《本草》的所有缺陷,最后在旧本1518种药物的基础上还增加了374种,分为16部,撰成52卷的巨著。此处以《本草》为对照物说明,《本草纲目》记载的内容更加齐备,也更为严谨。医籍出错本就是特别危险的事情,对于读者来说,如果要购买医籍,当然应该选择《本草纲目》。

然后,王世贞现身说法,通过自己的阅读感受,再次说明《本草纲目》在编排体例以及内容收集上的各种优长。对于此书的写作,王世贞认为它做到了"博而不繁,详而有要,综核究竟,直窥渊海",并且将《本草纲目》的价值提升至"性理之精微,格物之通典,帝王之秘箓,臣民之重宝"。他以亲身体验来说明此书的各种优点,向读者宣传书籍的重大价值。为了强调李时珍这部医籍的优秀,王世贞最后甚至将《本草纲目》与自己所撰的《四部稿》和《艺苑卮言》相比,认为《本草纲目》毫不逊色,可谓使尽各种方法向读者宣传推介。至于篇末"兹集也,藏之深山石室无当,盍锲之以共天下后世味'太玄'如子云者"①,则完全是广告宣传的标志性话语,无异于招揽读者来购买和阅读。②

胡承龙(生卒年不详)是当时南京著名的藏书家,同时也是富有的书籍出版商,兼营刻书、售书等业务。此前他虽然对李时珍和《本草纲目》已有耳闻,但仍不敢贸然出版。但是当他看到王世贞撰作的《本草纲目序》后,立即就以一个出版商的敏锐判断出此书的出版价值,并决定集资出版。就在王世贞撰作此序的同年,胡承龙专程赶到蕲州,和李时珍反复商洽后,《本草纲目》开始付刻,从1590年接稿后历时四年刻成书版,直到李时珍去世后的第三年(1596)这部巨著才终于在南京首刊出版,即后来世人所称的"金陵本"。万历年间此书先后传到了日本和欧洲,被译为多国文字,达尔文《物种起源》也引用《本草纲目》以说明动物的人工选择问题。③然而不得不说,这一切皆与王世贞最初撰作的《本草纲目序》具有莫大的关联。作为读者的书籍出版商,当其阅读书序文,在书序文的广告宣传下发现所序书籍的价值时,他们通常能判断是否出版该书,像《本草纲目》这样有名家所撰书序文保驾护航的书籍更是容易获得他们的青睐。所以,在书籍出版商这个读者处,一篇书序文极有可能影响着所序书籍最终是否被刊发和流传的命运。

书籍出版商作为书序文的读者,在阅读完书序文后能很快判断出该篇序文能否为所序书籍增色,可否为所序书籍做广告宣传,然后决定是否出版或大量出版这部书籍,这是一篇书序文对

---

① [明]李时珍著,刘衡如、刘山永校注:《本草纲目》,华夏出版社2011年版,第1页。
② 参见王海刚《明代书业广告研究》,第119页。
③ 参见李载荣《〈本草纲目〉版本流传研究》,北京中医药大学2004年博士学位论文,第13—15页。

书籍出版商这个读者最大的广告宣传效能。如果说《本草纲目序》广告宣传效能的实现,尚有依托王世贞名人光环的因素,那么万历十七年(1589)汪道昆撰作的这篇著名的《水浒传序》能够达成广告宣传的效能,则完全依赖于书序文自身的说服力:

> 其书无虑数百十家,而《水浒》称为行中第一。……载观此书,其地则秦、晋、燕、赵、齐、楚、吴、越,名都荒落,绝塞遐方,无所不通;其人则王侯将相,官师士农,工贾方技,吏胥厮养,驵侩舆台,粉黛缁黄,赭衣左袒,无所不有;其事则天地时令,山川草木,鸟兽虫鱼,刑名法律,韬略甲兵,支干风角,图书珍玩,市语方言,无所不解;其情则上下同异,欣戚合离,捭阖纵横,揣摩挥霍,寒暄嚬笑,谑浪排调,行役献酬,歌舞谣怪,以至大乘之偈,真诰之文,少年之场,宵人之态,无所不该。纪载有章,烦简有则。发凡起例,不杂易于。如良史善绘,浓淡远近,点染尽工;又如百尺之锦,玄黄经纬,一丝不紕。①

此序是汪道昆从兵部尚书任上致仕家居之后,受到书商所托,为小说《水浒传》鼓吹而作。汪道昆此序并没有署以真名,而署以不带任何名人光环的"天都外臣"。然而,即便如此,汪道昆这篇书序文还是立即就被这位请他作序的书商相中了,并被置于《水浒传》正文之前,大量刊印出版。可见,书商看中的并非只是汪道昆的名人身份,书序文本身能否达到广告宣传的效能也是他重点关心的因素。

细读这篇书序文,广告宣传的痕迹非常明显。比如他说"其书无虑数百十家,而《水浒》称为行中第一",称《水浒传》是小说中

---

① 朱一玄编:《明清小说资料选编》,南开大学出版社 2006 年版,第 273—274 页。

最优秀的作品,以隐性的对比,给读者一个此书最佳的信号,在众多小说书籍中突出《水浒传》。然后汪道昆不无夸张地指出《水浒传》此书在内容上包罗万象,堪称宋代社会的全景图,其地"无所不通",其人"无所不有",其事"无所不解",其情"无所不该",采用了针对消费者偏爱选购"多功能"商品心理的惯常广告手段。此外,汪道昆还从《水浒传》的写作入手,赞其布置有章法,在叙事上繁简得当,如同善绘之良史,善织之精工。可以说,多管齐下,从各个方面宣传了《水浒传》。事实证明,汪道昆的书序文首先俘获的读者便是这位来请序的书籍出版商。作为商人,他迅速地觉察到这篇书序文对更为广泛的普通读者具有怎样的吸引力。

除自序以外,书序文作者完成序文的撰作后,需要将书序文交还给书籍编著者,因此书籍编著者往往是书序文的第一读者,虽然他们作为读者的身份经常被忽视。既然书籍编著者也是读者,那么,书序文对这个读者来说,又会起到怎样的广告宣传效能呢?

无锡望族华善继与王世贞本不相识,然而《弇州山人四部续稿》存有王世贞为华善继撰作的两篇书序文《华孟达集序》和《华孟达诗选序》。根据王世贞在《华孟达集序》中的描述,华善继是自己主动致信王世贞,以书自通的。在去信之时,华善继还附上其诗文作品请王世贞裁汰,并表达了自己对王世贞的无限崇拜:

> 今天下称龙门者必以子。夫龙门者,其左右夹,上造霄汉,西来之流,径万里而下,束三级,齿石成霜雪,噫声成霆霹。倍寻之鲤,一过之,则神灵起于鬐鬣间;上帝飨之,爵为应龙。乃不佞之鲤则异是。子幸而汰之乎,吾将去而攻吾疾。其又幸而姑志之乎,吾将去而益炼吾质以俟乎他日。……吾且折衷于衡艺者,远而左、马、庄、屈、建安、李、杜,吾师之;近而北地、济南,吾仪之。然毋若王子之当吾世

也,吾其从折衷矣。(《华孟达集序》,《续稿》卷四三)

华善继将王世贞比作挟万钧水势的龙门,高标王世贞在文学上其时无人能够超越的造诣。故意表达自己和王世贞具有共同的诗文趣尚,并且强调王世贞是他的学习榜样。这些话显而易见是专门投其所好而说,带有恭维的性质,但是王世贞仿佛很是满意,认真阅读了华善继的诗文作品。此后华善继又数次登门拜访,每次拜访必定以诗求教。最后,终于等来了王世贞为其撰作书序文的回报。华善继希望得到推赏的意图,王世贞自然有所感知。在《华孟达集序》和《华孟达诗选序》里,不乏王世贞对华善继其人其作的称道:

> (华善继)诗体出入中古,躐长庆而揽永嘉,清楚冲夷,有悠然自赏之味。文笔尤峻洁,裁之,则骊、邕之小言也;畅之,则昌黎、河东之顺轨也。乃尺牍萧萧乎人意表矣! 夫此孟达境也!(《华孟达集序》,《续稿》卷四三)

> 大较五言古似韦苏州而时时上之,七言古似高达夫,五言律似常建、郎士元,七言律似李颀,绝句在大历、长庆中,未易才也。孟达之所构结,以淡雅为体,以和适为用,其始非必皆自然淘洗之极,归而若自然者也。而至于才之所不能抑,则间出而为奇警;情之所不能御,则一吐为藻逸。嗟乎! 诗如是足矣。(《华孟达诗选序》,《续稿》卷五三)

两篇书序文都将华善继的诗文作品与名家之作相提并论,皆是带有拔高成分的直接赞扬。甚至关于"才"与"情"这个王世贞平常要求很严格,强调应该折衷二者的问题,对华善继竟然也放宽了标准。华善继不能抑才,却被夸作"奇警";不能御情,又被赞为"藻逸"。并且为了增强广告宣传效果,王世贞还在两篇书序文的结尾部分皆极力表明自己公正的立场,使读者相信其对华善继所有的赞扬都只是实话实说。作为王世贞书序文的第一读者,华善继在阅读到王序后,十分满意,将此序置于所撰诗文作品之前。当华善继的诗文集刊行于世后,更多的人因为王序而接触到华善继的作品,因为王世贞的评价而对华善继刮目相看。在短短的时间里,华善继就不再只是无名的望族子弟,而是被文坛领袖王世贞所认可和欣赏的诗文新秀。随着和王世贞关系的愈加密切,华善继更被王世贞纳入"四十子"之列。其兄华善述(1547—1609)也如法炮制,请王世贞为其所著的诗集作序(《华仲达诗选序》,《续稿》卷四六),果不其然,华氏兄弟最后皆因王世贞书序文的推毂而得名。

通常,作为书序文读者的书籍编著者,普遍会欣然接受书序文里的广告宣传,因为它极有可能扩大其作品的影响力,提高其文坛地位,使书籍编著者从此声名鹊起,为世人所熟知。所以像华氏兄弟那样本就期待推介的书籍编著者,更是乐于接受,哪怕书序文所言完全夸大了实际情况。值得注意的是,仍然存在一些书籍编著者对书序文里部分夸赞类的广告宣传不甚满意,想方设法修订书序文的广告宣传,甚至会将该篇书序文弃之不用。

汪道昆极少请人为其编著的书籍作序,《太函集》编成时,只请了李维桢撰序。在修成《汪氏十六族谱》后,汪道昆这部家谱的书序文仍然只托给了李维桢。如此看来,他应该对李维桢格外信赖,对此前李维桢撰作的书序文也是极为认可和满意的。可能正因如此,李维桢不仅爽快地应承了托请,在撰序时更是不遗余力地盛赞《汪氏十六族谱》,称其"备五经之指矣",此评价不可谓不高。全文慷慨爽利,洋洋洒洒,接近一千五百字。当李维桢完成这篇序文后,并未见汪道昆本人有任何异议,但是这篇书序文到另外的读者——这部族谱最后的编者那里,却遭到了不小的修改。我们发现,"备五经"的说法被直接改成了"备四经",不仅"深于《易》者也"此条没有了,并且将原来对于此条的论述作了很大的改变。原本在李维桢的书序文中,在"深于《易》者也"条下的论述是这样的:

> 汪是土也,山附地故厚,下安宅艮阻山,故不犯灾,则剥与大畜之繇也。富家大吉,非财之谓也,顺在位也;有孚微如,非猛之谓也,反身也。司马以其言有物、行有恒之身,为族人先,富不下贫,贵不凌贱人,其分秩然,其情蔼然,则家人之繇也。是谱也,以类族辨物,则同人之繇也。以居贤德善俗,则渐之繇也。物大然后可观,可观然后有所合,物不可以苟合而为之,文以嘉会成礼,以光昭先绪,以垂示久远,则观噬嗑贲之繇也。是深于《易》者也。(《汪氏族谱序》,《大泌山房集》卷一七)

但是这部分内容在收编族谱的时候被改为:

> 夫汪氏之族甲天下,上下数千百年,而绍明先绪,采然作者之林,则惟司马。自今汪氏益以司马重矣。《易·垠》之象曰:地险山川丘陵也,王公设险以守其国家。《人》之象曰:君子以言有物而行有恒。同人之象曰:文明以建通于设险之说者,汪氏当无忘歙矣。通于言、行文明之说者,汪氏当无忘司马矣。不佞不善《易》,而第刺举其文义稍合者以传,会司马之指如此。①

其实修改以后表达的主要意思并没有太大变化,仍然强调汪道昆

---

① [明]李维桢:《汪氏十六族谱序》,[明]汪道昆编:《灵山院汪氏十六族谱》,明万历二十年(1592)刻本。

在收谱时对于言与行两方面的重视，只是不再围绕《易》而论，不再将《汪氏十六族谱》描述为深谙《易》之精神的书籍。这种修订可能因为汪道昆的族人并不认为《易》如同《诗》《书》等其他四经那样符合汪氏的家族精神①。可见，李维桢这篇书序文的广告宣传效能最终还是在作为此序读者的族谱编者那里遭遇了障碍。当族谱编者认为书序文中的广告宣传与事实不符时，果断地对书序文作了修订。

嘉靖二十五年（1546），汪道昆与姜宝同时中乡举，此后二人亦有多次交往，是多年的好友。② 由于这份交情，待到姜宝的文集编成，准备刊印该文集的姜宝的弟子便着使者前去向汪道昆请序。为姜宝的文集撰作书序文，汪道昆自然没有推辞，并且颇为用心地写下了后来被收入《太函集》的长文《姜太史文集序》。序文在前面的大半部分篇幅里交待了姜宝文集的内容构成、姜宝弟子来请序的始末，以及姜宝独特的"师心"诗文观念和创作特点。总的来看，此部分的内容写得中规中矩。但是，姜宝毕竟是汪道昆多年的好友，或因此，临到序文最后一段，汪道昆自觉开启了书序文的广告宣传模式：

毗陵故为华亭所推毂，而分宜预有力焉。及其善用分

---

① 参见吴兆龙《汪道昆的家谱编修活动及其理论成就》，安徽师范大学2012年硕士学位论文。

② 参见[明]姜宝《西征记》，《姜凤阿文集》卷首，《四库存目》本。（以下凡引此书皆随文括注卷数。）嘉靖三十九年（1560），姜宝去四川赴任，在襄阳和汪道昆相会；嘉靖四十年（1561）秋至嘉靖四十五年（1566）六月，汪道昆任福建按察副使、按察使、福建巡抚。（参见徐朔方《汪道昆年谱》，《晚明曲家年谱》第三卷，浙江古籍出版社1993年版，第26—34页。）姜宝于嘉靖四十二年（1563）五月任福建提学副使。（参见[明]姜宝《游嵩山记》，《姜凤阿文集》卷一一。）嘉靖四十四年（1565）冬，升任南太常寺卿（《游武夷记》，《姜凤阿文集》卷一三）。可见，二人有两年多的时间为同僚。汪道昆被罢福建巡抚后，隆庆三年（1569），姜宝还致书汪道昆，劝他不要消沉就此致仕家居，应当出即出："不必拘拘湔湔以沮溺丈人为高。"（《与汪南明督抚》，《姜凤阿文集》卷一六）此后相互之间亦多有书信往来（参见《与汪南明》，《姜凤阿文集》卷三七。）

宜，智矣、圆矣。公受毗陵家法，固当刓方为圆，胡为乎一失之分宜，再失之新郑？巧拙异也，恶在其青于蓝。窃惟圆而神，天道也，故不可窥；直以方，地道也，故不习而无不利，美在其中而畅于四支，发于事业。语文之至者，其惟至静而德方。故谓毗陵得妙用，则吾党有胸无心者，不敢与知。谓公得其实用，则吾无间也。①

文中的"毗陵"即是唐顺之，"华亭"指徐阶，"分宜"则是严嵩。这段话虽然篇幅不长，但却包含了一个复杂的背景。唐顺之于嘉靖八年(1529)夺会试第一，改庶吉士。座主张璁(1475—1539)打算独留唐顺之入翰林，但唐顺之果断拒绝。② 此后唐顺之为官皆以直道自任，以攀附权臣为耻。嘉靖十九年(1540)十月，唐顺之因为与罗洪先(1504—1564)、赵时春(1509—1567)等人上疏请以明年正月大朝会及东宫朝礼，遂被免官为民，开始了长达十多年的乡居生活。至此，可以说唐顺之一直秉持不依赖权臣，洁身自好的高尚直臣的节操。然而，嘉靖二十九年(1550)，在徐阶的推荐下，唐顺之却复出为兵部主事。后来依靠严嵩的提拔，视讨南倭师，嘉靖三十八年(1559)，更升为太仆寺少卿。③ 虽然此后唐顺之在任上勤谨奉公，甚至亲自率军抗倭，最后积劳成疾，马革裹尸。但由于他接受了徐阶、严嵩等权臣的推荐和提拔，未能将昔日的高尚持守坚持到底，所以受到不少人的非议。姜宝就曾在书信中提出过委婉的批评，说其"出非其时，托非其人"(《奉荆川先生书》，《姜凤阿文集》卷六)，《明史·唐顺之传》亦评曰："闻望颇由此损。"④

---

① [明]汪道昆著，胡益民、余国庆点校：《太函集》，第506页。
② 参见[清]张廷玉等《明史》卷二〇五，中华书局1974年版，第5422—5423页。
③ 参见[明]赵时春《唐公墓志铭》，《赵浚谷文集》卷一〇，《四库存目》本。
④ [清]张廷玉等：《明史》卷二〇五，第5424页。

相较于唐顺之，姜宝任编修时，正值严嵩当国，但他从来不去拜望严嵩，屏迹于权门。当严嵩厌恶的吴时来（1527—1590）等人被杖戍离京时，姜宝不仅派人去相送，还赠送赆仪。任国子监祭酒时，徐阶、高拱（1513—1578）互相攻讦，姜宝虽然为徐阶所取士，但并不因此就替徐阶说话，而是坚持与徐阶相左的己见。故而"一失之分宜，再失之新郑"，后来被人诬陷，归家十余年亦不折节。汪道昆在《姜太史文集序》里说的正是姜宝和唐顺之在出处问题上各自不同的选择。汪道昆认为姜宝"青出于蓝"，其本意在夸赞书籍作者姜宝，对姜宝其人及其文集起到广告宣传的效能。但是如此一来，就等于批评了唐顺之，说其晚节不保。并且，一个关键的问题是，姜宝曾师事唐顺之。因此，当姜宝作为汪道昆书序文的第一读者，看到汪道昆替自己宣扬，却陷入了极为尴尬的处境。他小心翼翼地致信汪道昆：

> 乃用毗陵相形，道及出处，与弟生平相较量，则惕然不敢自安，不觉芒刺之在背也。缘是专遣一伻，代叩兼亦代有恳焉。青出于蓝而胜于蓝，此世俗人所谓弟子贤于师者。以之论文犹可，以之论其人并及其出处之大凡，恐不可。……今刻既来归，弟辄恣剐以师短行己长，其何敢？虽然，来作种种，古调亦种种，名言至不易得之，文亦最不可磨灭之文也。避此嫌而置之于不用，又何敢？……（《与汪南明》，《姜凤阿文集》卷三七）

姜宝首先肯定了汪道昆撰作的书序文是一篇可以为自己增色的"雄文"，但是拿他与其老师唐顺之相比，以己之长显师之短，他是万万不敢的，所以请汪道昆体谅，并希望汪道昆能对序文稍作修改。结果汪道昆最后也没有修改他撰作的书序文，还将其原原本本地收入了《太函集》，而姜宝也请求王世贞为他另撰了一篇书序文。① 汪道昆的书序文本意乃为姜宝及其文集作宣传，但是对于作为书序文第一读者的书籍作者姜宝来说，广告宣传的效能在他那里显然没有顺利实现，甚至还导致此序被弃之不用。

总的来说，书序文对读者具有明显的广告宣传效能。但是读者的构成中，除了广泛的普通读者外，书序文还有两个极为关键的读者，即影响书序文最终刊出的书商和往往作为序文第一读者的书籍编著者。书序文在这三类读者处呈现出不同的广告宣传效能。普通读者时常会因为书序文的广告宣传对所序书籍、书籍编著者产生兴趣，在这种心态下选择、购买和阅读该书籍。书籍出版商不仅会被书序文的广告宣传所吸引，还会敏锐地对书序文能否吸引更多的普通读者作出预判，如果确定能带来切实的经济效益，他们还会因为书序文而出版或增刊所序书籍。一般情况下，作为书序文第一读者的书籍编著者，都会欣然接受书序文中的广告宣传。当然，他们并不总是对书序文中的广告宣传保持全盘接受的态度，书序文的广告宣传效能在书籍编著者处偶尔也会遭遇障碍。所以在书籍正式刊出时，书籍编著者对原来的书序文会作出修订，甚至弃之不用、找其他人另写。

作为副文本，书序文始终位于与书籍正文本的关系之中。并且，书序文处于读者和书籍正文本之间，是读者进入正文本阅读之前需要经由的"门槛"。这些属性使得作为副文本面向读者的书序文在传播过程中，对读者具有导读和广告宣传两个基本的文体效能。然而，这两个文体效能不可过分夸大。当作为副文本的书序文面向现实读者，在具体的阅读实践中，导读往往与导读的限制相伴，广告偶尔也会遭遇修订和弃用。

---

① 王世贞《汪伯玉》："姜司寇书成，而强不佞序。"(《续稿》卷一八五)后来王世贞为姜宝撰作《姜凤阿先生集序》，见《续稿》卷五三。

第二节　书序文作为独立文本的文化价值

当唐顺之以诙谐的笔墨嘲讽明代书籍泛滥的同时,依然向我们提供了另外一个事实:"幸而所谓墓志与诗文集者,皆不久泯灭,然其往者灭矣,而在者尚满屋也。若皆存在世间,即使以大地为架子,亦安顿不下矣。"①虽然其时的书籍从整体上看数量多到令人咂舌,但并非所有的书籍都能幸运地得以流传,准确地说,他们中的绝大多数其实是短暂易逝的。需要说明的是,那些书籍虽然散佚了,但它们的书序文却往往因为被序文作者收录进自己的文集而得以留存。这其中纵然有历史的偶然,但相较于书籍编著者群体,书序文作者群体显然更具声名,因此从整体上看,书序文得以留存的机会要远大于所序书籍。

比如明末著名的篆刻家朱简(1570？—1631？)所著《蕉雪林诗集》,至今未见流传,但诗集前的两篇书序文,邹迪光所撰《蕉雪林诗序》和李维桢所作《朱修能诗跋》,都因为分别被收入前者的《石语斋集》和后者的《大泌山房集》而留存下来。李攀龙曾撰《三韵类押序》,收入其《沧溟先生集》中,但是《三韵类押》却早已了无踪迹。王世贞《四部稿》中收录的《古四大家摘言序》颇为著名,常被当作王世贞的代表作为人所称赏和摘选②,但是这篇书序文所序书籍《古四大家摘言》却早就湮灭于历史的尘埃了。

根据上述情况,许多书序文皆因其所序书籍散佚而不得不以独立文本的状态呈现。可见,书序文作为独立文本面向读者具有极大的被动性。然而并非如此。其实当文人们将书序文收入个人文集时,也就等于在心里认可了书序文作为独立文本的意义和

---

① [明]唐顺之:《答王遵岩书》,《荆川先生文集》卷五,《四库全书》本。
② 比如明代汤宾尹所评的《弇州文选》,钱仲联主编,陈书录等选注评点的《王世贞文选》,都选录了此文并对其有赞语。

价值。尽管书序文基于所序书籍正文本而产生,始终与所序书籍相关联,但是它一旦问世,就已经成为一个完整、独立的文本。尤其是在收入书序文作者的文集之后,在脱离了原来所序书籍的情况下,书序文文本的独立性更被突出和彰显。

作为独立文本面向读者的书序文,由于不在原来的书籍文本系统当中了,其导读和广告宣传这类紧密关涉所序书籍、为所序书籍服务的文体功能在此时也就相应弱化了,或者更准确地说,这类功能此时自然地处于一种"隐退"状态。但是与此同时,书序文作为完全独立的文本,其自身独特的文化价值和意义却完全展露和显现了出来。例如文献方面,读者可以循着书序文获得所序书籍、书籍编著者甚至书序文作者的各种资料和信息;又如理论观点方面,读者可以根据书序文获知书序文作者、书籍编著者对各类问题的看法和认识;再如审美方面,书序文本身也常常是一篇在书写艺术上娴熟高妙的美文,能够带给读者情感的触动,使读者从中获得审美的愉悦。以下即分别讨论书序文作为完全独立的文本时,在传播过程中对于读者的具体文化价值和意义。

一、文献资料的散点留录

书序文可以作为完全独立的文本面向读者,但是从其产生的根源来看,它基于的仍是所序书籍的正文本,因此它势必会涉及所序书籍的相关资料和信息,譬如书籍的内容、编撰经过、版本情况、校勘资料等。它也会涉及书籍编著者甚至书序文作者的相关资料和信息,譬如书籍编著者的生平经历,编著者和书序文作者的交游等。除此以外,它还可能记录了某一时期的社会风尚和某一地域的风土人情等。因此,对于读者而言,当他阅读一篇独立存在的书序文时,即便没有读到其所序书籍,仍然可以从中获取丰富的文献资料和信息。也即是说,书序文可以作为文献资料的留存者,它对读者具有文献资料方面的重要价值。考察这些文献资料可以发现,由于篇幅和文本容量所限,并且自书写之初书序文就不以记录文献资料为主要叙写目的和文体责务,所以大部分书序文存留的文献资料不尽完备和系统,从整体上看呈现出散点留录的特点。

首先,书序文留录了所序书籍的印迹。尤其对于那些早已湮灭无闻的书籍,书序文极其重要,它不仅是所序书籍线索的留录者甚至是唯一的留录者。比如梅鼎祚曾纂辑了《才幻记》《才神记》和《才鬼记》三部书,但是目前只有《才鬼记》一部尚存于世,后人之所以知道《才幻记》和《才神记》二书的存在及书中大致内容,之所以称梅鼎祚有"三才灵记",则完全依赖于梅鼎祚在其文集《鹿裘石室集》中收录了这两部书的书序文。根据梅鼎祚的书序文,我们了解到《才幻记》所记有四:仙幻、妖幻、精幻、梦幻。"此四幻者,非道所止也,亦非变所乱也,幽明之故通矣,动殖之用极矣。"(《才幻记序》,《鹿裘石室集》卷四)而其《才神记》则是从稗官野史谈神说神的故事中"采其藻翰可喜者"(《才神记序》,《鹿裘石室集》卷四)辑成。

其次,书序文还会提供一部书籍的编撰、出版材料,以及版本、校勘方面的信息。赵用贤《刻东坡先生志林小序》中就提及其所刻《东坡志林》最初是由好友汤云孙(生卒年不详)手录并准备刻印,然而未及刻成汤云孙就不幸病逝。此后赵用贤之子赵琦美在汤云孙手录底稿的基础上校定讹谬,最终才将《东坡志林》梓成。[①] 赵用贤这篇书序文就为读者提供了《东坡志林》一书完整而曲折的刊刻编撰情况。而万历十七年(1589)汪道昆署名"天都外臣"的《水浒传序》则披露了关于《水浒传》的版本问题:

[①] 参见丁锡根编著《中国历代小说序跋集》上,人民文学出版社 1996 年,第362 页。

> 故老传闻:洪武初,越人罗氏,该诡多智,为此书,共一百回,各以妖异之语引于其首,以为之艳。嘉靖时,郭武定重刻其书,削去致语,独存本传。余犹及见《灯花婆婆》数种,极其蒜酪。余皆散佚,既已可恨。自此版者渐多,复为村学究所损益。盖损其科诨形容之妙,而益以淮西、河北二事。赭豹之文,而画蛇之足,岂非此书之再厄乎!①

根据这段记述,读者可以获知,洪武初年时,罗贯中本《水浒传》实为百回本,此本每回前面皆有所谓"妖异之语";嘉靖年间,郭勋(1475—1542)曾刻百回本《水浒传》,此本已经被删去了前面的致语;而带有《灯花婆婆》的《水浒传》每回之前的入话多有诗词韵语,以及田虎、王庆之事是后来的"村学究"所增等。可以说,汪道昆书序文中的这段记述,文字虽然不多,却提供了丰富且关键的文献信息,故而长期以来,这篇书序文都被当作研究《水浒传》版本流变的一个重要依据。

如前所述,一部书籍常常并非只有一篇书序文,初刻时请多人作序,再版后又增序数篇的情况亦不在少数;此外,某位作家在不同时段刊刻的多个单行小集均有序,后将这些小集汇编刊行时又有多篇总集序。所以,如果将某部书籍所有的书序文串联起来阅读,不仅可以了解该书的撰作缘由和成书过程,还有助于清晰地梳理出各个版本之间的关联和差异,沿着这些书序文的时间顺序,摸索出每个历史时期的版本倾向,探寻该书版本发展的基本轨迹和脉络。可以说,有时阅读一部书籍的全部书序文,也就等于掌握了一部书籍的版本史。此种方法很早便吸引了学界的目光,并被学者们有效地运用于学术研究中。譬如20世纪70年代

---

① 朱一玄、刘毓忱编:《〈水浒传〉资料汇编》,南开大学出版社2012年版,第167—168页。

《人民日报》图书资料室就专门搜集《水浒传》的书序文整编而成《水浒序跋集》①,利于相关研究者能够较集中地从书序文里获取《水浒传》的版本信息等。更有研究者直接从某部书籍的所有书序文入手,以其为主要考察对象,取得了不俗的研究成果。②

校勘,指的是对古籍文献进行文字等比勘,并核实和校改当中出现的衍、脱、讹、倒等各类谬误。著名史学大家陈垣就特别重视校勘的作用,称其为"读史先务",认为"日读误书而不知,未为善学也"。③ 俞樾在《札迻序》中所言同样强调了校勘在文献阅读时的前驱之功:"夫欲使我受书之益,必先使书受我之益。不然'割申劝'为'周由观','而肆赦'为'内长文',且不能得其句读,又乌能得其旨趣乎?"④明代书序文中也经常为读者留下了不少有关所序书籍的校勘情况。

比如屠隆在《王实甫西厢记叙》中说,由于南方人不通北方音律,求声于调,所以出现了颇多讹谬。序中由此列举了他对《西厢记》于校勘上作出的部分具体修订,虽然不可能将勘误如数陈列,却足可使读者由此窥豹一斑,了解这部《王实甫西厢记》的版本特点。

相较于屠隆,有些书序文作者并未直接在序文中修正讹误,只对所序书籍提出了文献方面的问题或意见。譬如张佳胤作于嘉靖三十三年(1554)的《刻越绝书序》中就指出,北宋官修目录《崇文总目》里判定专记吴越地方史地诸事的《越绝书》之作者为端木赐,这是绝对不可信的。为此,张佳胤分析了个中缘由:《越

---

① 《人民日报》图书资料室编:《水浒序跋集》,内部出版1975年版。
② 如谢思炜《新乐府》版本及序文考证》就是通过考证书序文厘清了《新乐府》错综复杂的版本系统(《北京师范大学学报》(社会科学版)1996年第3期);王辉斌《论明清时期的"水浒传序"》则以14篇明清时期《水浒传》的书序文为专门研究对象,讨论了书序文在《水浒传》研究方面的重要作用(《聊城大学学报》(社会科学版)2013年第3期)。此类研究成果众多,兹不赘。
③ 陈垣:《通鉴胡注表微》,辽宁教育出版社1997年版,第50页。
④ 孙诒让:《札迻》卷首,中华书局2012年版。

绝书》中除个别篇什，其文整体呈现出辩而奇，博而机，藏知周信，充仇明勇的书写风格，这与谲权倾捭的《战国策》全然相异，并不似端木赐所处时代之人的笔法，以端木赐为作者的说法更像是以讹传讹的误判①。俞允文在其隆庆五年（1571）撰作的《刻云仙杂记序》中，针对当时备受争议的《云仙杂记》之作者是否为冯贽（生卒年不详）这个问题，明确表达他支持"作者为冯贽"一说。在俞允文看来，冯贽为藏书大家，家中所蓄书籍汗牛充栋；并且据冯贽自己所言，他在拣择取材时于寻常之书必略过不用，而《云仙杂记》所引之书便多为普通人所未见稀见，正与冯贽的情况相合②。近代目录学家余嘉锡在其《四库提要辩证》中专门考证了冯贽引用的书籍，恰好印证了俞允文在这篇书序文里的判断。③

第三，很重要的是，书序文自《太史公自序》开始就带有传记的文体特点，这一特点到了明代仍然显著，明代的书序文除书籍文本方面的文献资料和信息外，还为读者留录了大量书籍编著者和书序文作者的文献资料和信息。实际的情况是，对于众多普通书籍编著者来说，不论其编著的书籍是否留存，书序文都极有可能是留存其人其事的唯一文献。比如李攀龙《三韵类押序》中提及的书籍作者"薛君"；李维桢《高山流水册序》里所记的书籍编者"秦人王生"等。而即便是那些青史留名的人，也同样因为书序文具有人物传记的特点，留下了更加鲜活的形貌和更为具体的事迹。比如张元凯，人所知其为"四十子"之一，但他究竟是怎样一个人物？遍查文献不得。唯有王世贞于万历六年（1578）夏至为张元凯所撰《伐檀斋集序》中记到：

余所善张将军，居平呐呐，若不出口，而其勤悍卒，挽强

---

① 参见丁锡根编著《中国历代小说序跋集》上，第245页。
② 参同上书，第321页。
③ 参同上书，第319页。

弓,跃马顾盼,有凭陵广武意。至于命亲知,浮大白,鲸吸牛饮,飞不及停,居然高阳酒人也。酒后耳热,慷慨谈说天下事,或意有所不可,白眼骂座,皆稍稍避去。其人当不能为诗,及为诗,而得一二易水语,发立骨飞,以附于燕、赵之后,止矣。(《续稿》卷四二)

几笔勾勒出一个活泼泼的张将军形象——张元凯平素不善言辞,可一旦现身疆场,便骁勇善战,皆得风流。若遇亲戚朋友,则开怀痛饮,不拘小节。待到酒酣耳热之时,即慷慨陈说天下事。遇到不合意之事,遂白眼骂座。但就是如此一位武将,不作诗便罢,作诗却能独得《易水歌》之风骨,令人大为惊叹。王世贞此篇书序文俨然为张元凯立传。

清代王应奎(1684—1757)的笔记《柳南随笔》卷三中提及明人许俊(生卒年不详)一封有趣的家信,后人多由此约略知晓许俊落魄而好说大话[①]。然而,关于许俊其人最早最为完整的信息则见于李维桢的《许伯彦集序》。此篇书序文收录在李维桢《大泌山房集》卷一三,文中首句即称"海虞许伯彦,奇士也。"何以为奇呢?李维桢说许俊的食量是常人的数倍,但有时累日不食亦不言饥。其家距城三十里开外,素日里独来独往,若途中遭遇风雨而无人提供避雨处时,便徘徊于别人的屋檐下甚或席地而寝,常常宿一宿而不问主人为谁,有时中夜即离去,不知所之。更为奇怪的是,这样一个人却两袖垂垂,总是随身携带所作诗文草等诸物,不仅文采不凡,且于水利、田赋、救荒、御倭等时务上也自有卓见。困窘潦倒虽是许俊的日常,他却不以为意,萧然自得。于是通过李维桢的记叙,许俊这位奇人便跃然纸上了。

---

① 参见[清]王应奎著,王彬、严英俊点校《柳南随笔续笔》,中华书局1983年版,第46页。

实际上，即便书籍编著者在其他文献资料如传记、像赞、墓志、笔记等中留有相当多的线索，但是由于书序文在记叙上的优长，其所留录的资料仍然可以丰富和完整书籍编著者的生命地图。王穉登曾为潘之恒撰《涉江篇序》，文中有云："今年戊戌暮春，景升自维扬来，客吴门凡三月，将归新都，余亦有明州之役。盖余不见景升几十五寒暑。"①仅仅此几句，就补足了万历二十六年（1598），潘之恒自扬州赴苏州吴门客居三月的这段经历。李维桢曾为王家屏（1536—1603）所著《复宿山房集》作序。王家屏虽为明代名臣，官至内阁首辅，并且因为多次冒死直谏而为世人所知，《明史》卷二一七有传。但是，在李维桢的《复宿山房集序》中关于王家屏如何登第，后又缘何请辞告归等事所记极为详备，对此，李维桢不无得意地说："惟登第、请告诸事，人未必尽知，又病夫道听途说而遽笔之于书者，幸获叙公集，录其实如此。"②认为自己书序文里记录的这些内容，旁人未必都知道，并且其所记字字属实，比那些道听途说就仓促下笔的记录要可靠得多。这说明李维桢在当时已经意识到了书序文在留存文献资料方面的珍贵价值。

书序文作者记录书籍编著者时，谈及他和书籍编著者之间的交往情况，这便为读者保留了两人交游的文献资料。王世贞《俞仲蔚先生集序》中记："余以嘉靖癸丑有潍扬谳，而投俞先生诗，与定交。"（《四部稿》卷六四）于是，读者可知被王世贞列入"广五子"之一的俞允文具体于何时因何事与王世贞定交。俞允文为徐中行《青萝馆诗》作序时说："嘉靖间，余友徐子与以进士初官刑曹，即有能诗声。故河南按察使济南李攀龙、山西按察使王世贞于时同官，遂相砥砺，声益籍籍起矣……"③序文中的这段记录日后成

---

① 《"国立中央"图书馆善本序跋集录》集部（四），第265页。
② 同上书，第152—153页。
③ ［明］俞允文：《青萝馆诗序》，王群栗点校：《徐中行集》，第379页。

了研究王世贞等七子交往始末的重要材料。①

众所周知,明代是中国古代"文人结社"最为兴盛的时代②,作诗研文是其时文人结社中特别重要的集体活动,许多文人结社最初即发端于众人一起联吟唱和的诗社和文会。可想而知,明代因结社而创作的诗文数量是相当大的。通常情况下,同社文人的诗文作品会结集刊刻,而某社具体某次集会创作的诗文也多被汇成小集付梓。那么,为这类诗文集撰作的书序文,除了品评集中诗文外,往往也留录了该社"举社之事"等具体活动,是保存这个社团发展情况的重要文献。

比如潘之恒曾入晚明时期声名甚著的白榆社,后将于白榆社期间创作的诗文整理而成《白榆社草》,同社周弘禴为此集撰作了书序文：

> 郭次父住焦山,而素习左司马汪伯玉先生,更与其二仲善也,故往来于新安。而酷爱斗山之胜,乃就左司马谋结诗社,社曰白榆,左司马宾主兹社。而余楚人,龙司理君善宰之,入社者则潘君景升并仲淹、仲嘉也。无何,君善复走书招四方之能诗者,以共重白榆,嗣至,则有仪部屠长卿,太史李本宁、司理徐茂吴、陈立甫、吕玉绳,明府佘宗汉、丁元甫、章元礼,朱王孙贞吉,俞山人公临焉……社中有会编,而诸君亦各自为编。③

避地焦山的郭第(生卒年不详)和汪道昆、汪道贯、汪道会兄弟向

---

① 参见余来明《嘉靖前期诗坛研究 1522—1550》,武汉大学出版社 2009 年版,第 34 页。
② 参见李时人《明代"文人结社"刍议》,《上海师范大学学报》(哲学社会科学版) 2015 年第 1 期。
③ [明]周弘禴:《白榆社草序》,《"国立中央"图书馆善本序跋集录》集部(四),第 257 页。

来熟识,所以经常往还于汪氏兄弟所居的新安。又因酷爱斗山胜景,于是和汪道昆商议共结诗社,命名为"白榆",汪道昆为社长。后来在龙膺(1560—1623?)的发起和推动下,招集四方能诗之人,周弘禴、潘之恒、汪道贯、汪道会、屠隆、李维桢等共二十余人正是在此时陆续加入。序文从白榆社的发起到各个成员因何于何时加入,以及成员们结社过程的具体活动等,可谓完整保留了白榆社结社的情况,是颇为难得的文献资料。

除此以外,书序文还留录了某一时期的社会状况、某一地域的风土人情等。并且与正史相较,书序文这种文体因为写作相对自由,较少严苛的禁忌,很少被大幅删减甚至丢弃,其中留录的此类资料反而可能更加贴近历史的真实。

例如在王世懋为王叔承《后吴越游》撰作的书序文中,有以下一段记述:

> 我国家右经术,士亡由诗进者。放旷畸世之人,乃始为诗自娱,宜其权在山林而世不乏响。然弘正以前,风气未开,振骚刱雅,实始李、何,其人又皆以进士显。而其间稍稍建旗鼓,菰芦中能与相角者,一孙太初山人而已。山人于诗,可称具体,未见其止。嗣是而后,骎骎辈出。六朝尔雅,则俞仲蔚氏标其宗;盛唐汹汹,则谢茂秦氏专其律。亦犹孟襄阳河汉梧桐,为五言之长城也。盖至于今,而登进之门日艰,谭艺之家日广,褒衣古冠,肩摩踵接,皆自称游,则诗道益杂而多端。而猥鄙呕哕之夫,时窜名其中,以奸吏议,至使县官下逐客之令,其为山林辱甚矣。(《王承父后吴越游诗集序》,《王奉常集》卷七)

指出明代科举独以经术取士,于是那些放旷畸世之人便只能以诗歌自娱自乐,所以最能代表明代诗歌水准的诗人往往在山林而非庙堂。从孙一元(1484—1520)、俞允文到谢榛，山人们在诗歌方面都有很高的造诣。但是发展到后来，由于仕进之路弥艰，在利益的驱使下，竟然有某些"猥鄙呕哕"之徒也自称"山人"，借机混迹于官府衙门。常有被识破而遭县官驱逐的情况出现，令"山人"这个群体蒙羞。王世懋书序文中的这段记述实际上呈现了明代社会特有的"山人"现象，以及"山人"这个群体随着时移世易而出现的变化，可为研究明代山人群体提供文献上的证据，因此多为相关研究者所征引。①

王世懋另外一篇为卓明卿所撰的《卓澂甫诗集序》在回忆和卓明卿初相识时，记录了当时的一个社会状况："始余识澂甫于梁思伯坐也，当是时，长安多贾人子为訾郎，而皆自名能诗，日买声利行卷公卿间，至窜名华阳社，锓其集以夸盲者，几令诗道废矣。"(《王奉常集》卷六)指斥其时长安有很多商人因为富有而被封为郎，他们明明不通诗，却附庸风雅，出资在公卿间买得诗名，还将自己的"诗"集出版，大有害于诗道。王世懋此篇书序文的记述，无疑可为考察明末商人心态以及当时的商业出版等问题提供一条可资佐证的重要文献。

又如梅鼎祚，在其《青泥莲花记序》中提到当时的倡妓行业，虽然"竹书申挟倡之禁，金科严买良之条"，国家有严格的法律条文明令禁止和限制，"然而彼姝者子，实繁有徒。红颜皓齿，三千队半出清闺；淡粉轻烟，十四楼争相列肆。刺绣虽巧，不如倚门；攫金是图，顿忘入市。"(《鹿裘石室集》卷二九)可见国家法令即便对官妓有所约束，但是整个倡妓行业并未因此而收缩，特别是私人经营的妓馆等却盛况空前，法令规定中的理想图景与灵活机动的现实状况毕竟有着不小的差距。显然，《青泥莲花记序》里的这

---

① 参见黄卓越《明永乐至嘉靖初诗文观研究》，北京师范大学出版社2001年版，第242页；方志远《"山人"与晚明政局》，《中国社会科学》2010年第1期。

类记述在正史中难以得见,梅鼎祚却在作序时将亲眼所见的真实情况记录了下来。当后来的研究者论及明代的倡妓情况时,此条材料成为颇具说服力的证据,被频繁征引。①

二、理论观点的特殊场域

如前所述,评论所序书籍以及书籍的编著者,在明代以前就已成为书序文的基本文体责务。在书籍爆发式增长的明代,书序文作者更是利用并发挥了这项文体功能,在撰序时多对所序书籍及书籍编著者展开评论。这些评价反映着书序文作者于相关问题的看法和意见,其中既包括撰序前业已形成的认识,也包括撰序过程中受到启发或者因思想碰撞而产生的新观点。

与以往不同的是,随着书籍在明代出现爆发式增长,请序作序已成为文人日常的文化生活,在此氛围下,文人们更加清晰地认识到了书序文的力量,于是有意识地主动利用这种文体形式以展现和宣扬自己的理论观点。无论是遵循书序文的文体责务,评论所序书籍及其编著者,还是主动利用书序文展现个人观点,在传播过程中,明代书序文作为完全独立的文本面向读者时,较之以往留存了序文作者关于各个领域、各种问题的大量观点和理论,是一个值得深挖的理论宝藏。

(一)诗文评论

在众多的书序文里,由于诗文集被普遍认为是承载着文人"不朽"愿望的主要文本,最受文人重视,故而诗文集序相对其他类型的书序文亦占有绝对的数量优势。显然,诗文集序里保留着明代文人的诗文观点,尤其对于没有专门诗文批评著作的文人,其所撰诗文集序往往也是其诗文观念重要且主要的文本场域。

---

① 参见方志远《明代城市与市民文学》,中华书局 2004 年版,第 106—107 页;张丽杰《明代女性散文研究》,中国社会科学出版社 2009 年版,第 134 页。

即使拥有诗文批评著作的文人,他在诗文集序里表达的内容仍然可能是其整体诗文观念的重要补充。

在王世贞及其周边文人群体中,李维桢是撰作书序文数量最多的几位之一,并且其中大部分为诗文集序。李维桢本人没有专门的诗文批评类论著,目前仅存的一篇谈论诗歌的文章《诗论》,被收入明代周子文(生卒年不详)所辑的诗文评合集《艺薮谈宗》卷六。因此可以说,李维桢诗文方面的见解和理论大都呈现于他撰作的诗文集序当中。

和复古阵营中的多数人相同,李维桢在作文上推重先秦和两汉,在作诗上崇尚汉魏与盛唐。然而他同时也与汤显祖、袁宏道等人多有交往,其诗文理论和复古、公安两派皆同中有异。比如他认为古往今来诗文创作的法度无出于"事、理、情、景"四端,此观点在他的诗文集序中被反复提及。在为何白(1562—1642)撰作《汲古堂集序》时,他论道:"诗文大指有四端:言事、言理、言情、言景,尽之矣。六代而前,三唐而后,同此宇宙,宁能外事、理、情、景?"(《大泌山房集》卷一三)在《朱修能诗跋》里,他既批评那些对古人死板的形式化模仿,亦不赞成性灵派提倡的所谓"师心"一说,却每每不忘强调"事、理、情、景"为诗之根本:"然而诗之所以为诗,情、景、事、理,自古迄今,故无二道。"(《大泌山房集》卷一二九)四者中,"情"和"景"实为王世贞、谢榛等人所常言及,"理"是性气诗派的熟话题。相比之下,看重"事",并将"事"与其他三者并称的,则是李维桢的创获。正因如此,他对宋元诗持较为开放的态度。这样的态度,李维桢仍然选择通过笔下的书序文展现:"以宋元人道宋元事,即不敢望《雅》《颂》,于十五《国风》者宁无一二合耶?……宋诗有宋风焉,元诗有元风焉,采风陈诗,而政事学术,好尚习俗,升降污隆,具在目前。"(《宋元诗序》,《大泌山房集》卷九)

关于性情和格调问题,长期以来引得不少人争论。李维桢却在书序文中提出可以以"才法"来调和二者的紧张。为汪道昆《太函集》作序时,李维桢说:"文章之法,有才有法。无法何文?无才何法?法者,前人作之,后人述焉,犹射之彀率,工之规矩准绳也。知巧则存乎才,拙工拙射,按法而无救于拙,非法之过,才不足也。"(《太函集序》,《大泌山房集》卷一一)仔细分析,事实上在李维桢看来,如果在"才"和"法"之间抉择,"才"应该是最为根本的,并且性情和格调本来并非矛盾的双方,如果有了"才"的驾驭,二者完全可以调和。李维桢认为缺乏才学,也是那些尺尺寸寸于摹拟的作品之所以失败的重要原因:"夫诗文虽小道,其才必丰于天,而起学必极于人,就其才之所近而辅之以学,师匠高而取精多,专习凝领之久,神与境会,手与心谋,非可袭而致也。"(《张司马集序》,《大泌山房集》卷一一)除此以外,李维桢还在书序文中提出了"适"的诗文理论,如《亦适编序》:"格由时降而适于其时者善,体由代异而适于其体者善。乃若才,人人殊矣,而适于其才者善。"(《大泌山房集》卷二一)无论是适体、适时还是适才,通过书序文,可知李维桢在诗文论上处处讲求的皆是一个能把握分寸的"适"字。

和李维桢相比,汪道昆更无一篇专论诗文的文章,书序文自然成了他表达诗文见解的主要场域。在复古阵营里,汪道昆区别于其他成员的显著之处在于,他虽然也提倡师法古人,将不"倍古"作为诗文创作的前提,但他更为强调师心法己的重要性。在为姜宝撰作的《姜太史文集序》中,他指出姜宝的诗文作品"守毗陵师说,师古无若师心",进而表示说:"夫文由心生,心以神用。以文役心则神牿,以心役文则神行。"[1]表达出对于师心法己的认同和重视,在他看来,"以心役文"方可"神行"。此外,汪道昆在其《茑林内外编序》中也表达了类似的观点:"昔之论文者主气,吾窃

---

[1] [明]汪道昆著,胡益民、余国庆点校:《太函集》,第506页。

疑其不然。文由心生,尚安事气。既以心为精舍,神君之气辅之,役群动,宰百为,则气之官,殆非人力。"①他反对主气之说,从文由心生入手,充分肯定了"心"在诗文创作中的核心位置。

正因为认为"心"是最为关键的因素,在诗歌的具体创作方面,汪道昆更进一步提出了所谓的"潜心"之法。在为胡应麟《少室山房续稿》撰序时,他说:"窃唯言志为诗,言心声也。吾道卓尔,推潜心者得之。元瑞直以稽古而废明经,尸居而绝户屦,坐忘而冥合,官止而神行。其心潜矣,潜则沉深,自然之所繇出也,元瑞益矣。"②说明诗文创作务必"潜心",才能达致"沉深"的境界,经由这样一个过程,创作才能进入自然之境。

与李维桢、汪道昆二人不同,王世懋著有专门的诗文批评类著作《艺圃撷余》,并且同样撰作了数量可观的诗文集序。在《艺圃撷余》里,针对自复古阵营格调说风靡诗坛以来在后学中出现的一味薄弃"大历以下"诗歌等流弊,王世懋指出:

> 今世五尺之童,才拈声律,便能薄弃晚唐,自傅初、盛,有称大历以下,色便赧然。然使诵其诗,果为初邪、盛邪、中邪、晚邪?取法固当上宗,论诗亦莫轻道。诗必自运,而后可以辨体;诗必成家,而后可以言格。晚唐诗人,如温庭筠之才,许浑之致,见岂五尺之童下?直风会使然耳。览者悲其衰运可也。故予谓今之作者,但须真才实学。本性求情,且莫理论格调。③

格调说在其时影响颇广,不少文人甚至五尺之童,皆以附丽初、盛唐诗自许,他们自以为是取法乎上,实际上却画虎不成反类犬。

---

① [明]汪道昆著,胡益民、余国庆点校:《太函集》,第570页。
② [明]汪道昆:《少室山房续稿序》,同上书,第567页。
③ [明]王世懋:《艺圃撷余》,中华书局1985年版,第6页。

殊不知为他们鄙薄的晚唐也有温庭筠(801—866)、许浑(788？—858)等颇有特色的诗人,复古派等人虽强调"诗必盛唐",但并不等于晚唐的诗歌就毫无价值。王世懋还说,只有熟练掌握了诗,才可以辨析诗体;作诗若能自成一家,方可探讨诗之格调。因此,现在的作者最需要的是有真才实学,最应该依靠的是自身的性情修养,需杜绝盲目模拟,而去追求充满个性的真实表达。显然,这种说法和我们平常所见复古派崇尚格调的言论有着较大的差异,尤其是最后"本性求情,且莫理论格调"一句,不免让人恍惚,难道王世懋已经放弃讲求格调和法度了吗？

事实并非如此。如果我们不只阅读《艺圃撷余》,同时也能关注到王世懋在书序文中的表述,则会获得完全不同的认识。如王世懋在《李唯寅贝叶斋诗集序》里,描述了李唯寅(生卒年不详)诗歌风格的三次转变:"少年气盛,有触易形,意恒在多;既得于鳞诗习之,乃检括为深沉之思,刻商引徵,宛似其家言;已稍稍纵其性灵,时复翛然自得,博采旁引,未见其止,此唯寅诗大较也。"(《王奉常集》卷六)说李唯寅少年时气盛,作诗多随本真性情,并无法度,但是贵在能够持久习练;此后他以李攀龙之诗为模范,其诗作的音律等皆严合规矩,显得深沉老道;再后来他复能放松性灵,作诗如入自由之境,能够不拘一格、博采众长,愈发得心应手。

通过书序文中对李唯寅不同时期诗作的评价,可知王世懋虽然欣赏作诗时抒发真实的性情和才气,但也绝不认为可以毫无规矩,这就好比李唯寅年少气盛时的诗歌创作,并不是最好的状态。在王世懋看来,作诗还是要首先深入学习规矩法度,由规矩法度入,待到人格完善以后,再逐渐超越这些规矩准绳,方能使个人的创作入于自在化境。准确地说,王世懋最欣赏的诗歌创作,乃是娴熟于法度之后拥有的那份适意性情才气之发抒。所以说,王世懋并不曾摒弃复古派倡导的格调法度,其《艺圃撷余》的论说,更多是对时人独取格调法度而舍其他之弊病的强势纠偏,用以提醒他们性情才气于诗歌创作的可贵。如果只读《艺圃撷余》而不结合书序文,便很容易对王世懋真实的诗文观产生误解。因此许多时候,通过诗文集序中星散的观点和看法有助于更加完整地把握一位文人的诗文观。

诗文集序以外,还有大量其他书序文类型,如史籍类、家谱类、方志类、乡试录类等等。这些书序文常会因为其不同的所序书籍类型,在文中相应地展现了书序文作者在相关领域的理论观点。

(二)史学观点

王世贞不仅在文学上成就卓著,且一生以修国史自任,立志要撰成一部信史①,因此于史学上用功尤多,堪称大家。王世贞著有《弇山堂别集》《弇州史料》《嘉靖以来内阁首辅传》等多部史学著作,而他在史学方面独到的认识和见解,很多也留存在史籍类书序文中。比如王世贞在《纲鉴会纂序》中有一段著名的论述:"经载道者也,史纪事者也。以纪事之书较之载道之书,孰要?人必曰经为载道之书,则要者属经,如是遂将去史弗务。嗟乎!智愈智,愚愈愚,智人之所以为智,愚人之所以为愚,其皆出于此乎?"②通过批驳其时不少认为经重于史的人,王世贞表明了自己史重于经的态度。有研究者指出王世贞在此篇书序文里的论述,超越了以往仅从理学范畴对经史关系进行的讨论,而直接从史学的本身去探讨其在学术和社会层面的重要性,到后来进而提出"天地间无非史而已"的理论命题,确立了史学自身的独立价值。③

---

① 王世贞于《弇山堂别集自序》中言:"藉薜萝之日,一从事于龙门、兰台遗响。"(魏连科点校:《弇山堂别集》,中华书局1985年版,第4页。)又于《徐生》中说:"欲整齐其事与辞,勒成二家,以追迹盲、腐。"(《续稿》卷一八二)

② [明]王世贞:《王凤洲纲鉴会纂》卷首,上海经香阁清光绪二十九年(1903)印本。

③ 向燕南:《中国史学思想通史·明代卷》,黄山书社2002年版,第262页。

根据史书的内容和作者身份的不同，中国古代史书可分为国史、野史和家史三类。国史主要指官修实录，由朝廷组织而成于众人之手；野史即由私人编撰的史料、笔记等；家史则指碑传铭文、行状、墓表、谱牒一类资料。在《皇明名臣琬琰录小序》中，王世贞首次对国史、野史、家史各自在史学上的缺陷与价值作出了客观而辩证的评估：

> 国史人恣而善蔽真，其叙章典、述文献，不可废也；野史人臆而善失真，其征是非、削讳忌，不可废也；家史人谀而善溢真，其赞宗阀、表官绩，不可废也。国以草创之，野以讨论之，家以润色之，庶几乎史之倪哉。（《四部稿》卷七一）①

国史的作者尽为载笔之臣，其书写带有很强的政治御用性，容易遮蔽真相，但在记述典章、文献方面却独有优长。野史因为掺杂了许多个人臆断而往往失真，但它多方采集是非论说，绝少忌讳，可为正史补阙、充实甚至纠谬。家史常存在溢美谄谀的问题，但在颂扬宗族门阀和表彰家族官员成绩上则比较全面。王世贞具体地指出"三史"各自的缺陷，同时也看到了它们各自"不可废"的价值，进而提出了广征博采、"三史"之间互补不足的史料择取原则。

王世贞此论可谓鞭辟入里，在史学史上具有创造性，这条于书序文中留存的史学理论对后世读者也产生了深远的影响。清初张岱（1597—1689?）、沈德符（1578—1642）、黄宗羲、钱谦益等

---

① 王世贞在《弇山堂别集》卷二〇《史乘考误》中亦有类似的论述（第361页）。

人都在不同程度上承袭了王世贞的观点①。直到今天,《史乘考误序》里这种深入认识各类史料的优缺点并加以综合利用的理论,仍为学界所认可和广泛运用,许冠三称其为"不刊之概括"②,瞿林东亦赞其为"史学批评史上的确论"③。此外,关于如何治史,王世贞在《通州志序》里提出:"史之大纲在不虚美,不隐恶。"(《续稿》卷六〇)崇尚直书实录,力主据实治史。对于明代学人贬低秦、晋、隋三代却极力宣扬宋朝的正统论,王世贞在其《重刻晋书序》中指出:"自正统之说行,而晋与秦、隋皆抑而为闰,青衿而应制科者,至不得举其凡。"(《续稿》卷四一)不随流俗,清楚地看到正流之说带来的弊病。至今通过书序文,仍能看到王世贞这种超凡的史学体认。

(三)家谱理论

汪道昆本人编修过《汪氏十六族谱》,其《太函集》中也收录了数量可观的为家谱撰作的书序文。在这些书序文中,汪道昆阐发了他对于家谱的理解和认识。关于家谱的性质和意义,汪道昆在《溪南江氏族谱序》里说:"古者国有国史,家亦宜然,谱者,史之流也。"④重视家谱,将家谱视为史。这种看法虽非汪道昆首创,但却是其自始至终秉持的理论。在《湖茫李氏三宗谱序》中,他又再次强调家谱固然为一家之言,仍然有可补国史之阙的珍贵价值:"及夫世逖而籍亡,籍亡而谱作,系之姓则有合,类之族则有辨,统之

---

① 如钱谦益:"史家之取征者有三,国史也,家史也,野史也。于斯三者,考核真伪凿凿如金石然,然后可以据事实定褒贬。"(《启桢野乘序》,《有学集》卷一四,《四部丛刊初编》本。)又如黄宗羲在《明文案》中,其于立例时便列出三条,一条为国史取详年月,再一条为野史取当是非,又一条为家史备官爵世系。(参见钱仪吉《经学上·黄宗羲传》,《碑传集》卷三一,文海出版社有限公司1978年影印本。)这些都是对王世贞理论的承继和应用。

② 许冠三:《大(活)史学答问》,台湾桂冠图书股份有限公司1996年版,第113页。

③ 瞿林东:《中国史学史纲》,北京师范大学出版社2010年版,第383页。

④ [明]汪道昆著,胡益民、余国庆点校:《太函集》,第441页。

宗则有章,其斯为一家言,凡以补国书之不逮。"①而在《潜江袁氏家谱序》中,汪道昆更是升级了这种说法,直接指出《潜江袁氏家谱》其实本就是纪传体断代史《楚书》的一部分:"欧谱不书生殁,今不一书,盖原始要终,人道竭矣……丈夫无子,则书止。无子而夭,则书殇。有子而夭,则书早世。盖寓臧否于笔削,较若悬衡,《楚书》于是乎有袁氏谱矣。"②如果读者从这些书序文中识得汪道昆将家谱当作正史的理论,那么也就不难理解他为何在编修《汪氏十六族谱》时,几乎完全模仿司马迁《史记》这类正史的体例了③。

除此以外,对于家谱中所收的家族,汪道昆看重的角度也相当独特。他尤为重视所收的族人是否能够"躬行":"故勇可以夺三军,而不可以加九族;力可以抗万乘,而不可以弼周亲,顾躬行何如耳!夫鹡鸰非族也而胥化,螺蛉非类也祝而肖焉。维其有之,是以似之,躬行之谓也。"④认为身体力行对于一个家族极为关键,只有能躬行,才能保持家族本来的优良传统,凝聚家族力量朝更好的方向发展。至于究竟什么样的家谱才是好的家谱,汪道昆在《珰溪金氏族谱序》里给出了一个重要的参考标准,即:"其事核,其律严,其言往往称先王,一以反本修古为务,盖谱之良也。"⑤所记之事皆真实可靠,且处处遵循宗法,合乎礼制,这样的家谱方是良谱。此种看法对后世修家谱、评价家谱都极具指导意义。

在书籍出现爆发式增长的明代,书籍类型多种多样,远超前

---

① [明]汪道昆著,胡益民、余国庆点校:《太函集》,第471页。
② 同上书,第561页。
③ 汪道昆《汪氏十六族谱》的内容共十项,即周本氏略第一、鲁世家略第二、越国世家第三、龙骧以下世表第四、本支世表第五、分支世表第六、小传第七、列传第八、墓志第九、典籍志第十。以上十项,第一项为纪,第二、三项为世家,第四、五、六项为表,第七、八项为列传,第九、十项为志。纪、世家、表、传、志,正是司马迁《史记》的体例。(参见[明]汪道昆编《灵山院汪氏十六族谱》,明万历二十年(1592)刻本。)
④ [明]汪道昆:《溪南江氏族谱序》,胡益民、余国庆点校:《太函集》,第441页。
⑤ 同上书,第444页。

代,而书籍类型的丰富性大致决定了书序文中留录的理论观点的多样性和丰富性。比如在为书法研究著作所撰的书序文中,常能见出书序文作者在书法上的观点;在为兵书撰作的书序文中,又常能发现书序文作者关于军事问题的见解;甚至还有为琴谱、花谱所撰的书序文,在其中能见出书序文作者于音乐、园艺等方面的思考。可以说,书序文里呈现了明代社会方方面面的理论观点。所以,当明代书序文作为完全独立的文本面向读者时,其所具有的理论价值自不待言,这也是长期以来各个领域的研究者都将书序文视为不容忽视的文献资料频频征引和研究的合理性所在。

三、文学审美的示范展演

书籍于明代出现爆发式的增长,一方面,基于书籍文本而产生的书序文因此面临着更加复杂的文化生态环境。另一方面,这种环境也历练和培养了明代文人在书序文撰作方面的能力和技巧。书序文作者的智慧不断得到激发,他们积极创造,在序文书写中介入了各种艺术手法,借鉴传记、论等其他文体的特征等,最终得心应手,娴熟驾驭了复杂困难的书写环境,使其笔下的书序文不仅为所序书籍及其编著者服务,更成为了一篇篇独具匠心的美文。所以,当书序文脱离所序书籍、作为完全独立的文本面向读者时,它仍然可以带给读者审美的体验,并具有文学审美的示范展演的价值。

每当这个时候,我们并不谈书序文的任何有明确功能性指向的价值,而回归书序文作为文学文本的状态,将它视为一篇能够引起读者审美体验和愉悦感受的文章。事实上,历来就有不少文学批评者并不从书序文与所序书籍之间的关系去考量,而仅从文学审美的角度去阅读和看待书序文。

以王世贞的书序文为例,与其同时代的汤宾尹(1568—?)曾编选《新锲会元汤先生评林弇州文选》,其中收录了多篇王世贞的书序文并带有简短而中肯的点评。比如《陆氏伯仲集序》,汤氏从句法的角度认为此文用句苍然有古色,而从文章结构上则看出其"如常山蛇势,有首尾相应之妙"。又如《古四大家摘言序》,汤氏从具体内容和整体风格上认为它"《汉书》在胸,《南华》在手";对于文章的字句选用,则评价其"无一字不新,无一句不奇"。关于《五岳黄山人集序》,汤氏又赞道"起语便高古,是大方家笔力"。① 陈仁锡(1581—1636)在其评选的《古文奇赏》中,称赞王世贞《俞仲蔚集序》在刻画人物方面惟妙惟肖,如真人立于纸上。② 刘士鏻(1631年前后在世)在其辑评的《明文霱》中盛赞王世贞《合刻管子韩非子序》:"卓然秉铁,直取心髓,如组如舞。直将二人比论一番,撲天掺渊,擢筋洞髓,文人之锋,老吏之案。"③显而易见,这些评论皆说明当书序文作为完全独立的文本存在时,在包括汤宾尹、陈仁锡、刘士鏻等在内的读者那里,看到的正是书序文在文学审美上的价值。

关于汪道昆的文章,王世贞曾在《艺苑卮言》里评价说:"文繁而法,且有委,吾得其人曰李于鳞。简而法,且有致,吾得其人曰汪伯玉。"④《明史·汪道昆传》称王世贞此评一出,使得汪道昆声名乍起,晚年竟可与王世贞并称"两司马",对此王世贞颇不以为然,向人解释他那番评论是违心之论。⑤ 然而王世贞之论果真是违心而发吗?如果是,为什么他没有使用其他套话而称赞汪道昆"简而有法"呢?事实上,王世贞的评价并非毫无根据。这从汪道昆撰作的书序文中即可寻到答案,如《信州稿序》:

---

① 钱仲联主编,陈书录等选注评点:《王世贞文选》,苏州大学出版社2001年版,第322页。
② 参同上书,第325页。
③ 同上书,第326页。
④ [明]王世贞著,陆洁栋、周明初批注:《艺苑卮言》,第112页。
⑤ 参见[清]张廷玉等《明史》,第4188页。

诗三百,或出里巷,或出学士大夫。其言壹秉于性情,至今诵之不绝。其后则艺士为政,而里巷无闻。顾忧患者思深,厄穷者愤发,君子犹有取也。陶谢以还,作者或在郡县。彼其孳孳民治,务尽里巷之情。民忧则志忧,民喜则志喜,虽或不轨于风雅,其亦性情之遗音乎!江信州居郡三年,得诗若干首。诗出,郡人辄籍而传之。籍成,信州则移官去。夫信州治郡,率与民同忧喜,其大较具在籍中。乃今徒以疆事左信州,天殆将穷信州也。人亦有言,诗穷而工。信州有山人兄,以工诗著。如使信州释境内之累,操隐约之思,伯仲相持,力追风雅,瞠乎其后。穷可矣!穷可矣!彼求多于信州者,顾不为信州地邪?信州笑曰:"余尝喜诵伯子所著愤论诸篇,盖庶几乎闻道,其未也?顷余在官,疾几殆,一时亲交且痛哭去矣。余幸而得活,又幸而得奉先人之遗体,守先人之敝庐。余方将衣大布,著田间冠,与击壤康衢者为伍。余何穷,又何求工为也!"嗟乎!击壤康衢,何论风雅,信州将游心于伊耆氏之国,而余方索信州于作者之林,信乎余之未睹信州也,余恶足与言诗!①

汪道昆在序文中首先指出诗秉于性情,又因为忧患则思深,厄穷则愤发,故诗穷而后工。又以陶渊明、谢灵运为例,说当他们在贬谪任上时,能够与民同喜同忧,发而为诗,虽然并非一定契合风雅规范,却自有性情之美。至此,可以说汪道昆在用词和造句上都极为简单利落,顺利地为后文江信州遭遇贬官之穷埋下了伏笔。江信州被贬官边疆,这对胸怀家国抱负的文士而言,乃是人生的大挫折。因为汪道昆在文章开头便已经埋好了伏笔,这种人

---

① [明]汪道昆著,胡益民、余国庆点校:《太函集》,第434—435页。

生的挫折随即被赋予了新的意涵。既然困厄有助于诗,那么被贬官何尝不是一件好事呢?

趁着这种气势,汪道昆又紧追一步说,江信州本来有一位诗才俊逸的山人兄长,如果他此次因为贬谪能在诗歌上有所精进,那么兄弟二人伯仲相持,相映同辉,简直是最妙的事情。说到这里,汪道昆也不禁振奋了精神,连道"穷可矣!穷可矣!"汪道昆自己这样认为还不算,然后他巧妙地直接借江信州的话表达了信州本人的想法。原来江信州曾经遭遇过几乎令其丧命的疾病,所幸得活,在他看来如今只是被贬官而已,反倒可以借此机会与百姓共得田间之乐,谈不上困厄,也并不求因此能够在诗艺上获得多大的提升。书序文的最后,听了江信州所言,汪道昆不禁感叹自己对江信州的认识还是太过肤浅。汪道昆的本意是要劝江信州不要因贬谪而悲伤或灰心,为此讲道理、举例子、作假设。但是信州不仅不因贬谪而感到困厄,并且连提升诗艺这样的想法也没有,心地纯粹,不计名利。仍然只是寥寥几笔,简明扼要,汪道昆就让整篇文章在内容上给读者以大反转的惊艳,从而更加突出江信州其人品质的高洁和真淳。整篇书序文用语简洁精炼,围绕"穷"来谈,结构布局精巧带来文意上的曲折生动,完全担得起王世贞"简而有法"的评语。

屠隆的书序文也常能出奇出新,写得灵动隽永。比如万历八年(1580)为王穉登撰作的《竹箭编序》:

> 竹箭者,吾大越之美也。吾大越实以此驾劲吴。王君者,吴人。吴人名编,则曷不取彼菰芦而掩吾竹箭为?王君盖尝游越绝,而遂掩之也。君发蛇门,由御儿港东渡钱唐,取道西陵,然后浮甬东,出海门,望三神山而归。复遵会稽,立马石帆、秦望之上,慷慨吊范蠡、计倪,诸君皆不在。而所谓竹箭者,独蓊郁如昔。于是,感而欲掩之也,以君磊块,发为

丽辞,吐为佳言。是宜早致云霄,鼓吹人代。乃夷光卒于浣纱,郑旦终于采葛,亦足慨矣。逞其雄心,跨越江海。既以拚举菰芦间,又欲掩吾竹箭而有之。嗟乎！君欲良奢矣。虽然,吾大越有物。赤堇之山,破而出锡；若邪之溪,涸而出铜。雨师洒扫,雷公击橐。蛟龙捧炉,天帝装炭,太一下观。若是者,君能并掩而有之邪？有之,则仆请以一矢从公出云门寺,射虎南山矣。①

这篇书序文在篇幅上虽然极短小,但确是一篇难得的美文。首先屠隆的篇章设计巧妙。此文所序书籍的作者王穉登乃吴人,屠隆为越人。吴人王穉登撰作的诗文集却以越地的名产竹箭来命名,这是为何呢？屠隆从地域的角度出发,立即抓住了关键问题,接下来便以此问题为线索,在序文中逐步解开谜题。原来王穉登曾游越绝,在凭吊范蠡(前536—前448)、计倪(生卒年不详)等英豪时,看到周遭的竹箭而感慨豪杰早已逝去,竹箭却仿佛从来没有改变过一般葱郁如昨,所以将游越地的诗文作品结集命为《竹箭编》。接下来,屠隆仍然顺着这个问题,带动全篇文章的行进。从表达效果上看,序文以问题引入,利于逗出后面的解答,容易引起读者的兴趣；而整篇序文都在问题的贯穿下展开叙述,又使得文章具有意脉连贯的优点。

除了巧妙的谋篇布局,这篇书序文最精彩之处还在于叙述上正话反说的技巧。屠隆说王穉登曾经游过越绝,"遂掩之",于是把自己的游览所见都置换成了笔下诗文。此次凭吊昔日越地的英豪,见到恒久葱郁的竹箭,深发感慨,王穉登又将其写入了诗篇。这时,屠隆似乎有些"恼火"了,按照这个逻辑,越地的夷光卒于浣纱,郑旦终于采葛等各种名物、掌故、历史事件等,有太多值

---

① 汪超宏主编:《屠隆集》,第三册,第207页。

得感慨之处,那王穉登岂不是都要将他们揽入自己的笔下吗?况且以王穉登之才,写于笔下的必然成为丽辞佳篇。他本来在家乡吴地已经赢得很高的声名了,如今又将撰作的目标转向了越地,难道还要在屠隆的家乡越地赢得众人的赞美吗?对此屠隆叹道:"嗟乎!君欲良奢矣。"王穉登这样简直是太贪心了。读者读到这里可能已经觉察到,屠隆似乎有了一丝"嫉妒"之心。但是不只如此。屠隆继续说,即便王穉登欲望再大,而我们越地值得写入诗文的东西实在是数不胜数,难道你都能写尽吗?最后甚至佯装一副面红耳赤的认真状和王穉登打赌,如果王穉登能将越地的风物人事一并写尽,自己甘愿弃笔从其射虎南山。

序文刻意渲染了才华横溢的屠隆对王穉登的"嫉妒",和其较真、与其打赌。虽然没有具体夸赞王穉登其人才华如何,其《竹箭编》如何,但这种仿佛嫉妒的情绪渲染得愈是浓厚,愈能衬托出王穉登才情的非凡和创作水平的高超,因为他已经达到了让屠隆都为之嫉妒的程度。屠隆这种以自己"嫉妒"的情绪来烘托所序书籍的叙述方式,出奇制胜,达到了令人耳目一新的理想效果。作为读者,顺着屠隆的笔触一路读来,到最后大反转,恍然悟出他正话反说的真意,无疑是一次很有冲击力的阅读审美体验。加之,序文全篇皆采取简洁素朴、清丽畅达的语句,和内容结构相得益彰。后来刘士鏻在编《明文霱》时识得这篇书序文,将其收入,赞曰"疏宕浏丽,号幽吹而霭春云"①,称许其文气流畅、恬淡隽永的兴味,皆在情理之中。

艾南英(1583—1646)《天佣子集》中对王世贞的文章有一段著名的攻击:"后生小子不必读书,不必作文,但架上有前后《四部稿》,每遇应酬,顷刻裁割,便可成篇。骤读之无不浓丽鲜华,细案

---

① 钱仲联主编,陈书录等选注评点:《王世贞文选》,第326页。

之一腐套耳。"①事实上，艾南英的指陈未必客观。王世贞才学丰赡，虽然存在模秦仿汉的问题，但其所作文章并不乏独具特色者，尤其晚年所作清新而深情，"不尽以赝古终其身"②。其书序文中即有不少令人惊喜的佳作，比如他为"后七子"之一的宗臣撰作的《宗子相集序》：

> 呜呼！此广陵宗臣子相之诗若文，武昌吴国伦传之，而吴郡王世贞为之序。曰：昔在建安，二曹龙奋，公幹角立。爰至潘、陆衍藻，太冲修质；沈、宋丽尔，必简岳岳；李、杜并驱，龙标脱衔。古之豪杰于辞者，往往志有所相合而不相下，气有所不相入而相为用，则岂尽人力哉，盖亦有造物微旨矣。曰，余与李攀龙于鳞燕中游也，子相实挟吴生暨天目徐生来。子相才高而气雄，自喜甚，尝从吴一再论诗，不胜，覆酒盂，啮之裂，归而淫思竟日夕，至喀喀呕血也。当其所极意，神与才傅，天窍自发，叩之泠然中五声，而诵之爽然风露袭于腋而投于咽。然当其所极意而尤不已，则理不必天地有，而语不必千古道者，亦间离得之。夫以于鳞之材，然不敢尽斥矩矱而创其好，即何论世贞哉？子相独时时不屑也，曰："宁瑕无碔。"又曰："欪良在御，精镠在筐，可以啮决而废千里。"余则无以难子相也。……世之立功名、尚通显者，日讥薄文士无毛发之用。子相独不然。为考功郎有声汜州，以不能附会非人，出参闽藩。属有岛寇事，衽席吏民，调兵食，规摹为一方冠。既又佐其臬，为儒生师帅。比死，家祀而人哭之，则子相居恒不怿，谓："麒麟凤皇，宁能并鸡犬用乎？不得之，不能为圣世。吾厌吾鸡犬，行去矣！"于鳞大赏之，为诗曰："一为麟

---

① ［明］艾南英：《答夏彝仲论文书》，《天佣子集》卷五，清康熙间刻本。
② 郑振铎：《插图本中国文学史》下，中央编译出版社2012年版，第768页。

凤言,三叹加飨食。"其曹偶持论若此。

文章以平常书序文中极少出现的叹词"呜呼"开篇,突兀而起,情感浓烈而气雄万夫,一开始就以强烈的抒情性感染读者。顺着这种情感的气势,王世贞继以简净有力的笔墨,勾画出一幅从建安到盛唐文坛上龙腾虎跃、群雄争胜的景象,从二曹、刘桢(?—217),到潘岳(247—300)、陆机(261—303)、左思,再及李白、杜甫,无不是复古派最推崇和敬仰的豪杰大家。如此便铺垫了气势恢宏的文学史背景,此时再推出才高气雄的宗臣,就体现出他和汉魏盛唐的大家们在才气和豪情上的某种贯通和衔接,无形中对宗臣赞赏有加。后文更是充分展示出了王世贞高超的人物描画之功。

王世贞首先回忆初次见面时,宗臣留给他的印象便是才高气雄,情感外露。然后王世贞择取了一事,说宗臣和吴国伦经常论诗,若未胜过吴国伦,便会耿耿于怀,竟至"喀喀呕血"。短短几句,宗臣的形象便立于纸上。王世贞还调用了另一件与诗文创作相关的事情,李攀龙、王世贞等人作诗论文往往不敢逾越规矩法度,但宗臣却不然,他认为才气应该尽付笔下,宁愿文章无法达致完美也要尽情挥洒才情。经此两事,实已呈现出一个才华出众又特立独行的宗臣。最后,王世贞又谈及宗臣任官期间抗击倭寇、保境安民的壮举,这最后一事的加入却是点睛之笔。值得注意的是,不少立功名、尚通显者,经常讥薄文士无用,而宗臣虽为文士却能建功安民,将此事列出,不仅是对苛责文士者的反驳,更是对宗臣才干的盛赞。但是宗臣的"奇",还在于他并不以此为傲,反倒更珍视自己文士的身份,认为这就好比麒麟、凤凰与鸡、犬的区别,文士是麒麟和凤凰般的人物,对家国天下能起到决策性的作用,而非仅做一些貌似立竿见影的琐事。所以当宗臣快要去世时,家人难过恸哭,他却说国家若拿他作鸡、犬用,那他对生还有何可恋?

至此,王世贞此序颇具眼光地截取了三件令人印象深刻之事,从不同角度和层面丰满了宗臣形象。中间既有将宗臣置于广阔时代背景中的渲染,又有针对宗臣个人极为细致的描摹,无论材料选取,还是运笔刻画,都能做到精确传神,入木三分。将其视为王世贞替宗臣所作的一篇传记,毫无违和之感。汤宾尹《新锲会元汤先生评林弇州文选》中评此文为"传神之文",又说此文"超津筏而上之","从《史记》中摆脱出来",①说的正是此序在人物刻画上带给读者的审美感受。王世贞虽然对宗臣的诗文创作颇有微词,但撰作这篇书序文,很大程度上则是要表达他对宗臣这位好友的怀念和深情。王世贞笔端带情,描画出的宗臣便能这般打动人心。

在许多选集中,如汤宾尹之《新锲会元汤先生评林弇州文选》、刘士鏻之《明文㰀》等,选家作为读者,将书序文视为一篇独立的文学文本收录,常常是因为这些书序文在文学审美方面的重要价值。显而易见的是,以本书的主要考察对象王世贞及其周边文人群体为例,他们撰作的书序文中有大量作品堪称文学审美的范本。从以上所举的例子中不难看出,明代出现书籍爆发式增长以后,书序文的创作在复杂的文化生态中非但没有固步自封,相反,在挑战中获得磨炼和创造的书序文书写引入了更为多样的技巧,并且大胆采用了其他文体的书写手法如人物传记、论说文等,不拘一格,书序文的书写真正进入了全面开放和充满活力的状态。应该说,明代书序文呈现出了比历史上任何时代都更加丰富的书写面貌,其文学审美的属性也比任何时代都更为强烈和显著。

书序文在文献、理论以及审美方面的价值皆服务于广大读

---

① 钱仲联主编,陈书录等选注评点:《王世贞文选》,第322页。

者，但就书序文作者而言，在序文撰成之后，将其作为独立文本收入个人文集当中，可见他们对书序文文学审美价值的高度关注。在他们那里，书序文从来就不是所序书籍的副文本，而是一个完全独立的文本。这种文本，和他们所撰的论、记、传、赞，甚至诗、赋等其他文本的意义并无二致，共同承载着作者人过留名的"不朽"梦想。虽然书序文作者可能最看重书序文作为文学文本的审美价值，然而从传播的实际效果看来，真正促成书序文的流传以及成就序文作者"不朽"梦想的，又并不仅仅在于审美方面的价值。在传播中，作为独立文本面向读者的书序文，对广大读者具有文献、理论和审美等多方面的重要价值，复合的文化价值因素，保障和帮助书序文不仅可以脱离所序书籍独立存在，而且能够穿越时空与更多的读者邂逅。

小　　结

进入传播阶段，书序文文体的特别之处在于，它既可以作为副文本依附于所序书籍面向读者，也可以作为完全独立的文本面向读者。两种不同的文本呈现状态决定了书序文对读者不同的文体效能和文化价值。

当书序文作为副文本面向读者时，由于它处于读者进入书籍正文本的"门槛"位置，便具有了导读和广告宣传的文体效能。然而，在书籍出现爆发式增长的明代，传播环境较之以往要复杂得多。就书序文的导读效能而言，在现实的传播过程中，导读往往与导读的限制并存。由于读者从书序文中接收的信息，其实是经过书序文作者"转述"甚至建构后的信息，书序文作者对书籍主旨和书籍编著者意图的理解可能存在偏差，书序文也有表达不足甚至失误之处，便形成了导读的局限。即便书序文作者没有失误，单就读者来说，他们可能接受书序文的引导，或者在接受的基础上完成扩展和延伸,但也有可能完全"违背"引导去阅读和理解正文本。关于书序文的广告宣传效能,由于当时的读者类型多样,广告宣传的效能在具体传播中也并非一路畅通。通常,大众读者在书序文的宣传下可能选择、购买和阅读某部书籍;而影响书籍刊行的书籍出版商作为读者,在阅读书序文后,可能以商人的敏锐迅速对书序文作出利益方面的预判和评估,以此决定是否刊行或以多大力度刊行所序书籍;此外,更有作为书序文第一读者的书籍编著者,可能欣然接受书序文中的广告宣传,也可能对此并不满意,从而对书序文作出修订甚至弃之不用。

当书序文作为完全独立的文本面向读者时,它的导读、广告宣传等文体效能便暂时"隐去",书序文自身的文化价值得以凸显。书序文散点留录了大量关于所序书籍及其编著者、书序文作者甚至某地的风土人情、某时的社会习俗等信息,有时这种信息还是唯一的线索,具有重要的文献价值。书序文也是保留书序文作者观点和见解的特殊场域,具有理论方面的价值。此外,在当时复杂的文化生态下,明代书序文作者开拓局面,积极引入各种艺术技巧、借鉴其他文体的书写手法等,全面开发并将书序文在文学审美方面的价值推向顶峰。正是因为具有文献、理论以及审美等多方面的文化价值,书序文在脱离所序书籍后才能完全独立存在并担负起书序文作者"不朽"的梦想。

至此,我们以王世贞及其周边文人群体撰作的书序文为考察中心,从书写到传播,讨论了书序文在书籍出现爆发式增长的明代于文体及文化方面的发展状貌。在书写阶段,由于请序作序已成为社会风尚,书籍类型大量增加等,书序文作者必须面对各种复杂的主体之间的关系。在进入传播阶段,书序文既可以作为副文本依附于所序书籍面向读者,又可以脱离所序书籍、成为完全独立的文本面向读者,在实际的传播过程中,书序文对读者的文体效能和文化价值呈现出独具特色的风景。

可以说，明代书序文虽然面对着空前复杂的文化生态，需要处理各种主体关系并使之达成一致和相互谐融，但这同时也是一种挑战、激发或导引。身处 16 世纪书籍爆发式增长时期的王世贞及其周边文人群体便是其中的一个典型和缩影。从中见出，一方面，明代书序文在复杂的主体关系中艰难地辗转腾挪；另一方面，书序文文体在明代得以顺利进阶，并且在时人文化心理上的角色和地位也由此完成了华丽的蜕变和升级。

结语　明代书序文的双向演进

明嘉靖二十九年(1550)[①]，因为当时有人计划刊行唐顺之的文集，唐顺之遂致信为自己文集撰序的王慎中，力陈社会上书籍泛滥成灾之弊，并严肃申明他不愿刻集的决心，请求王慎中撤回所撰书序[②]。最晚到这一年，明代社会的书籍刊印已经呈现出了一种前所未有的繁盛态势。事实上，此时的明王朝，虽然从整体上看国力已然衰颓，但朝廷于相关政策等方面对书籍刊印给予扶持，加之全国经济仍在持续发展，尤其是商品经济在适宜的江南土壤上早已欣欣向荣。除此以外，此期内，书籍刊印所涉的材料更加丰富便利、所需的技术取得了极大进步，利于商品和人力物力交换流通的国内水陆交通网络密织，海外贸易繁荣等，这些因素共同促成了书籍尤其是印本书籍在明正德以后出现爆发式的增长，迎来了崭新的书籍时代。书籍文化也从此成为建构整个明代社会文化的重要元素。

随着书籍数量的激增，基于书籍而产生的文体——书序文，也迎来了黄金时代。我们发现，此时从编书、著书、刻书、藏书，再

[①] 参见孟庆媛《唐顺之书信编年考证》，华东师范大学2010年硕士学位论文。
[②] 参见[明]唐顺之《答王遵岩书》，《荆川先生文集》卷五，《四部丛刊》本。

到书籍流通,无论是为说明书籍的编著意图、刊刻原委,记录曲折不易的藏书心路,还是作为交际手段抑或助力书籍贩售的推手,从书籍生产到流通全过程的各个环节无不存在着对于书序文的大量需求。实际上,在这样的文化生态下,与书籍密切相关的书序文在明代从文体的本体到它在时人心中的文化角色以及文化地位,都在静静地发生着巨大的变化。

一、文体:从书写到传播的进阶

一种文体的发展和丕变,首先要考察的自然就是该文体的本体。那么,随着书籍爆发式增长的出现,从书写到传播,书序文在明代究竟发生了怎样的变化呢?

从书写的角度来看,请序和作序已然成为了明代社会上普泛的文化风尚,文人尤其是王世贞等颇具文名者,除了为个人丰赡的著述撰作书序文以外,还要应对接踵而来的他人的请序。所以,文坛名流通常会有非常繁重的作序任务,再也不可能像唐宋书序文作者那般谨严和纯粹;而普通文人也同样面临着更加复杂和微妙的序文书写环境。换句话说,如果说唐宋时的书序文撰作更多地取决于书序文作者的个人意志,那么在书籍出现爆发式增长的明代,书序文撰作则不再轻松,书序文作者不得不权衡与书籍编著者、书籍文本甚至读者等多个主体之间的关系。书序文的最终呈现是书序文作者与这些主体之间取得平衡、达成谐融的结果,因此它突出表现为一种主体间性下的文本书写。

此时撰作一篇书序文,由于书序文担负着"序作者之意"的基本文体责务,因此书序文作者首先要面对和处理的便是与书籍编著者之间的关系。书籍编著者是谁？书序文作者对这位编著者是否熟悉和了解？两者的亲疏关系如何？这些因素无疑都会制约书序文作者笔下的书写策略。细分来看,这时书序文作者与书籍编著者两个主体之间的关系主要有三类:第一类是两个主体重合的情况,即通常所谓的自序;第二类是两个主体出现相交的情况,即两者有过直接接触或交往,书序文作者熟悉和了解书籍编著者,属于他序;第三类是两个主体出现相离的情况,即两者之间没有任何直接的接触或交往,彼此陌生,仍属他序。

在第一类里,书序文作者即是书籍编著者,因此书序文作者撰作序文无异于在为自己代言。首先,书序文作者可以在序文中直接表达他的编著意图,以此引导读者在阅读正文时顺利地进入他所期待的意义空间。主体重合的特殊性或优越性还在于,书序文作者掌握了比任何人都更为丰富、只有书籍编著者本人才可能拥有的书籍内外的第一手资料和信息。因此,他可以自由调用书籍编著者极具私密性的材料来支持序文的书写,比如其生平经历、心理情感等。这使书序文拥有了记录书籍编著者的"生命史"的意义,甚至很多时候这类书序文本身即可作为一篇难得的自传来阅读。但是与此同时,主体的重合也给序文撰作带来了一个极大的难题,即书序文作者旁观的视角和声音由此缺席,他难以摆脱"自卖自夸"的嫌疑。为了尽量消释这一嫌疑,当时的书序文作者如王世贞及其周边文人群体等往往采取了"自谦""自嘲"或者"他者的引入"等书写策略,巧妙地化险为夷,在保证书序文文体功能顺利实现的同时,也成功进行了自我形象的塑造。

明代文人尤其是那些声名显赫的文人,需要面对大量的请序者。在这些请序者当中,有较大一部分和他们有过直接的接触或交往,比如其亲友、同乡、同僚等。在这种情况下,书序文作者与书籍编著者之间是主体相交的关系。由于书序文作者对书籍编著者较为熟悉和了解,他很容易在两个独立的主体之间,找到相互认同和契合之处,从而展开序文的书写;并且,在相互认同的基础上,书序文作者常常能得到启发,继而发挥想象,最终形成新的思想。在阅读他人的编著并为其撰作书序文的过程中,书序文作者许多原有的、零散的想法得以唤醒和整合，从而萌生出新的思想。从这个意义上讲，书序文的书写也可以被认为是书序文作者在文学、史学等方面的思想观念的来源之一。从中也可见出，书序文的书写行为对序文作者思想的激发与导引。

与此同时，和自序时面临的难题类似，因为和书籍编著者之间关系的亲密或熟识，书序文作者难免被怀疑对书籍编著者有所偏袒或溢美。有鉴于此，文人们在撰作书序文时，往往会刻意移置自己作为"熟识者"的身份，而站到读者的立场，故意摆出与书籍编著者疏离的姿态，甚至以旁观的视角向书籍编著者提问、质疑。这类书写策略的运用可以消除读者的疑虑，和读者取得心理情感的亲近，通过"欲擒故纵"，最后顺利地引导读者进入书籍编著者构筑的意义空间。

需要注意的是，书序文作者与书籍编著者之间的相交关系在明代书籍出现爆发式增长的环境下会更加复杂。事实上，在明代文人心里，相交关系的类型有着更为细致的类分，例如"艺文而友""肺腑而友""师生而友""亲缘而友"等。面对这些同中有异的相交关系，书序文作者在序文书写上又呈现出极其微妙的变化。

当书序文作者与书籍编著者两个主体之间出现相离的情况时，王世贞等明代文人又会如何来掌控序文的书写呢？对于所序书籍，他们往往会凭借自己丰富的知识背景和阅读经验，利用作为书籍的优先读者这一优越场域，对书籍展开直接的针对性评判。此外，亦会根据书籍涉及的相关内容另辟蹊径和借题发挥。并且，这种内容，有时和所序书籍几乎没有太大的关联，而更像是书序文作者的自说自话。对于书籍编著者，即使书序文作者并未和他们有过直接的接触或交往，但这并不意味着书序文作者无法从书籍编著者处着笔。书序文作者笔下与书籍编著者有关的信息，首先可以来自于"所闻"。但是从他人那里听来的信息毕竟有限，且并非总能借用这种听来的信息。所以，书序文作者还可以采用另一种书写策略,这就是将自己当成可以和书籍编著者产生心灵默契的知音,仅仅依靠"所感"来完成对书籍编著者的书写。有趣的是,这种策略使得书序文作者的书写有了"知音之眼"的情感意义,非但不会受到读者的指责,反而更能获得他们的信任。

需要说明的是,导致书序文作者与书籍编著者出现相离关系的原因多种多样,但是综合观之,不外乎是生活在同一时代却未能有机会交往的交谊的区隔,以及生活在不同时代而无法交往的时间的区隔。在这两种不同的相离情况下,明代书序文作者在序文的书写实践中又会呈现出相应的调整。

除了书籍编著者,所序书籍的类型或内容也是影响书序文撰作的一个重要因素。在书籍出现爆发式增长的明代,书籍的种类空前繁富,我们重点选择明代文人最为看重的诗文集类书籍、学术类书籍,以及在当时大量涌现且极具明代特色的小说、戏曲类书籍,以探析在面对不同类型的书籍文本时,书序文在书写实践上的变化。

对王世贞等明代文人来说,为诗文集类书籍撰作书序文,实际上面对的是诗文集和书序文两个主体。他们在序文的撰作中可能更加注重对诗文集内容的考虑,也可能会更加在意书序文文体的责务。当更加偏重对诗文集内容的考量时,他们往往能够在书序文中自在地展现自己的诗文观点,几乎毫不在意书序文文体的责务,而仅以表达自己的诗文见解和主张为中心。此时,书序文甚至可以成为他们传播文学观念、树立文学理想的宣传手段。但是我们也仍然发现,书序文作者有时过度重视诗文集这个主体,下意识地认为必须要围绕"诗文"主题来撰作书序文,因此即便他们在撰序的当时没有特别的诗文方面的观点和想法,也仍然会谈诗论文,甚至变着形式地搬出别人或自己以往的陈词滥调。仿佛"谈诗论文"是制造一篇诗文集序的一个必不可少的书写构件,它可以被重复地搬用。那么,此时书序文中展现的诗文观点是否可靠,就需要读者更加谨慎地辨别了。

但是当书序文作者更加注重书序文的文体责务时,他们可能极少或者完全不谈论诗文方面的内容;即便并不回避诗文方面的内容,他们在发表自己的诗文观点时也变得尤为谨慎,有时甚至显得束手束脚。由于更在意书序文的文体责务,因此,当这种文体责务与诗文观点难以兼顾时,他们时常会选择在序文中调整本来的诗文观点。这就难怪,在王世贞等明代文人撰作的诗文集序中,会突兀地出现某些迥异寻常的论调,比如在其他的地方如书信等中批评某人的诗文,在书序文里对同一个人却完全改了态度;又比如赞扬一个人的诗文时说一番话,赞扬另一个与其诗文风格倾向完全相反的人时,则又说另外一番话。

为学术类书籍撰作书序文,也同样存在更为顾及所序书籍的学术内容还是更在意书序文文体责务的问题。当书序文作者更在意书籍的学术内容时,基本上会较为直接地展现书序文作者的学术观点和见解。他们不但不会选择刻意隐藏与书籍编著者或其他人的不同观点,反而会大胆地在书序文里呈现。更有甚者,还在书序文里公开和与自己观点相左的人展开辩论,表现出求真谨严的学术态度。书序文中还常出现对相关学术史的梳理。有时一篇书序文里既有学术史的梳理又有学术观点的阐发,这一"史"一"论"的组合,便使得这类书序文有了论学文的形式和性质。

若是书序文作者更在意书序文文体的责务,最直接而彻底的方式即是在书序文书写中完全回避与学术内容相关的话题,这其中既包括知识局限的回避也包括知识局限之外的回避。如果不回避,当自己学术观点的表达与书序文的文体责务发生矛盾时,书序文作者仍会对其本来的学术观点作出调整。值得一提的是,在为学术类书籍撰作序文时,史论结合的论学文方式可以说是明代文人惯常采用的书写方法。所以,当所序书籍属于自己陌生的学术领域时,竟有书序文作者在序文中模仿起史论结合的论学文的书写套路或范式。

可以说,不论是为诗文集类书籍,还是为学术类书籍撰作书序文,明代文人的序文书写总体上容易呈现出一种"钟摆"式的状态,即要么更加在意所序书籍这个主体,要么则更加顾及书序文文体的责务,在两端之间左右摇摆平衡。相较之下,小说、戏曲类书籍显得比较特殊,他们在明代迅速增长,对整个社会上下皆充满吸引力,但是长期以来却处于为正统社会所鄙薄的小道末流的地位,于是小说、戏曲类书籍序文的撰作也因此呈现出独具一格的书写面貌。

不论是否因为身份的负担,当王世贞等明代文人为小说、戏曲类书籍撰作书序文时,他们中绝大多数都表现出了对小说、戏曲作为小道末流的地位的焦虑。具体说来即是,他们皆自觉地在书序文中采取各种书写策略围绕小说、戏曲的地位问题展开辩论:或者以直接的正面论辩为小说、戏曲争取地位,或者以功用论替代地位论转移批评者的注意力,又或者直接承认小说、戏曲不能与诗文比肩,以自觉的退让来换取自在的书写。然而,当解决了地位问题或完全不在意这个问题而进入自在语境的书写时,书序文作者又在其笔下评价小说、戏曲的艺术技巧、讨论相关专业知识以及总结小说、戏曲理论等,以此彰显自己作为行家里手的素养和能力,并且某些时候,还有着在小说、戏曲的知识和修养方面与同行比赛的意味。

任何文学作品的生命历程都不会终止于书写的完成,书序文亦是如此。书序文在写就之后,即进入了传播渠道,经由读者的阅读和接受,才能真正实现其文体效能和文化价值。首先,按照法国批评家热奈特的"副文本"理论,在传播阶段,书序文可以作为副文本依附于所序书籍面向读者。由于它处于读者进入书籍正文本之前的"门槛"的位置,可以为读者提供书里书外的信息,所以对读者具有导读的效能。但是在实际的传播中，由于复杂的传播环境，导读与导读的限制往往同时共存。通常情况下，读者会顺应书序文的导读，或者在顺应的基础上还会有所扩展；但是仍然存在另一种情况，即读者并未跟从书序文的导读，对书籍的解读走向了完全相反的方向。此外，作为副文本的书序文对读者还具有广告宣传的效能。普通读者会根据书序文的介绍，挑选、购买和阅读书籍。书籍出版商作为读者之一，还会预估该篇书序文可能带来的商业价值，从而决定是否出版或以多大力度出版这部书籍。而作为书序文第一读者的书籍编著者，在阅读书序文后，对其广告的笔触也异常敏感，有时还会对其中并不符合其期待的广告作出修订，严重的时候更会弃之不用。

  在传播渠道中，书序文不仅可以作为副文本依附于所序书籍，实际上，它的特殊性还在于可以脱离所序书籍，作为完全独立的文本面向读者。明代书序文数量剧增，完全独立存在的书序文，散点留录了大量有关所序书籍、书籍编著者以及某一时地的社会风貌和风俗人情等文献资料，甚至是唯一留存于世的文献资料；由于明代文人不仅在书序文撰作中表达观点和看法，而且已经有意识地利用书序文展示和宣传其个人观点，所以书序文也是留存书序文作者理论观点的特殊场域；需要特别说明的是，面对当时各种复杂的主体之间的关系，在大量的书序文写作实践中，明代文人不断被激发，也不断地创造，积极引入各种艺术手法、借鉴其他文体的特征等，使其笔下的书序文不仅为所序书籍及其编著者服务，更是一篇篇颇具匠心的美文范本。所以，当书序文脱离了所序书籍、作为完全独立的文本面向读者时，它仍然可以带给读者以审美体验，对读者具有文学审美的示范展演的价值。

  综上所述，随着书籍爆发式增长的出现，书籍文化成为明代文化建构中的基本构成要素，于是与书籍密切相关、基于书籍而产生的书序文,在明代的书写和传播生态都变得异常复杂。书写阶段,序文作者需要面对不同的书籍编著者、多样的书籍类型,以及考虑读者的阅读感受等,在各种复杂的主体之间辗转腾挪,书序文作者可谓费尽思量。即便才华横溢如王世贞,在面对他人频繁的请序时也大为头痛,曾数次感叹书序文撰作之难,竟生出焚笔的念头。而到了传播阶段,书序文还需经受身份不同的各类读者的检验。可以说,从书写到传播,明代书序文历经了多个不同的主体达成一致和谐融的艰难过程。

然而,幸运的是,环境越是艰难却越能激发出明代文人的智慧和创造力,继而找到令人惊喜的路径。正是因为在书籍出现爆发式增长的明代,书序文需要处理各种主体间复杂微妙的关系,这些难题激发出书序文作者巧妙的书写智慧,于是催生出一篇篇绚丽多彩的书序文。当书序文作者在各种复杂微妙的主体关系间戴着镣铐而舞时,书序文文体本身便在其中得到了最大的提升。这不仅因为书序文作者多半是文坛或社会精英,足够睿智且拥有高超的书写能力,更因为明代社会特殊的生态环境需要他们处理各种微妙的主体之间的关系。在这个过程中,书序文历经淬炼,变得愈发灿烂,最终在明代顺利完成了其文体本体的华丽进阶。

二、文化:从地位到角色的升级

事实上,一种文体的蜕变并不仅仅局限于文体本体层面发生的改变,还在于当我们回到这种文体发展变化的时代,回归当时的文化语境去追问,它在时人的文化心理层面是否造成了影响?我们知道,书序文在书籍出现爆发式增长的明代,从书写到传播,顺利完成了其文体本体的进阶,事实上,几乎伴随着这个过程发生的还有一层更为隐性而根本的变化,即时人在文化心理上对待书序文的态度。

(一)自"杂入"到"单列"的文集地位

明代以前，书序文已被文人们收入其文集中，与其他的文体并无二致，共同承载着他们"不朽"的理想。因此可知，在明代以前的文人那里，至少于流传之功上，他们在文化心理层面完全认可书序文具有与其他文体同等的价值。但是，彼时的书序文在文人文集中的地位究竟如何呢？真实的情况是，书序文在其中并非是一个特出的存在，而是作为序的一种，和赠序、寿序以及游宴序等被笼统地收录。并且收录的方式多是"杂入"，即"序"下同一卷中既有书序也有赠序、寿序及其他类别的序文，不作界分。可见，书序文在明代以前文人的文化心理上，并没有受到特别的关注，也没有独立的地位。

到了明代，吴讷于《文章辨体序说》中仍引南宋吕祖谦（1137—1181）之言道："凡序文籍，当序作者之意；如赠送燕集等作，又当随事以序其实也。"①其中序"文籍"者即是书序文。很明显，吴讷已经认识到书序和赠序有所不同，却仍将书序与赠序作为序体文的一种合而观之。如果说表、记、论、序等属于文集里文体的一级分类，那么书序和赠序之属则只能算文集里文体的二级分类，包含在"序"类之下。

直到正德以后书籍文化时代的到来，明代的书序文数量激增，书序文从书写到传播都迥异于前。明人对书序文开始另眼相看，给予其特别的关注。这种文化心理上的逐渐偏重，最明显的就体现在其时文人文集的分类上。下面我们仍以本书重点考察的对象王世贞及其周边文人群体为样本，展示书序文在他们文集分类中的一些特殊变化。

---

① ［明］吴讷著，于北山校点：《文章辨体序说》，人民文学出版社1962年版，第42页。

作家	文集	书序	赠序	寿序
王世贞	《弇州山人四部稿》	第64—71卷	第55—59卷	第60—63卷
	《弇州山人续稿》	第40—55卷	第26—31卷	第32—39卷
汪道昆	《太函集》	第20—26卷	第1—9卷	第10—19卷
王世懋	《王奉常集》	（文部）第6—9卷	（文部）第1—2卷、第5卷	（文部）第3—4卷
邹迪光	《郁仪楼集》	第32—35卷	第30卷	第31卷
徐中行	《徐天目先生集》	第13卷	第11—12卷	
李维桢	《大泌山房集》	第7—26卷	第44—48卷	第27—43卷
梅鼎祚	《鹿裘石室集》	第26—29卷	第31—35卷	第36—40卷

王世贞及其周边文人群体文集的编定皆完成于明代，其中不少人如王世贞、汪道昆等在其生前就完成了个人文集的刊印，所以考察他们的文集分类能够获知当时人们的文集分类观念。在王世贞及其周边文人群体中，除去只有诗集存世的作家，许多人的文集仍然按照前代的分类方式，即将书序、赠序、寿序混在一起置于"序"下结集。比如李攀龙的《沧溟先生集》、梁有誉的《兰汀存稿》、屠隆的《白榆集》和《由拳集》，以及宗臣的《宗子相集》等。但是如上表所见，一个重要的变化就是，王世贞及其周边文人群体中部分作家的文集已经将书序文区别了出来，由此前的"杂入"变为了"单列"。

具体说来，这种"单列"可分两类，第一类如王世贞的《弇州山人四部稿》和《弇州山人续稿》、汪道昆的《太函集》、王世懋的《王奉常集》、邹迪光的《郁仪楼集》，以及徐中行的《徐天目先生集》等。它们将书序文和赠序、寿序区别开来，归入文集的不同卷次中，在文集里仍然属于"序"的一种。以王世贞《弇州山人四部稿》为例，即第55—71卷皆为序类，但是第55—59卷为赠序，第60—

63卷为寿序,而第64—71卷则全为书序文。其中徐中行《徐天目先生集》第11—12卷中赠序与寿序相杂①,但仍将书序文单独置于第13卷加以区分。第二类如李维桢的《大泌山房集》和梅鼎祚的《鹿裘石室集》等。它们不仅将书序文区别出来,并且书序、赠序、寿序在文集中并非作为"序"下的一种,而是从二级分类中被提上来成为一级分类,与表、记、论、书启、墓志等文体处于平行的地位。可以说,这种情况在明代之前的文集中从未出现过,它在某种程度上正是明代书序文文体的进阶在时人文化心理层面的折射和反映。

但是,将书序文在文集中单列出来有时甚至与表、记、论等文体平行,是否只是因为明代书籍出现爆发式增长下书序文的数量剧增所致呢?徐师曾在《文体明辨》中曾将明人严于"辨体"归因于其时文盛、类增、体众,"盖自秦汉而下,文愈盛;文愈盛,故类愈增;类愈增,故体愈众;体愈众,故辩当愈严。"此说法不无道理②,但是对于书序文在文集分类中地位变化的问题,笔者认为并不尽然。如果仅是数量的增加,而没有认识到书序文文体的特出,那么编集者完全可以依旧以"杂入"的形式,将书序文和赠序、寿序混合归入序体文收录,需要做的调整只是在文集中增加更多的卷次来容纳而已。实际上,对于身处当时文化环境的明代文人来说,唯有切实地感受到了书序文文体的变化和发展,才能在他们的文化心理上留下印记,继而在编定文集时有了相应的行为体现。

---

① 林纾(1852—1924)《春觉斋论文·流别论十五》中称"寿序一体,于古无之",认为寿序在古时没有,是后来才出现的,并取姚鼐(1731—1815)之说,将寿序归入赠序一门,可见当时确有将寿序并入赠序的观念,《徐天目先生集》中第11—12卷赠序和寿序相杂的分类或来自这种观念。([清]刘大櫆、吴德旋、林纾著,舒芜校点:《论文偶记 初月楼古文绪论 春觉斋论文》,人民文学出版社1998年版,第72页。)

② [明]徐师曾著,罗根泽校点:《文体明辨序说》,第78页。

(二)由"附庸"到"必需"的文化角色

书序文虽然在传播过程中可以作为完全独立的文本面向读者,但是从其最初基于所序书籍而产生的源头来看,它的本质却是一种副文本,是所序书籍的"附庸"。因此,作为"附庸"它便天然地带有可有可无的性质。但是,书序文在明代果真仅是一种可有可无的"附庸"吗?

在书籍印刷兴起、书序文刚刚突起的宋代①,姚勉(1216—1262)在《回张生去华求诗序札子》中非常尖锐地提出书序文可以不必作:

> 粤从初诗,未有大序。迨圣门始闻子夏之作,至东汉则有卫宏之辞。盖是后来之人,述所作者之意。曹、刘见梦,乃于异世以求知;苏、杜遗编,何敢当时而作引?如自有脍人口之语,亦何资冠篇首之文。②

姚勉认为,从《诗》开始书籍本来是没有序文的,所谓书序文,其实都是后来人追述书籍作者之意所撰,与书籍作者本不相干。而且如果书籍中自有脍炙人口的作品,又何消缀上一篇书序文呢?在其《秋崖毛应父诗序》中姚勉再次阐述了同样的观点:"予曰:诗不以序传也。三百五篇皆有序,朱夫子犹使人舍序而求诗,序不足据也,姑舍是。"③强调书籍本身的意义,认为书序文完全可以弃之不用。

宋代的姚勉之所以反对作序、认为书籍可以没有书序文,实

---

① 参见王水照主编《宋代文学通论》,河南大学出版社 1997 年版,第 449 页。
② [宋]姚勉:《雪坡舍人集》卷二五,四川大学古籍所编:《宋集珍本丛刊》第 108 册,线装书局 2004 年版。
③ [宋]姚勉:《雪坡舍人集》卷三七,四川大学古籍所编:《宋集珍本丛刊》第 108 册。

际上来自于他对当时社会上普遍借序为重,而撰序者又"苟轻许可"等不良风气的不满和批评。相形之下,等到书籍出现爆发式增长的明代,却再难找到与姚勉类似的言论。

明代请序作序成风,由此造成的社会不良风气较之宋代有过之而无不及。此时的文人们虽然也和姚勉一样,毫不留情地揭露并谴责社会乱象,但却从未有过如姚勉那般认为书序文不必作的说法。相反,我们看到的是,王世贞等人频频抱怨作序之苦,却仍然不忘为自己编著的每部书籍作序,也仍然会答应熟识者或陌生人的请序。唐顺之讽刺明人刻集频仍,但并未否定书序文存在的必要,他本人也撰作了不少书序文。海瑞曾以异常激烈的言辞,表达了自己对请人作序这种行为的极度反感,但他也同样没有怀疑过书序文对于一部书籍的作用。最具戏剧化意味的是,这些谴责的观点正是出自海瑞的自序《淳安稿引》。可见在海瑞的心里,书序文俨然已是刊印书籍时的必需。

关于书序文是书籍的一种必需这个问题,王世贞、唐顺之、海瑞等人并没有给出过明确的表述,但是他们的实际行动本身就是最好的证明。并且,生活中那些人们没有给出明晰答案的问题或现象,往往却因为他们认为其理所当然,已经蚀入骨髓。从宋时的姚勉到明时的王世贞、唐顺之和海瑞,从实践层面可以反映,在人们的文化心理上,书序文的角色正从对书籍而言可有可无的附庸转变成一种必需。

或许最开始人们对书序文的需求出于功能的层面。比如希望通过书序文向读者说明书籍的编著意图和主旨,为书籍作宣传,帮助书籍流传久远,以及借书序文为书籍编著者立传,使其留名青史等。随着明代书籍出现爆发式增长,书序文也参与到整个明代文化的建构当中,在这种文化生态下,人们在完成一部书稿准备刊行时,对书序文的需要便不只来自功能的层面,其中更夹杂着文化习染的因素。书序文固然有"存文存人"这样的文体效能，但是在这些功能性因素之外，明代的人们会认为只有加上一篇书序文，这部书籍才算完成了最后的工序，才能正式"呈示"给读者。书序文仿佛商品在出售时必需要贴上或印上的标签，它既提供商品的来源、构成成分、生产日期等必要信息，偶尔也附带广告宣传的作用，更重要的是，它同时也是该物品之所以成为商品可以面向消费者的一种标志。没有书序文的书籍正文和没有标签的物品一样显得"名不正而言不顺"。当书籍编著者萌生这种想法，其实也就意味着明人对书序文已经发生了从最初的功能需求到文化心理需求的质的转变。

明代随着书籍爆发式增长的出现，基于书籍而产生的书序文这个"为他人作嫁衣裳"的文体，不仅在处理比以往任何时候都更加复杂微妙的多个主体之间的关系中，大大提升了自身的文体魅力，顺利完成其文体本体的进阶；并且在这个过程中，书序文在当时人们的心中，也由可有可无的"附庸"变成了刊刻出版一部书籍时的"必需"，同时完成了文化层面的进阶。

本书以王世贞及其周边文人群体撰作的书序文作为考察中心，探讨书序文在明代于文体和文化两个层面的双重进阶，不免带有时代的特殊性，而王世贞等人亦自有其个体的特殊性。但可以肯定的是，它反映和代表了书序文在书籍出现爆发式增长的明代，从书写到传播，从书序文文体本身到人们文化心理层面的复杂变化，是书序文在明代真正走向鼎盛的一个缩影。而且，自那以后直至今天，书籍文化作为整个社会文化建构重要因素的地位便再也没有改变过，基于书籍而产生的书序文亦同样鲜活于今。因此，在以王世贞及其周边文人群体为代表的明代文人在撰作序文时的书写心态，面对不同主体关系时于书写实践上的反应，以及由此牵引而出的围绕书序文的种种文化现象等，仍然和当今书序文的书写和传播有着某种跨越时空的连接。

一般来讲，每一种文体都萌生于特定的历史土壤，活跃在特定的文化语境,一旦维持其生长的条件不复存在,该文体也就会渐渐失去活性,逐渐消失或者转化演变,从而孕育出新的文体。当今社会虽然整体上依然保持着可供书序文生存的文化生态,但是随着数字新传媒时代的到来,纸质书籍已然遭受到了强劲的存在冲击,那么,基于书籍或者更准确地说最早基于纸质书籍而产生的书序文是否也会随之受到影响?并且对于书序文这类功能性很强的实用性文体,文体功能既是它产生的基本动因,同时也最终决定着它的发展走向。比如其"序作者之意"的导读功能会不会被书籍编著者或充当书序文作者角色的人的一段电子视频所替代?比如其广告宣传的功能会不会被更为赤裸的读图时代的图片等现代产品慢慢置换?本书所讨论的明代书序文的这些文体功能和属性、文化特征和价值等,究竟能够支持书序文延续多久的文体生命?所有的这些问题,我们只能留给静穆却又最具评判资格的时间去回答。

附录 王世贞及其周边文人群体小传

本文主要参考《明史》、钱谦益《列朝诗集小传》、朱彝尊《静志居诗话》、陈田《明诗纪事》、曹溶(1613—1685)《明人小传》[①]、《明代名人传》[②]、《明人传记资料索引》[③]以及部分明人文集。

C

1. 曹昌先

曹昌先(1610年前后在世),字子念,以字行,更字以新,江苏太仓人,王世贞从甥,南屏诗社成员,"四十子"之一。其所作近体歌行,被人称为酷似其舅王世贞之作。为人倜傥,重然诺,有河朔侠士之风。王世贞去世后,因不胜西州路之恸,遂移居吴门。晚年萧然穷巷,门无杂宾。

G

2. 顾孟林

顾孟林(1580年前后在世),字山甫,自称"兀然先生",江苏吴县人,"四十子"之一。著有《衡门集》。

---

① [清]曹溶:《明人小传》,《明代传记资料丛刊》第一辑,第十五册,北京图书馆出版社2008年版。
② 〔美〕富路特、房兆楹原主编,李小林、冯金朋主编:《明代名人传》,北京时代华文书局2015年版。
③ 台湾"中央"图书馆编:《明人传记资料索引》,中华书局1987年版。

3. 顾绍芳

顾绍芳(1547—1593),字实甫,号学海,又号宝庵,江苏昆山人,"四十子"之一。万历五年丁丑(1577)进士,改庶吉士,授检讨,历官左春坊左赞善,兼翰林院编修。为官孝友廉介。朱彝尊《静志居诗话》评其"工于五律,不露新颖,矜炼以出之,颇有近于孟襄阳、高苏门者"。《四库全书总目提要》则评"今观其集,终觉意境未深也"。著有《宝庵集》。

H

4. 胡应麟

胡应麟(1551—1602),字元瑞,一字明瑞,自号少室山人,又号石羊生,浙江兰溪人,"末五子"之一。万历四年丙子(1576)举于乡,后七次北上,试进士不第,乃筑室山中,聚书四万余卷,从此布衣一生,以藏书、读书和著书自娱。好游历,广结交。著述宏富,有《少室山房类稿》《诗薮》《少室山房笔丛》等。

5. 华善继

华善继(1545—1621),字孟达,号济川,江苏无锡人,"四十子"之一。嘉靖中贡生,初官浙江布政司都事,历桐乡、昌化知县,官至永昌通判。与其弟华善述并负才名,为王世贞推重。有诗集《华孟达诗稿》《折腰漫草》,杂著《星命抉微》《咫闻录》等。

6. 皇甫汸

皇甫汸(1498—1583),字子循,号百泉,长洲(今属江苏苏州)人,"四十子"之一。嘉靖八年己丑(1529)进士。官授工部主事,后谪黄州推官,召为南京吏部稽勋郎中,又谪开州同知,迁云南按察金事。工于诗,擅书法。性温和,不随时俯仰。近声色,广结天下士。与其兄皇甫冲(1490—1558)、皇甫涍及弟皇甫濂(1508—1564)共负才名,时称"皇甫四杰"。所作有《皇甫司勋集》《解颐新语》《百泉子绪论》等。

7. 黄廷绶

黄廷绶(1580年前后在世),山西太原人,"四十子"之一。

L

8. 黎民表

黎民表(1515—1581),字惟敬,号瑶石山人,广东从化人,"续五子"之一。嘉靖十三年甲午(1534)举人,官授翰林院孔目,转吏部司务,办内阁制敕事,后擢南京兵部职方司员外,终河南布政使司参议。性坦夷,淡泊自甘。尤善画,写米家云山独有风致。并善书,隶书师文徵明,行草亦入妙品。尝师事黄佐,以诗名,与欧大任、梁有誉、李时行、吴旦重建南园社,为"南园后五子"之一。参与修撰《广东通志》《从化县志》《罗浮山志》,有《瑶石山人稿》《梅花社稿》《北游稿》《谕后语录》等。

9. 李攀龙

李攀龙(1514—1570),字于鳞,号沧溟,历城(今属山东济南)人,"后七子"之一。嘉靖二十三年甲辰(1544)进士,初授刑部主事,历员外、郎中,后迁顺德知府,再升任陕西提学副使,迁参政,最后官至河南按察使。性孤傲自负,倡导文学复古,与王世贞同为"后七子"复古阵营领袖。所著诗文多摹拟古人,有《沧溟集》。

10. 李维桢

李维桢(1547—1626),字本宁,号翼轩,湖北京山人,"末五子"之一。隆庆二年戊辰(1568)进士,由庶吉士授编修,后进修撰,出为陕西右参议,迁提学副使,浮沉外僚近三十年,召礼部右侍郎,累官至尚书。博闻强记,弱冠登朝即与许国齐名,馆中曰:"记不得,问老许;做不得,问小李。"善属文,文章闳肆有才气,为王世贞所称赏。性温和,海内外求其文章者无日不有,故多应酬文章。著有《大泌山房集》。

11. 李先芳

李先芳(1510—1594)，字伯承，号北山，祖籍湖北监利，正统六年(1441)寄籍河南濮州，"广五子"之一。嘉靖二十六年丁未(1547)进士，除新喻知县，后擢户部主事、刑部曹郎，累官至尚宝丞，升少卿。后因得罪权要，左迁亳州同知，不久罢归。才华横溢，谙晓音律，擅琵琶，于医学、佛道皆有心得。有诗名。其著述宏富，曾编《濮州志》，著《李氏山房诗选》《江右诗稿》《东岱山房稿》《来禽馆集》《清平阁集》《春秋辨疑》《阴符经心解》《医学须知》等。

12. 梁有誉

梁有誉(1521？—1566)，字公实，号兰汀居士，广东顺德人。嘉靖二十九年庚戌(1550)进士，授刑部主事，时与李攀龙、王世贞等缔交，为"后七子"之一。在任三年，"决狱务平反，时称长者"。后因不屑与权臣严世藩交往，称病告归，自此筑拙清楼，杜门读书。中进士前，曾与欧大任等师事黄佐，重结南园诗社，世称"南园后五子"。所作近体深情婉丽，富于南国情调，多所讽喻。著有《兰汀存稿》。

13. 刘凤

刘凤(1559年前后在世)，字子威，长洲(今属江苏苏州)人，"四十子"之一。嘉靖二十年甲辰(1541)进士，初为侍御官，后至河南按察使佥事。嗜书成癖，藏书富极一时。有藏书楼曰"厞载阁""清举楼"，藏古今图籍。勤学博记，所作诗文好用生僻字句，晦涩恒饤。有《子威集》等。

14. 刘黄裳

刘黄裳(1529—1595)，字玄子，光州(今属河南潢川)人，"四十子"之一。万历十四年丙戌(1586)进士，授刑部主事，后改兵部员外郎。有军功，曾协助兵部侍郎宋应昌(1536—1606)抗倭，大败贼兵。任侠豪宕，以古豪杰竖立自负。工书，草法二王，兼学张旭、黄庭坚。亦工诗,有《藏澂馆集》。

15. 卢柟

卢柟(1507—1560),字次楩,一字少楩,又字子木,号浮丘山人,河南濬县人,"广五子"之一。少负才名,好使酒骂座,因此得罪邑令,被陷入狱,后为谢榛等人相助得救。所为诗有豪气,骚赋最为王世贞所称。在其病卒后,王世贞还为其作《卢柟传》。著《蠛蠓集》。

M

16. 梅鼎祚

梅鼎祚(1549—1615),字禹金、彦和,晚号胜乐道人,安徽宣城人,"四十子"之一。少有诗才,与同县沈懋学齐名。九次秋试未第,仕进无望,遂以声色自娱,蓄有家乐。晚年皈心佛道,藏书达数万卷,致力于著述。著有诗文集《鹿裘石室集》,传奇《玉合记》《长命缕》及杂剧《昆仑奴》等,辑有《汉魏八代诗乘》《古乐苑》等。

17. 莫如忠

莫如忠(1509—1588),字子良,号中江,上海华亭人,"四十子"之一。嘉靖十七年戊戌(1538)进士,官至浙江布政使。工书,以王羲之为宗,善草书和行书。诗工近体,五言尤多佳句,题跋文字亦清雅可观。有《崇兰馆集》。

18. 穆文熙

穆文熙(1528—1591),字敬甫,山东东明人,"四十子"之一。嘉靖四十一年壬戌(1562)进士,官至吏部员外郎,为官清正,尚名节。文武兼备,通史略,亦负诗名。著有《七雄策纂》《四史鸿裁》《逍遥园集》等。

O

19. 欧大任

欧大任(1516—1595),字桢伯,号仑山,别署欧虞部,广东顺德人,"广五子"之一。屡试不第,嘉靖四十二年癸亥(1563)47岁终获廷试第一,名动海内。选江都训导,迁河南光州学正,入为国子监博士,历大理寺评事,官终南京工部虞衡郎中。早年师黄佐,有诗名,为"南园后五子"之一。著有《思玄堂集》《旅燕集》《浮淮集》《韶中集》《百越先贤志》等。

Q

20. 瞿汝稷

瞿汝稷(1548—1610),字元立,号洞观,江苏常熟人,"四十子"之一。以荫补官,积功迁刑部主事,历任黄州、邵武、辰州知府,寻迁长芦盐运使,后以太仆寺少卿致仕。为官清正廉明。好学,工于文章,有《冏卿集》《指月录》《兵略纂要》等。

S

21. 佘翔

佘翔(1573年前后在世),字宗汉,号凤台,福建莆田人,"四十子"之一。嘉靖三十七年戊午(1558)举人,历全椒县知县,与巡按御史意见相左,遂投劾弃官,放游山水以终。工诗,所作雄丽高峭,有《薜荔园诗集》《佘宗汉稿》《金陵纪游》等。

22. 沈明臣

沈明臣(1518—1596),字嘉则,号句章山人,鄞县(今属浙江宁波)人,"四十子"之一。少负异才,尚廓落大节,慕谢太傅、王猛之为人。为博士业,数不售,入胡宗宪幕,与徐渭(1521—1593)同为座上宾。胡宗宪去世,沈明臣走哭墓下,持所为诔,遍高士大夫,讼胡宗宪冤状。后往来吴越闽粤间,与诸文人诗酒唱和。晚年矜奇尚异,曾衣绯衣行吴中市中,路人侧目而谈笑自若。山人以诗名者,沈明臣亦其一,诗作宏富,有《丰对楼诗选》。

23. 沈思孝

沈思孝(1542—1611),字纯父,又字继山,浙江嘉兴人,"四十子"之一。隆庆二年戊辰(1568)进士。授番禺知县,历刑部主事、太常少卿、顺天府尹等,官终右都御史。素以直节高天下,然而气盛好强,动辄多忤,颇被众议,后引疾归。有《秦录》《晋录》《溪山堂草》。

24. 石星

石星(1538—1599),字拱宸,号东泉,山东东明人,"续五子"之一。嘉靖三十八年己未(1559)进士。任吏科给事中,隆庆初疏言内臣放纵过甚,被杖黜为民,万历初起故官,累至兵部尚书。日本侵朝鲜,朝鲜向明求援。他力主沈惟敬封贡之议,事败,夺职,旋下狱死。工书法,诗文皆有佳作,著有《东泉集》。

T

25. 屠隆

屠隆(1543—1605),字长卿、纬真,号溟涬子、冥寥子、一衲道人、鸿苞居士等,鄞县(今属浙江宁波)人,"末五子"之一。万历五年丁丑(1577)进士,历官颍上县令、青浦县令、礼部仪制司主事、郎中等,至遭人诬陷削职。此后纵情声色,优游吴越,一面耽言学道,一面诗酒风流。著述宏丰,有《白榆集》《鸿苞集》《栖真馆集》《昙花记》《彩毫记》《娑罗馆清言》等。

W

26. 汪道贯

汪道贯(1543—1591),字仲淹,号次公,安徽歙县人,"四十子"之一。岁补博士弟子员。与其兄汪道昆称"二汪",又与弟汪道会称"二仲"。气概英迈,博闻强记,工词赋,旁及书法。著有《汪次公集》《墨赋》《墨表》等。

27. 汪道昆

汪道昆(1525—1593),字伯玉,又字玉卿,号太函、南明、南溟,晚号涵翁,"后七子"之一、"重纪五子"之一。安徽歙县人。嘉靖二十六年丁未(1547)进士,少年得志,堪称一帆风顺,历任义乌县令、襄阳知府、福建副使、兵部左侍郎等职。有抗倭之功。著有诗文集《太函集》及杂剧《高唐记》《洛神记》《五湖记》《京兆记》《唐明皇七夕长生殿》五种等。

28. 王衡

王衡(1564—1607),字辰玉,号缑山,别署蘅芜室主人,江苏太仓人,王锡爵之子。"四十子"之一。万历十六年戊子(1588)举顺天府乡试第一名,但因其父王锡爵为内阁首辅,为人所弹劾,疑其有弊,次年才经复试通过,41岁中进士,授翰林院编修,旋即归养,不几年而卒。工诗文,才高命薄,寄深慨于戏曲。所作有诗文集《缑山先生集》,杂剧《郁轮袍》《再生缘》等。

29. 王伯稠

王伯稠(1542—1614),字世周,江苏常熟人,后移家昆山,"四十子"之一。少随父入京师,为顺天府诸生。东归后闲居僧舍,经年不窥户。有《王世周先生诗集》。

30. 王道行

王道行(1561年前后在世),字明甫,山西阳曲人,"续五子"之一。嘉靖二十九年庚戌(1550)进士,历官苏州知府、河南按察使、四川右布政使。为官清正廉洁。有《桂子园集》。

31. 王世懋

王世懋(1536—1588),字敬美,号墙东生,别署损斋,江苏太仓人。王世贞弟,人称少美;因室名麟洲,又称麟洲先生。王世贞所目"二友"之一。好学,善诗文,嘉靖三十八年己未(1559)举进士,始选礼部主事,历任陕西、福建提学副使,仕至南太常少卿。其诗有建安风骨,近体似中晚唐。所著甚富,有《王奉常集》《艺圃撷余》《二酉委谭》《望崖录》《关洛纪游稿》等。

32. 王世贞

王世贞(1526—1590),字元美,号凤洲,又号弇州山人,江苏太仓人。"后七子"之一。嘉靖二十六年丁未(1547)进士,除刑部主事,历郎中,出为山东青州兵备副使。因营救杨继盛事得罪严嵩被罢官，后其父王忬也为严嵩构害，论斩西市。隆庆元年（1576），王世贞与弟世懋伏阙讼冤，王忬得以平反。严嵩败后，王世贞出补大名兵备副使，历任浙江右参政、山西按察使、湖广按察使、太仆卿等，官至南京刑部尚书。好古文辞，与李攀龙共倡文学复古，为"后七子"领袖，李攀龙去世后，主盟文坛近二十年。学识渊博，文学以外，还以史家自任，著述宏富，有《弇州山人四部稿》《续稿》《弇山堂别集》等。

33. 王叔承

王叔承（1537—1601），初名光胤，以字行，更字承父，晚年又更字子幻，号昆仑山人，江苏吴江人，"四十子"之一。少孤家贫，为人赘婿。客大学士李春芳（生卒年不详）所，嗜酒，醉后常不为春芳代笔。后辞归，纵游吴越山水。有《宫词》《潇湘编》《吴越游编》《荔子编》等。

34. 王锡爵

王锡爵（1534—1610），字元驭，号荆石，江苏太仓人，王世贞所目"二友"之一。嘉靖四十一年壬戌（1562）会试第一，廷试第二，授翰林编修，迁国子监祭酒，后又以詹事执掌翰林院，累官至礼部尚书兼文渊阁大学士，入阁居首辅。为官以谨慎严厉著称。致仕后终老太仓老家，赠太子太保，谥"文肃"。有《王文肃公集》。

35. 王穉登

王穉登（1535—1612），字伯穀，亦作百穀，号玉遮山人、青羊君、半偈长者等，江阴（今属江苏）人，后移居长洲（今江苏苏州），"四十子"之一。布衣终身。十岁能诗，名满吴中。与王世贞、汪道昆、屠隆、潘之恒等友善，曾共举南屏社。文徵明殁后，王穉登擅词翰之席三十余年。其诗纤秀华整。亦长于各体书法。有《王百穀集》《吴郡丹青志》《奕史》《吴社编》等。

36. 王祖嫡

王祖嫡（1531—1591），字胤昌，号师竹，河南信阳人，"四十子"之一。隆庆五年辛未(1571)进士,改庶吉士,历任司经局洗马兼修撰、右春坊右庶子兼翰林院侍读等职,后告归。性喜聚书,搜罗甚富,有诗名,晚习禅诵。有《师竹堂集》。

37. 魏裳

魏裳(1565年前后在世),字顺甫,湖北蒲圻人,"后五子"之一。嘉靖二十九年庚戌(1550)进士,以刑部侍郎出守济南,因政绩升任山西按察司副使,罢官后遂杜门著书。为人质纯端直,博学多才,交游甚广。有《云山堂集》等。

38. 魏允贞

魏允贞(1542—1606),字懋忠,号见泉,河南南乐人,"四十子"之一。万历五年丁丑(1577)进士,授荆州推官,历任监察御史、右副都御史、兵部右侍郎。为官公正严明,廉洁刚直,不畏惧权贵,为民请命,敢言直谏,海瑞誉其"直言第一",有政名。晚年家居,仍担忧国事,去世后追谥"介肃"。

39. 魏允中

魏允中(1544—1585),字懋权,号昆溟,河南南乐人,"末五子"之一。万历八年庚辰(1580)进士,与其兄允贞、弟允孚,皆举进士,时称"三魏"。历任太常博士、吏部稽勋主事、考功司主事等职,为人耿直,不依附权贵。不假天年而病卒。才华为王世贞所赏识。有《魏仲子集》。

40. 吴国伦

吴国伦(1524—1593),字明卿,号川楼,又号南岳山人,江西兴国人,"后七子"之一,"重纪五子"之一。嘉靖二十九年庚戌(1550)进士,授中书舍人,迁兵科给事中,杨继盛被害,为其经纪丧事并作挽诗,获罪严嵩,谪南康推官,改归德。严嵩死后复起,累官建宁、邵武、高州知府,贵州按察司提学副使,擢河南参政,又因忤张居正而罢归。才气横放,好客轻财。"后七子"中最为老寿。有《甔甀洞稿》《甔甀洞续稿》。

41. 吴稼竳

吴稼竳(1596年前后在世),字翁晋,号大涤先生,浙江孝丰人,吴维岳之子,"四十子"之一。以例除南京光禄寺典簿,累迁云南通判,仕途坎坷。少以诗见称于王世贞,尤工乐府,近体学西昆体,有《元盖副草》《南谐集》等。

42. 吴维岳

吴维岳(1514—1569),字峻伯,号霁寰,浙江孝丰人,"广五子"之一。嘉靖十七年戊戌(1538)进士,除江阴知县,政授刑部主事,历员外、郎中,改兵部,出为山东督学副使,历湖广参议、江西按察使,最后以右佥都御史巡抚贵州。其诗清新流畅,五律尤佳。有《天目山斋岁编》。

X

43. 谢榛

谢榛(1499—1579),字茂秦,号四溟山人、脱屣老人,山东临清人,"后七子"之一。自幼右目失明,绝意仕宦,布衣终生。赴约访友,揽胜探奇,足迹遍及京津、河北、山西及山东诸地。为人行侠仗义,曾救卢柟于冤狱。其诗沉练雄伟,法度森严,五律尤佳。有《四溟山人集》《四溟诗话》(《诗家直说》)。

44. 邢侗

邢侗(1551—1612),字子愿,号知吾,山东临清人,"四十子"之一。万历二年甲戌(1574)进士,任南宫知县,迁湖广参议,又升任陕西太仆寺少卿,后请辞归家。善诗,高古典雅;工书法,与董其昌(1555—1636)、米万钟(1570—1628)、张瑞图(1570—1644)并称"邢张米董",又和董其昌并称"南邢北董"。亦能绘画,取法元人,风格秀逸,尤善文石。诗文有《来禽馆集》,刊刻《来禽馆帖》,有《文石图》等传世。

45. 徐桂

徐桂(1590年前后在世),字茂吴,长洲(今属江苏苏州)人,

"四十子"之一。万历五年丁丑(1577)进士,除袁州推官。有《大涤山人集》。

46. 徐益孙

徐益孙(1580年前后在世),字孟孺,又字长孺,上海华亭人,"四十子"之一。国子监生。为人至孝,母卒,结庐于墓侧,作文誓墓,不复应举。

47. 徐中行

徐中行(1517—1578),字子舆,一作子与,号龙湾,又号天目山人,浙江长兴人,"后七子"之一。嘉靖二十九年庚戌(1550)进士,初授刑部主事,后累官至江西布政使。性爽朗,好饮酒,喜宾客。其诗积精蓄思,秀爽清明,七律宏大雄整,卓然名家,惜少深沉之致。有《天目山堂集》《青萝馆诗》。

48. 许邦才

许邦才(1570年前后在世),字殿清,号空石,山东历城人,"四十子"之一。嘉靖二十二年丙午(1543)乡试第一,会试屡不第,官永宁知州,终周王府长史。有才名,善诗文。有《海左倡和集》《海右倡和集》《梁园集》等。

Y

49. 殷都

殷都(1531—1602),字无美,号斗墟,上海嘉定人,"四十子"之一。万历十一年癸未(1583)进士,选为夷陵知州,官至兵部侍郎。通军事,工散曲。有《日本考略》等。

50. 余曰德

余曰德(1514—1583),初名应举,字德甫,号午渠,江西南昌人,"后五子"之一,"重纪五子"之一。嘉靖二十九年庚戌(1550)进士,官刑部郎中,出为福建按察司副使。其诗颇得王世贞称道。有《余德甫集》《午渠集》。

51. 俞允文

俞允文(1513—1579),初名允执,字仲蔚,江苏昆山人,"广五子"之一。嘉靖诸生,年未四十即弃举子业,致力于诗文书法。美风神,多病,布衣中与王世贞相交尤笃。其诗五古与七绝最为人所推重。有《俞仲蔚集》。

52. 喻均

喻均(1540—1610),字邦相,江西新建人,"四十子"之一。隆庆二年戊辰(1568)进士,授工部主事,因事罢,旋起为兰溪知县,历处州、松江知府,官至天津兵备副使(未上任)。为官正直,廉洁奉公。尝与刘元卿(1544—1609)同撰《江右名贤编》,又有前后《山居集》《括苍诗稿》《云间吏牍稿》等。

Z

53. 张凤翼

张凤翼(1527—1613),字伯起,号灵墟,冷然居士,长洲(今属江苏苏州)人,"四十子"之一。以捐赀入南京国子监,嘉靖四十三年甲子(1564)中举,后四次会试均落第,遂绝意功名。晚年以卖文佣书为生。早岁工古文辞,与弟献翼、燕翼并有才名,人称"三张"。善自度曲,曾与其子合演《琵琶记》,分饰蔡伯喈和赵氏,传为韵事。所作有诗文集《处实堂集》前后集,传奇《红拂记》《虎符记》《祝发记》《灌园记》《窃符记》《扊扅记》,合称《阳春六集》,散曲《敲月轩词稿》等。

54. 张佳胤

张佳胤(1527—1588),字肖甫,号崌崃山人,重庆铜梁人,"后五子"之一,"重纪五子"之一。嘉靖二十九年庚戌(1550)进士,除滑县知县,累官至兵部尚书,加太子少保。为"后五子"中官位最显者。有军事才能,得张居正赏识。为诗多慷慨奋厉之气,才气纵横。有《崌崃山房集》。

55. 张九二

张九二(1575年前后在世),字见甫,张九一弟,"四十子"之一。例授长垣县丞。

56. 张九一

张九一(1533—1598),字助甫,号周天,河南新蔡人,"后五子"之一,"重纪五子"之一。嘉靖三十二年癸丑(1553)进士,授黄梅知县,累官至南尚宝少卿,贬为广平同知,后擢为湖广事,终官宁夏巡抚。其所著诗近体较优,多为游览之作。注意熔炼诗句,故多精警之语。有《绿波楼诗集》。

57. 张鸣凤

张鸣凤(1567年前后在世),字羽王,号漓山人、阳海山人、阳海居士等,临桂(今属广西桂林)人,"四十子"之一。嘉靖三十一年壬子(1552)举人,官至应天府通判,晚年辞官还乡。博雅能文,笔耕不辍,著述颇丰,有《浮萍集》《东潜集》《漕书》《桂胜》,今《四库全书存目丛书补编》中存《羽王先生集》等。

58. 张献翼

张献翼(1534—1604),初名鹏翼,后更名敉,字幼于,一字仲举,长洲(今属江苏苏州)人,张凤翼之弟,"四十子"之一。嘉靖中国子监生,此后屡试不中,遂弃举业。家多藏书。性狂诞,言行奇诡。晚年取古人越礼任诞之事,排日分类而效行之。有诗才,得王世贞称赏。好《易》学,十年中笺注凡三易稿。著有《文起堂集》《读易纪闻》《读易韵考》等。

59. 张元凯

张元凯(1538—1582),字左虞,江苏吴县人,"四十子"之一。以世职为苏州卫指挥。督漕运北上,有功不得叙,自免归。诗名因王世贞作序推赏而传。著有《伐檀斋集》。

60. 赵用贤

赵用贤(1535—1596),字汝师,号定宇,江苏常熟人,"续五子"之一,"末五子"之一。隆庆五年辛未(1571年)进士,选庶吉士,初授检讨,官至礼部侍郎,死后谥"文毅"。刚直嫉恶,尝上疏弹劾张居正。嗜藏书,藏书丰富,且多秘本、善本,据家藏之书编有《赵定宇书目》。其诗如其人,有排山倒海之势;文章博达详赡,尤长于奏议、尺牍。著有《松石斋集》《国朝典章》《因革录》等。

61. 周弘禴

周弘禴(生卒年不详),字元孚,湖北麻城人,"四十子"之一。万历二年甲戌(1574)进士,授户部主事,数犯颜直谏,最后谪官澄海典史,投劾归。熹宗即位后,赠太仆少卿。倜傥负奇,好射猎。继娶女诗人董少玉。有《澄海集》。

62. 周天球

周天球(1514—1595),字公瑕,号幼海,一作幻海,又号六止居士等,长洲(今属江苏苏州)人,"四十子"之一。诸生,年十六随父徙吴,即从文徵明游,名日起。晚能自得蹊径,一时丰碑大碣,皆出其手。性爽迈,内行醇备。笃志古学,善大小篆、古隶、行、楷诸体,兼善墨兰,亦喜藏书。

63. 朱多煃

朱多煃(1534—1596),字用晦,江西南昌人,朱权六世孙,"续五子"之一、"四十子"之一,封奉国将军。有《芙蓉园稿》《用晦集》等传世。

64. 朱器封

朱器封(1570年前后在世),字子厚,河南南阳人,"四十子"之一。封唐藩辅国中尉。以词章名海内,有《宛志略》《巢园集》。

65. 宗臣

宗臣(1525—1560),字子相,号方城山人,江苏兴化人,"后七子"之一。嘉靖二十九年庚戌(1550)进士,任刑部主事、吏部员外郎。轻财货,重节义,性耿直,不阿附权贵,因作文祭祀杨继盛而得罪严嵩,被贬为福建提学副使。任职期间曾率众击退倭寇,迁提学副史,后病故于任所。诗文主张复古,其散文成就较高。有《宗子相集》。

66. 邹迪光

邹迪光(1550—1626),字彦吉,号愚谷,江苏无锡人,"四十子"之一。万历二年甲戌(1574)进士。授工部主事,官至湖广提学副使。四十岁即罢归,自此于惠山下筑愚公谷,与文士觞咏其间。工诗文,所作平淡自然。又善画山水,兼善音律,晚年信佛。著述颇丰,有《始青阁稿》《天倪斋诗》《郁仪楼集》《石语斋集》《调象庵稿》《劝戒图说》等。

67. 邹观光

邹观光(1595年前后在世),字孚如,湖北云梦人,"四十子"之一。万历八年庚辰(1580)进士,初授吏部郎,乞归,起南京兵部郎中,擢太仆少卿,未上任而卒。为官廉正,门无私谒。喜蓄书,藏书数千卷于学宫,供士子就读。精于经学,建"尚行书院"讲学,学者多信从,与江西吉安邹元标(1551—1624)齐名,时称"二邹先生"。其古诗深沉,近体流丽,有《邹孚如集》。

参考文献

大型丛书缩略语一览

《四库全书》　《景印文渊阁四库全书》,影印台湾商务印书馆 1986 年版,上海古籍出版社 1987 年版。

《续修四库》　顾廷龙主编:《续修四库全书》,上海古籍出版社 2002 年版。

《四库存目》　四库全书存目丛书编纂委员会编:《四库全书存目丛书》,齐鲁书社 1997 年版。

《存目补编》　四库全书存目丛书补编编纂委员会编:《四库全书存目丛书补编》,齐鲁书社 2001 年版。

《四库禁毁》　王钟翰主编:《四库禁毁书丛刊》,北京出版社 2001 年版。

《四部丛刊》　上海商务印书馆 1929 年版。

《丛书初编》　上海商务印书馆影印:《丛书集成初编》,中华书局 1985 年版。

一、古典文献

[明]艾南英:《天佣子集》,清康熙间刻本。

[宋]陈骙:《文则》,人民文学出版社 1960 年版。

[清]陈田:《明诗纪事》,上海古籍出版社 1993 年版。

[明]程大约编:《程氏墨苑》,中国书店 1990 年版。

[明]方于鲁编:《方氏墨谱》,日本静嘉堂文库藏本。

［明］方于鲁编，吴有祥整理：《方氏墨谱》，山东画报出版社 2004 年版。

［明］冯继科：《建阳县志》，明嘉靖三十二年（1553）刊本。

［明］冯梦祯：《快雪堂集》，《四库存目》集部第 165 册影印万历四十四年（1616）刻本。

［明］高濂著，王大淳校点：《遵生八笺》，巴蜀书社 1992 年版。

［明］高儒：《百川书志》，上海古籍出版社 2005 年版。

［清］龚自珍：《龚自珍全集》，上海人民出版社 1975 年版。

［明］顾起元：《客座赘语》，明万历间刻本。

［清］顾炎武著，［清］黄汝成集释，栾保群、吕宗力校点：《日知录集释》，上海古籍出版社 2013 年版。

［明］归有光著，周本淳校点：《震川先生集》，上海古籍出版社 1981 年版。

［明］海瑞著，李锦全、陈宪猷点校：《海瑞集》，海南出版社 2003 年版。

［明］何景明：《大复集》，《四库全书》第 1267 册。

［明］何良俊：《四友斋丛说》，中华书局 1959 年版。

［明］胡应麟：《少室山房笔丛》，上海书店出版社 2001 年版。

［明］胡应麟：《少室山房集》，《四库全书》第 1290 册。

［明］皇甫汸：《皇甫司勋集》，《四库全书》第 1275 册。

［明］黄省曾：《五岳山人集》，明嘉靖间刻万历间补刻本。

［明］黄虞稷著，瞿凤起、潘景郑整理：《千顷堂书目》，上海古籍出版社 1990 年版。

［明］黄宗羲：《明文海》，上海古籍出版社 1994 年版。

［明］姜宝：《姜凤阿文集》，《四库存目》集部第 127—128 册影印明万历间刻本。

［明］焦竑辑：《国朝献征录》，广陵书社 2013 年版。

［清］孔尚任：《桃花扇》，人民文学出版社 1959 年版。

［明］黎民表：《瑶石山人稿》，《四库全书》第 1277 册。

［明］李诩：《戒庵老人漫笔》，中华书局 2012 年版。

［清］李渔著，王学奇、霍现俊校注：《笠翁传奇十种校注》，天津古籍出版社 2009 年版。

［明］李开先著，路工辑校：《李开先集》，中华书局 1959 年版。

［明］李攀龙：《唐诗广选》，《存目补编》第 34 册。

［明］李攀龙著，包敬第标校：《沧溟先生集》，上海古籍出版社 1992 年版。

［明］李时珍著，刘衡如、刘山永校注：《本草纲目》，华夏出版社2011年版。

［明］李维桢：《大泌山房集》，《四库存目》集部第152册影印万历三十九年（1611）刻本。

［明］梁有誉：《兰汀存稿》，《续修四库》集部第1348册影印清康熙间刻本。

［明］刘凤：《刘子威集》，《四库存目》集部第119—120册影印明万历间刻本。

［后晋］刘昫等：《旧唐书》，中华书局1975年版。

［清］刘大櫆、吴德旋、林纾著，舒芜校点：《论文偶记 初月楼古文绪论 春觉斋论文》，人民文学出版社1998年版。

［明］卢柟：《蠛蠓集》，《四库全书》第1289册。

［明］陆容著，李健莉校点：《菽园杂记》，上海古籍出版社2012年版。

［明］马中锡：《东田集》，清康熙间刻本。

［明］梅鼎祚：《鹿裘石室集》，《续修四库》集部第57—58册影印明天启三年（1623）玄白堂刻本。

［明］莫如忠：《崇兰馆集》，《四库存目》集部第104—105册影印万历十四年（1586）冯大受董其昌等刻本。

［明］穆文熙：《穆考功逍遥园集》，《四库存目》集部第137册影印明万历二十九年（1601）穆光胤刻本。

［明］欧大任：《欧虞部集》，《四库禁毁》集部第47—48册影印清刻本。

［宋］欧阳修著，李之亮笺注：《欧阳修集编年笺注》，巴蜀书社2007年版。

［清］蒲松龄：《聊斋笔记》，东方书局民国丛书本。

［清］钱谦益：《列朝诗集小传》，上海古籍出版社2008年版。

［梁］任昉撰，［明］陈懋仁注：《文章缘起注》，中华书局1985年版。

［明］沈璜：《近事丛残》，广业书局1928年版。

［明］沈德符著，杨万里校点：《万历野获编》，上海古籍出版社2012年版。

［明］沈节甫辑：《纪录汇编》，明万历间刻本。

［宋］宋庠：《元宪集》，《四库全书》第1087册。

［清］孙诒让：《札迻》，中华书局2012年版。

［明］唐顺之：《荆川先生文集》，《四部丛刊》影印明万历间刻本。

天台野叟著，许朝元点校：《大清见闻录》，中州古籍出版社2000年版。

［明］屠隆著，汪超宏主编：《屠隆集》，浙江古籍出版社2012年版。

[明]汪道昆著,胡益民、余国庆点校:《太函集》,黄山书社2004年版。

[明]汪道昆编:《灵山院汪氏十六族谱》,明万历二十年(1592)刻本。

[明]王衡:《缑山先生集》,《四库存目》集部第178—179册影印明万历间刻本。

[明]王世懋:《王奉常集》,《四库存目》集部第133册影印明万历间刻本。

[明]王世懋:《艺圃撷余》,中华书局1985年版。

[明]王世贞:《王凤洲纲鉴会纂》,上海经香阁光绪二十九年(1903)印本。

[明]王世贞著,魏连科点校:《弇山堂别集》,中华书局1985年版。

[明]王世贞:《弇州山人四部稿》,明万历间世经堂刊本。

[明]王世贞:《弇州山人续稿》,明崇祯间刊本。

[明]王世贞辑:《有象列仙全传》,明万历间汪云鹏玩虎轩刻本。

[明]王世贞著,钱仲联主编,陈书录等选注评点:《王世贞文选》,苏州大学出版社2001年版。

[明]王世贞著,陆洁栋、周明初批注:《艺苑卮言》,凤凰出版社2009年版。

[明]王守仁著,萧无陂校释:《传习录校释》,岳麓书社2012年版。

[明]王锡爵:《王文肃公集》,《四库禁毁》集部第135—136册影印明万历间王时敏刻本。

[唐]王应奎撰,王彬、严英俊点校:《柳南随笔续笔》,中华书局1983年版。

[明]王稚登:《王百穀集》,《四库禁毁》集部第175册影印明刻本。

[明]魏裳:《云山堂集》,《四库存目》集部第121册影印明万历七年(1579)魏文可刻本。

[唐]魏征等:《隋书》,中华书局1973年版。

[明]文徵明著,周道振辑校:《文徵明集》,上海古籍出版社1987年版。

[明]吴讷著,于北山校点:《文章辨体序说》,人民文学出版社1962年版。

[明]吴国伦:《甔甀洞稿》,台湾伟文图书出版社有限公司1976年版。

[梁]萧统著,[唐]李善注:《六家文选》,明嘉靖间袁褧嘉趣堂刊本。

[明]谢榛著,李庆立校笺:《谢榛全集校笺》,江苏古籍出版社2003年版。

[明]谢肇淛:《五杂俎》,上海书店出版社2001年版。

[明]徐师曾著,罗根泽校点:《文章明辨序说》,人民文学出版社1962年版。

[明]徐中行著,王群栗点校:《徐中行集》,浙江古籍出版社2012年版。

[清]薛熙编:《明文在》,吉林人民出版社1998年版。

杨伯峻编著:《春秋左传注》,中华书局1990年版。

[明]姚镆:《姚东泉文集》,明嘉靖间刻本。

[清]叶昌炽:《藏书纪事诗》,燕山出版社2008年版。

[清]叶德辉:《书林清话》,上海古籍出版社2008年版。

[明]殷士儋:《金舆山房稿》,《四库存目》集部第115册影印明万历十七年(1589)邵陛刻本。

[清]永瑢等:《四库全书总目提要》,中华书局2008年版。

[明]余继登:《典故纪闻》,《丛书初编》第2814—2817册。

[明]余曰德:《余德甫先生集》,《四库存目》集部第122册影印明万历间刻本。

[明]俞允文:《仲蔚先生集》,《四库存目》集部第140册影印明万历十年(1582)程善定刻本。

[明]詹景凤:《詹氏性理小辨》,《四库存目》子部第112册影印明万历刻本。

[明]张弼:《东海张先生文集》,明正德间刊本。

[明]张凤翼:《处实堂集》,《续修四库》集部第1353册。

[明]张凤翼:《处实堂续集》,《续修四库》集部第1353册。

[清]张廷玉等:《明史》,中华书局1974年版。

[明]张元凯:《伐檀斋集》,《四库全书》集部第1285册影印清刻本。

[清]章学诚,刘公纯标点:《文史通义》,古籍出版社1956年版。

[明]赵时春:《赵浚谷文集》,《四库存目》集部第87册影印明万历八年(1580)刻本。

[明]赵用贤:《松石斋集》,《四库禁毁》集部第41册影印明万历间刻本。

[清]周中孚:《郑堂读书记》,上海书店出版社2009年版。

[明]朱彝尊著,姚祖恩编,黄君坦点校:《静志居诗话》,人民文学出版社2006年版。

[明]朱曰藩:《山带阁集》,《四库存目》集部第110册影印明万历间刻本。

[战国]庄周著,[清]郭庆藩集释,王孝鱼点校:《庄子集释》,中华书局2013年版。

[明]宗臣:《子相文选》,《四库存目》集部第126册影印明末刻本。

[明]邹迪光:《石语斋集》,《四库存目》集部第159册影印明刻本。

[明]邹迪光:《天倪斋诗》,明万历间刊本。

[明]邹迪光:《郁仪楼集》,《四库存目》集部第158册影印明万历刻本。

二、现代论著

仓修良:《方志学通论》,华东师范大学出版社 2013 年版。
曹之:《中国古籍版本学》,武汉大学出版社 2007 年版。
陈垣:《通鉴胡注表微》,辽宁教育出版社 1997 年版。
陈国球:《胡应麟诗论研究》,香港华风书局 1986 年版。
陈文新等编:《中国文学编年史》,湖南人民出版社 2006 年版。
陈贻焮:《论诗杂著》,北京大学出版社 1989 年版。
成复旺:《新编中国文学理论史》,中国人民大学出版社 2010 年版。
戴念祖:《朱载堉——明代的科学和艺术巨星》,人民出版社 1986 年版。
邓本章总主编,王国强主编:《中原文化大典·著述典·中原出版》,中州古籍出版社 2008 年版。
丁福保辑:《历代诗话续编》,中华书局 2006 年版。
丁锡根编著:《中国历代小说序跋集》,人民文学出版社 1996 年版。
范凤书:《中国私家藏书史》,武汉大学出版社 2013 年版。
方志远:《明代城市与市民文学》,中华书局 2004 年版。
冯志杰、范继忠、章宏伟主编:《中国编辑出版史研究》,九州出版社 2011 年版。
傅谨:《中国戏剧艺术论》,山西教育出版社 2000 年版。
顾志兴:《浙江藏书家藏书楼》,浙江人民出版社 1987 年版。
顾志兴:《浙江印刷出版史》,杭州出版社 2011 年版。
郭孟良:《晚明商业出版》,中国书籍出版社 2010 年版。
郭绍虞:《中国文学批评史》,商务印书馆 2010 年版。
郭英德、张德建:《中国散文通史·明代卷》,安徽教育出版社 2013 年版。
胡世厚、邓绍基主编:《中国古代戏曲家评传》,中州古籍出版社 1992 年版。
黄卓越:《明永乐至嘉靖初诗文观研究》,北京师范大学出版社 2001 年版。
姜公韬:《王弇州的生平与著述》,《文史丛刊》第 39 种,台湾大学出版中心 1974 年版。
金宇宏等:《文本周边——中国现代文学副文本研究》,武汉大学出版社 2014 年版。

李春青主编,姚爱斌副主编:《中国古代文论新编》,北京师范大学出版社 2010 年版。

李思涯:《胡应麟文学思想研究》,中国社会科学出版社 2012 年版。

李小林:《万历官修本朝正史研究》,南开大学出版社 1999 年版。

李燕青:《〈艺苑卮言〉研究》,中国文史出版社 2013 年版。

李志远:《明清戏曲序跋研究》,知识产权出版社 2011 年版。

郦波:《王世贞文学研究》,中华书局 2011 年版。

廖可斌:《复古派与明代文学思潮》,文津出版社 1994 年版。

廖可斌:《明代文学复古运动研究》,商务印书馆 2008 年版。

刘梦溪:《中国现代学术经典·梁启超卷》,河北教育出版社 1996 年版。

刘梦溪主编,李致忠、周少川等撰:《中华文化通志·典籍志》,上海人民出版社 1998 年版。

缪咏禾:《明代出版史稿》,江苏人民出版社 2000 年版。

缪咏禾:《中国出版通史》,中国书籍出版社 2008 年版。

聂付生:《晚明文人的文化传播研究》,中国戏剧出版社 2007 年版。

钱基博:《现代中国文学史(外一种:明代文学)》,商务印书馆 2011 年版。

钱锺书:《谈艺录》,生活·读书·新知三联书店 2010 年版。

瞿林东:《中国史学史纲》,北京师范大学出版社 2010 年版。

任继愈主编:《中国藏书楼》,辽宁人民出版社 2001 年版。

四川大学古籍所编:《宋集珍本丛刊》,线装书局 2004 年版。

宋原放、李白坚:《中国出版史》,中国书籍出版社 1991 年版。

孙卫国:《王世贞史学研究》,人民文学出版社 2006 年版。

孙学堂:《崇古理念的淡退——王世贞与十六世纪文学思想》,天津古籍出版社 2004 年版。

台湾"中央"图书馆编:《明人传记资料索引》,中华书局 1987 年版。

台湾"中央"图书馆编:《"国立中央"图书馆善本序跋集录》,"中央"图书馆 1994 年版。

陶湘编,窦水勇校点:《书目丛刊》,辽宁教育出版社 2000 年版。

汪超宏:《明清曲家考》,中国社会科学出版社 2006 年版。

王海刚:《明代书业广告研究》,岳麓书社 2011 年版。

王嘉川:《布衣与学术——胡应麟与中国学术史研究》,商务印书馆 2005 年版。
王利器辑录:《元明清三代禁毁小说戏曲史料》,上海古籍出版社 1981 年版。
王明辉:《胡应麟诗学研究》,学苑出版社 2006 年版。
王汝梅:《金瓶梅探索》,吉林大学出版社 1990 年版。
王绍曾、杜泽逊编:《渔洋读书记》,青岛出版社 1991 年版。
王水照主编:《宋代文学通论》,河南大学出版社 1997 年版。
吴晗辑:《朝鲜李朝实录中的中国史料》,中华书局 1980 年版。
吴毓华编:《中国古代戏曲序跋集》,中国戏剧出版社 1990 年版。
向燕南:《中国史学思想通史·明代卷》,黄山书社 2002 年版。
徐雉:《雉的心》,新中国印书馆 1924 年版。
徐凌志主编:《中国历代藏书史》,江西人民出版社 2004 年版。
徐朔方:《徐朔方集》,浙江古籍出版社 1993 年版。
许冠三:《大(活)史学答问》,桂冠图书股份有限公司 1996 年版。
许建平等编:《王世贞书目类纂》,凤凰出版社 2012 年版。
余嘉锡:《目录学发微》,中国人民大学出版社 2004 年版。
余来明:《嘉靖前期诗坛研究 1522—1550》,武汉大学出版社 2009 年版。
余英时:《论戴震与章学诚——清代中期学术思想史研究》,生活·读书·新知三联书店 2000 年版。
袁震宇、刘明今:《明代文学批评史》,上海古籍出版社 1991 年版。
张静:《北宋书序文研究》,中国社会科学出版社 2014 年版。
张国刚、乔治忠:《中国学术史》,东方出版中心 2002 年版。
张丽杰:《明代女性散文研究》,中国社会科学出版社 2009 年版。
张穗华主编:《媒介的变迁》,中国对外翻译出版公司 2002 年版。
张秀民著,韩琦增订:《中国印刷史》,浙江古籍出版社 2006 年版。
赵景深、张增元编:《方志著录元明清曲家传略》,中华书局 1987 年版。
郑利华:《王世贞年谱》,复旦大学出版社 1993 年版。
郑利华:《王世贞研究》,学林出版社 2002 年版。
郑振铎:《插图本中国文学史》,中央编译出版社 2012 年版。
周少川:《藏书与文化——古代私家藏书文化研究》,北京师范大学出版社

1999年版。

朱一玄编:《明清小说资料选编》,南开大学出版社2006年版。

朱一玄、刘毓忱编:《〈西游记〉资料汇编》,南开大学出版社2002年版。

朱一玄、刘毓忱编:《〈水浒传〉资料汇编》,南开大学出版社2012年版。

曾枣庄、刘琳主编:《全宋文》,上海辞书出版社、安徽教育出版社2006年版。

三、期刊论文

曹之:《古书序跋之研究》,《图书与情报》1996年第2期。

曹之:《明代三大著者群》,《图书情报论坛》1996年第4期。

曹之:《胡应麟与图书编撰学》,《山东图书馆季刊》1999年第2期。

曹之:《明代皇帝赐书藩王考》,《山东图书馆学刊》2010年第4期。

曹院生:《明代书籍插图艺术的生产与消费状况分析》,《江西社会科学》2010年第2期。

陈敬宇:《汪道昆经济思想特色刍议》,《安徽广播电视大学学报》2006年第4期。

陈少川:《"二酉山房"与胡应麟》,《图书馆学刊》2000年第4期。

陈水云:《唐宋词集"副文本"及其传播指向——以明末清初编刻的唐宋词集为讨论中心》,《江西师范大学学报》(哲学社会科学版)2010年第4期。

陈昕炜:《序跋之文本定位、内容配置与功能类型分析——以〈葵园四种〉为例》,《毕节学院学报》2012年第10期。

杜桂萍:《序跋题词与蒋士铨的戏曲创作》,《文艺理论研究》2011年第6期。

方品光:《明代福建著名钞书家——谢肇淛》,《福建省图书馆学会通讯》1981年第3期。

方锡球:《王世贞的诗歌"风气"变化论和"体制"变化论》,《社会科学辑刊》2013年第1期。

方彦寿:《建阳书坊接受官私方委托刊印之书》,《文献》2002年第3期。

方志远:《"山人"与晚明政局》,《中国社会科学》2010年第1期。

葛传彬:《〈醒世姻缘传〉中明代书籍免税史料一则》,《文献》2010年第1期。

郭英德:《元明的文学传播与文学接受》,《求是学刊》1999年第2期。

郭英德:《黄宗羲明文总集的编纂与流传——兼论清前期编选明代诗文总集的文化意义》,《郑州大学学报》(哲学社会科学版)2000年第4期。

何寄澎:《欧阳修"诗文集序"作品之特色及其典范意义》,《台大中文学报》2002年第17期。

胡益民:《从语词运用看〈天都外臣序〉作者问题》,《中国典籍与文化》2008年第2期。

黄裳:《〈天一阁被劫书目〉前记》,《文献》1979年第1期。

黄裳:《澹生堂二三事》,《社会科学战线》1980年第4期。

黄韵静:《欧阳修书序文研究》,《昆山科技大学人文暨社会科学报》创刊号2009年6月。

冀叔英:《谈谈明刻本及刻工》,《文献》1981年第1期。

蒋鹏举:《〈王世贞年谱〉补正》,《文献》2004年第4期。

金宁芬:《关于汪道昆的几个问题》,《文学遗产》1985年第4期。

金宁芬:《〈大雅堂序〉的作者究竟是谁?》,《文学遗产》2004年第6期。

乐万里:《明代重庆诗人张佳胤及其区域文化意义》,《长江师范学院学报》2012年第9期。

黎春林:《〈明史·张佳胤传〉补正》,《黑龙江史志》2009年第18期。

李慈瑶:《明代嘉万之际吴中文章观冲突之考论——以皇甫汸与王世贞、刘凤的对立为中心》,《文学遗产》2014年第4期。

李圣华:《钟惺与李维桢诗歌之比较研究》,《郑州大学学报》(哲学社会科学版)2004年第1期。

李时人:《明代"文人结社"刍议》,《上海师范大学学报》(哲学社会科学版)2015年第1期。

李玉安、李天翔:《明代的藏书管理与散佚——论明代废黜秘书监的后果》,《山东图书馆学刊》2009年第6期。

李玉栓:《李维桢〈大泌山房集〉中的诗社》,《中国文学研究》2010年第4期。

力之:《关于〈文选序〉与〈文选〉之价值取向的差异问题——兼论〈文选〉非仓卒而成及其〈序〉非出自异手》,《文学评论》2002年第2期。

郦波:《王世贞作品年表初考》,《古籍整理研究学刊》2008年第4期。

刘和文:《论梅鼎祚的戏曲观》,《黄山学院学报》2003年第1期。

刘奇玉:《性别·话语·策略——从序跋视角解读明清女性的戏曲批评》,《中南大学学报》(社会科学版)2009年第5期。

刘群:《汤显祖和屠隆罢官闲居时期的心态与戏剧创作比较》,《齐齐哈尔大学学报》(哲学社会科学版)2006年第6期。

陆涛:《二酉山房》,《东南文化》2001年第3期。

罗宗强:《读〈沧溟先生集〉手记》,《文学遗产》2010年第3期。

茅振芳:《天一阁藏书文化初探》,《天一阁论丛》,宁波出版社1996年版。

施乐:《〈弇州山人年谱〉补注后记》,《古籍整理研究学刊》1985年第3期。

孙秋克:《两部〈王世贞年谱〉之批评与订补》,《文学遗产》2002年第3期。

谈蓓芳:《明代后期文学思想演变的一个侧面——从屠隆到竟陵派》,《复旦学报》(社会科学版)1989年第1期。

王辉斌:《论明清时期的"水浒传序"》,《聊城大学学报》(社会科学版)2013年第3期。

汪效倚:《关于天都外臣——汪道昆》,《光明日报》1983年8月23日。

汪燕岗:《胡应麟和中国古代小说研究》,《内蒙古社会科学》(汉文版)2003年第4期。

王记录:《胡应麟的"公心"与"直笔"说》,《史学史研究》1997年第4期。

王嘉川:《胡应麟生平考略》,《图书与情报》2005年第3期。

王嘉川:《李维桢〈史通评〉编纂考》,《首都师范大学学报》(社会科学版)2014年第5期。

王明辉:《略析胡应麟对严羽、高棅诗学观念的继承》,《江汉大学学报》(人文科学版)2004年第1期。

王明辉、刘俭:《胡应麟与王世贞的关系考论》,《安庆师范学院学报》(社会科学版)2006年第1期。

王润英:《20世纪以来的中国古代序跋研究综述》,《励耘学刊》(文学卷)2013年第2期。

魏宏远:《王世贞〈凤洲笔记〉献疑》,《学术交流》2012年第5期。

魏宏远:《王世贞〈弇州山人续稿〉成书、版本考》,《上海大学学报》(社会科学版)2014年第2期。

吴晗:《胡应麟年谱》,《清华大学学报》1934年第1期。

吴晓铃:《漫谈天都外臣序本〈忠义水浒传〉》,《光明日报》1983 年 8 月 2 日。

吴兆龙、徐彬:《李维桢谱序研究——兼论李成梁籍贯》,《合肥学院学报》(社会科学版)2011 年第 3 期。

谢思炜:《〈新乐府〉版本及序文考证》,《北京师范大学学报》(社会科学版)1996 年第 3 期。

向燕南:《从"荣经陋史"到"六经皆史"——宋明经史关系说的演化及意义之探讨》,《史学理论研究》2001 年第 4 期。

徐雁平:《清代家集总序的构造及其文化意蕴》,《文学遗产》2011 年第 3 期。

徐雁平:《"地域文学传统的建构"成为一种文学叙写方法——以明清集序为研究范围》,《中山大学学报》(社会科学版)2013 年第 1 期。

徐兆安:《十六世纪文坛中的宗教修养——屠隆与王世贞的来往(1577—1590)》,《汉学研究》2012 年第 1 期。

许雅玲:《〈五杂俎〉和谢肇淛的藏书、鉴书思想》,《福建省图书馆学会 2011 年学术年会论文集》2011 年。

颜湘君:《清代骈文中兴与小说序跋》,《明清小说研究》2005 年第 4 期。

杨钊:《杨慎张佳胤交游考》,《北方论丛》2008 年第 2 期。

杨钊、刘华钢:《张佳胤刘绘交游考》,《重庆文理学院学报》(社会科学版)2009 年第 2 期。

杨春时:《文学理论:从主体性到主体间性》,《厦门大学学报》(哲学社会科学版)2002 年第 1 期。

杨开飞:《王世贞与俞允文交游研究》,《乐山师范学院学报》2009 年第 6 期。

姚达兑:《主体间性和主权想象——作为中国现代小说源头之一的傅兰雅"时新小说"征文》,《清华大学学报》(哲学社会科学版)2014 年第 2 期。

殷祝胜:《旧题李攀龙〈唐诗选〉真伪问题再考辨》,《河南师范大学学报》(哲学社会科学版)2013 年第 1 期。

余英时:《原"序":中国书写史上的一个特色》,《清华大学学报》(哲学社会科学版)2009 年第 1 期。

查清华:《李维桢对明代格调论的突破与创新》,《中国韵文学刊》2000 年第 1 期。

章宏伟:《论明代杭州私人出版的地位》,会议论文集《明太祖与凤阳》

2009 年。

张慧琼:《唐顺之〈荆川集〉版本研究》,《古籍整理研究学刊》2013 年第 4 期。

张新科:《〈史记〉文学经典化的重要途径——以明代评点为例》,《文史哲》2014 年第 3 期。

张银飞:《李维桢诗学辨体理论探讨》,《淮北师范大学学报》(哲学社会科学版)2014 年第 1 期。

张智虎:《论"立言不朽"作为文学话语的历史生成》,《宝鸡文理学院学报》(社会科学版)2005 年第 2 期。

赵玉萍:《胡应麟〈四部正讹〉的成书原因探析》,《琼州学院学报》2014 年第 3 期。

郑家治:《性灵说首倡者张佳胤之诗歌本质论》,《重庆文理学院学报》(社会科学版)2010 年第 5 期。

郑利华:《黄省曾、黄姬水父子与七子派诗论比较——吴中文士于明中叶复古思潮融合与变异的一个侧面》,《中国文学研究》(第九辑)2007 年。

郑利华:《〈〈王世贞年谱〉补正〉商兑》,《中国学研究》(第十辑)2007 年。

郑利华:《汪道昆与嘉、万时期文坛的复古活动——以其与七子派关系考察为中心》,《中国文学研究》第 11 辑,2008 年。

郑利华:《苏轼诗文与晚明士人的精神归向及文学旨趣》,《文学遗产》2014 年第 4 期。

郑志良:《徐朔方先生〈王世贞年谱〉补正一则》,《文学遗产》2000 年第 3 期。

朱桃香:《副文本对阐释复杂文本的叙事诗学价值》,《江西社会科学》2009 年第 4 期。

四、学位论文

陈晨:《梅鼎祚文学创作与文学批评研究》,复旦大学 2008 年博士学位论文。

陈丽媛:《胡应麟文艺思想研究》,福建师范大学 2007 年博士学位论文。

陈卫星:《胡应麟小说思想研究》,华中师范大学 2007 年博士学位论文。

崔晓新:《曝书亭序跋研究》,山东大学 2009 年硕士学位论文。

冯雁雯:《张佳胤年谱》,兰州大学 2007 年硕士学位论文。

耿传友:《汪道昆商人传记研究》,安徽大学 2002 年硕士学位论文。

郭根群:《北宋人所撰诗集序跋研究》,河北师范大学 2009 年硕士学位论文。
贺川:《张佳胤诗及诗论研究》,重庆工商大学 2010 年硕士学位论文。
黄湘云:《晚明文人的应酬书写——以李维桢为例》,台湾暨南国际大学 2011 年硕士学位论文。
黄志民:《王世贞研究提要——以其生平及学术为中心》,台湾政治大学 1976 年博士学位论文。
冷月:《屠隆诗歌研究》,安庆师范学院 2013 年硕士学位论文。
李慈瑶:《梅鼎祚研究四题》,浙江大学 2011 年硕士学位论文。
李慧芬:《梅鼎祚〈青泥莲花记〉研究》,台湾中山大学 2003 年硕士学位论文。
李雪凤:《明代戏曲序跋研究》,兰州大学 2012 年硕士学位论文。
李艳好:《王世懋年谱》,兰州大学 2014 年硕士学位论文。
李叶萍:《梁有誉诗学研究》,湘潭大学 2013 年硕士学位论文。
李载荣:《〈本草纲目〉版本流传研究》,北京中医药大学 2004 年博士学位论文。
李志广:《唐代序文文体概说》,辽宁师范大学 2004 年硕士学位论文。
廖梦云:《唐人所撰诗集序跋研究》,河北师范大学 2005 年硕士学位论文。
刘易:《屠隆研究》,华东师范大学 2008 年博士学位论文。
刘彭冰:《汪道昆文学研究》,复旦大学 2008 年博士学位论文。
孟斌斌:《屠隆诗文观研究》,北京语言大学 2009 年博士学位论文。
孟庆媛:《唐顺之书信编年考证》,华东师范大学 2010 年硕士学位论文。
乔根:《汪道昆诗文研究》,苏州大学 2008 年硕士学位论文。
秦皖春:《屠隆年谱》,复旦大学 2003 年硕士学位论文。
王小平:《论徐𤊹的藏书活动》,福建师范大学 2009 年硕士学位论文。
王玥琳:《序文研究》,北京师范大学 2008 年博士学位论文。
魏宏远:《王世贞晚年文学思想研究》,复旦大学 2008 年博士学位论文。
吴新苗:《屠隆研究》,首都师范大学 2006 年博士学位论文。
吴兆龙:《汪道昆的家谱编修活动及其理论成就》,安徽师范大学 2012 年硕士学位论文。
肖自强:《屠隆佛教思想研究》,南京大学 2012 年硕士学位论文。
谢旻琪:《李维桢文学思想研究》,台湾淡江大学 2010 年博士学位论文。
杨瑾:《汪道昆六论》,安徽师范大学 2004 年硕士学位论文。

于瑞娟:《宋代词集序跋研究》,广西师范学院2011年硕士学位论文。

张晶晶:《胡应麟的藏书思想、实践及价值研究》,郑州大学2012年硕士学位论文。

朱欢欢:《周必大序跋文研究》,沈阳师范大学2014年硕士学位论文。

卓福安:《王世贞诗文论研究》,台湾东海大学1991年博士学位论文。

五、外文文献

〔日〕川合康三:《中国的自传文学》,蔡毅译,中央编译出版社1999年版。

《法国汉学》丛书编辑委员会编,〔法〕米盖拉、朱万曙主编:《徽州:书业与地域文化》,中华书局2010年版。

〔美〕富路特、房兆楹原主编,李小林、冯金朋主编:《明代名人传》,北京时代华文书局2015年版。

〔美〕高彦颐:《闺塾师:明末清初的江南才女文化》,李志生译,江苏人民出版社2005年版。

〔德〕雷德侯:《万物——中国艺术中的模件化和规模化生产》,张总等译,生活·读书·新知三联书店2014年版。

〔加〕马歇尔·麦克卢汉:《理解媒介——论人的延伸》,何道宽译,商务印书馆2000年版。

〔加〕卜正民:《纵乐的困惑:明代的商业与文化》,方骏等译,生活·读书·新知三联书店2004年版。

〔法〕热拉尔·热奈特:《热奈特论文集》,史忠义译,百花文艺出版社2000年版。

〔日〕上田信:《海与帝国——明清时代》,高莹莹译,广西师范大学出版社2014年版。

〔美〕周绍明:《书籍的社会史——中华帝国晚期的书籍与士人文化》,何朝晖译,北京大学出版社2009年版。

Gérard Genette, *Paratexts: Thresholds of Interpretation*. Trans, Jane E. Lewin, New York: Cambridge University Press, 1997.

Guyda Armstrong, "Paratexts and Their Functions in Seventeenth-Century English 'Decamerons'", in *The Modern Language Review*, 2007, Vol. 102(1).

后 记

这本《梓而有序：明代书序文研究》是在我的博士论文基础上修改而成。我曾热血地将明代书序文研究想象成一个江湖，以为将脑力与勤奋铸成长剑，写作的过程就会有武侠小说中除暴安良、英雄救美之类的浪漫。但是当我亲涉其中，才发现这个想法是多么幼稚可笑。我经历了于浩瀚文献中整整两个月找不到思路的苦，那种感觉仿佛陷入无敌之阵，奋力挥舞拳头直至精疲力竭，最后竟然是与空气相搏。我也尝到过发现新问题和挖出现象背后的原因的甜。但是，绝没有一种滋味称得上浪漫。当书稿最终得以完成，盯着被翻破的文献，我才感到原来这场历险也是成长的礼物，它的名字叫作"破茧训练"。

我要深深感谢硕博连读期间，我的三位可亲可敬的导师：郭英德老师、赵义山老师和马东瑶老师。

刚入北师大，我就心折于郭老师在学术上的睿智，博士阶段有幸入得郭门跟随学习，更是钦佩老师宽广的境界。由于研究方向从唐宋转向元明清，我最初的学习并不容易，老师特别为我开具书单，根据我的优长逐步引导，帮我最终敲定论文选题。进入写作阶段，老师总是认真考虑我的想法，从中抓出亮点并启发我深入挖掘。三年下来，"过程监控"的指导方式，使我不敢有半分懈怠。生活中，老师笑声爽朗，在我生日时会带我去专家餐厅吃饭。读博期间，遇到开心的事情，我曾在老师面前手舞足蹈；遇到难过的事情，也曾在老师面前哭过鼻子。严厉而温暖的他，一直关注和帮扶着我的成长。

博士阶段，能得郭老师指导已足够幸运，同时拥有赵老师的教诲，让这份幸运加倍。赵老师虽远在四川，每次来北京总会在繁忙的日程中抽出时间与我见面，平常更是通过邮件、微信等方式和我沟通。从论文写作到工作生活，赵老师教给我的人生道理，足可使我受用终身。马东瑶老师是我硕士阶段的导师，她领我进入古代文学研究，从此对我分外关爱，我们之间情感的默契早已超越了言语。

与其他前辈师长的缘分，也令我非常感恩！北师大杜桂萍老师、张德建老师，以及北京大学张鸣老师、复旦大学郑利华老师等对我的论文给予了鼓励，令我受教良多。在台湾政治大学交流期间，该校已退休的黄志民老师提着沉重的七册《"国立中央"图书馆善本序跋辑录》，从山下的家徒步到山顶的学校，将书轻轻放在我上课的教室门口，留了字条说是赠我。北京大学的张剑老师一直对我的学习和工作关怀有加。商务印书馆的编校人员，在书稿的题目和细节审订方面，提出了宝贵建议，感谢他们的辛勤付出。

感谢郭门和马门大家庭，我们的每次聚会，既有学习上的交流砥砺更有生活上的互助分担。感谢我的朋友们，林甸甸师姐不仅是我的榜样，每当我遇到困难，她更会无私地帮我出谋划策，当我陷入情绪盲区，她又予我及时的提醒。自习室里相识的"战友"史钰，我们相互勉励走过了无数个艰难时刻。曹锐、思文等老友多年来给我永不过期的支持，他们是我向前奔跑最棒的啦啦队。

最后一份感谢留给我的父母。母亲以无比的坚忍和智慧拥紧小小的家庭，在我看来，这份"工作"并不亚于维护世界和平。拥有母亲的品质，一直都是我的人生目标。作为医生的父亲救治了无数的病人,鲜少参与我的成长,但是每当我勇敢地与困难相向时,总能清晰地感到自己像极了他,我不仅只是长着和他相似的骨头。

  这本小书经历了博士后阶段的冷静期和修改期,至今仍然很不完善。但作为一个节点,它见证了我真正走上学术道路的蜕蛹历程,也将鞭策我在未来去探寻适合自己的学问形态。在这个特殊的春天,抛开心中"百无一用"的沉重,暂且为小书画上句点,继续埋首阅读、坚持思考,或许这样才能和无尽的远方、无数的人们有所连接。

王润英

2020 年 3 月

图书在版编目(CIP)数据

梓而有序：明代书序文研究 / 王润英著. —北京：商务印书馆，2020
（北京师范大学中国古代散文研究中心专刊）
ISBN 978-7-100-19225-5

Ⅰ.①梓… Ⅱ.①王… Ⅲ.①序言—古典文学研究—中国—明代 Ⅳ.①I207.62

中国版本图书馆 CIP 数据核字（2020）第 247747 号

权利保留，侵权必究。

北京师范大学中国古代散文研究中心专刊之六
梓而有序：明代书序文研究
王润英 著

商 务 印 书 馆 出 版
（北京王府井大街36号 邮政编码100710）
商 务 印 书 馆 发 行
北京艺辉伊航图文有限公司印刷
ISBN 978-7-100-19225-5

2020年12月第1版　开本710×1000　1/16
2020年12月北京第1次印刷　印张24¾ 插页1
定价：98.00元